ZOÉ
LA ÚLTIMA FAVORITA

Catherine Decours

ZOÉ

La última favorita

Javier Vergara Editor
GRUPO ZETA

Barcelona / Bogotá / Buenos Aires
Caracas / Madrid / México D.F.
Montevideo / Quito / Santiago de Chile

Título original
LA DERNIÈRE FAVORITE

Edición original
Perrin

Traducción
Amanda Forns de Gioia

Diseño de tapa
Verónica López

ISBN 950-15-1870-1

Impreso en la Argentina / Printed in Argentine
Depositado de acuerdo a la Ley 11.723

Esta edición se terminó de imprimir en
VERLAP S.A. Comandante Spurr 653
Avellaneda - Prov. de Buenos Aires, Argentina,
en el mes de julio de 1998

Para mi madre, la primera en contarme
la historia de Zoé.

"Él era rey y desdichado, yo era mujer y realista."

Mémoires d'une femme de qualité
sur Louis XVIII, sa cour et son règne.

Índice

Agradecimientos

Que todos aquellos que me han ayudado me permitan expresar ante todo mi agradecimiento a Dominique Patry. Ha sido, en la Biblioteca Nacional, el más competente, el más erudito y el más amable de los documentalistas.

Mi más sincera gratitud a la princesa Minnie de Beauvau, que me recibió con inmensa gentileza y me abrió los archivos de Haroué.

Igualmente todo mi agradecimiento a la princesa Laure de Beauvau y a Mme. Lejeune, ex secretaria del príncipe Marc de Beauvau.

Quiero agradecer a todos los que han tenido a bien facilitar mis investigaciones, en particular:

A los conservadores y todos los bibliotecarios de la Mediateca de Nantes.

Al padre Jean-Louis Papin, director de la biblioteca del seminario mayor de Nantes.

A Mme. Michel-Meureau, curadora del museo de Saint-Ouen.

A Madeleine Guyot, documentalista de los Archivos de Hérault.

Gracias también de todo corazón a: M. Bonneau; Luce Courville; Anne-Claire Déré; J.-P. Detournay; Ghislain de Diesbach; Marc Guillon; M. Jutan; Michel Maison; M. de la Motte Rouge; Jean-Yves Paumier; Armel de Wismes.

Prefacio

Cada vez que he tenido la ocasión de encontrarme en algún libro de historia con la encantadora figura de la condesa du Cayla, me ha parecido extraño que una mujer que, al decir de excelentes testigos, había desempeñado un papel nada desdeñable durante buena parte del reinado de Luis XVIII ("La favorita gobierna Francia", escribe el mariscal de Castellane, lo que no es poco decir), haya sido dejada de lado por historiadores y biógrafos. Éstos, después de haber señalado la existencia de "la favorita" —la ambigüedad del término parece destinada a evitar el más exacto de amante—, orientan sus investigaciones hacia miembros menos misteriosos del entorno de un rey también poco conocido. Comprendí mejor su silencio al buscar rastros de Zoé du Cayla en las innumerables *Memorias* dejadas por sus contemporáneos. Con esas obras podrían hacerse dos pilas de igual altura. Seamos justos: no exactamente iguales, pues es verdad que en todas las épocas la crítica fue más fácil que el elogio. De un lado, sería posible colocar a los que no ven en ella más que intriga y persecución del interés más sórdido; en el otro, a los que pintan un raro ejemplo de virtud, de inteligencia y abnegación. Extraña mujer a cuyo alrededor no sólo las opiniones sino hasta las fechas parecen confundirse. Por ejemplo, a falta de un acta de bautismo, es imposible establecer, sobre la base de testimonios que difieren en varios años, la fecha del nacimiento del único hijo de Zoé du Cayla. Es verdad que el hijo de la condesa sin duda no era del conde, lo que siempre complica las cosas. Nuestra propia heroína contribuyó a esfumarse de la Historia. No solamente se negó a escribir sus memorias como la instaban a hacerlo, sino que hizo desaparecer papeles y correspondencia. Se asemeja a esa gran dama de quien Saint-Simon nos dice que, cuando se paseaba por las avenidas de su parque, la seguía un jardinero borrando las huellas que dejaba en la arena. Las deliciosas *Mémoires d'une femme de qualité sur Louis XVIII, sa cour et son règne*, publicadas en 1829, seguidas de inmediato, a causa de su éxito, por las *Mémoires d'une femme de qualité sur le Consulat et l'Empire*, parecen retratar la vida de la condesa du Cayla. Esas obras apócrifas —estamos en una época en la que, siguiendo las huellas de los *Souvenirs de la marquise de Créquy*, abundan las seudomemorias— se deben a un distinguido (y muy hábil) jurista languedociano, el barón de Lamothe-Langon, el cual, aunque se inspiró, y a veces muy directamente, en la vida de Zoé, dominaba también en grado sumo el arte de mezclar las cartas. En cuanto a los que se dedicaron a describir a la condesa, parecería que siempre una suerte de temblor les hubiera impedido hacerlo exactamente.

"Sin ser alta, está lejos de ser baja; sin ser extremadamente delgada, no se puede tener más elegancia y distinción en el talle; sin ser de una belleza regular, no hay facciones más bonitas", escribe Sosthène de La Rochefoucauld en un retrato de cuatro páginas[1] donde todo es por el estilo. Hay que señalar que este autor balbuceante estuvo toda su vida sometido al encanto de la condesa, como lo estuvieron el rey de Francia, el de los Países Bajos, el segundo esposo de la duquesa de Berry y algunos más...

Cuando se buscan las fuentes —algo que requiere trabajo y paciencia—, la Historia termina por develar sus secretos, pero no puede dar más de lo que tiene o, más exactamente, de lo que le queda. La vida que yo narro tiene zonas de sombra, aunque en ella se adivine bastante bien a la condesa como a través de esas gasas con las que ella velaba sus hombros, y encierra terribles ambigüedades, no siendo la menor de esas contradicciones el hecho de que quien fuera toda su vida ferviente devota de los Borbones y los Condé fuese la amante de Savary, ministro muy diligente de la policía de Napoleón y eficaz colaborador de éste en la ejecución del duque de Enghien.

Digamos ante todo que una parte de esas ambigüedades proviene de la época estudiada. Jean Orieux solía recordar en el prólogo de sus biografías este proverbio africano: "Eres hijo de tu época tanto como de tu padre". Zoé du Cayla no escapa a la regla. La sociedad a la que pertenecía, la de los salones del Faubourg Saint-Germain, de los castillos de la Ile-de-France y, más tarde, de la corte, fue una de las más agitadas de la Historia, que atravesó, bien o mal, todas las peripecias de la Revolución, del Consulado, del Imperio, de la Restauración, de los Cien Días, del regreso de los Borbones y del advenimiento de Luis Felipe. En esa sucesión de poderes, las nociones de deber y de fidelidad solían ser confusas, a veces imposibles de definir. Si los contemporáneos dejaron tantas *Memorias* es porque había mucho que decir y, sobre todo, mucho que justificar. Como lo comprueba —amargamente— Chateaubriand en las *Memorias de ultratumba:* "Es duro vivir en épocas de falta de probidad; en esos días en que dos hombres que conversan tratan de moderar sus palabras, por miedo de ofenderse y de ruborizarse mutuamente". Zoé du Cayla conoció esas épocas de falta de probidad. Cómo las soportó o las utilizó es parte de su historia, que queda expuesta a las luces de las candilejas en el momento en que llega al poder ese hombre de polainas de terciopelo, un rey ya mayor, obeso, infinitamente sutil, al que se le pedirá que reconstruya un país arruinado por un cuarto de siglo de guerras, que negocie la retirada del invasor, que dé una forma al gobierno y, sobre todo, que mantenga la paz entre dos partidos irreconciliables. Durante varios años Zoé-Victoire estará a su lado. Si se habla poco de ella es porque, como ya lo he dicho, ella no lo quiso. Y no es que la condesa fuese naturalmente insignificante. Era simplemente, según las palabras muy bien elegidas por el barón de Lamothe-Langon, "una mujer de calidad"; con una frecuencia aún mayor encontramos en esa época la expresión "dama de calidad". Conviene señalar aquí que, a imagen de la sociedad, la misma mujer ha cambiado. La gran dama del siglo XVIII, la que tenía amantes a la vista de todo el mundo, la que decía —con toda la gracia indispensable— todo lo que le pasaba por la cabeza, que tenía caprichos ruinosos y se reía de la opinión pública, esa dama murió al estallar la Revolución. Las supervivientes fueron a coser sombreros a Inglaterra o a mendigar ante los príncipes alemanes. Es entonces en medio del aparato de los fastos del Consulado y del Imperio, bajo la mirada penetrante de Napoleón, cuando nace la mujer o dama de calidad, que se parece muy poco a la precedente. Si bien la gracia permanece —y ello sigue siendo indispensable—, es menos aguda, y han desaparecido los caprichos. La mujer de calidad jamás tiene frío o hambre, no se queja, no exige nada pero, desde luego, obtiene todo. Su reputación es excelente y resulta del peor gusto exhibir sus amoríos. Las que no lo comprendieron a tiempo pagaron con la caída en desgracia o con el exilio esa falta de juicio. Un regreso del péndulo muy previsible después de los excesos del Directorio, la inquisición de un emperador que sólo toleraba la licencia en su familia, el resurgimiento del cristianismo, todo incitaba a la recuperación, si no de la virtud —ésta no se recupera tan fácilmente— al menos de su apariencia. Al conocerse ahora el precio de una opinión pública que antes se despreciaba, se trata de suavizar las aristas, de pulir las formas. Más tarde, esas maneras serán tachadas de hipocresía. Podemos decir con La Rochefoucauld que ésta es un homenaje que el vicio rinde a la virtud y agregar que, en materia de costumbres, es difícil y siempre injusto juzgar las épocas pasadas. Los contemporáneos suelen estar mejor situados para ello. "No sé si la moral gana con esto, pero la sociedad es más agradable", asegura Mme. de Boigne, que tenía la edad de nuestra heroína y conocía algo de estas cosas. Si Zoé practicó lo que ahora llamamos hipocresía, la elevó hasta convertirla en una de las bellas artes, y tal vez logró hacerla amable.

La condesa de Balbi, favorita de Luis XVIII en su juventud, y la condesa du Cayla, favorita durante el reinado, se encuentran en los dos extremos de esa evolución. Anne de Caumont La Force, condesa de Balbi, recibía a sus amantes ante las narices de su marido. El pobre hombre, de un psiquismo en verdad frágil, se volvió loco. Fue a parar a un asilo, lo que poco importó a su mujer, demasiado ocupada en divertirse en las mesas de juego, donde dejaba fortunas. El príncipe, al que ella divertía, la mimaba, pero las mansiones y los aposentos reales siempre dejaban de gustarle en cuanto estaban terminados. Algunos contemporáneos afirman que dejó que se quemaran los aposentos que el hermano del rey acababa de acondicionar para ella en el palacio del Luxemburgo por la sencilla razón de que el decorado ya no le agradaba. Era una gran dama. Unos años después, Zoé du Cayla levantará las cejas sobre unos ojos asombrados cuando se ose hacer ante ella la menor alusión al favor real. En cuanto al pobre rey —otros tiempos, otras costumbres—, deberá esforzarse para hacer aceptar el más modesto castillo a esta mujer de calidad.

En el transcurso de una evolución que continuará durante todo el siglo XIX, la dama de calidad se transformará en mujer de mundo. Pero esto es otra historia. El objetivo de esta obra es narrar la de Zoé-Victoire Talon, condesa du Cayla, a quien corresponde el privilegio de cerrar la lista de las favoritas de los reyes de Francia.

Capítulo Uno

La hija de Omer Talon

A principios de agosto de 1785 una berlina con cuatro caballos salía de París por la puerta de la Conferencia, rumbo a Versalles. El marqués Omer Talon abandonaba, no sin lamentarlo, la agitación del Parlamento y su mansión de la calle Saint-Florentin y se dirigía a sus tierras del Boullay-Thierry, cerca de Nogent-le-Roi. Su esposa, que estaba embarazada, sus dos hijos —dos niños muy pequeños— y una nodriza lo acompañaban. Un coche los seguía llevando servidores y equipaje, así como a la comadrona cuyos servicios habían contratado. Cuando, después de recorrer cerca de seis leguas, los viajeros descubrieron, antes de que el coche tomara por la carretera de Rambouillet, las frondas del parque de Versalles, las observaron un momento. En efecto, en agosto de 1785 no se hablaba en París más que de lo que ocurría en Versalles, es decir que se hablaba mal. Desde la Gran Cámara del Parlamento hasta la callejuela más enlodada, sólo se hablaba de las quejas del joyero Boehmer y del informe que acababa de remitir a la Reina para obtener el pago de un fabuloso collar que el cardenal de Rohan habría comprado para ella. El pueblo, que simplifica las cosas, decía ya que la reina de Francia se había vendido al cardenal por una joya. Nunca había reinado tanto la calumnia como en ese verano de 1785. Era como si, al denunciarla, Beaumarchais la hubiese puesto de moda. Un río de fango parecía correr de Versalles a París y desde el palacio hasta la capital. La Reina, que pronto alcanzaría el más alto grado de odio popular —a tal punto que no se osará exponer su retrato en el Louvre—, acababa de dar a luz a su segundo hijo, Luis Carlos, duque de Normandía. Ese niño, nacido bajo una nefasta estrella, se convertirá en delfín por la muerte de su hermano. El nacimiento no había dado lugar a vítores ni a aclamaciones. El pueblo murmuraba solamente que el príncipe era un bastardo, hijo del sueco Fersen, que había vuelto de América nueve meses antes del nacimiento. Cuando la Reina fue a París a festejar su recuperación después del parto, la recepción había sido glacial. Fersen habla del "perfecto silencio" que lo acogió en la plaza Luis XV, donde debían tener lugar las fiestas populares. Se adelantó el regreso. En la carroza, la Reina había llorado.

Un pequeño príncipe declarado bastardo, un collar de un valor exorbitante... ¿Y de qué más se habla en París en ese agosto de 1785? Desde luego, de Mme. de Balbi, amante oficial del conde de Provenza, única favorita de la corte desde que subió al trono un rey "de costumbres puras" y el conde de Artois se enamoró de una mujer honesta. A juzgar por lo que costaba al Tesoro, jamás el favor de que gozaba la condesa de Balbi había sido más grande. El hermano del Rey acababa de hacer construir para ella en el parque de Versalles una pequeña y lujosa casa de recreo (también llamada "folie"), cuyos planos habían dibujado juntos. Ese mismo verano, él haría redecorar para su amada los aposentos, dorados desde el suelo hasta el techo, que habían sido del duque de Orléans en el palacio. A eso se sumaba otra casa de recreo cerca de los jardines del Luxemburgo —con granja, tambo y vacas—, un departamento en el Pequeño Luxemburgo y otro, más suntuoso todavía, en el Gran Luxemburgo, sin hablar de las pérdidas de juego de la condesa cuyo monto era muy superior al de las construcciones hechas en su honor. El tiempo en que las prodigalidades de los príncipes hacia sus amantes eran consideradas como una necesidad vital llegaba a su fin y el pueblo comenzaba a pensar que Mme. de Balbi exageraba.

Agosto de 1785... La berlina y sus viajeros penetraban en los bosques de la Ile-de-France. El rey Luis Augusto reinaba desde hacía once años, Calonne era el contralor general de finanzas y Necker, que no lo era todavía, publicaba un tratado de administración de esas finanzas. La Reina, recuperada de su parto y consolada de la mala acogida de la ciudad de París, hacía representar en el Trianón *El barbero de Sevilla*, donde ella desempeñaba el papel de Rosina. En el carruaje, la marquesa Omer Talon sólo pensaba en protegerse de los traqueteos.

El rincón de Beauce —en los confines del Thimerais, del Drouet y del Hurepoix—, adonde llegarían los viajeros, ofrece un paisaje campestre apenas ondulado, erizado todavía a finales del siglo XVIII de verdes setos. Esa tierra generosa, pródiga en trigo y cebada, ve curiosamente florecer a las favoritas reales. Uno de los principales señores de Nogent-le-Roi —pequeña ciudad a algo más de una legua del pueblo natal de Zoé— fue, en efecto, Louis de Brézé, esposo de Diane de Poitiers; la pareja, muy afecta a ese dominio, hizo construir la iglesia antes de que Diane, ya viuda, sedujera al futuro Enrique II. A menos de una legua, esta vez al sur de Nogent, se descubre el castillo de Maintenon, propiedad y retiro de la que fue amante y luego esposa de Luis XIV. A igual distancia al norte de la ciudad, el castillo de Crécy fue comprado por la marquesa de Pompadour, que lo amplió y edificó junto a él un hospital. Para ser exactos, hay que añadir que la pequeña ciudad de Nogent-le-Roi se enorgullece de otra célebre mujer. Allí nació en 1464 Juana de Francia, hija de Luis XI, esposa muy desdichada de Luis XII, canonizada en 1950 por la Iglesia. Una santa, hija de un rey, contra tres amantes reales... La zona es rica. En todo caso, habrá que situar un día en la categoría de las favoritas a la hija de Omer Talon.

La Historia no trata del mismo modo a las favoritas que nacieron en un castillo y a las de oscuro origen. Al lado de Diane de Poitiers, de Louise de La Vallière o de Françoise d'Aubigné, mujeres seducidas o seductoras, Jeanne Poisson y Jeanne Bécu nunca serán más que mujeres galantes. Del buen lado de la barrera nace,

> *en el año mil setecientos ochenta y cinco, el jueves vigésimoquinto día de agosto* (la pequeña Zoé-Victoire), *del legítimo matrimonio del alto y poderoso Señor Antoine Omer Talon, Caballero, Marqués del citado Boullay-Thierry y del Tremblay-le-Vicomte, Vizconde hereditario de Nogent-le-Roi, Señor del Boullay Mivoie du Fonville y otros lugares, Consejero del rey en la Corte del Parlamento, y de la alta y poderosa Dama, Señora Jeanne Agnès Gabrielle, nacida Condesa de Pestre, su esposa.*[1]

Situado a una buena legua al oeste de Nogent-le-Roi, el castillo de Boullay-Thierry es un imponente ejemplo del muy puro estilo Luis XIII, uno de esos castillos azul-blanco-rojo (pizarra, pedernal y ladrillo), rodeado enteramente de los fosos que aislaban antaño un castillo feudal. Un patio plantado de tilos y una majestuosa verja lo separan de la plaza del pueblo y de su maciza iglesia de campanario coronado por una curiosa cúpula de piedra. Una de las capillas se comunicaba en otros tiempos con la fortaleza, de modo que los primeros señores de Boullay, Jean, Thierry, Hugues y Regnault, pudieran cumplir sus devociones sin arriesgarse a sacar la nariz afuera.

De los señores de Trie y de la familia Pillavoine, la señoría de Boullay-Thierry pasó en 1617 a manos de Jacques I Favier, gentilhombre de la Cámara del Rey y consejero de Estado. Su hijo, Jacques II, construyó el castillo actual, y su hija, Angélique-Élisabeth, al desposar en 1671 a Denis Talon, haría pasar la señoría a su nueva familia durante más de un siglo. De esa familia Talon, que acababa de recibir el castillo y las tierras de Boullay-Thierry, Zoé-Victoire siempre se enorgulleció. Perteneciente por su matrimonio con el conde Achille de Baschi du Cayla a una familia de nobleza de corte mucho más antigua y más considerada que la de su nacimiento y habiendo rechazado enérgicamente más tarde el título de duquesa que el Rey quería otorgarle (Luis XVIII deberá contentarse con convertir el ducado en hereditario para el hijo de su favorita), Zoé siguió siendo ante todo una Talon. "Talon soy, Talon seguiré siendo", podría haber sido su divisa o una de sus divisas. Ésa fue la respuesta que dio en 1827 a un corresponsal que se permitió dudar de que ella fuera en realidad "de los verdaderos Talon".

> *Tengo el honor de ofrecer todo mi agradecimiento al señor de Châteauneuf* (lo que en verdad significa: 'Es usted un grosero, estimado señor, pero deseo tomarme el trabajo de responderle'.) *"Estoy esperando a mi hermano que llegará de Rusia el mes próximo; él tiene todos los papeles de mi padre, que era hijo legítimo de todos los suyos; e hijo, padre, abuelo y bisabuelos son los verdaderos Talon. Si todos esos honorables magistrados pudiesen ser citados en la barra, vendrían a preguntarnos por qué se pretende separarnos de ellos.*[2]

La familia Talon —desde luego hablo de "los verdaderos Talon"— tiene orígenes irlandeses. Fue Artus Talon, coronel y médico en Irlanda, donde su familia poseía tierras y abadías, quien se estableció en Francia durante el reinado de Carlos IX. Su hijo mayor, Jean, fue consejero de Estado; el segundo, Omer, profesor en la Universidad, dejó fama de fino letrado; el tercero, Phillipe, dio origen a una rama de parlamentarios de segundo rango.

La rama mayor de los Talon se vincula con lo que se ha dado en llamar "los grandes magistrados", la parte más activa e influyente de la nobleza parlamentaria. Omer I fue canciller de la reina Marguerite. Su hijo, Omer II, fiscal en el Parlamento de París durante 22 años, fue uno de los grandes magistrados del siglo XVII. Cuando estalló la Fronda, permaneció fiel a la familia real, aunque el cardenal de Retz pudo notar algunas contradicciones en su conducta, "pues era arrastrado, como todos los otros —anota el agudo cardenal—, por los torrentes que corren en esa clase de tiempos con una impetuosidad que agita a los hombres en un mismo momento de diferentes lados". Hay que hacer notar que reencontraremos esa fidelidad en la familia Talon, a despecho de las "contradicciones", cuando vuelva "esa clase de tiempos".

El hijo de Omer II, Denis, debió ser juez en el caso Arnaud en plena querella del jansenismo. Designado para instruir el proceso Fouquet, fue dispensado por no haber cumplido sus funciones a gusto de los que deseaban la condena del superintendente. Procurador general durante los Grandes Días de Auvernia, deseaba conciliar y unificar las costumbres de las diferentes provincias. Fiscal en el Parlamento durante 37 años, terminó su carrera en el cargo de presidente de magistrados. Una boda con Louise-Marie Molé había hecho entrar a los Talon en la muy cerrada casta de las familias más importantes de la alta magistratura. Esas familias —podemos citar a los d'Aligre, d'Ormesson, Lamoignon, Maupéou, Molé—, en posesión desde siglos del derecho de juzgar y de administrar, sentían cierta superioridad frente a la nobleza de corte encerrada en Versalles, sentimiento que, evidentemente, les era correspondido. Los nobles de la alta magistratura desdeñaban usar sus títulos, los que sólo eran utilizados en los papeles. No aparecían por Versalles, donde sus esposas no gozaban de los mismos privilegios que las de los nobles de espada. Pero en París discutían los edictos del Rey, aceptaban o rechazaban los impuestos, deliberaban sobre los asuntos más importantes del Estado, "defendían la causa de los pueblos e intimidaban a los ministros". Cuando los duques y pares iban a sesionar al Parlamento de París, los presidentes de magistrados tenían el derecho de "atravesar el estrado" como los príncipes de la sangre, mientras que los pares no lo tenían. Varios siglos de ese régimen forjaban en una familia un espíritu muy particular.

El brillante linaje de los Talon de la rama mayor terminó con Louis-Denis, presidente de magistrados de la corte, muerto en 1744. Su viuda eligió como heredero al último representante de la rama segundona de los Talon. Fue así como Antoine Omer Talon, nuestro viajero del verano de 1785, recibió, además de su herencia paterna, la de la rama mayor, que comprendía la señoría de Boullay-Thierry. Agradecido, el joven inauguró su arribo a la cabeza del dominio con la bendición de una campana bautizada Françoise en honor de su bienhechora.

La rama segundona de la que provenía Omer Talon, más rica en abogados que en procuradores pero parlamentaria durante tanto tiempo como la mayor, era además sumamente rica, lo que no constituye un detalle menor. En efecto, los Talon de la segunda rama tenían la costumbre de casarse con hijas de financistas. Así fue como Jean-Baptiste Talon, padre de Antoine-Omer, consejero en el Parlamento de París, se había casado con Marie-Charlotte Radix de Chevillon, cuyo padre ocupaba el cargo nada despreciable de tesorero del Parlamento de París. Con los Radix (Marie-Charlotte es la abuela de Zoé), entramos en el terreno de las finanzas un poco arriesgadas de finales del siglo XVIII, en el que el término de financista suele designar a especuladores y agiotistas de toda calaña y de toda envergadura, los que especulaban con los préstamos de Necker y de Calonne, con las acciones de la Caja de Descuento, de la Compañía de las Aguas de París o de la nueva Compañía de las Indias. Así era Claude-Pierre Radix de Sainte-Foix, hermano de Marie-Charlotte y tío político de Omer Talon. Como superintendente de finanzas del conde de Artois, se sospechó fuertemente que habría confundido el dinero que debía custodiar con el suyo propio. Pero tenía, según nos dicen, "los más finos cocineros del reino, una bodega deliciosamente provista, una encantadora casa de campo en Neuilly-sur-Seine". Y también una amiga poderosa, la duquesa de Mazarino, que lo hizo su heredero, lo que arregló por un tiempo las cosas. La Revolución lo salvó por poco de la horca por una quiebra fraudulenta, y volvemos a encontrarlo en las turbias aguas del Directorio efectuando algunos trabajos por cuenta de Talleyrand. Se encargó, por ejemplo, de cobrar "diezmos" a los plenipotenciarios que acudían, en la calle del Bac, al Ministerio de Relaciones Exteriores. Esas costumbres no sorprendían a la vieja Europa, pero hicieron lanzar gritos escandalizados a los embajadores americanos. La historia no nos cuenta si pagaron después de gritar. También sirvió de vocero a Talleyrand cuando éste tuvo la curiosa idea, en plena expedición a Egipto, de poner a un Hohenzollern en el trono de Francia. Continuó con esa clase de trabajos durante todo el Imperio, en compañía de su gran amigo; el conde de Montrond, a quien Talleyrand, que sabía bastante de hombres, llamaba "el Niño Jesús del infierno". Este interesante personaje tenía, además de Montrond, un excelente amigo, el señor Pestre, barón de Seneffe, quien había comprado a Calonne el derecho a la sucesión de Bertin, tesorero de derechos eventuales. La coima pagada al ministro había sido de doscientas mil libras, lo que prueba que si la honestidad del ministro no era rigurosa, el señor Pestre era rico. El 2 de agosto de 1780, Antoine-Omer Talon no rechazó desposar a su hija. Tales son los "verdaderos Talon", herederos de más de dos siglos de nobleza parlamentaria y de financistas más recientes pero hábiles. Zoé jamás renegará de ellos. Llegado el momento, hará grabar primeramente en su tumba el apellido de su padre. "Talon soy, Talon seguiré siendo", nada más, pero ciertamente nada menos.

El 25 de agosto de 1785, la campana llamada Françoise por el agradecido heredero repicaba por el bautismo de Zoé-Victoire. La influencia de Rousseau permitía una elección más libre de los nombres, al menos en lo concerniente a las niñas, y así fue como la pequeña recibió el muy de moda de Zoé (casi tan de moda ese año como el no menos encantador de Aglaé), acompañado del nombre de su madrina y tía paterna, *"la alta y poderosa dama Marie-Victoire Talon, esposa del alto y poderoso señor Marie-Louis d'Escorches, marqués de Sainte-Croix, Maestre de Campo de S.A. Monseñor el duque de Angulema, con residencia habitual en Versalles*". Antoine-Omer no había desdeñado casar a sus dos hermanas con gentilhombres de corte, los marqueses de Sainte-Croix y de Villaines. El padrino, Ignace Caghers, un financista de Amsterdam amigo de Radix, y la madrina se hicieron representar en el bautismo. Esa ceremonia campesina, realizada al final de las cosechas, tuvo que ser un poco apresurada, después de lo cual Omer Talon se dedicó a las noticias que llegaban de la capital. El 15 de agosto, día de la Ascensión, el cardenal de Rohan había sido arrestado y conducido a la Bastilla cuando, vestido con sus hábitos pontificios, se dirigía a la capilla de Versalles. Para sorpresa de todos, el "honesto" Luis XVI, queriendo salvar el honor de su mujer, entregaba el asunto del collar al Parlamento, cuyos miembros se empeñaban en censurar la autoridad real. La poderosa familia de los Rohan se levantaba como un solo hombre, seguida por todos los grandes del reino. El clero protestaba con vehemencia contra el encarcelamiento de un príncipe de la Iglesia, los libelistas enloquecieron. En una palabra, el asunto prometía ser interesante. Omer Talon no era hombre de permanecer apartado del teatro de operaciones. Era de los que no sólo no temen la agitación sino que se complacen y eventualmente prosperan en ella. Apresuró pues el regreso a París. Según la costumbre, se dejó a la recién nacida con su nodriza que, con su leche de campesina de la Beauce, fortalecería la excelente salud que el Cielo había dado al bebé. Esos primeros años pasados en medio del cacareo de las gallinas, de los ladridos de los perros y los gritos de los labradores, harían de la niña una campesina de corazón. Jamás Zoé-Victoire será más feliz que en el campo. Cuando más tarde tenga una propiedad cerca de La Rochelle, se refugiará en ella regularmente, huyendo de las Tullerías y del castillo que Luis XVIII había construido para ella en Saint-Ouen, y nada, ni siquiera las súplicas del Rey, podrá hacerle acortar esas temporadas de descanso desde las que enviaba cartas que expresaban la más pura felicidad: "Con gusto pasaría años aquí si todos los que me atan a la vida se encontraran aquí reunidos... La primavera está en mi corazón; todo me hace feliz".[3]

Ese amor a la naturaleza que volvemos a encontrar a lo largo de toda la vida de Zoé nada tiene que ver con las granjas de moda a finales del siglo XVIII. La hija de Omer Talon coleccionará "los libros de agricultura", pondrá tanto esmero en la elección de "un artista veterinario" como en la de una modista y será capaz de inspeccionar, una a una, un rebaño entero de ovejas. Estamos más cerca de los agrónomos que de la granja del Trianón.

Una vez confiada Zoé a su nodriza, Omer Talon volverá a su mansión de la calle de Saint-Florentin en compañía de su esposa y de sus dos hijos: Omer-Joseph, nacido en 1782, y Denis-Matthieu, nacido en 1783 (la buena marquesa había tenido tres hijos en tres años). De allí se apresurará a retomar su puesto en la Cámara de Encuestas del Parlamento de París. Aunque entonces sólo tenía 25 años, la carrera del heredero de las dos ramas de la familia Talon ya era brillante. Recibido de abogado a los 16 años, el joven había sido abogado del Rey en el Châtelet antes de obtener en 1777 el envidiable cargo de consejero en la Cámara de Encuestas del Parlamento de París. A "ese loco alboroto de la Cámara de Encuestas atestada de escapados de colegios y de notarios, recientes émulos de Esparta, de Atenas y de Roma que se creían un areópago o un Senado"[4] el Rey acababa de confiar muy imprudentemente la instrucción del asunto del collar. El propósito de los parlamentarios de afectar la majestad real y de humillar a la Reina no agradó por cierto a Talon, aunque el caso le reservara, como a sus colegas, grandes momentos de satisfacción. Cuando se abrió el proceso, cuál no sería en efecto el placer de esos señores al descubrir a sus pies a los Rohan, Marsan, Soubise y otros grandes del reino aguardando a los jueces que se pronunciarían sobre uno de los suyos.

—Señores —dijo la condesa de Marsan, doblándose en una profunda reverencia (la dama tenía un gran sentido teatral)—, no olvidéis que vais a juzgarnos.

Instante delicioso para las togas negras. Pero ese día las dos noblezas tenían un interés común: su mutuo odio era menor que el deseo de humillar a la Reina. Tras 18 horas de deliberaciones, el cardenal fue absuelto. Abandonó la Bastilla entre aplausos. Las damas del mercado acudieron a felicitarlo. Se iluminó la ciudad. El Parlamento se creyó amado. El verdadero culpable había huido a Inglaterra con los diamantes.

El asunto del collar no fue más que el comienzo de un duro combate entre la monarquía y los parlamentarios, del que Talon no perdió ningún episodio. En julio de 1787 el Parlamento rechazó la subvención territorial —que sin embargo debía ser pagada por todos los propietarios— propuesta por Loménie de Brienne, mal obispo pero ministro competente, declarando que sólo los Estados Generales podían decidir un nuevo impuesto. Se había pronunciado la palabra clave. El resto no fue más que contemporizaciones del poder real y agitación: exilio del Parlamento a Troyes y llamada del mismo Parlamento, sesión solemne de las cortes, arresto de consejeros, disolución de los parlamentos y respuesta sangrienta de Vizille. El caos duró un año. El 8 de agosto de 1788 se convocó a los Estados Generales para la primavera siguiente, Necker reemplazó a Brienne y los parlamentos recuperaron todas sus prerrogativas. Nunca habían sido tan poderosos. Unos meses más y ya no existirían.

En medio de esa confusión, la marquesa Omer Talon trajo al mundo a su cuarto hijo, una segunda niña, Aline-Geneviève, cuya madrina fue la hermana menor de Omer Talon, Marie-Geneviève, esposa del marqués de Villaines, gentilhombre de corte.

Durante los años que separan el asunto del collar de la reunión de los Estados Generales, los sentimientos del padre de Zoé fueron confusos. Para un Talon, los derechos del Parlamento eran sagrados; para Antoine-Omer, los del Rey lo eran también. Sin ser un ferviente partidario de la reunión de los Estados Generales —era de los que propugnaban que se siguiera aplicando el voto por orden—, no era hostil a las reformas. Con esa idea aceptó ser suplente de un diputado de la nobleza de la bailía de Chartres de la que dependía la señoría de Boullay-Thierry. Lo que importaba ante todo a Talon era participar en el movimiento, aunque más no fuera para controlarlo mejor. El hombre tenía sus defectos, como veremos, pero no se le puede negar actividad y coraje. Para retomar una expresión de la época, no era de los que se mantienen a veinte leguas del cañón.

Por otra parte, el advenimiento de una nueva era no perjudicó al principio la carrera de Omer Talon. El 16 de octubre de 1789 era nombrado teniente civil en el Châtelet, que la Asamblea acababa de transformar en Suprema Corte en materia de delitos políticos. Esa presidencia a los 29 años era una promoción, aunque el puesto fuese incómodo.

El primer asunto en que Talon tuvo que intervenir fue el del barón de Buzenval, quien, fiel al Rey el 14 de julio, había querido tirar contra los manifestantes. Era, además, un allegado a la familia real. La multitud congregada alrededor del tribunal reclamaba su cabeza. Talon pronunció su absolución. Siguió el proceso "de los agitadores de las jornadas del 5 y 6 de octubre". No sólo el teniente civil hizo investigar el asunto a fondo para encontrar a los instigadores de la conspiración —cayó por supuesto la facción de Orléans y también Mirabeau, cuyos intereses eran por entonces comunes—, sino que los denunció a la Asamblea. Camile Desmoulins y du Saulchoy, muy comprometidos en el asunto, se pusieron en su contra. Se señaló a Talon como un magistrado enemigo del pueblo y, además, prevaricador, lo que al interesado no le preocupaba en absoluto. El hombre tenía fama y no temía a la provocación. Les hizo frente. Los periódicos arremetieron contra él. En manos de ese magistrado demasiado conocido, estalló el tenebroso caso Favras.

El caso Favras, de por sí confuso —una historia de pescadores en aguas turbulentas en tiempos igualmente turbulentos—, ha sido modificado a gusto por gran número de cronistas y escritores. Debemos decir en su descargo que adolecía de falsedad. Cayó en un relativo olvido, en parte a causa del desorden que reinaba en el legajo, en parte porque acontecimientos más importantes lo taparon. Tuvo sin embargo una repercusión considerable en su momento. La muerte de Favras es la primera gran ejecución pública de la Revolución, y el escándalo de esa muerte habría de seguir a Omer Talon, a su hija, y sobre todo al conde de Provenza, convertido en Luis XVIII, durante buena parte de sus vidas.

Digamos algo del interesado: Thomas de Mahy, marqués de Favras, pertenecía a una antigua familia de la región de Blois. Tras una excelente carrera militar, fue nombrado coronel de la guardia del conde de Provenza. Una boda muy romántica con la hija del príncipe de Anhalt-Bernburg (contra los deseos del padre, desde luego) hizo hablar de él en la corte. En vísperas de la Revolución, esa activa inteligencia —algo embrollona— elaboraba planes de renovación nacional y se permitía enviar consejos a Necker. La toma de la Bastilla lo inquietó. Ardiente defensor de la monarquía, distribuyó en los pasillos de Versalles un plan de evasión del Rey consistente en raptar a Luis XVI —con su consentimiento o por la fuerza— y llevarlo a Péronne, donde se convocaría a la Asamblea Nacional. Para ser un conspirador, Favras hablaba demasiado y a todo el mundo. La Fayette ordenó que su policía secreta lo vigilara. Esa vigilancia se redobló después de las jornadas de octubre. En efecto, Favras era de los que quisieron dispersar la columna que llegaba a París. Desalentado por la actitud de Saint-Priest, ministro de Guerra, que le había negado la autorización para quitar los cañones traídos por los parisinos y, más aún, por la de La Fayette, acompañó a la familia real a París y ya no pensó más que en salvarla.

Perfeccionó su plan de salvar al Rey —ahora se trataba de raptar a Luis XVI para llevarlo a Metz y reclutar tropas fieles— y ofreció sus servicios, por medio de un intermediario, al conde de Provenza, proponiéndole negociar para él un préstamo de dos millones, necesarios para el cumplimiento del plan. Monsieur, a quien los acontecimientos privaban de sus rentas y que comenzaba a pensar en emigrar él mismo, aceptó la cláusula del préstamo y concedió muy poca atención al proyecto de evasión. Hay que señalar en su descargo que el proyecto circulaba demasiado. Favras, encantado, se confió inocentemente a los esbirros de La Fayette. Fue arrestado el 24 de diciembre de 1789. Ese mismo día, impreso en centenares de ejemplares por el jefe de la Guardia Nacional, circuló por todo París un cartel denunciando una conspiración que apuntaba simplemente "a hacer asesinar a M. de La Fayette, al ministro Necker, al alcalde de París y a cortarnos los víveres. Monsieur, el hermano del rey, encabezaba la conspiración". El día de Navidad de 1789, se ponía en manos del teniente civil del Châtelet, Omer Talon, lo que ya se había convertido en el caso Favras.

Hambrear al pueblo, asesinar a La Fayette, a Necker y al alcalde de París era más que suficiente para conmocionar la capital. El conde de Provenza tuvo que acudir presuroso a la Alcaldía para disculparse. No negó el préstamo y la garantía concedidos a Favras, sino el plan de evasión y, por supuesto, de asesinato. La acusación no se hubiese mantenido de haber contado con personas hábiles, pero nadie pretendía serlo y Monsieur lo sabía. El caso, armado por La Fayette utilizando los proyectos de un exaltado, tenía por objeto desacreditar al conde de Provenza y formular una advertencia al Rey. Una vez hecho eso, quedaba Favras. El Favras que resultaba molesto, Favras confiado a la justicia de Omer Talon.

El Châtelet condujo la instrucción del proceso desde el 25 de diciembre de 1789 hasta el 17 de febrero de 1790. El legajo es tan confuso que Favras aparece en él, si no como un hombre honesto, al menos como víctima. Las declaraciones de soplones, de la policía secreta y de financistas sospechosos se acumulan en él de manera impresionante. Camile Desmoulins, a solicitud del jefe de la policía secreta, un tal M. Morel, alegó "sus ocupaciones" y se limitó a proporcionar este curioso certificado a un informante.

> *¡Este tan estimable denunciante sólo ha querido merecer la corona cívica y no ganar las veinticuatro mil libras que rechaza lejos de sí, pues sólo el despotismo requiere el auxilio de un metal tan vil para corromperlo!*

A pesar de las presiones ejercidas —se arrestó a su esposa—, Favras repitió incansablemente que él sólo perseguía un objetivo: salvar al Rey raptándolo. Jamás pronunció el nombre de Monsieur. Su proceso se abrió el 16 de febrero de 1789. La gente se amontonaba en espera de una condena que se esperaba capital. "La afluencia de público que rodeaba el Tribunal no permitió acercarse a los periodistas", anotaba en 1790 Pithon de Valenville.[5] Treinta y ocho jueces, bajo la presidencia de Omer Talon —Quatremère era el relator— deliberaban presionados por la multitud.

Desde que tuvo conocimiento del caso, Talon temió que Favras, acorralado, soltara prenda. Tenían un objetivo común: salvar al Rey y, por lo tanto, salvar también a Monsieur. Pero para eso era menester que Favras callara y aceptase morir. Es sabido que, al abrirse el proceso, Talon fue a ver al acusado en su celda. Sobre la existencia de esa entrevista en la que un juez convence a un acusado de ocultar lo que podría absolverlo y sobre su resultado, poseemos varios testimonios: los de Sémonville, personaje en verdad bastante equívoco, pero también los de Mercy d'Argenteau y del príncipe de Arenberg (o conde de La Marck), gran señor de Brabante. Indignado por la injusticia que se cometía con él, Favras escribió en "cuatro hojas de papel ministro" una completa confesión que deseaba leer al tribunal. Durante varias horas Talon trató de obtener esos papeles. No se sabe bien qué argumentos utilizó: sin duda la salvación de la esposa de Favras y de sus hijos, y el hecho de que denunciar a Monsieur no lo salvaría. Luego de tres horas de discusión y de intercambio de palabras de honor, Favras cedió. Talon se llevó el escrito y el compromiso de guardar silencio. Llegado el momento, Napoleón haría todo lo posible para conseguir esa confesión que comprometía al conde de Provenza, y que sería la pérdida de Talon. Otros pretenden que, gracias a ella y por vía de chantaje, Zoé-Victoire obtuvo el favor real. Curiosa manera de hacerse amar.

El 19 de febrero se pronunció la sentencia de muerte. Cuando Quatremère fue a dar lectura del juicio al condenado en su celda, éste protestó su inocencia y se rebeló ante la oscura inmolación. Se renovó el diálogo del 16. "Vuestra vida es un gran sacrificio que debéis a la seguridad y a la tranquilidad públicas. Sólo puedo ofreceros el consuelo de la religión", dijo en síntesis el relator. Favras llevaba sobre su pecho la cinta de caballero de San Luis. La degradación era lo acostumbrado. La cinta punzó todavía está pinchada en el legajo por encima de la firma de los jueces.

Eran las tres de la tarde cuando el condenado apareció ante la multitud vistiendo la camisa de los parricidas y llevando sobre los hombros un cartel en el que se leía: "Conspirador contra el Estado". La expiación pública, con una antorcha encendida en la mano, tuvo lugar en el atrio de Notre-Dame, donde pidió perdón "a Dios, a la Nación, al Rey (eso era el colmo) y a la Justicia (¡otro colmo!), según la jerarquía fijada por el juicio. Camile Desmoulins, siempre bondadoso, cuenta que "la retractación pública fue tan humillante para ese aristócrata y cambió tanto su rostro que los que se encontraban a su paso ya no lo reconocían". Después de lo cual Favras pidió a los magistrados que lo acompañaban que recibieran "su testamento de muerte". Pánico general entre las togas negras, pero la ley lo autorizaba. Se hizo entrar al condenado en la Alcaldía, donde al menos sus palabras no serían a puertas cerradas. Allí Favras dictó una carta de 15 páginas en la que afirmaba su amor al rey, su inocencia y su desdén por la muerte: "Es sólo una vida que entregaré un poco antes al Ser eterno que me la concedió". No comprometió a nadie. Al final, solamente estas palabras: "Todo se descubre, todo se sabe, pero no seré yo quien dirá la última palabra".

Cuando Favras subió a la carreta que debía conducirlo al cadalso levantado en la plaza de la Grève, era noche cerrada. Se habían encendido los faroles. La muchedumbre, agitando antorchas, aullaba gritos de muerte. Se impidió al condenado hablar antes de la ejecución. Cuando todo hubo terminado, en la plaza bruscamente silenciosa un niño lanzó con espantosa propiedad: "¡Salta, marqués!".

La presencia en la ejecución del diabólico abate Le Duc, bastardo de Luis XV, encargado de tranquilizar a Monsieur después de la muerte de Favras, es una leyenda, como también es falsa la carta que habría sido dirigida por el conde de Provenza a Favras y que comienza en estos términos:

"No sé, señor, en qué utilizáis vuestro tiempo y el dinero que os envío". Se puede sospechar muchas cosas del futuro Luis XVIII, pero no por cierto el haber escrito un documento tan tontamente comprometedor. Esa carta fue simplemente recopiada por Louis Blanc[6] en una novela publicada en 1800.[7] Nadie osó poner en duda tal autoridad. Lo que no impide que la verdadera cuestión sea la de la culpabilidad de Monsieur. Ésta es muy difícil de establecer. Una vez más, parecería que sólo le interesaba el préstamo de dos millones. En cuanto al plan de evasión del Rey, era sólo uno entre muchos otros. El proyecto de Favras, el del conde de Artois con Maillebois o el del duque de Orléans con Mirabeau; todo el mundo tenía el suyo. Pero eso no impide que Monsieur cayera en la hábil trampa de La Fayette en ese asunto y que Fravras tuviera que sacrificarse para salvarlo. El conde de Provenza debía pagar una pensión vitalicia a Mme. de Favras y encargarse de la educación de sus hijos. Es de hacer notar, para conocer su opinión sobre el caso, que el día en que Quatremère solicitó del rey Luis XVIII su ennoblecimiento, éste, en el momento de firmar el decreto, observó:

—¿Pide que se ponga un "de" delante de su apellido? Que ponga otro detrás.*

Antes de terminar con el caso Favras, que tendría tan graves consecuencias en la vida de Omer Talon y de su hija, debemos citar el testimonio de Sémonville sobre la manera en que se desarrolló la jornada del 19 de febrero para dos personajes que también tenían buenas razones para esperar que "todo terminara".

Nuestro testigo visitó ese día a La Fayette. Encontró al jefe de la Guardia Nacional haciéndose peinar, muy atento a la colocación de una peluca rubia que consideraba rejuvenecedora. Fue luego a la casa de Omer Talon. El teniente civil tenía los recursos de urgencia inherentes a su cargo en su mansión de la calle Saint-Florentin. Llevaba su toga. Pero botas con espuelas —nos dice Sémonville— y

* La partícula "de", que delante del apellido indica nobleza, agregada al final en este caso sonaría como *"quatremerde"* *(N. de la T.)*.

ropa de viaje debajo de la toga, tenía un pasaporte de correo de Relaciones Exteriores en un bolsillo, mil luises en el otro y estaba listo para montar un caballo que alguien sujetaba por la brida en la plaza Luis XV. La precaución era grande pero no superflua. Si Favras revelaba públicamente que el teniente civil había protegido a la familia real, el pellejo de Omer Talon no valdría gran cosa.

En cuanto al pueblo, durante mucho tiempo circuló el rumor de que Favras había sobrevivido a la ejecución, habiéndose sustituido, a último momento, al marqués por otro condenado. Y luego sólo una triste canción siguió hablando del ajusticiado.

Después del caso Favras, Talon comprendió que el puesto de teniente civil en el Châtelet era como una placa ardiente en la que cada vez sería más difícil mantenerse. Furioso al ver que la Asamblea seguía rechazando su demanda contra los instigadores de la conspiración de octubre, presentó su dimisión, proponiendo para sucederle a su amigo Sémonville, especialista en el doble el juego, que serviría a todos los gobiernos hasta Luis Felipe, y de quien él mismo dijo: "Es un hombre que, teniendo todo el color jacobino, posee sin embargo corazón fiel". La raza no era algo raro en ese entonces y nunca es muy difícil encontrarla. Esa dimisión no era una huida. Como muchos otros, Talon comenzaba a pensar que no era desde las posiciones de comando desde donde podría salvarse el navío. Convertido en diputado de la Asamblea en lugar del conde de Montboissier, cuyo suplente era, sesionó muy poco tiempo. Abandonó el puente del barco para trabajar en lo más profundo de la bodega, pasando a la clandestinidad. El padre de Zoé amaba la lucha, la intriga, por cierto también el servicio, pero no la abnegación gratuita. La codicia de los Radix y su gusto por el dinero hablaban en él tan fuerte como la fibra jurídica de los Talon. Es una de las contradicciones propias de los Talon (y de algunos otros) apuntadas ya en el siglo XVII por el cardenal de Retz. El barón de Batz, conspirador de envergadura, amigo y cómplice de Talon, dirá que "Omer Talon unía al amor al rey el que tenía al dinero". Era conocerlo a la perfección. Sobre este delicado tema, es bastante esclarecedora una carta dirigida por el conde de La Marck a María Antonieta:

He visto varias veces a M. Talon. Me mostró el original de un importante escrito del que no hablaré aquí de manera más extensa porque supongo que la Reina ha tenido conocimiento de él por M. de Mercy, con quien M. Talon se comunica por intermedio de M. de Bougainville. (El papel que el conde vacila en nombrar con precisión es la confesión de Favras.) *M. Talon extrae cierta fuerza de la posesión de ese escrito, y no deja de estimar muy alto el servicio que ha hecho al mantenerlo en secreto. No puede negarse que es un hombre de cuidado y al que aconsejaría ganar.*

Por otra parte, el precio en que Talon "estimaba sus servicios" no era un precio en dinero sino, muy simplemente, el Ministerio de Justicia. Aclarado esto, La Marck se equivocaba al desconfiar demasiado, pues Talon sólo se vendía a favor de sus opiniones. Cuando Napoleón quiso a su vez obtener la maldita confesión, Talon resistió hasta la muerte. El caso Favras y los manejos que siguieron comenzaban sin embargo a conferirle una reputación lamentable.

Liberado de su cargo, Talon se dedicó a acercar a Mirabeau a la corte. Su intermediario fue el príncipe de Arenberg, conde de La Marck, del que acabamos de leer una advertencia a María Antonieta. Se encargó especialmente a Talon negociar la parte financiera del contrato, que debía unir "la antorcha de Provenza" a los intereses del reino mediante el pago de 40.000 libras semanales. Como se puede ver, la antorcha no ardía sin combustible. Sabemos que Mirabeau exigió también un puesto en el ministerio y que la Asamblea, para esquivar el golpe, votó inmediatamente que ninguno de sus miembros podía ser ministro. Mientras tanto, Mirabeau jamás había perdonado a Talon su persecución en el caso de las jornadas del 5 y 6 de octubre. Sabía además que Luis XVI había encargado al ex magistrado vigilarlo, cuidado que él consideraba superfluo, y así le agradeció poco sus servicios. Cuando el Rey pensó en conceder los Sellos a Omer Talon, Mirabeau se opuso firmemente, apoyado por Talleyrand. No es imposible que ambos camaradas esgrimieran el lamentable amor al dinero del ex teniente civil: se tiene menos indulgencia hacia los defectos que conocemos bien por practicarlos cotidianamente. María Antonieta, alertada por La Marck, era también muy poco favorable al ex parlamentario. Así pues, Luis XVI se limitó a ofrecerle su retrato, a guisa de agradecimiento. En cuanto a Mirabeau, la muerte puso fin a su carrera el 2 de abril de 1791.

Lejos de desanimarse por la escapatoria real, Talon prosiguió sus intrigas entre el palacio de las Tullerías y el de Luxemburgo, donde residía Monsieur. Quedó comprometido y encarcelado en ocasión de la huida del Rey. Por otra parte, en un interrogatorio realizado durante el Consulado, confesó haber sido "advertido" del asunto. Si bien Luis XVI fue arrestado en Varennes, el conde de Provenza pudo llegar a la zona de Holanda que estaba bajo dominación austríaca, donde se encontró con Mme. de Balbi. Omer Talon compareció ante el tribunal que había presidido unos meses antes. El hombre era hábil. Nada pudo probarse en su contra. Tras algunas semanas de prisión, fue liberado. Talon no era de los que se asustan por una reprimenda. Sin embargo, después de su primer arresto, se preocupó en poner a su familia en lugar seguro, lo que además tenía la ventaja de dejarle las manos libres en sus múltiples actividades. Mme. Talon y sus hijos tomaron pues el camino del exilio llevando como viático letras de cambio para diferentes establecimientos comerciales franceses e ingleses. El viaje no era de aquellos cuyo itinerario y duración puede establecerse de antemano. La familia de Omer Talon debía pasar un tiempo en Jersey, en Suiza y en Italia. En el momento de ese viaje, Zoé tenía algo más de cinco años. Era una bonita niña morena de grandes ojos negros. ¿Qué sabía entonces de su padre? ¿Qué le habían dicho? Sin duda, que el Rey se hallaba en peligro y que "su querido papá", como ella lo llamaba en sus cartas, trabajaba para salvarlo. Iba a pasar 12 años sin volver a ver a ese padre que admiraba.

Lejos de calmar el entusiasmo de Omer Talon, su permanencia en prisión lo sumergió aun más en la conspiración. Formó parte del comité que se reunía secretamente en las Tullerías. Interrogado durante el Consulado sobre sus actividades realistas antes del 10 de agosto, reconoció haber tomado y hecho tomar medidas para la seguridad personal del Rey. Lo esencial era una vigilancia activa de la policía y "una infiltración de personas adictas dentro de la Guardia Nacional". Por supuesto, todo eso costaba caro. Talon conseguía, manipulaba, distribuía los fondos de la contrarrevolución. El historiador Lecoq asegura en su *Conspiration du marquis de Favras* que la única idea del ex magistrado era "llenarse la garganta de oro sorbiendo de los fondos secretos", lo que es excesivo. Talon probó que era muy capaz de servir útilmente a "la causa" sin olvidar la suya. Es sabido que todo esto fue inútil y que la noche del 10 de agosto sería la última de la realeza. Talon estuvo entre los que acudieron junto al Rey para defender las Tullerías "porque su honor y su deber así se lo exigían", y sólo salió del palacio a último momento.

Talon recibiría una segunda y más severa advertencia en noviembre de 1792, cuando se descubrió la "caja de hierro" en las Tullerías. El Rey estaba prisionero desde el 10 de agosto y el miedo era tan general que el cerrajero Gamain, instalador del escondite, presa de dolores de estómago, imaginó que Luis XVI había ordenado su asesinato para callarlo. Fue a confesarse a Roland, que se precipitó a la Convención.

La víspera del 10 de agosto, Luis XVI había retirado varios papeles de la "caja de hierro", entre ellos un documento esencial para él, el acta del Consejo, en la que daba su opinión contra la guerra, y los había confiado a Mme. Campan, doncella de la Reina, quien le encargó que los quemara. Pero el escondite estaba lejos de hallarse vacío. Entre otros documentos comprometedores, se encontró un memorándum en el que Talon hablaba de sus vinculaciones con Mirabeau y de los millones que ambos habían distribuido en provincias para crear una reacción. Se decretó la detención de Omer Talon, y su mansión de la calle de Saint-Florentin recibió la visita de la policía, pero, desde hacía semanas, el conspirador se ocultaba en la casa de una antigua amante, Mme. Monthiers. Había tomado otra prudente medida vendiendo el "querido campo" de Boullay-Thierry, que corría el riesgo, en caso de detención o huida, de ser confiscado como bien nacional. La escritura de la venta de una propiedad que pertenecía desde hacía más de 121 años a la familia Talon fue firmada el 4 de septiembre de 1792, cuando arreciaban las matanzas. En esa fecha, como nueva precaución, Talon obtuvo de Dantón, ministro de Justicia, un pasaporte para La Haya. Podemos interrogarnos acerca de los vínculos que podrían existir entre el conspirador realista y el ministro de la Convención; pasaban desde luego por el dinero. Dantón quizás era, según su propia expresión, impagable, pero sus servicios, en particular sus pasaportes, costaban caro. En todo caso, las relaciones entre los dos hombres eran bastante estrechas como para que en septiembre de 1792 Dantón encargara al otro una misión muy curiosa. Se trataba, nada menos, que de negociar ante los coaligados, con los que Francia estaba en guerra, el intercambio, contra dinero contante y sonante, de la familia real, a la que Dantón proveería de un "decreto de deportación". Para decirlo más simplemente, había que vender a buen precio a la familia y desembarazar de ella a Dantón. Entre la abolición de la realeza, votada por la Convención el 21 de septiembre de 1792, y el proceso del Rey que se abrió el 11 de diciembre, se extendió en efecto un período de expectativa en cuanto a la suerte de Luis XVI. Sólo el 13 de noviembre un discurso de Saint-Just reclamando la muerte para "el asesino de un pueblo, sorprendido en flagrante delito con la mano en la bolsa" convirtió al proceso ante la Convención en algo inevitable. Dantón no deseaba esa salida, sabiendo que ésta sólo radicalizaría a la Revolución y favorecería a la parte izquierda de la Montaña, que podía desbordarlo. Así pues utilizó ese plazo para intentar deshacerse útil y fructuosamente de los prisioneros del Temple. Los detalles de la transacción figuran en el interrogatorio al que Talon fue sometido durante el Consulado. Son demasiado precisos como para poder dudar de la realidad del proyecto. Provisto de un pasaporte de la República y encargado por Dantón de una misión capital, Talon se embarcó pues para Inglaterra a finales de septiembre de 1792.

En su interrogatorio, Talon dio cuenta perfectamente de la manera como cumplió su misión. Comenzó por entrevistar al ministro inglés Pitt; luego nos dice:

> *Envié a mis expensas a un amigo para hacer la misma comunicación al rey de Prusia, que se encontraba entonces en Coblenza. Llevaba una carta del señor duque de Harcourt, que gozaba de una confianza a la que yo no tenía ningún derecho, no siendo conocido del rey de Prusia.*

Ese embajador casi no será ayudado —es lo menos que puede decirse— por Austria.

El señor de Metternich le negó un pasaporte para continuar su viaje hasta Coblenza y, de viva voz, le aseguró su intención de escribir al emperador y al rey de Prusia, añadiendo que el señor de Stadion, por entonces embajador del emperador en Londres, me daría la respuesta,

explica Talon antes de proporcionar el contenido de esta respuesta:

Se me hizo presente que las potencias extranjeras se negaban a los sacrificios pecuniarios solicitados por Dantón, quien, sin embargo, había especificado que la remuneración fijada no le sería enviada hasta después de la entrega de la familia real en manos de los comisionados nombrados para recibirla.

En consecuencia, la negociación fracasó. El argumento del precio esgrimido por los coaligados no resiste el análisis, aunque es posible que Dantón lo fijara muy alto. Parecería más bien, y la actitud de Metternich lo prueba, que los soberanos de Europa no estuvieron muy tentados de reencontrarse con su "querido primo" y que abandonaron con total conocimiento de causa a Luis XVI y a su familia a su suerte.

Al conocerse en Londres la noticia de la condena del Rey, Talon se entrevistó con todos lo que intentaban salvar a la familia real. Vio a la famosa lady Atkins, que consagró su fortuna y su vida a tratar de hacer evadir a la Reina y, sobre todo, al barón de Batz, el más hábil y más grande conspirador de la Revolución. Éste preparaba entonces un complot para hacer raptar al Rey en la mañana del 21 de enero por 500 realistas armados. Talon le proporcionó los fondos y lo siguió haciendo incansablemente. Agente del conde de Provenza ante bancos de Londres, el ex parlamentario continuaba manejando el dinero de la contrarrevolución. Cuando Batz, habiendo fracasado en su intento de salvar al Rey en la mañana de su ejecución y luego a la Reina y sus hijos en el Temple (él fue el verdadero Pimpinela Escarlata), intentó varias operaciones en la Conserjería en compañía del caballero de Rougeville; cuando sus conspiraciones apuntaron luego a un proyecto más vasto, el de desacreditar y comprometer a varios revolucionarios, fue Talon, asociado al banco Baring, quien pagó una vez más.

En febrero de 1793, el conde de Provenza, que mantenía correspondencia con Talon, encargó a éste una misión ante Washington. El mensajero se embarcó enseguida hacia "las sabanas del Nuevo Mundo", que Chateaubriand había abandonado tres años antes. Luego de una travesía de 40 días, Talon desembarcó en Filadelfia y tuvo el insigne honor de ser recibido por el héroe de la Independencia, privilegio que fue negado un poco más tarde a Talleyrand. Hay que señalar que, si bien los norteamericanos consideraban el agio y las especulaciones más arriesgadas como virtuosas ocupaciones, no bromeaban en el tema de las costumbres. Así, el anciano obispo de Autun, que había colgado la sotana y se paseaba a orillas del Susquehannah del brazo de una espléndida negra, se encontró con que se le cerraban las puertas. El sentido de los valores no era el mismo en el Viejo que en el Nuevo Mundo. Maravillado, Talon descubrió un país nuevo donde ganar dinero aportaba consideración, y donde era fácil ganarlo.

"(...) en este país, la preocupación de todo el mundo, sin excepción alguna, es aumentar su fortuna. Así el dinero es el único culto universal; la cantidad que se posee es la medida de todas las distinciones", escribe Talleyrand, vagamente disgustado. Para él, el dinero no era más que el medio cómodo de procurarse amantes, juego o caballos; para Talon, era ya un placer.

En Filadelfia, Omer Talon se encontró pues con Talleyrand, la cabellera siempre episcopal, la mirada clara y la cojera agraciada, algunas de cuyas cartas habían estado igualmente en la "caja de hierro", y que también había comprado un pasaporte a Dantón. Detrás de ellos desembarcaron el vizconde de Noailles, el duque de La Rochefoucauld, el viajero Volney y algunos otros. Su punto de encuentro era la librería abierta por Moreau de Saint-Méry, diputado de las Antillas en la Constituyente, en el número 84 de First Street. Proveniente de una antigua familia de la aristocracia criolla, protector de los negros de su Martinica natal, Saint-Méry había descubierto, durante una excursión por la isla, la tumba de Cristóbal Colón, cuya restauración costeó. A pesar de tantos servicios prestados a la sociedad, fue detenido el 10 de agosto, aunque logró huir a último momento. Pronto se unió al pequeño grupo el diputado de Belley en la Constituyente, Brillat-Savarin. Éste se sobresaltó al encontrar a Talleyrand: la misma peluca empolvada de blanco, la misma nariz corta y los mismos pómulos salientes, la misma rigidez; juró que el ex obispo se parecía a Robespierre, lo que provocó cierta tirantez en la reunión. Pero la manera como el diputado de Belley preparaba el pavo de campo con un relleno de champiñones, ajo y anchoas reconcilió a todo el mundo. Las reuniones eran muy alegres; comían y bebían vino de Madeira, bromeaban con Talleyrand llamándolo "monseñor", y él les retrucaba diciéndoles "manguitos". El alboroto se oía hasta en la calle, y el representante del Comité de Salvación Pública en los Estados Unidos, Claude Fauchet, ex prelado de la corte, ex dirigente de un destacamento de policía, ex fundador de un diario masón, ex obispo constitucional que había asombrado a los habitantes de Caen "viviendo en estado de matrimonio sin conocer sus vínculos", Claude Fauchet, repito, veía esa agitación con malos ojos y escribió a París en el mes de junio de 1794: "Existe un plan infernal, cuál es, lo ignoro".

A decir verdad, el objetivo de esos emigrados era ante todo procurarse de qué vivir, y vivir muy bien, en lo posible. Especulando con terrenos, Omer Talon fundó con el vizconde de Noailles la sociedad "Asylum", cuyo propósito era vender tierras a los emigrados deseosos de rehacer su vida; al menos a los que habían partido con dinero. Pudo verse al ex procurador del rey transformado en explorador hundirse en la selva virgen, enlodarse en los pantanos y hacer alto para acampar a la buena de Dios. Su familia no parece haber extrañado demasiado al aventurero del Nuevo Mundo. Ése fue el período más feliz de su vida.

La especulación con tierras aseguraba entradas de dinero regulares, pero Talon no desdeñaba las operaciones más arriesgadas y fructíferas, tal como la que llevó a cabo en Surinam. Como consecuencia de la invasión de Holanda por las tropas francesas, los puertos de la Guayana, colonia holandesa, fueron cerrados y los mercados del puerto de Surinam perdieron todo su valor. Cuando Talon, gracias a las relaciones de que disponía en el ministerio inglés, se enteró de que la flota de Su Majestad se disponía a hacerse a la mar, fletó un barco que llegó al puerto 15 días antes de su capitulación y compró todo a precio vil. Trabajó igualmente en la exportación de cereales de Francia a Inglaterra, ayudado por Bellamy, un genovés afincado en Hamburgo que le establecía sus mercados, mientras que un tal Bourdois era el verdadero comisionista de esta conspiración comercial. Vaciar a Francia de sus cereales en beneficio de un país con el que se estaba en guerra podría haber planteado problemas en el terreno moral, pero no parece que a Talon esos problemas le preocuparan demasiado. En el interrogatorio al que fue sometido durante el Consulado, se defendió vigorosamente afirmando que "el señor Pitt" le había ofrecido un estipendio que él había rechazado, por lo que el ministro inglés lo habría felicitado calurosamente, "estimando a las personas que no levantan las armas contra su país".

La reputación de Omer Talon no salió intacta de todo ese trajín, pero su fortuna alcanzó cifras considerables. Tenía fondos en los establecimientos Couder de Amsterdam, Torthon y Power de Hamburgo, casa que, entre paréntesis, pagaba todas las sumas para el ejército de Condé. Regresó a Inglaterra e hizo varios viajes a Europa del norte. En 1795 conoció a Jean de Batz en Bélgica antes de regresar a Estados Unidos, de donde volverá definitivamente no antes de 1798. Veremos que, en el transcurso de esas idas y venidas, hizo varias incursiones a Francia. Durante esos años de aventuras, Talon permaneció en contacto con su familia y estableció rentas muy importantes a nombre de los hijos que le quedaban, pues el mayor, el pequeño Omer-Joseph, había muerto durante una estancia en Suiza. La marquesa Talon, aunque alentada por las excelentes noticias que recibía de su marido, debió arreglárselas sola durante más de cuatro años, así que encontró el exilio mucho menos agradable que él. Regresó a Francia en el verano de 1795, dejando que su esposo conspirador prosiguiera con sus conspiraciones. Era el momento en que "cuatro caballos y un quinto en la delantera se ataban al timón del Estado". Así definía el barón de Frénilly al régimen del Directorio.

La capital que encontraba la marquesa Talon después de cuatro años de ausencia habia cambiado mucho. Talleyrand, que regresó en el mismo momento a su ciudad natal, descubrió en ella un mundo más extraño que el de las riberas del Susquehannah.

> *Los bailes, los espectáculos, los fuegos artificiales han reemplazado a las prisiones y a los comités revolucionarios. Las damas de la corte han desaparecido, pero las mujeres de los nuevos ricos han ocupado su lugar y son seguidas como ellas por las rameras, que les disputan el precio del lujo y de la extravagancia.* [Después de

Termidor], *esas terribles jornadas en las que la amenaza del crimen nos libera del crimen triunfante,*[8]

la capital, guardada su guillotina, lanzaba un gigantesco suspiro de alivio. Una parte de la sociedad (el resto se moría de hambre) se lanzó a todos los excesos con la avidez de las personas contenidas durante mucho tiempo. Florecían las casas de baile (más de 200 se contaban en París), fuegos artificiales y pasmosas modas. Mme. Tallien se exhibía en Frascati "vestida a lo salvaje", con un modelo color carne muy ceñido al cuerpo y algunos brazaletes de oro. El arte consistía en mostrar la mayor desnudez posible sin estar desnudo. Se cantaba:

Grâce à la mode,
On n'a rien de d'caché
On n'a rien de caché, c'est plus commode. *

Lo más curioso fue que la túnica griega, por un tiempo dejada a las actrices y a las mujerzuelas, ganó a toda la sociedad con algunas modificaciones. Los corsés fueron desapareciendo, luego las enaguas, después las mangas. "Es incontable, narra Frénilly, el número de esas atenienses que murieron de tisis por haber bailado en París en enero como lo hacen en agosto a orillas del Eurotas." Lo que, por otra parte, era hacerse ilusiones acerca de las ocupaciones estivales de las griegas.

Las numerosas fiestas que conoció el París del Directorio no siempre eran del mejor gusto. En la sala Richelieu se ofreció el "baile de las víctimas", al que sólo era admitido aquel que pudiera probar que había perdido como mínimo un pariente muy cercano en el cadalso. Las bailarinas llevaban alrededor del cuello —alegoría exquisita— un sutil lazo rojo, mientras que los bailarines iban peinados "a lo verdugo".

El jefe del Directorio era Barras, a quien el pueblo llamaba simplemente "el rey de los corruptos", un aristócrata del Antiguo Régimen, carente de principios, que había cargado las carretas de la guillotina antes de contribuir a abatir la Revolución. Recibía, muy

* Gracias a la moda,/No hay nada que describir./No hay nada oculto, eso es lo más cómodo.

atildado, en su palacio del Luxemburgo o en su dominio principesco de Grosbois, en otros tiempos propiedad del conde de Provenza, a una sociedad bastante mezclada, e introducía a sus favoritas en las alcobas que deseaba vigilar: Josephine de Beauharnais en la de Bonaparte y Teresa Tallien en la del banquero Ouvrard, que acababa de prestar diez millones al gobierno. Desde su pequeño castillo de la Ile-de-France, Frénilly observaba:

> *Se pasaba de la sangre al lodo y de la demagogia a la oligarquía; de la carmañola y de los zuecos se saltó de golpe a los bordados, las plumas y los encajes. Al faltar los aristócratas de diez siglos, se los hacía de veinticuatro horas. Es verdad que eran alegres, pero sus botas embarradas se cubrieron con tanto oro y terciopelo que no se pudo dudar del respeto profundo de los pueblos al ver pasar esos cinco muestrarios de tiendas seguidos por sus cinco o seis ministros con ropa análoga, que eran los Crispines* de esta comedia.*

La misma ciudad estaba desconocida. Dejada sin mantenimiento, sin limpieza, la basura llenaba las calles. En el *faubourg* Saint-Germain o en el Marais deshabitado crecía la hierba entre el pavimento, en medio de las mansiones saqueadas cuyas puertas y postigos golpeaban con el viento. Los mercados se hallaban desiertos, el asignado —la moneda durante la Revolución— no valía nada; se volvía al trueque, pero se multiplicaban bailes y lupanares. Después de verificar que la mansión de la calle Saint-Florentin no había sido vendida como bien nacional (sin duda Talon había pagado lo necesario a la persona adecuada), la marquesa volvió a instalarse en ella. Sería más justo decir que acampó en las pocas habitaciones que pudo acondicionar. Después de lo cual comenzó a preguntarse cómo educaría a sus tres hijos en ese tráfago que era ahora la capital. En ese preciso momento, una ex doncella de María Antonieta, caída en la miseria, Mme. Campan, abría en Saint-Germain-en-Laye un establecimiento educativo. En el final del verano de 1795, Zoé Talon, que acababa de

---

* Crispín: servidor descarado y poco escrupuloso, protagonista de *Crispin, rival de son maître*, de Lesage (1707). *(N. de la T.)*

cumplir 10 años, y su hermana Aline, se convertían, con Hortense de Beauharnais y las señoritas Auguié, sobrinas de Mme. Campan, en las primeras pupilas del Instituto Saint-Germain.

Por cierto, Zoé no franqueó con alegría las puertas del Instituto Saint-Germain. Después de cuatro años de peregrinaje por las rutas de Europa, años enlutados por la pérdida de su hermano mayor, el regreso tan esperado había sido amargo: la casa devastada, los amigos desaparecidos o alejados, el desorden general. Decepcionada, la niña reclamó su campiña de Boullay-Thierry, y su madre tuvo que revelarle la venta del castillo. La pérdida de la casa donde había crecido fue un verdadero desgarramiento; la herida no cicatrizará verdaderamente hasta que Zoé tenga más tarde su casa de campo, cerca de La Rochelle. La niña experimentó otro desgarramiento al comprender que no vería pronto a un padre, al que había esperado reencontrar. A las numerosas preguntas sobre el tema, Mme. Talon siempre evitaba responder con precisión. De todos modos no habría podido hacerlo de otra manera, estando ella misma poco al corriente de las idas y venidas de su marido aventurero. Pero, a fines del mes de julio de 1795, el intento de desembarco en Quiberon hizo todavía más difícil la posición de los emigrados. El 13 Vendimiario (5 de octubre del mismo año), Bonaparte atacaba a sablazos a los amotinados realistas en las escalinatas de Saint-Roch. La niña comprendió que, si bien volvían, no lo hacían con la cabeza alta y que la situación de todos ellos era infinitamente precaria. Ese sentimiento fue reforzado por un duelo que ese verano golpeó duramente a todas las familias realistas. El 8 de junio de 1795, la muerte de quien era ahora Luis XVII, o del niño que pretendía ser tal, asestaba un golpe casi definitivo a todas las esperanzas alimentadas. Para muchos, pareció que la Revolución triunfaba y que las fuerzas del Mal se imponían definitivamente. Era tal la amargura que apenas se pensaba en el viejo grito de la monarquía: "El Rey ha muerto. ¡Viva el Rey!". Algunos rezaron por el que se convertía en Luis XVIII, un príncipe perdido en la emigración, no se sabía siquiera dónde. A decir verdad, en los medios realistas, la reputación del hermano de Luis XVI no era buena. Se repetía hasta el cansancio que no creía en Dios, que había precipitado la Revolución y, por añadidura, que había hecho todo lo posible para perder a su hermano. La primera descripción que Zoé tuvo del príncipe fue la de un verdadero monstruo. A decir verdad, poco le importaba entonces ese heredero lejano. En medio de tantas decepciones, su único deseo era no separarse de su madre, ¡y le hablaban de ir a un pensionado! Como veremos luego, Mme. Talon tenía graves razones para no ceder. Dotada de gran sentido común, estaba persuadida de que una sólida educación era la mejor manera de armar a sus hijos para sobrevivir en las épocas turbulentas por las que atravesaban. Así pues, resistiéndose a las súplicas de sus hijas, las condujo a la institución de esa mujercita vestida de negro, hacia la que pronto afluirían las hijas de las mejores familias de Europa.

Si durante los cuatro años transcurridos la marquesa Talon había pasado por muchas dificultades, nadie estaba más capacitado para comprenderla que Mme. Campan. Lectora de las hijas de Luis XV, luego primera doncella de María Antonieta, había servido a ésta hasta la caída de las Tullerías, pues en vano había reclamado seguir a la Reina al Temple. Casada con François Campan, "voluble, despilfarrador y enteramente opuesto al vínculo conyugal", tenía un hijo. Su hermana, Mme. Auguié, igualmente al servicio de la Reina, quiso defender a ésta el 10 de agosto. Perseguida, debió ocultarse en París. Asustada por el ruido de unos pasos, el 7 Termidor la joven se arrojó por la ventana. Dejaba tres hijas pequeñas que recogió Mme. Campan. A finales de julio de 1794, ésta se encontraba sin recursos, con una madre anciana y un marido enfermo a su cargo, sin contar a sus cuatro hijos, a quienes debía educar. Esa tarea le dio una idea. "¿Por qué no extender a otros los beneficios de una educación que yo soy la única que puede darles?" Vemos que, aun en épocas trágicas, no estaba entre las costumbres de Mme. Campan la de subestimarse. Por lo demás, su cálculo era justo, tanto más cuanto había comprendido que estaba naciendo una nueva sociedad sobre bases más amplias, y ella se sentía dispuesta a asegurar la transición: "Mis entrevistas, mis observaciones, las conversaciones en que he participado han formado mi opinión. Si bien sigo siendo una fiel cristiana, soy una mujer de mi época y gozo del espíritu filosófico que busca la verdad por la vía de la razón".

La idea resultaba tanto más apropiada por cuanto los antiguos conventos que se ocupaban mal que bien de la educación de las jóvenes, el Penthémont y la Abbaye-aux-Bois, habían sido cerrados. Quedaba un lugar desocupado. Mme. Campan lo ocupó. Alquiló una casa en Saint-Germain, en la calle de Poissy, escribió prospectos a mano y, un mes después de Termidor, abrió su pensionado. El éxito fue inmediato. Las señoritas Auguié fueron desde luego las primeras pupilas. Hortense de Beauharnais llegó en Fructidor del año III (agosto de 1795). Josefina se hallaba entonces tan mal financieramente que Mme. Campan aceptó que le pagara solamente la mitad de la pensión. Fue un préstamo con devolución, pues, convertida en esposa del general Bonaparte, la bella criolla confió a la institución sus sobrinas, Émilie y luego Stéphanie de Beauharnais. Bonaparte enviará a su propia hermana, Caroline, quien, a la edad de 15, apenas sabía leer y escribir. Siguieron los otros generales: Aimée Leclerc, Victorine Victor y Nelly Macdonald fueron compañeras de Zoé sin que ello impidiera a la antigua aristocracia acudir a Saint-Germain. La afluencia fue tal que, un año después de su inauguración, el Instituto Nacional de Saint-Germain se instalaba en la calle de l'Unité en el antiguo palacio Rohan. Un irlandés de apellido Mac Mott aprovechó la oportunidad y fundó al lado un colegio de varones cuyos primeros pensionistas fueron Henri Campan, Eugène de Beauharnais y Denis Talon.

Para Zoé, zarandeada durante largo tiempo por los caminos de Europa, los años pasados en Saint-Germain representarían un período de estabilidad y paz; para la niña cuya educación había sido descuidada será también la ocasión de una excelente formación. Un día, un Rey que detestaba a las ignorantes y a las tontas lo apreciará...

Al abrir una institución, Mme. Campan no deseaba crear una piadosa guardería. La idea —podemos decir genial— de la enérgica fundadora, que hará converger hacia ella a toda Europa, será enseñar algo donde no se enseñaba nada. Comprendió que educaba a las jóvenes de una nueva época y se propuso dar a sus alumnas "nociones de todo". Y ese todo resulta impresionante. En Saint-Germain se enseñaba —y esto es algo absolutamente nuevo— idiomas extranjeros: inglés e italiano "para que los hombres y las mujeres de la actualidad puedan conversar con los extranjeros, amigos o enemigos, que se mezclan a la vida de la nueva Francia". También ortografía, gramática, "el buen uso del idioma francés", la historia, que debe desarrollar el amor a la patria, de la que Mme. Campan habla con entusiasmo; esta enseñanza se limitaba entonces a la historia antigua pues el Directorio había prohibido la historia de Francia. Las matemáticas, la astronomía, "la botánica usual", la física y la química, que despertaban en esos momentos mucha curiosidad, la geografía, el dibujo (flores, figuras y paisajes), el solfeo, el canto, el piano, el arpa y la danza formaban igualmente parte del programa. Si se suman las obligaciones religiosas, con las cuales Mme. Campan no bromeaba (en 1795 había transformado una sala en capilla; el Directorio se la hizo cerrar, pero la directora obtuvo su reapertura), los trabajos de bordado, los ajuares de bebé para los pobres y la limosna que se les llevaba, convendremos en que las jornadas eran plenas y que, en el caso de la institución de Mme. Campan, debemos olvidarnos de la imagen de niñas jugando a las estatuas griegas o al *croquet* en el césped. Los exámenes se realizaban con gran pompa ante las notabilidades de la época, a las que la directora, que al genio de la educación sumaba el de la publicidad, se ingeniaba en reunir, como lo prueba esta carta enviada a Hortense cuando ésta pasaba unos días junto a su madre en las Tullerías (15 Mesidor, año VIII).

> *No me atrevo a rogar al ciudadano Volney; sin embargo, ved vos misma si mi persona y mi casa parecen inspirarle algún interés. Él ha evitado cualquier ocasión, no solamente de hablarme en Malmaison, sino de responderme.*
>
> *Preguntad, os lo ruego mi querida Hortense, al señor y a la señora Monge si esto podría interesarles.*

Desde luego Monge, Volney y también Isabey, que además era profesor en la institución, fueron a observar el dibujo, y varios académicos la literatura. Las pruebas tenían lugar en el invernáculo, donde se exponían los dibujos y los trabajos de costura y bordado de las jóvenes ante numerosos invitados. Los generales que partían a Egipto o a Italia rodeaban a Josefina; los banqueros se codeaban con aristócratas de la vieja estirpe. Las alumnas, vestidas de blanco y llevando un ligero pañuelo de muselina y cinturones de diferentes colores según su edad, cantaban en coros dirigidos por Plantade en persona. Mme. Campan, con su vestido negro, guardando una compostura tan modesta como le era posible, triunfaba.

Con esa enseñanza, Zoé Talon debía salir de Saint-Germain con conocimientos muy superiores a los que recibían los jóvenes de la época, salvo en el terreno de las lenguas muertas, que no se enseñaban. Allí ella desarrolló sobre todo algo que no se encuentra en los cursos ni en los diplomas y que se llama gracia. Mme. Campan provenía de un mundo que había amado con locura la gracia y la espiritualidad, de una sociedad donde, más que la cuna, la fortuna o la belleza, la gracia era lo que hacía la reputación de una mujer. Sarcástica, burlona, algo cáustica, infinitamente graciosa, Mme. de Balbi había reinado sobre el conde de Provenza en virtud de un carácter considerado picante. Mme. Campan no olvidaba nada de eso. Intentó inculcar a sus alumnas, además del refinamiento en los modales, el arte muy delicado de agradar por la conversación. Ese arte, que se adquiría en Versalles en el aire que se respiraba, se enseñaba con mucha precisión en Saint-Germain:

> *Si la reunión cuenta con más de veinte personas, escoged un tema de filosofía o de moral, la discusión de un espectáculo, de un libro o de un viaje. Si sois a lo sumo seis, hablad de moda, de pintura, de música. Si sois cuatro, pensad en la poesía, en los recuerdos; si sois dos, el corazón puede desahogarse, el yo deja de ser condenable"*, aconsejaba la directora antes de agregar: "*Pero nunca, jamás, permitáis que delante de vosotras se hable de historias domésticas, de proveedores, de caballos y carrozas, y menos aún de dinero.*

Algo sumamente preciso, demasiado tal vez. Como la gracia no es algo fácil de transmitir, Mme. Campan, con una aplicación que, como lo confesará más tarde, hacía sonreír a Zoé, multiplicaba los ejercicios:

> *Hoy se hablará con naturalidad acerca de un incendio y de un naufragio, mañana de un fallido paseo campestre o de la ruptura de una boda.*

La naturalidad no siempre se consigue por encargo y no parece que la soltura de las damas del siglo XVIII, que solía reposar frecuentemente en un monstruoso desparpajo, haya pasado a sus hijas; pero éste era un terreno en el que la alumna Zoé Talon se mostraba dotada.

Zoé habría de confesar más tarde que le encantaban esas "clases de conversación", no por los ejercicios, un poco pesados, sino porque era un juego para las chiquillas desviar la charla y llevar a su directora a hablar de su juventud y de la reina a la que había servido.

Mme. Campan poseía el arte de contar y sabía hacer revivir una fiesta dada por el conde de Provenza en su castillo de Brunoy o una sesión de moda en medio de los diseños de Mme. Bertin. Hortense y Zoé dirán que a la narradora le gustaba oponer las grandezas de Versalles a la declinación de la familia real en las Tullerías. Les narraba mil detalles de esos momentos del fin de la monarquía, todavía cercanos. Así, después de la jornada del 20 de junio, Mme. Campan había ideado hacer confeccionar un plastrón con quince espesores de tafetas de Italia para proteger a Luis XVI de algún puñal. Mientras esperaba la ocasión de probárselo, ella tuvo que llevar durante tres días esa verdadera armadura a guisa de enagua. También había hecho coser un corsé para la Reina, pero ésta no quiso probarlo siquiera, diciendo que para ella sería una felicidad que la asesinaran. Después de lo cual, como el Terror progresaba día a día, la costurera que había trabajado tanto para hacer el plastrón amenazó con ir a confesarse ante la Convención, y Mme. Campan debió pasar días y horas intentando convencer a la pobre mujer, medio loca de miedo. Esas confidencias habían desembocado más de una vez en el relato de la última noche de la monarquía, que también estuvo a punto de ser la última de Mme. Campan. Ésta recordaba las puertas arrancadas por los proyectiles de cañón, otras rotas a hachazos, los defensores del Rey abatidos, hasta ese marsellés que, sable en alto, había tomado a la primera doncella de la Reina por el cuello para ponerla de rodillas en el preciso instante en que una voz gritaba: "¡Que no se mate a las mujeres!".

El efecto producido en las niñas por el relato de acontecimientos todavía recientes era exactamente el que buscaba Mme. Campan. Hortense escribirá en sus *Memorias:*

> *Las desventuras de la reina de Francia, que ella nos narraba a menudo, me impresionaban profundamente. Me conmovían a la vez los males que causa la calumnia y las desgracias de las que el alto rango no protege.*

Zoé no olvidará tampoco los relatos de Mme. Campan. Deseará toda la vida estar a salvo de la calumnia —¡y sabe Dios cuánto la perseguirá!—, pero, mientras Hortense pronto será vencida por la maldad, Zoé la enfrentará, como enfrentará los reveses, con una inagotable sonrisa.

Como el horario de actividades dejaba poco tiempo libre, las diversiones eran mucho más raras en Saint-Germain de lo que se ha pretendido. Existían sin embargo, pero todo era calculado en la casa de Mme. Campan (a ella no le habría gustado esta palabra y habría preferido "razonado"), y las distracciones permitían ante todo mostrar al mundo jóvenes listas para contraer enlace, pues tal era el objetivo de una educación tan perfecta. Los momentos de recreo servían también para hacer conocer la institución, para propalar sus méritos. De ese modo, cuando las simples mascaradas distraían a las jóvenes, su directora no podía contenerse y las pregonaba en las Tullerías por intermedio de Hortense:

> *¿Sabéis que esta noche tengo un gran baile de máscaras? Mademoiselle Chaslon vestirá de capuchino, Paulina de novicia, Zoé de viejo vendedor de pasteles, mademoiselle Glatigny, con redingote y una antigua peluca, tocando el violín, pues yo no quiero siquiera un trovador de afuera. Esta locura, aunque inocente, debe realizarse a puertas cerradas. En verdad creo que será muy cómico...* (carta del 5 Ventoso, año VIII, 24 de febrero de 1800).

Pero los momentos más gratos para las alumnas eran, por supuesto, cuando la jaula se abría para lo que se llamaba una "partida placentera". Mme. Campan llevaba a sus niñas a recoger cerezas o a tomar el té a Versalles y luego, cada vez con mayor frecuencia, a Malmaison, que Josefina acababa de comprar y donde invitaba a las amigas de Hortense. Después de jugar al marro con los ayudas de campo del Primer Cónsul, las jóvenes representaban gustosas una obra de teatro: piezas piadosas de Racine o sainetes escritos por la infatigable Mme. Campan. Zoé se hizo notar en *Esther*, la historia, destaquémoslo, de una joven que seducía a un rey. Durante los aplausos, la directora preparaba brillantes matrimonios bajo la atenta mirada de Bonaparte. Como la caridad bien entendida empieza por casa, las señoritas Auguié fueron bien ubicadas. Adèle, la mejor amiga de Zoé y de Hortense, se casará con el general de Broc; Aglaé con el mariscal Ney. Será duquesa de Elchingen y princesa del Móscova. Finalmente, Antoinette se convertirá en baronesa de Villa-Stellone. Luego de una encantadora cena, había que regresar. Bonaparte hacía acompañar los carruajes por sus oficiales hasta el Saut-du-Loup, donde todavía se temían los ataques de los bandoleros, pero, llegados al lugar, era necesario separarse. Si se soñaba con alguien, era prudente guardar esos sueños para sí. Mme. Campan detestaba el romanticismo y no lo ocultaba:

La imaginación nos pierde; la temo como al fuego. Por eso prohíbo a mis niñas la lectura de novelas. ¡Malditas ficciones perturbadoras! Dejar entrar una novela en la habitación de una joven es abrirle la puerta al seductor.

Por consiguiente, no debían leerse novelas y, menos aún, imaginarlas. Se formaba a esas niñas, que recibían una educación superior a la de la mayoría de los jóvenes de su época, para una sumisión total al padre y al marido. Desde luego, el primer mandamiento era aceptar al esposo elegido por el padre. Mme. Campan vuelve demasiado a menudo sobre el tema en su correspondencia como para que se pueda dudar del cuidado que ponía en inculcar ese principio a sus alumnas.

"El deber de una joven seria es evitar elegir ella misma un esposo", escribe el 6 Germinal, año VIII (27 de marzo de 1800) a Hortense, y el 25 Fructidor (12 de septiembre) del mismo año:

"Prometedme conservar libre vuestro corazón y en estado de aceptar el vínculo que se os proponga, siempre que no os cauce una repugnancia invencible".

Mme. Campan empujó al altar a tantas novias desconsoladas que podemos preguntarnos si la "repugnancia invencible" se tomaba en cuenta. No mucho al parecer, pues, una vez designado el futuro esposo, las consignas eran éstas:

Informaos si la persona que quizás os sea presentada sabe distraerse y ocuparse dentro de su casa, si es ordenado en el manejo de su fortuna. Ésas son las bases útiles para la felicidad. Poco importa que sea más o menos bello, más o menos apuesto.[9]

Animada por tales principios, esa mujer inteligente, más bien sensible y alejada de toda dureza, fue la primera cómplice de Napoleón, gran casamentero si los hubo, para unir a los esposos más dispares. Es que para Mme. Campan, hija del siglo XVIII, primaba de lejos la razón sobre los impulsos del corazón, tan caros al nuevo siglo. Esa razón le aconsejaba garantizar ante todo a sus alumnas el mejor lugar posible en la sociedad; se decía "una situación". En esa perspectiva, el amor sólo podía mezclar las cartas. "*Esa ilusión que trae el amor es una de las cosas más funestas para formar un vínculo durable*",[10] aseguraba la despiadada directora.

No existe joven que no haya pensado en hacer una boda de su agrado; por eso las lecciones de Mme. Campan eran duras de aceptar. Entre los impulsos de su edad y esos discursos, Zoé, Hortense y Adèle soñaban con un extraño futuro. Parte de sus conversaciones nos ha sido transmitida por Hortense.[11]

> *Seré feliz, solía decirles yo. La virtud será mi primera pasión y, con ella, se puede soportar todo. Quiero ser amada por el marido que la suerte me depare. Quiero formar mi carácter para ser capaz de soportar todos los defectos que un hombre pueda tener. Si es frívolo, lo atraeré; si es celoso, le sacrificaré mis menores placeres y lo curaré,* asegura la desventurada, que aclara: *La mayor parte de nuestros recreos la dedicábamos a esas conversaciones.*

Vemos adónde llevaba a las jóvenes la educación de Mme. Campan: a una entusiasta resignación. La cosa sería algo diferente con Zoé: poseía la mayor dulzura en las maneras y jamás contradecía abiertamente, pero la resignación no era su característica; sería más justo decir que era de buena voluntad, lo que no es lo mismo. Nada de asombroso tiene, en todo caso, que con tales resultados Napoleón pudiera elegir en las filas de las jóvenes de Saint-Germain como en un semillero. La ola de matrimonios comenzó antes del final del siglo. Zoé se casó en el verano de 1802. No tenía todavía 17 años y ya había visto partir a casi todas sus amigas.

La primera novia designada por la suerte, podríamos decir la primera víctima, es un caso ejemplar. Émilie de Beauharnais era prima de Hortense y gran amiga de Zoé a pesar de la diferencia de edad, pero una similitud en las situaciones paternas las había acercado. Poco antes de la expedición a Egipto, a Bonaparte se le puso en la cabeza casar a esa hija de un hermano de Alexandre de Beauharnais. Ofreció la mano de la joven, que según la opinión general era una de las más bellas pensionistas de la institución, al general Marmont, quien rehusó por ser ella hija de un emigrado. Antoine La Valette, "recomendable por sus talentos, por su rectitud y su gran probidad sin serlo por su exterior"[12] (a los 29 años el ayuda de campo de Bonaparte era gordo y calvo), aceptó una alianza que podía resultarle beneficiosa.

—Hablad con Mme. Bonaparte; dentro de ocho días será la boda y os daré quince días de permiso[13] —concluyó el Primer Cónsul, quien, como sabemos, era muy expeditivo.

El 10 de abril, el general fue en compañía de Joséphine y de su ayuda de campo a Saint-Germain. Recorrió la casa, "dio consejos sobre los trabajos convenientes para las mujeres",[14] mientras Mme. Campan, sutil, "se admiraba ante la oportunidad de esas observaciones". Pasearon por el bosque de Saint-Germain, donde el general hizo servir una comida sobre la hierba. "M. La Valette se ocupó mucho de mi prima —dice Hortense—, y la boda se celebró ocho días antes de la partida para Egipto." Después de la ceremonia, Hortense se acercó a la novia, que le había parecido triste. Ésta le confesó llorando su amor por Luis Bonaparte, amor que había impulsado al Primer Cónsul —lo reconocerá en Santa Elena— a precipitar cualquier unión, pues no deseaba para su hermano la hija de un emigrado. Menos de dos años más tarde, será Hortense quien, con lágrimas en los ojos, se casará con Luis. Las mal casadas serán legión entre las señoritas de Saint-Germain, y Zoé figurará entre ellas.

La educación de Émilie hizo de ella, si no la más feliz, al menos la más abnegada de las esposas. Cuando su marido fue arrestado después de Waterloo, lo ayudó a huir tomando su lugar. El día de su liberación, se descubrió que había perdido la razón. Se culpó a las desgracias de la época. Sin duda éstas tuvieron su parte en ese naufragio, pero podemos pensar que el sistema Campan también tuvo la suya.

El día en que Bonaparte fue a Saint-Germain para decidir el casamiento de Émilie, el famoso 10 de abril de 1798, una pensionista se hallaba en penitencia, "y esa gran penitencia consistía en comer sola en una mesita sin mantel. ¡Qué mortificación espantosa mostrarse así ante el vencedor de Italia! El general la liberó enseguida solicitando la gracia, que le fue acordada. La castigada era Zoé Talon".[15]

Nunca sabremos qué había hecho Zoé para merecer —si la merecía— esta humillación pública, uno de los más duros castigos que se infligían en Saint-Germain. Es cierto que para los casos extremadamente graves existía la confiscación del cinturón, verdadera degradación militar, pero se había tenido que renunciar a ella: en una época en que las jóvenes se desmayaban, las condenadas tenían una enojosa tendencia a "desplomarse". Lo que sabemos es que, al llegar al más alto grado del favor real, la condesa du Cayla negará subsidios a su ex directora caída, si no en la miseria, al menos en una modesta situación. Ahora bien, Zoé no era ingrata, tenía hasta una actitud sumamente agradecida hacia las personas que la habían favorecido y, en su testamento, por ejemplo, no olvidará a los que se ocuparon de ella durante los años de exilio. Debemos pues pensar que la condesa conservaba cierto resentimiento contra Mme. Campan. Los años de pensionado desde luego no fueron para ella el período bendito que representaron para Hortense. La primera razón —lo hemos visto en el contexto de la boda de Émilie— residía en su condición de hija de emigrado. La infamia vinculada con esa situación debía de ser muy grande para que impulsara a Marmont a rechazar la mano de una prima del general Bonaparte y a éste a apresurar la boda de la joven con un oscuro ayuda de campo antes que verla unida a su hermano. Es de hacer notar que otra prima de Hortense, Stéphanie de Beauharnais, igualmente educada en Saint-Germain, será casada con el príncipe heredero de Baden. Mientras duró la Revolución, el pecado de emigración era sin embargo moneda corriente, pero había emigrados y emigrados. En efecto, el Directorio trataba con la mayor benevolencia a los que sólo habían buscado su salvación en la huida y que estaban dispuestos a acomodarse al nuevo régimen. Sólo los realistas obstinados, los que deseaban el retorno de la monarquía, no tenían cabida. ¡Y Omer Talon era todavía de ellos! Se sabía que era agente del conde de Provenza en una época en que el gobierno temía como a la peste las intrigas del "Pretendiente". La vida agitada de Talon, sus viajes, su vinculación con el inasequible barón de Batz, lo convertían en uno de los hombres más buscados por la policía, que no solamente lo perseguía, sino que vigilaba a su familia y no vaciló en hacerle pagar la guerra que les daba aquél.

La devoción de Talon a la causa realista debería haberle conferido al menos algún mérito a los ojos de su partido. Pero para esos puros contaba ante todo el error de haber emigrado demasiado tarde.

Es sabido que, en su odio, los emigrados de 1789 confeccionaron una lista de representantes de la nación de los que deseaban vengarse. Omer Talon, diputado de Chartres, figura en tercer lugar en la lista de culpables, es decir que, según esos amables jueces, merecía ser colgado. Las especulaciones norteamericanas, el asunto de Surinam, la fortuna amasada en los bancos ingleses terminaban de convertirlo en un hombre sin honor. Proscrito, perseguido y deshonrado, ese padre seguía siendo adorado por su hija, que lo echaba enormemente de menos. Todas las cartas que Zoé enviaba a su madre desde el pensionado hablan del deseo "de abrazar a su querido papá con toda el alma". También escribía a ese querido papá ejercitándose en la prudencia, "sin haber visto, la última vez, ninguna frase mala". El 5 de febrero de 1800, Zoé suplicaba una vez más a su madre que insistiera ante su padre, por entonces en Inglaterra, para que solicitara un salvoconducto a fin de regresar a Francia, y concluía así: "De aquí a Mesidor, sabremos a qué atenernos; todos los años es la misma cosa, la misma esperanza, la misma desesperación, la misma decepción, y así siempre".

¡Y así siempre! A la mala reputación de hija de emigrado, la niña, agobiada por las desilusiones, añadía la "ventaja" de una madre en prisión.

El 8 Floreal, año IV, o sea en la primavera de 1796, el ministro de Policía recibía una denuncia, anónima por supuesto, concerniente a un tal Felipe Dévôt, de Calais. Este último, muy conocido en la ciudad, se encontraba a la cabeza de un establecimiento comercial por el cual se hacía circular una importante correspondencia realista. En el proceso de Dévôt, Mme. Talon, de la que al principio se sospechó, fue luego acusada de complicidad con el enemigo, detenida y conducida a la prisión del Temple. Esta prisión no era entonces más agradable que durante el Terror. La madre de Zoé habría de permanecer allí tres años antes de ser liberada por falta de pruebas.

Padre emigrado y madre en prisión. La situación de Zoé no era muy envidiable. Sin embargo, los niños Talon no fueron abandonados, pues las hermanas de Omer Talon, las marquesas de Villaines y de Sainte-Croix, reemplazaron a su madre en lo referente a visitas y salidas. Por otra parte, resulta dudoso que Mme. Campan fuera voluntariamente injusta y que tratara a sus hijas como a leprosas, pero hay inclinaciones y elecciones que afectan profundamente a los niños. La amistad de las Tullerías era tan halagadora y aportaba tanta seguridad a la sufrida directora de Saint-Germain que ésta se pasaba más y más al servicio de los nuevos amos. Hortense de Beauharnais no sólo era el vínculo con el nuevo régimen, sino la alumna preferida desde el día en que su madre, encantada de desembarazarse de una hija molesta para la vida más bien ligera que ella llevaba en la corte de Barras, la había depositado solicitando pagar solamente media pensión. La dulzura y gentileza de la chiquilla, un corazón de oro, el carácter más agradable unido a una indolencia que la hacía dócil y maleable la convirtieron en la joven preferida de Mme. Campan. Sin lugar a dudas, el irresistible ascenso de Josefina no habría de hacer disminuir ese cariño. Sin cesar alabada, sin cesar presentada como modelo, gozando de cuidados particulares, de un régimen muy especial, la amiga de Zoé era el vivo ejemplo del favor del que ella era apartada. Eso no quita que, en circunstancias difíciles, Mme. Campan mostrara con mucho coraje su devoción a los niños Talon. En efecto, a comienzos de 1800 intervino, y lo hizo muy vehementemente, cuando fueron detenidos y conducidos a la prisión del Temple el doctor Dubreuil, médico personal de Mme. Talon pero también de Mme. Campan, así como una tal dama de L'Hôpital. El primero "por haber tomado el pulso al hijo de M. Talon, emigrado", la segunda "por haberlo recibido varias veces". El niño en cuestión era el hermano de Zoé, Denis, de 16 años entonces. Si tenemos en cuenta los hechos reprochados, la medida parece digna de la época del Terror. Mme. Campan explica ese rigor por la presencia de Omer Talon, que había vuelto secretamente a Francia, "y esa presencia, aunque oculta, inspiraba desconfianza al gobierno. La policía no pudo encontrarlo y, habiendo fallado en su objetivo principal, se volcó a las circunstancias",[16] escribe ella. Es sabido que Talon regresó dos veces a Francia, la primera en octubre de 1797 bajo el nombre de Lichtenberg, la segunda en junio de 1798 bajo la identidad de Vanomeren. El suceso de 1800 hace pensar en una tercera y peligrosa incursión, cuyas consecuencias pagaron el Dr. Dubreuil y la dama de L'Hôpital.

El desdichado doctor Dubreuil, enredado en las circunstancias, tuvo tiempo de alertar a Mme. Campan, quien cayó en las Tullerías como una tromba. Bonaparte le reservó una acogida a su manera. El diálogo ha sido narrado por la interesada.

—Venís a hablarme —me dijo— por los habitantes de Saint-Germain. Vuestra dama de L'Hôpital es una intrigante.

—Permitidme, general. Se le puede reprochar haber sido en otros tiempos bastante ligera, pero a los setenta y ocho años no queda nada de eso. En cuanto a intrigante, no. Un poco de coquetería sienta mejor a su carácter, pero está ciega.

Así abogaba la directora que, nada tonta y divirtiendo al Primer Cónsul, aportaba todos los elementos para disculpar a la anciana dama.

Tranquilizar después de haber asustado era una de las tácticas favoritas del nuevo emperador. Mme. Campan recibió el presente de una escena contra Fouché.

—Una mujer de setenta y ocho años y ciega es siempre inocente en política. Fouché no habría actuado mejor entendiéndose con mis enemigos. Cometió este error en un acceso de delirio. ¿Y qué ha hecho el médico?

—Prestó servicios al hijo de *monsieur* Talon.

—¡Es increíble! ¡Un médico tiene derecho a tomar el pulso sin que un ministro lo encuentre mal!

"Crispado de cólera, llamó con violencia y ordenó que fueran a buscar a Fouché", cuenta Mme. Campan, encantada. Reprendido o no, Fouché se tomó más de treinta horas para hacer liberar a los prisioneros. La directora podía escribir a Hortense: "Este asunto proviene sin duda de la manera terrorista en que el comisario de policía cumple aquí sus funciones". Y explicaba que había mantenido a Zoé y a Aline apartadas de los acontecimientos y que "las compañeras mayores, que estaban informadas, guardaron un silencio que hace honor a su sensibilidad". La misiva termina con: "mis saludos a la bella Caroline. Os ruego no olvidéis decirle que he quedado encantada con su recepción, con ella, con su tono, con su persona en general".

Caroline había demostrado ser una alumna odiosa. Era, además, más tonta que una piedra, lo que para una educadora siempre es desalentador, pero era la hermana del Primer Cónsul, y Mme. Campan nunca dejaba de acariciar al entorno consular.

Liberados el doctor Dubreuil y Mme. de L'Hôpital, la directora de Saint Germain no había terminado con la molesta familia Talon. Según las cartas que envía a su querida pupila, la embargó un verdadero pánico la idea de quién sabe qué venganza que pudiera intentar Mme. Talon.

> *Han convertido a la madre de Zoé en una grave enemiga mía, diciéndole que yo la había servido indignamente en el pensamiento del Primer Cónsul, calumniado*

e injuriado, etc... Os he enviado mi correspondencia a este respecto por los pequeños coches. Os pido la gracia de hacer decir a Mme. Talon, o más bien que vuestra mamá se lo haga decir por las mujeres que la conocen, que he sido injustamente calumniada. Esto me resulta esencial ante esa dama.[17]

Josefina debió de cumplir rápidamente con la misión que se le había asignado, pues la siguiente carta muestra el alivio de Mme. Campan.

Me he sentido muy agradecida al enterarme por la misma Mme. Talon de que vuestra madre había destruido algunas torpes comidillas en las que me habían involucrado ciertas comadres.[18]

Al leer esta carta nos preguntamos qué podía decir Mme. Talon, mujer de un emigrado, salida poco tiempo antes de la prisión del Temple, que pudiera asustar tanto a la sólida Mme. Campan. ¿Qué palabras temía? Es evidente que la ex marquesa Talon sabía demasiado acerca de la época en que no era a Bonaparte y a Josefina a quienes Mme. Campan servía en las Tullerías. Pues era ella, primera doncella de la Reina, quien cifraba la correspondencia de María Antonieta, incluida la que se encaminaba a Austria, con la ayuda de una vieja edición de *Pablo y Virginia*; era ella quien se había ocupado de muchos detalles en la preparación del viaje interrumpido en Varennes, quien introducía por la noche a visitantes (entre ellos Omer Talon) que realizaban conciliábulos; ella quien les llevaba mensajes durante el día; todas ellas cosas que no hubiese sido oportuno recordar al Primer Cónsul. Felizmente Mme. Talon calló, o casi, y Josefina tenía la loable cualidad de saber no oír cuando era necesario.

Al salir del Temple, la madre de Zoé alquiló un departamento en Saint-Germain. Pasaba por grandes dificultades financieras y había tenido que vender —o alquilar— la bella mansión de la calle de Saint-Florentin. Vivía con su hijo, recién egresado de la Institución Mac Mott, a menos que hubiese sido expulsado, pues el irlandés no había mostrado el mismo coraje que Mme. Campan para con los hijos de emigrados. Denis tomaba lecciones con maestros particulares y Mme. Talon veía a sus hijas más seguido. Pero pronto su salud, cada vez más afectada, le impidió salir; entonces una sirvienta iba a visitar a Zoé y a Aline. El doctor Dubreuil se prodigaba con la enferma. Debió ir a atenderla todos los días durante su encarcelamiento. Para que se autorizaran las visitas cotidianas, era necesario que los mismos carceleros se sintieran preocupados. En esa época, las finanzas de Mme. Talon no parecen haber sido brillantes. Su hermano, M. de Pestre, dirigió en nombre de su hermana una petición a Cambacérès[19] con el fin de obligar a un deudor a pagar. Indicaba que los médicos insistían en un pronto traslado a una estación termal de la ciudadana Talon, quien tenía a su cargo a sus tres hijos "y a quien los acreedores amenazaban con embargarle los muebles". Podemos sospechar, desde luego, que "la ciudadana" exageraba el tema de sus problemas financieros. Los Talon (¡y sobre todo los Pestre!) siempre habían sabido maniobrar en ese terreno. Sin embargo, parecería que la creciente vigilancia de la policía y la desaparición de las facilidades procuradas por Dévôt impidieron a Talon hacer llegar fondos a su familia. En cuanto a la salud, veremos que la pobre mujer no exageraba. Forges-les-Eaux era una pequeña ciudad donde se trataban las enfermedades femeninas. Mme. Talon obtuvo lo que pedía y pudo partir.

Zoé habría de pasar siete años entre las paredes de Saint-Germain, donde, a despecho de un carácter alegre y jovial, su situación la aislaba. A su alrededor, las hijas de los generales vencedores, de los acaudalados del nuevo régimen, hablaban de las recepciones de sus familias, de los éxitos de sus padres, de vestidos, de invitaciones. Los rumores de un mundo en cambio llegaban fácilmente al pensionado. Zoé escuchaba ávidamente y transmitía fielmente lo que oía en las cartas a su madre, encerrada por entonces en el Temple.

"Bonaparte ha echado a madame Tallien", escribía en 1797. El vencedor de Italia buscaba restaurar la virtud de su esposa y la obligaba a renunciar a dudosas relaciones. Ese ejemplo pronto iba a permitir a Mme. Grand, cortesana y espía convertida gracias a los desórdenes de la época en esposa de Talleyrand, responder al Primer Cónsul, quien, con su grosería habitual, le hacía recomendaciones sobre su conducta: "Sólo tengo que inspirarme, ciudadano Primer Cónsul, en la ciudadana Bonaparte". Las mujeres de esa época deben de haber sido muy inteligentes para que ésta pasara por tonta.

“Monsieur Decasseaux ha invitado a Hortense a la fiesta de Laura”, confía Zoé poco después. Laure era su amiga Laurette, Laure Permon, apenas un año menor que ella, la futura esposa de Junot, más adelante duque de Abrantes. Esa niña de hociquillo puntiagudo —se parecía a una comadreja—, vivaz como la pólvora, excesiva hasta el despropósito, era la hija de una tal Louise-Comnène que pretendía descender nada menos que de los emperadores de Constantinopla. Mme. Permon había conocido a la familia Bonaparte en Marsella, en los tiempos en que las mujeres de esa familia lavaban su ropa en el lavadero público. Había recibido al joven Napoleón en París, cuando unas botas demasiado grandes le valieron de parte de Laure el apodo de “el gato con botas”. Todo eso había creado vínculos afectivos. Laure no era pupila en Saint-Germain y carecía de toda instrucción. Esa niña mimada sólo quería divertirse. Vivía sola junto a una madre que no pensaba más que en distraerla e iba a menudo a ver a sus amigas y las recibía. ¿Pudo Zoé asistir a la fiesta de Laure? Las niñas comenzaban a actuar en sociedad muy jóvenes, pero siempre acompañadas por sus madres. Parece improbable que Mme. Permon, descendiente de los emperadores Comnène, lo pasara por alto, sobre todo tratándose de la hija de un emigrado. La pobre Zoé era de aquellas que miraban a sus amigas prepararse y se les contaba luego todo lo que se habían perdido. Pues la fiesta de Laure hizo mucho ruido. La pluma de Zoé, no pudiendo narrar suficientemente rápido, rasga el papel y escupe. Pauline Bonaparte, en vísperas de desposar al general Leclerc, se había presentado con un peinado hecho con tiras de piel de pantera rematadas por racimos de uva de oro. La había recibido un murmullo de alabanzas (y de asombro), pero una dama de Contades, aprovechando un instante en que la joven se había retirado, lanzó a través del salón:

—¡Ay, Dios bendito! ¡Qué desgracia, siendo una persona tan hermosa!

Y como se hacía un círculo a su alrededor:

—¡Sus orejas! —y estalló en una carcajada—. ¿Habéis visto sus orejas? ¡Son enormes!

“Y plantadas a ambos lados de la cabeza”, añade Zoé. Las orejas eran el único defecto de la impecable beldad, quien, habiendo oído todo, estalló en sollozos y reclamó su coche. Al día siguiente, Mme. Permon corrió en vano a ofrecer sus disculpas; la ruptura fue irremediable.

Tales detalles ocupaban las conversaciones de las jóvenes durante varios días, con gran disgusto de Mme. Campan. ¿Pero podía la directora de Saint-Germain impedir que se multiplicaran las fiestas dadas por la sociedad y que formaban parte de la educación de las niñas? La más extraordinaria —toque de címbalos anunciando los fastos del Imperio— fue ofrecida por Talleyrand a "la madre de Hortense", nos dice Zoé, en su palacio del *faubourg* Saint-Germain, el 3 de enero de 1798. Hortense y Laure, de sólo 13 años una y otra, fueron invitadas. Zoé no podía serlo, pero se entusiasmó tanto como sus amigas. Las decisiones en cuanto a la vestimenta de Laure fueron objeto de varios conciliábulos. A Zoé le gustaba la ropa y tenía buen gusto. Siempre le costaba mucho contener las excentricidades de Laurette. Se decidieron finalmente por un vestido de gasa blanca adornado con dos anchas cintas plateadas y, en la cabeza, una guirnalda de hojas de roble cuyas bellotas eran de plata. Mme. Permon tuvo la curiosa idea de llevar exactamente el mismo atuendo que su hija. En Saint-Germain, el maestro de baile había multiplicado sus lecciones. Su obsesión era "reducir el paso" de esas señoritas. "El paso lento es atributo de las personas del gran mundo", afirma el espiritual barón de Frénilly.[20] Con ese objeto, el verdugo de Saint-Germain obligaba a Zoé, a Hortense y a sus amigas a dar una vuelta tras otra a un salón, "con los dedos de los pies doblados hacia adentro sobre la primera falange". Así se ganaba, al parecer, un andar ligero, el arte de descender de un carruaje tendiendo elegantemente el pie y el de dar algunos pasos en la calle sin mancharse las medias. El andar liviano no pudo resultar más útil, pues el 3 de enero de 1798 se bailó algo absolutamente nuevo: el vals. Otra innovación cuando se sirvió la cena para los 500 invitados: sólo las damas permanecieron sentadas, mientras que los caballeros, de pie, las servían. No conocemos la opinión de Bonaparte sobre esta novedad, pero las niñas volvieron encantadas, hablando del campamento militar reproducido en la corte, del templo antiguo que servía de nicho a un busto de Bruto "descubierto" (es decir robado) en el Capitolio, y del ridículo del que se había cubierto esa gorda Mme. de Staël persiguiendo a Bonaparte con sus asiduidades. Napoleón habría de recordar esa recepción en Santa Elena. Tampoco la olvidarían las señoritas de Saint-Germain. Las que estuvieron allí y las que no estuvieron.

"La madre de Hortense ocupa los aposentos de la reina", escribe Zoé en 1800. A finales del año anterior, se supo que el padrastro de Hortense, escapando de Egipto, había desembarcado en Frejus. Josefina, que tenía sobradas razones para temer el regreso de su marido, buscó a su hija para escudarse en ella. Algunos episodios borrascosos precedieron a la reconcialición de los esposos en la casa de la calle de Chantereine. El 16 Brumario, Bonaparte expidió bruscamente a Hortense y a Caroline a Saint-Germain. La noche del 18 al 19, unos golpes en el portal despertaron a todo el pensionado. Eran cuatro granaderos que, a iniciativa del general Murat, llegaban para comunicar la nominación de Bonaparte en el Consulado. Caroline quedó encantada ante la delicadeza de su enamorado, mientras que Mme. Campan "condenaba decididamente esa manera militar de anunciar las noticias". Pero alabó más decididamente aún las virtudes del Primer Cónsul. Hasta se creyó notar que evocaba con menos frecuencia las desdichas de María Antonieta. Fue entonces cuando Josefina abandonó la calle de Chantereine por el palacio del Luxemburgo. Luego, muy pronto, se mudó a las Tullerías, a los aposentos que una reina expulsada por la rebelión había abandonado menos de ocho años antes. Los rumores de la primera cólera del nuevo amo del palacio llegaron hasta los oídos de Zoé por boca de Hortense. Al entrar en el palacio y ver gorros frigios pintados en las paredes, hizo llamar al arquitecto a cargo de los trabajos de renovación.

—Haced desaparecer todo esto —ordenó—. No quiero semejante porquería.

Al general de la República le horrorizaba todo lo que recordara la anarquía revolucionaria.

A partir de 1800, la mayoría de las amigas de Zoé abandonaron la institución para casarse. Cada vez era el anuncio hecho por la novia a sus amigas y los cumplidos de Mme. Campan, que no dejaba de recordar que la felicidad sólo puede conseguirse con la aceptación de los deberes. Las últimas conversaciones en el parque, siempre un poco incómodas pues la elegida ya parecía pertenecer a otro mundo, giraban alrededor del ajuar y de las alianzas familiares.

A principios de 1800, Caroline fue unida a Murat en el templo de Mortefontaine. El mismo año Laure desposaba a Junot. La joven Laurette, la del hociquillo puntiagudo, había conquistado "al bravucón, al feroz mujeriego, al inepto Junot". Este juicio de Napoleón es por supuesto posterior a una unión que consintió con agrado. Por una vez los novios tenían los mismos gustos: ambos amaban los placeres, el lujo y el boato. Laure, de 16 años, invitó a sus amigas a la presentación del ajuar. Zoé, Hortense y Adèle quedaron deslumbradas. De una maleta de gro de Nápoles rosado, con bordados de felpilla negra, perfumada con cuero de España, sobresalía una cantidad de camisas, batas, blusas, corsés, gorros de muselina, de gasa, de batista, todo estampado, plisado, bordado, realzado con valencianas, encajes o con punto de Inglaterra. En otra canastilla se encontraban "los chales de cachemira, los adornos para vestidos en punto de ganchillo o de Bruselas, los vestidos de blondas blancas, de puntillas negras, las piezas de muselina de la India, de terciopelo, las telas turcas que el general había traído de Egipto, el vestido de novia, los de fiesta. Y luego cintas de todos los largos y colores, bolsos, abanicos, guantes, esencias de Fargeon, de Riban, saquitos de cuero de España y de hierbas de Montpellier".[21] Los estuches para la higiene de los dientes, de las manos, para la costura sólo contenían objetos de oro guarnecidos de perlas finas. Los cofres de joyas se abrían sobre ríos de diamantes, de zarcillos armados en forma de rueda, de brazaletes y cinturones de perlas. Según la opinión general, era un ajuar de princesa. Zoé guardó para sí la reflexión de que las verdaderas princesas muestran menos prisa en exhibir sus camisas.

Laure tenía la misma edad de Hortense pero, para ésta, la boda era otro asunto. Josefina, que sabía qué ventaja representaba su hija, la reclamaba más y más seguido, lo que entristecía a Zoé y alarmaba a Mme. Campan. Sin ser bella —Hortense era de nariz larga, labios gruesos y dientes "perdidos"—, la joven tenía encanto. "Su frescura olía bien sin subirse a la cabeza", dice otra de sus amigas. El primero en pedir su mano fue Adrien de Mun. Hortense sospechó un pedido interesado y en compañía de Zoé elaboró minuciosamente la respuesta que transmitiría Josefina. Entre dos ataques de risa, se pusieron de acuerdo en alegar una antigua pasión del joven por Mme. de Staël, lo que, para las dos muchachas, equivalía a estar mal de la cabeza. Zoé recibió luego de Hortense la confesión de su inclinación por Charles de Gontaut y, sobre todo, por el general Duroc, pero Josefina había comprendido que sólo el matrimonio de su hija con un Bonaparte podría dar un heredero al Imperio, ya cercano. El único Bonaparte soltero era Louis, enfermo y de nervios seriamente alterados. Aleccionada por Brienne, exhortada por Mme. Campan, Hortense no podía luchar. "Debo sacrificar mis ideas románticas a la felicidad de mi madre", repetía a Zoé. Ésta no la incitó a resistir, primero porque la consideraba incapaz de hacerlo, además porque ya tenía la filosofía de acomodarse a las circunstancia y encontrar en ellas su felicidad, a favor y en contra de todo. El compromiso matrimonial se celebró en octubre de 1801. Hortense regresó a llorar a Saint-Germain. Mme. Campan se encarnizaba. "Os predigo que amaréis mucho y durante largo tiempo porque el sentimiento que nace de la convicción es el único durable", escribía a su pupila. La boda se celebró el 4 de diciembre sin que la convicción llegara. Un mes más tarde, Félicité de Faudoas, otra amiga de Saint-Germain, se casaba con el general Savary. Laure, Hortense, Félicité... "Las compañeras", como se decía en Saint Germain, partían, y Zoé-Victoire se quedaba, pero ella era de las que saben esperar. Un día, sin quererlo, tendrá su revancha. Seducirá, digamos para comenzar, al muy apuesto general Savary, convertido en ministro de Napoleón. Luego tomará al amante querido de Laurette, Maurice de Balincourt, el hombre más codiciado del Imperio, que la duquesa de Abrantes acababa de quitar a fuerza de llanto a la reina Carolina. Pero fue Hortense la más cercana al hombre amado, pues el primer amor de Zoé se llamaba Eugène de Beauharnais.

Eugène conoció a Zoé muy temprano, pues era alumno de la Institución Mac Mott junto con Denis Talon desde el verano de 1795, en momentos en que Zoé y Hortense entraban en Saint-Germain. Zoé tenía entonces diez años; el joven, nacido en 1781, catorce. No sólo los hermanos visitaban a sus hermanas, sino que, durante las vacaciones, las madres de los pequeños Beauharnais y de los pequeños Talon los dejaban juntos en sus pensionados; es verdad que por razones diferentes, la una divirtiéndose mucho en Grosbois, la otra pudriéndose en el Temple. Después de la boda de Josefina las cosas cambiaron. En la primavera de 1796, su padrastro envió a Eugène a

Italia. Regresó a París aureolado de gloria militar a comienzos de 1798. Ese apuesto muchacho de 17 años iba a menudo a Saint-Germain a ver a una hermana a la que adoraba. Además de facciones regulares y elegante porte, Eugène tenía una sencillez y una gentileza desarmantes. No sabemos si fue entonces cuando Zoé se enamoró de ese amigo de la infancia o si lo amó desde el primer verano. Ella formaba con Hortense el más perfecto contraste. Morena, de ojos negros siempre divertidos, pequeña nariz recta y dientes que 20 años más tarde seguirían siendo todavía perfectos, desbordaba alegría natural, en oposición a la dulzura resignada de Hortense. Zoé era vivaz, risueña. Aun con pesares —padre emigrado, madre en prisión—, no podía evitar estar contenta, su manera de hacer bromas era encantadora y los envidiosos la acusarán de abusar de su bonita risa. En la primavera de 1798 Bonaparte llevó a Eugène a Egipto. El joven fue gravemente herido —pasó un tiempo por muerto, sepultado debajo de escombros— en el sitio de San Juan de Acre. En Saint-Germain las jóvenes temblaron y lloraron mucho. Regresó en octubre, completamente restablecido, y corrió al pensionado. Transcurrió un año durante el cual iba con frecuencia a Malmaison a jugar al marro o a representar comedias. Es evidente que si Mme. Campan percibió el manejo hizo todo lo posible para ponerle fin, lo que explicaría el sentimiento de rencor que Zoé alimentó hacia su ex directora, muy capaz de haber considerado un deber alertar al Primer Cónsul. El 1 de abril de 1800 Bonaparte enviaba bruscamente a Eugène a Italia, de donde regresaría como virrey. Si bien no caben dudas acerca de los sentimientos de Zoé (diez o quince años más tarde, convertida ya en condesa du Cayla, Zoé se precipitará a la casa de la reina Hortense, a riesgo de ser inoportuna, toda vez que ésta reciba la visita de su hermano), los de Eugène son más difíciles de precisar. No se sabe nada de su vida amorosa hasta su boda, de conveniencia pero muy feliz, con una encantadora princesa bávara.[22] El joven no sólo era discreto, sino infinitamente dócil a la voluntad de su padrastro. Valiente, abnegado y obediente en todo, Eugenio fue para el emperador el hijastro soñado. No cabe duda de que la inclinación —o algo más— por la hija de un emigrado fue rápidamente sofocada. El barón de Lamothe-Langon termina el asunto con el alejamiento de Eugène, torturado por los celos y sufriendo mil muertes. Parece ser que, si en efecto fue Eugène quien se alejó, fue Zoé la que sufrió. Ese dolor seguía muy de cerca a otro, más irremediable: Mme. Talon acababa de morir.

En ausencia de un acta de defunción, conocemos la muerte de Mme. Talon por una petición de Pluvioso, año IX (enero de 1801), dirigida al ministro de Policía. Escrita por un amigo de Omer Talon, ruega para éste la autorización de regresar a Francia, alegando que el solicitante "tiene tres hijos que se encuentran desde hace cierto tiempo privados de su madre". Ese "cierto tiempo" es vago. Cuando el asunto del encarcelamiento del doctor Dubreuil, es decir, abril de 1800, Mme. Talon estaba viva, lo suficiente en todo caso para preocupar en grado sumo a Mme. Campan. Por consiguiente, nos vemos obligados a pensar que la madre de Zoé, enferma desde hacía años (lo que atestiguan las visitas cotidianas del doctor Dubreuil al Temple) murió en el verano o el otoño de 1800. Desde hacía ocho años ella asumía sola la carga de sus hijos, durante los que hay que contar cuatro años de exilio y tres de prisión. A los 15 años, Zoé se encontraba huérfana de madre, con un padre en la imposibilidad de regresar a Francia. Ante el abandono de los jóvenes y gracias a la intervención de Mme. Campan, un poco inquieta al encontrarse con los huérfanos a su cargo, cambió la actitud de las autoridades. Los ruegos de Talon se hicieron más acuciantes. Redactó ciertamente en persona las peticiones que presentaban por él parientes o amigos; se reconoce su arte y su estilo en la cantidad de argumentos referidos al dinero. Es verdad que ese estilo era muy bien entendido por el gobierno.

"Al regresar a su patria, el ciudadano Talon trae a ella en garantía de sus sentimientos una fortuna de dos millones colocados en Inglaterra."[23] ¡La fórmula es admirable! Sigue una alusión a los deberes de padre del ciudadano Talon, volviéndose siempre a la misma idea.

> *La mayor de sus hijas está en una edad que exige los cuidados y la solicitud de un padre para la elección de un esposo. Ella recibirá como dote una fortuna de trece mil luises. La herencia de los otros hijos será semejante. Si el ciudadano Talon fuese condenado a morir fuera de su patria, se vería forzado a llamar a sus hijos; así el gobierno exiliaría a una interesante familia y la fortuna del padre quedaría en un país extranjero y enemigo.*

Si el gobierno no lo comprendía, debía saber que Omer Talon era rico y habría sido tonto dejar esa fortuna en el extranjero. La fórmula final, admirable también, vuelve a los argumentos contantes y sonantes, de los que Talon no sabe apartarse.

> *Os ruego, ciudadano Ministro, recordar que el ciudadano Talon es padre y debe ocuparse de su familia; que es rico y necesita paz para gozar de sus riquezas, y que hoy no formula otro deseo que pasar apaciblemente sus días en su patria, lejos de los tormentos y peligros de la intriga.*

¿Quién ha dicho que el siglo XIX tenía una actitud hipócrita en relación con el dinero? Intrigante arrepentido y sobre todo enriquecido, así se presentaba Talón a comienzos de 1801. Para él, su estado de viudo cargado de hijos es casi accesorio, aunque mencione la preocupación causada por la mayor de sus hijas, de edad "que exige los cuidados y la solicitud de un padre". Hay que reconocer que, hasta entonces, Zoé había carecido de esa solicitud. Petición tras petición y mano untada (habría que ponerlo en plural) a quien correspondiera, Talón obtuvo un certificado de amnistía por emigración el 9 Floreal, año X, y regresó a Francia antes de finalizar 1802. Como se proponía, se dedicó sin demora a la suerte de sus hijas, casándolas rápidamente a la una y a la otra. No sabemos qué pensó Zoé de un padre al que no había visto en 12 años y que reaparecía en su vida para desembarazarse de ella. Es verdad que le daba una muy buena dote y, en cierto modo, le hacía contraer un brillante matrimonio. A los ojos del mundo, Talon era un excelente padre.

En el momento de la elección de un esposo, las opciones de Zoé y de Aline se encontraban limitadas por la situación de un padre emigrado y a la vez con una grave reputación de intrigante. Podía no tenerse en cuenta el último punto, eso era cuestión de apreciación, pero no la emigración que quitaba toda esperanza por el lado de las glorias —y de las fortunas— ascendentes del nuevo régimen. Era necesario buscar por el lado del antiguo, donde los defectos de Talon podían convertirse en virtudes. Desde luego, el padre de Zoé sólo tuvo la dificultad de la elección, pues eran legión los hijos de emigrados, muchos de ellos arruinados, y la dote no desagradaba a nadie.

Talon eligió a Achille du Cayla, hijo único del conde François-Hercule de Baschi du Cayla, primer gentilhombre del príncipe de Condé. Bajo el Antiguo Régimen la boda habría sido brillante. La casa de los condes de Baschi era originaria de Italia, conocida desde Ugolino de Baschi. Citada desde 1080, contaba con ilustres alianzas con los Médicis, los Borromeo, los Piccolomini y los Farnese. Esa política se mantuvo, pues el conde François-Hercule se casó con Élisabeth-Suzanne de Jaucourt, de la mejor nobleza de la Champagne. La madre del pretendiente de Zoé había sido dama de honor de la condesa de Provenza y poseía su vivienda en Versalles. Era hermana del conde de Jaucourt, el bello Jaucourt, apodado "Claro de luna", de quien Mme. de Balbi, su amante antes de ser la del conde de Provenza, decía "que tenía gracia y bellos dientes". Todo ello convertía a los Baschi du Cayla en excelente nobleza de corte, mercancía lamentablemente muy desvalorizada en 1800, tanto más por cuanto el conde François-Hercule du Cayla, mariscal de campo antes de la Revolución, era un emigrado de la primera hora. Había seguido al príncipe de Condé a Coblenza en julio de 1789. Coronel de un regimiento de húsares que llevaba su nombre y cuyo equipamiento él mismo costeaba, no sólo luchó denodadamente contra todos los ejércitos de la Revolución, sino que fue mucho más allá, pues hizo junto a Austria la campaña de 1800 contra Bonaparte. El gentilhombre sólo aceptó deponer su espada cuando fue licenciado el último soldado del ejército de Condé, en la primavera de 1801. Zoé se casaba con el hijo de uno de los jefes militares de la emigración, posición que hacía de su futuro suegro un héroe para su partido y un proscrito en la Francia del Consulado y del Imperio.

La joven se enteró de la decisión de su padre por una visita de su tía y madrina, Mme. de Sainte-Croix. Mme. Campan unió a sus cumplidos las acostumbradas recomendaciones. "Ante todo aceptad el bien que se os propone... El deber de una joven seria es evitar elegir ella misma un esposo... La ilusión del amor pasa, el vínculo dura indisolublemente." Todo eso era inútil. Por naturaleza, también por educación, Zoé tenía un carácter mucho más práctico que Hortense, que había alentado hasta el final el sueño de una boda por amor. No es que la nueva novia no tuviese el corazón tan tierno como otras, sino que un aprendizaje diferente —y más bien duro— de la vida, así como un carácter dispuesto a la dicha, no la impulsaban a perseguir quimeras. "Estimad primero; luego amaréis", agregaba santurronamente la directora. Después de siete años de pensionado, privada de su padre y ahora de su madre, dotada de un carácter amante, Zoé estaba preparada para estimar apasionadamente a quien fuera algo estimable y amar con todo su corazón a quien la amara un poco. Agreguemos que no había cumplido los 17 años. El marido que le destinaban tenía 10 más que ella y una vida ya agitada a causa de la Revolución.

Nacido en París el 17 de febrero de 1755, el conde Achille-Pierre-Antoine de Baschi du Cayla había seguido a su padre a la emigración, como hijo obediente y fiel servidor de los Condé que era; pero en Coblenza pronto aparecieron divergencias entre el padre y el hijo. Este último llegó a sostener que "no se doma a una nación de treinta millones de habitantes si ella no lo consiente",[24] lo que disgustó en grado sumo al conde François-Hercule. A decir verdad, las rivalidades y las mezquindades de la pequeña corte de los Borbones en el exilio, unidas a condiciones materiales precarias, agriaban seriamente el carácter de padre e hijo. Unas *Observaciones*[25] publicadas por Achille du Cayla en ocasión de un proceso en 1821, por lo tanto muy posteriormente, muestran que desde hacía mucho tiempo existía una sólida enemistad entre los dos hombres. "Estoy pues ante una persona a la que debería contar entre los míos y que, desde hace veinticinco años, no ha cesado de darme pruebas inequívocas de su indiferencia", escribe el hijo rebelde. La persona en cuestión es su padre, y 25 años atrás nos llevan a la época de la emigración. El conde du Cayla había vivido muy mal la partida de su hijo, partida que equivalía para él a una deserción. En las mismas *Observaciones* amablemente lanzadas por Achille du Cayla a la plaza pública, encontramos también:

> *El conde du Cayla no cesa de insultarme. Él no puede decir los motivos; son de tal naturaleza que, por el honor de la familia, no pueden ser publicados.*

Más tarde entraremos en la explicación de estos interesantes sobreentendidos. Lo que nos importa ahora es ver que Zoé no entraba, es lo menos que podemos decir, en una familia unida.

Achille du Cayla abandonó pues el ejército de Condé y regresó a Francia disfrazado, lo que a fines de 1793 era al menos imprudente, tanto más porque el emigrado arrepentido se dirigió directamente a las tierras de Courtreux, propiedad de sus antepasados maternos, cerca del bonito pueblo de Tournan-en-Brie. Él mismo cuenta que, llegado al parque de los Jaucourt, se tendió debajo de un árbol y se durmió, lo que sin duda era señal de una conciencia tranquila, pero también, una vez más, de bastante irreflexión. Al despertar, encontró, observándolo, a un antiguo servidor al que el nuevo propietario (el castillo había sido vendido como bien de emigrado) le había asignado funciones de guardabosque. El hombre era fiel pero poco discreto; el eco de la alegría del reencuentro llegó a oídos de los funcionarios municipales, que hicieron arrestar al gentilhombre.

Encarcelado en la Conciergerie, Achille du Cayla recordó a tiempo que él y Saint-Just habían sido compañeros de escuela, y le hizo llegar una esquela. El portador regresó con una orden de liberación y una invitación a cenar. Saint-Just colocó a su amigo, bajo un falso nombre, en una fábrica de pólvora de Rouen. El conde François-Hercule, al enterarse, se disgustó en grado sumo, pues él hacía frente a diario a los cañones cargados con la pólvora elaborada en esa fábrica. Tres meses más tarde, el joven du Cayla fue denunciado y nuevamente arrestado.

Saint-Just lo salvó una vez más, y Mme. de Staël le proporcionó un pasaporte suizo. El objetivo del viaje era Coppet, donde ella escondía a numerosos "amigos de la libertad", entre ellos al apuesto Jaucourt, tío de Achille, que ella había sacado de las prisiones de la Comuna justo antes de su partida de París. Desde las orillas del lago Lemán, había establecido una verdadera cadena de evasión a la que llamaba "un comercio de humanidad". Al no poder obtener papeles en regla de las autoridades suizas, sus "invitados" adoptaban apellidos suecos que la baronesa de Staël les atribuía.

Aun provisto de un pasaporte, Achille du Cayla no había agotado sus sinsabores. En sus *Consideraciones sobre la Revolución Francesa*, Mme. de Staël cuenta que fue arrestado en la frontera por un funcionario desconfiado que declaró que no lo soltaría mientras el teniente judicial de Nyon no fuera a atestiguar que en efecto era suizo. En la primavera de 1794 se estaba en pleno Terror, y el tío Jaucourt, al enterarse de la noticia, se desesperó, "pues ese joven, hijo de uno de los jefes militares del ejército de Condé, sería fusilado en el acto si se descubría su nombre". Mme. de Staël, con gran coraje, corrió a la casa del teniente judicial, "uno de los hombres más cultos y considerados de Suiza". Ese hombre honesto "sentía escrúpulos para alterar la verdad por el motivo que fuere y, además, como magistrado, temía comprometer a su país en un acto de falsificación".

—No tendremos derecho a reclamar a nuestros propios compatriotas que sean detenidos en Francia —argumentaba.

Pero pocos podían resistir la impetuosa generosidad de Mme. de Staël.

> *Pasé dos horas con monsieur de Reverdil, tratando de que su humanidad venciera a su conciencia; resistió largo rato, pero yo le repetí varias veces:*
>
> *—Si decís que no, un hijo único será asesinado en veinticuatro horas y vuestra simple palabra lo habrá matado.*

M. de Reverdil cedió, y Achille fue reclamado. Encontró a su tío en Coppet y fue testigo de las comidas en cuyo transcurso Necker y su hija se ensalzaban mutuamente, mientras Mme. Necker multiplicaba las alusiones agridulces a la conducta (ella quería decir la inconducta) de su hija. Luego paseaban a orillas del Lemán. "Una de las cosas que más nos impresionaba en nuestros paseos a orillas del lago era el contraste entre la admirable naturaleza que nos rodeaba, el deslumbrante sol de finales de junio y la desesperación del hombre. El desaliento se había apoderado de nosotros", habría de confesar la anfitriona de Coppet. El 9 Termidor liberó a todo el mundo. El joven du Cayla pudo llegar a Montpellier, donde su familia estaba sólidamente arraigada y donde su madre se había refugiado.

Eso es todo lo que Zoé supo de un futuro esposo del que no le habían mostrado siquiera un retrato. Le dieron en cambio todas las aclaraciones necesarias acerca de los términos del contrato de matrimonio. "Informaos si la persona que os presentan es ordenada en el manejo de su fortuna", recomendaba Mme. Campan. Ése era un cuidado que Omer Talon no habría dejado en manos de nadie y, en la duda —¿acaso alguna vez se está seguro en ese aspecto?—, preparó un contrato que aseguraba a su hija la herencia Talon. Zoé, que había visto a su madre debatirse en medio de dificultades económicas y en cuyas venas se mezclaba la sangre de financistas y de juristas astutos, escuchó con la mayor atención las explicaciones paternas.

Esa chiquilla, a la que se casaba con un desconocido antes de enviarla al otro extremo del territorio, comprendió muy bien que, con la única protección que su padre le había acordado en su vida, le entregaba un elemento importante para su futuro. En todo caso, no desposaba a un hombre sin fortuna. La de los Baschi du Cayla era adecuada, aunque numerosos herederos, de generación en generación, habían terminado por mermar el patrimonio. La Revolución no arregló las cosas. Las pensiones otorgadas por el príncipe de Condé habían desaparecido, como también el suntuoso departamento de Chantilly, dicho esto en el sentido más absoluto del término, pues el palacio había sido demolido. Hay que agregar que los gastos en que incurrió el conde du Cayla para mantener por cuenta propia un regimiento durante 12 años fueron considerables. El conde poseía todavía dominios en la región de Sète y otros en Hungría. Un divorcio de circunstancia en 1798 entre los esposos du Cayla —volvieron a casarse en 1814— permitió poner a buen resguardo parte de esa fortuna. La condesa, separada legalmente de su marido, hasta pudo recuperar, así como su hermano, el conde de Jaucourt, la tierra y el castillo familiar de Courtreux. Debemos señalar que, después del 18 Brumario, Jaucourt había entrado al servicio de Bonaparte. Hasta ocupaba el cargo muy codiciado de presidente del Tribunal. Era normal que tanta buena voluntad tuviera su recompensa.

La idea de desposar al hijo de un proscrito cuya fortuna había sufrido los avatares de la época no disgustó a Zoé. Habituada a considerar a su padre como un héroe, había elegido su bando desde hacía tiempo, y no hay duda de que el hecho de entrar en una familia al servicio del príncipe de Condé —es decir de un Borbón— era para ella ante todo un honor. El exilio en Montpellier era otra cosa. En este punto debemos remitirnos al estimado barón de Frénilly. "En las familias, escribe éste, era una resolución algo penosa casar a una hija en las provincias; era como una toma de hábitos; eran necesarias para ello causas desesperadas, y esas Ifigenias se despedían del Palais Royal como María Estuardo de Francia."

Por la delicada situación de su padre, Zoé formaba parte de esas desesperadas. Talon no quería cargar con la novia, y la dejó en Saint-Germain hasta el momento de la boda. Sus tías se ocuparon de los preparativos. El ajuar fue infinitamente más simple que el de Laure. Si se contentó con ocho docenas de camisas bordadas en realce y algunas docenas de enaguas, chales y gorros, al menos todo fue cuidadosamente marcado con el escudo y las iniciales de los Baschi du Cayla. A mediados de julio de 1802, en el momento de la partida para las vacaciones, la joven se despidió de sus amigas y de Mme. Campan.

Zoé conoció al hombre al que debía unir su vida sólo al firmarse el contrato de boda en París, en el estudio del escribano Cantin, el 12 Termidor, año x, o sea el 1 de agosto de 1802, víspera del casamiento religioso. Aun para la época, el procedimiento era expeditivo. Con la compostura digna que convenía a la ceremonia, la futura esposa sólo pudo mirar de soslayo a su novio, mientras un notario leía bajo la mirada atenta de Talon los innumerables artículos del pacto. Zoé se casaba "bajo el imperio de los usos del derecho escrito". Cosa excepcional en esos tiempos, Talon había impuesto la separación de bienes. En caso de ruptura del contrato, se estipulaba que la dote volvía entera a la esposa. Esa dote estaba constituida por los derechos provenientes de la sucesión de su madre y de su abuela materna, Mme. de Wargemont. De entrada, la joven recibía 300.000 francos como adelanto de herencia. Se reservaba como bienes propios, que no formaban parte de la dote, 60.000 francos y todos los bienes que pudiera adquirir con los bienes no dotales. Talon pensaba aquí en su propia sucesión y velaba por que llegado el momento ésta permaneciera en manos de su hija. Ese hombre infinitamente prudente exigía además que el futuro esposo estableciera para la futura esposa, en caso de viudez de esta última, una pensión de 4.000 francos de renta vitalicia, a la que se sumaba un derecho de habitación más bien elevado. Tal lujo de precauciones debió de parecer algo excesivo a los du Cayla. No sabemos si el encanto de la novia ayudó a digerir tanta circunspección.

La boda se celebró al día siguiente en el departamento que Talon había comprado a su regreso del exilio en el número 5 de la calle de la Grange-Batelière. En efecto, todavía los esfuerzos, por una vez conjugados, de Chateaubriand y Bonaparte no habían restaurado la religión, y el Concordato demasiado reciente no bastaba para olvidar el miedo. No hacía mucho tiempo que un Papa, sacado moribundo de Roma por las tropas de la República, moría en Valence, donde sólo la caridad y el coraje de un protestante le habían evitado la fosa común, y menos tiempo aún que los sacerdotes refractarios dejaban de ser deportados a la Guayana, donde, según la expresión del cantante Ange Pitou (deportado por el Directorio), "no se los mataba pero se los hacía morir". Por lo tanto, los casamientos se celebraban muy discretamente en la casa, en un salón o en un comedor transformado en capilla gracias a algunos cirios colocados en candelabros. La boda de Zoé fue bendecida a eso de las nueve de la noche, poco antes de la cena, como lo exigía la costumbre. El sacerdote que oficiaba no tenía que reprocharse el juramento de 1791, y las invitaciones se limitaban a algunos parientes. Las bodas en la alta sociedad eran ceremonias extremadamente simples y lo seguirían siendo hasta mediados del siglo XIX. En ese terreno se consideraba ridícula la ostentación, y las fiestas de bodas y los banquetes quedaban reservados para los burgueses o los campesinos. No sabemos si el conde François-Hercule hizo llegar su bendición. Residía tan pronto en Ulm, donde al parecer había contraído vínculos muy personales, como en Inglaterra junto al príncipe de Condé, y no pudo regresar a Francia hasta 1814. Zoé conoció a su suegro después de 12 años de matrimonio. Estaba entonces a punto de separarse de su esposo.

La novia llevaba un vestido de satén blanco en cuyo talle alto se había cosido un ramillete de flores, y su cabello estaba recogido en un moño con rizos. La corona de azahares de perlas se posaba sobre un velo que había pertenecido a su madre, como el pequeño misal de nácar que sostenía en su mano. Durante la cena, la condesa du Cayla, naturalmente amable, trató de poner cómoda a la joven, mientras que el novio permanecía extrañamente silencioso. A los postres, se brindó a la salud del príncipe de Condé, a la de su hijo, monseñor el duque de Borbón, y a la de su nieto, monseñor el duque de Enghien. Todos se levantaron para brindar por la salud del rey, Louis-Stanislas-Xavier, convertido en Luis XVIII por la gracia de Dios —y de la Revolución— en el octavo año de su reinado para los que le eran fieles. Zoé, a decir verdad, ignoraba casi todo de ese hombre al que Bonaparte llamaba riendo "el Pretendiente", un príncipe refugiado entonces en Varsovia y cuyas posibilidades de acceder un día al trono parecían disminuir cada minuto que pasaba. El 4 de agosto de 1802, dos días después de la ceremonia de la calle de la Grange-Batelière, la Constitución del año X convertía a Bonaparte en cónsul vitalicio.

Terminada la comida, Omer Talon condujo a los nuevos esposos a su habitación. La costumbre exigía entonces que la noche de bodas tuviese lugar en el domicilio de la joven esposa. Al día siguiente, se despidió de su hija y despachó rápidamente a los viajeros. Tenía prisa en arreglar el futuro de Aline y de Denis tan prontamente como lo había hecho con el de Zoé. El propósito de ese padre tan expeditivo era, como lo había indicado muy claramente en sus peticiones, "gozar en paz de sus riquezas". En el carruaje que la conducía a Montpellier, Zoé se encontraba junto a una familia desconocida, ligada con un hombre al menos extraño.

Capítulo Dos

La nuera de Suzanne de Jaucourt

La boda de las jóvenes era, hasta una época reciente, pura lotería. En ese juego, Zoé había perdido. Durante el viaje de bodas que hizo al castillo de la Piscine —situado a menos de una legua de Montpellier—, prestado por la tía Marthe a los recién casados, y donde Zoé festejó (si así puede decirse) sus 17 años, la joven pudo al fin descubrir al hombre con el que la habían casado. De un permanente mal humor, gruñón y vengativo en tiempos normales, Achille du Cayla se ponía brutal a la menor contrariedad, a menos que se encerrara en un hosco silencio del que nadie sabía sacarlo. Estupefacta al principio, Zoé respondió con una calma que no hizo más que exasperar a su esposo. Es detestable el recuerdo dejado por el conde a sus contemporáneos, inclinados sin embargo a la indulgencia hacia los caprichos de los suyos. Mme. de Boigne, aunque odiaba a Zoé con todo su corazón, reconoce que la desdichada tenía un marido "más que raro".[1] Si tenemos en cuenta la moderación de la época, ese *más que raro* equivaldría hoy a totalmente loco, opinión confirmada por la duquesa de Maillé, que habla de "un marido raro hasta la locura". En cuanto al barón de Frénilly, habituado a tratar a sus contemporáneos sin contemplaciones aunque con justicia, deja el retrato de "un oso salvaje y grosero, que no salía ni dejaba salir a su mujer de su guarida".[2] Atacado, como muchos misántropos, por delirio de persecusión, el conde se enclaustraba en su casa, donde habría querido conservar a su víctima, actitud que su mujer explica bellamente en una de las raras confidencias que hizo sobre su marido. "No quiere relaciones con los humanos —escribe ella a Sosthène de la Rochefoucauld—, y la situación que ha elegido le molesta sin que él mismo se dé cuenta." Esta extremada discreción contrasta con las imprecaciones y las frases venenosas que el conde no cesará de propalar con respecto a su esposa.

Muchas jóvenes libradas a semejante hombre se habrían desesperado. Los desmayos, los ataques de nervios y otras formas de neurastenia eran el refugio de muchas desdichadas. Pero Zoé no tenía vocación por la melancolía; tampoco se rebeló, consciente de la inutilidad de hacerlo, pero tuvo claro enseguida que no se dejaría encerrar ni destruir. Por fortuna, una de esas fortunas que llegan a los que saben descubrirlas, encontró afecto y protección en la persona de su suegra. La joven, que había perdido a su madre hacía apenas 18 meses y que acababa de ser cruelmente decepcionada por su esposo, brindó toda su ternura a esa mujer amable, un poco doliente, que la recibía con bondad. La condesa, nacida Jaucourt, había padecido muchos sinsabores junto a un marido egoísta, no demasiado inteligente y dotado de un carácter casi tan odioso como el heredado por su hijo, así que comprendió mejor que nadie lo que podía sentir la joven. Le abrió los brazos. Zoé le brindó un amor filial, alegrando, cuidando, mimando incansablemente a la que llamaba "mamá". Durante una enfermedad de su suegra, escribía: "Si me separo de ella, estoy perdida". La enferma, por su parte, confesaba a la que no abandonaba su cabecera: "Sólo tengo fuerzas por ti". Ese recíproco cariño no es tan corriente como para no sorprender a los contemporáneos y, entre dos derrames de hiel, Mme. de Boigne reconocía que esa detestada Zoé "estaba llena de ternura y de atenciones hacia una suegra que la adoraba".

Suzanne du Cayla dio a Zoé no sólo el afecto de que había carecido, sino también una protección y un lugar en el mundo que su insociable marido le negaba. Achille du Cayla no osaba oponerse a una madre que tenía carácter, apellido y un lugar en la sociedad. La autoridad de su madre y la calma de su mujer lo mantenían a raya, lo contenían cuando era necesario, y poco a poco limitarían las consecuencias de su salvajismo. En una palabra, no fue difícil a dos mujeres inteligentes acomodarse a un hombre que no lo era tanto. Con el pretexto de cuidar de su suegra, Zoé vivió más y más junto a ella sin que nadie pudiera oponerse. En efecto, ¿qué mejor razón para alejarse de un marido odioso que consagrarse a la madre de éste? Todos salieron ganando, comenzando por la joven esposa, que vio entreabrirse poco a poco la puerta de su jaula. Suzanne du Cayla había tenido su vivienda en Versalles en la época en que, hermana del apuesto Jaucourt, era dama de corte de la condesa de Provenza. Le gustaba la sociedad, y sólo los acontecimientos de la Revolución, junto con su situación de esposa de uno de los jefes militares de la emigración, la habían confinado en Montpellier. Consideró que la presentación de una deliciosa nuera era la mejor ocasión para poner fin al exilio. No dudamos de que Zoé la alentó en su propósito. La vida que llevaban en la mansión de la calle de l'Argenterie —y la misma mansión— era austera. Allí se mostraba todavía, en el salón principal, bajo un arco de crucero, el lugar donde Jaime III, un rey de Aragón algo irascible, había matado a su primo, Bernardo de Roquefeuil, por haberle manchado torpemente su jubón con vino. Se recibía a gente de la parentela, principalmente a algunos Baschi de la rama de Aubais, a los que se les ofrecía un dedo de malvasía o un poco de manzanilla. ¡Qué desencanto para la que había esperado conocer "el mundo" del que le hablaban Hortense, Laure y Félicité! Las dos mujeres complotaban. Para hacer sus maletas, alegaron la próxima boda de Aline. Omer Talon situaba a la segunda de sus hijas en la antigua nobleza parlamentaria, ofreciéndola, a ella y a su dote, a un Le Rebours. Después de despedirse de la tía Marthe, que iba a vivir sola nuevamente entre los muros del palacio de los reyes de Aragón y los del castillo de la Piscine, pusieron rumbo a las tierras de Courtreux, donde la condesa se reencontró con el dominio de los Jaucourt y con su anciano padre, quien también se encariñó con su nieta política. El centro de la región de Brie no era, desde el punto de vista mundano, mucho más alegre que el Languedoc. Poco tiempo después de ese regreso, el conde du Cayla adquiría un departamento en el Marais. Durante muchos años, Zoé repartiría su tiempo entre esos dos polos.

En el otoño de 1802 la condesa du Cayla introdujo a su nuera en lo que se llamaba "el mundo". El momento era propicio. Después del período turbulento y bastante alocado del Directorio, y antes del golpe que para una parte de la sociedad —golpe que la dividiría irremediablemente en dos— significó la ejecución del duque de Enghien, se extendió un período de calma que la aristocracia aprovechó para recuperar sus costumbres y para crear otras nuevas. "Todos empezaban a encontrar un poco de bienestar y de tranquilidad; no querían exponerlos, de modo que las opiniones políticas se mostraban bastante calmadas", explica Mme. de Boigne. Por fin respiraban los sobrevivientes. Cada uno lamía sus heridas. Se recuperaba —o no se recuperaba— la antigua casa, se reencontraba a los parientes y amigos, se volvía a amueblar los palacios y se calculaba, más laboriosamente que antes, la cuenta de los ingresos. En efecto, la prórroga del Consulado por diez años más fue seguida por una ley de amnistía que permitió el regreso en masa de los emigrados. Muchos buscaban lo que se denominaba "una situación"; la mayoría de ellos permanecían todavía apartados, pero algunos se pusieron de inmediato al servicio de los nuevos amos. Esa nobleza que retomaba instintivamente el camino de las Tullerías ha sido comparada con los gatos que se encariñan más con la casa que con el amo. Pronto los gatos viejos fueron legión, arañando las puertas del palacio. Acostumbrados desde la infancia a estar al servicio de la corte, esos nobles poseían maneras y, para decirlo de una vez, un servilismo más refinado que el de los acaudalados del nuevo régimen, todavía algo envarados en su papel de grandes servidores. Este conocimiento les permitiría obtener pequeñas venganzas. El mariscal Marmont, muy original pero nada tonto, observa un día: "*El señor de Brissac apostó contra mí a quién se inclinaba más ante la Señora Madre; me ganó por toda su cabeza, que inclinó más bajo que mi c...*"[3]

Por supuesto, la condesa du Cayla presentó a su nuera en los salones de la antigua nobleza. Visitaron a Mme. de Coislin, cuya dirección en la plaza Luis XV todavía hacía temblar. La anciana dama había sido muy cortejada por ese mismo Luis, al que ella pretendía haber tratado con rigor. Recibía en una cama con cortinas, adornadas sus orejas con pendientes de brillantes que caían sobre una bata de cama sembrada de tabaco. Sostenía que una persona de clase no debe nada a su médico y se mostraba escandalizada por la abundancia de ropa interior que ostentaban las mujeres.

—Nosotras, las damas de la corte —decía—, llevábamos vestidos de seda, y eso bastaba.

Al evocar a su antiguo pretendiente, le gustaba decir:

—Lo tuve a mis pies.

Eso hacía sonreír a Zoé bajo su abanico. Ser amada por el Rey —o al menos por el hijo del Rey— parecía haber sido el sueño de todas las que ahora eran llamadas "las personas de la época", una época que parecía perimida. Sin embargo, un día el nieto de Luis XV, el Bienamado, convertido a su vez en Rey, llegaría a amarla, y más aún de lo que había sido amada Mme. de Coislin.

También iban a visitar a la duquesa de Châtillon. Aunque en la vejez se había vuelto mojigata y devota, algo que no era raro, exhibía todavía —algo que lo era menos aún— los retratos de sus amantes colocados alrededor del espejo de su salón. "El número era considerable y constituía un bello decorado",[4] nos dice la condesa de Boigne. Precisamente fue en la casa de Mme. de Châtillon donde Zoé conoció a Adèle de Boigne. Esa joven, de la edad de Zoé, había desposado por su inmensa fortuna a un aventurero de nobleza más que dudosa. Nacida d'Osmond, educada en Versalles, la condesa no se recuperaba de una boda tan lesiva para su orgullo; habría querido el dinero sin el marido, lo que terminó por conseguir relegando a éste a su propiedad de Chambéry. La humillación la había amargado y, desde la altura de su cuna, contemplaba a esa Zoé, surgida de la magistratura, que había contraído un matrimonio infinitamente más brillante que el suyo. No se lo perdonó jamás, como tampoco le perdonó su alegría de vivir, su buen humor y su vivacidad, y la persiguió en sus brillantes *Memorias* con toda la acritud que una mujer frustrada puede mostrar ante una mujer feliz.

De allí iban a casa de Mme. de Vintimille, que había conocido a Mme. Geoffrin y a Mme. du Deffand, quienes parecían haber dejado algo del siglo XVIII en su salón; o a casa de Mme. de La Briche, "esa excelente mujer que la felicidad nunca pudo dejar de lado",[5] según la bella expresión de Chateaubriand. La benevolencia no estaba más difundida que hoy en día, y la presentación de una joven esposa era una temible prueba. Detrás de los abanicos caían los veredictos, despiadados.

—Busto chato, manos rojas. No es de clase.

—Y muda como un pez. ¿Será tonta?

Zoé tenía manos blancas y un soberbio escote. Tenía además, para agradar en una sociedad un poco envejecida, un humor notablemente parejo, la necesaria timidez, mucha benevolencia y tacto natural. Esa mujer tan joven encontraba fácilmente las palabras complacientes, su memoria era amable y era buscada por su alegría. "Mi anciana tía dice que la hago reír tanto que le duelen las mejillas", confiará ella. A todo el mundo le agrada padecer ese dolor. La risa, la juventud y el buen humor de la nueva condesa aportaban un aire de frescura a un mundo que parecía haberse detenido en la primavera de 1789. Los hombres, a los que los mequetrefes del Imperio pronto apodarán "los trapecistas de Luis XIV", se peinaban todavía a lo "pájaro real", con anchas alas de paloma empolvadas. Vestidos con el traje azul rey, o beige, casi siempre adornado con la cruz de San Luis, conocían el arte de la pirueta y de los cumplidos, sin olvidar el de apoyarse en un bastón de empuñadura curva. Las viudas, con los pies en los morillos de las chimeneas, recibían rodeadas de sus tabaqueras, de sus cajas de bombones y de sus juegos de trictrac.

De ese mundo un poco enmohecido, Zoé extrajo excelentes lecciones, pues allí se practicaba el arte de la conversación mucho mejor que en el instituto de Mme. Campan. Esos salones estaban siempre abiertos a la literatura. Se rodeaba a Germaine de Staël, que acababa de publicar *Delphine*, y se discutía hasta perder el aliento ese largo (muy largo) alegato de los derechos del corazón. Zoé fue presentada a la que había salvado a su marido y quedó pasmada ante el espectáculo de esa mujer congestionada, que hablaba demasiado y demasiado alto. La joven adivinó en la frenética necesidad de agradar, en el deseo ruidoso y a veces lamentable de ocupar el primer puesto de la escena el anhelo de ser amada. Ella tenía las mismas aspiraciones, pero en otro tono. La exaltación, la vehemencia, el escándalo, todo lo violento o excesivo, jamás pertenecerían a la manera de ser de Zoé. Ella tendría otra, más discreta e igualmente persuasiva. Mientras tanto, y para volver a la novela de moda, todos estaban en desacuerdo en reconocer a la autora bajo los rasgos de la protagonista y a M. de Talleyrand, ex amante de Germaine de Staël, bajo los de la arribista y poco escrupulosa Mme. de Vernon. El ex obispo de Autun se vengó como de costumbre con una ocurrencia. En una cena, reconoció que Mme. de Staël había logrado representar "a ella y a mí mismo disfrazados de mujeres".[6] La pobre Delphine-Germaine, cuyos avances acababan de ser rechazados firmemente una vez más por Bonaparte, cometió también la ridiculez de predecir el fracaso de *El genio del cristianismo.* Al abrir el libro en el capítulo de "La virginidad", exclamó delante de Adrien de Montmorency, que se apresuró a repetirlo en todo París:

—¡Ay, mi Dios! ¡Nuestro pobre Chateaubriand! Esto no va a gustar.[7]

"Esto" tuvo un éxito increíble. Zoé conoció al autor en la casa de Mme. de Vintimille. Estaba acompañado por su amante, Mme. de Beaumont, "más mal que bien de cara", al decir del propio Chateaubriand. La pobre mujer, consumida por la tisis, se lo cedía a su hermana Lucile, "violenta, imperiosa e irracional", según su hermano, decididamente muy clarividente con las mujeres de su entorno. Lucile —Mme. de Caud—, creyéndose perseguida por enemigos imaginarios, había comenzado a errar de domicilio en domicilio, y Zoé observaba asombrada a esas dos mujeres marcadas, una por la muerte y la otra por la locura. Chateaubriand, el Encantador, ya rodeado por una pequeña corte y muy absorto en su persona, no notó a la joven que lo observaba. Volverían a verse más tarde. Él sería célebre, amado por la mujer más encantadora de su tiempo, y ministro de Relaciones Exteriores. Ella lo haría echar.

Con el arte delicado de la conversación, Zoé se inició en el de los naipes, pues lo que se llamaba "la sociedad" tenía la pasión del juego. Pronto "la triunfante", "la boda", "la mosca", "el revesino" y sobre todo el "whist", llegado de Inglaterra, no tuvieron secretos para ella. Aprendió el arte de jugar con furor no dejando filtrar más que bromas y el de, más difícil, perder cuando era necesario. Su habilidad en la conversación y en el juego de cartas serían un día, entre otras cosas, muy apreciadas por un Rey que había aprendido lo uno y lo otro en Versalles.

Además de esas valiosas disciplinas, Zoé, siempre acompañada por su suegra, adquirió una excelente reputación, atesorando así una moneda cuyo valor se conservaría durante mucho tiempo. Había terminado la época de la desinhibición, esa dulce época en que Mme. de Matignon podía decir a una joven preocupada por las consecuencias que numerosos deslices podían tener para su reputación:

—Consolaos, querida. Entre las grandes damas como nosotras, el honor crece de nuevo como el pelo.

El honor había perdido su facultad de renovación, y Zoé pudo ver a la princesa Galitzin, cuya familia estaba vinculada con la del zar, despreciada en todos los salones parisinos. Cuando soltera, esa princesa había encontrado, pintado sobre esmalte, el retrato de un joven que le había hecho perder la cabeza. Rechazó al marido que le habían dado porque no se parecía al retrato, y recorrió Europa, con el medallón colgado al cuello, buscando el original. En el camino, "se contentó a menudo con semejanzas parciales", nos dice Mme. de Boigne. Su compartamiento no fue motivo de escándalo —los sobrevivientes del Terror no se asustaban por tan poco—, pero pareció una falta de gusto, y la princesa vio cerrársele las puertas. Zoé comprendió enseguida que una buena reputación vale más que el oro. Sintió todo el apoyo que se podía extraer de los convencionalismos sociales a condición de no enfrentarse a ellos. La hija de Omer Talon —padre emigrado y aventurero, madre en prisión— tendría siempre, más que otras, necesidad de respetabilidad.

Ese mundo que no había cambiado —salvo en ser menos indulgente con la virtud de las mujeres— resultaba también algo aburrido. La otra parte de lo que se llamaba "la sociedad", la que estaba naciendo alrededor de las Tullerías, era mucho más joven, más alegre y más lujosa. Tal vez en los salones de Mme. de Vintimille flotara el espíritu de Mme. de Geoffrin y de Mme. du Deffand, pero era junto a Josefina donde se encontraban los bailes, los apuestos oficiales y la gloria. Por otra parte, los puentes entre ambos mundos eran numerosos, y, si bien Zoé era por su boda la nuera de un jefe del ejército de Condé, la misma boda la había convertido en sobrina del conde de Jaucourt, presidente, como hemos visto, de un Tribunado totalmente fiel a Bonaparte. En esa esfera tan atractiva, Zoé tenía la suerte de contar a todas sus amigas de infancia. Hortense acababa de tener un hijo y Laure acunaba a una pequeña Joséphine. ¿Cómo no ir a felicitarlas? Las amistades de juventud formaban una cofradía de carácter casi sagrado. Suzanne du Cayla, cuyo esposo se hallaba en Inglaterra, no podía en ningún caso aparecer en el entorno de Bonaparte, pero su nuera tenía el deber de no descuidar a sus amigas, todas las cuales pertenecían a ese entorno. Por otra parte, no fue en las Tullerías, demasiado habitadas todavía por el recuerdo del difunto rey, donde la hija de Omer Talon volvió a encontrarse con Hortense, sino en Malmaison. La "casa del mal" se había convertido, con su falta de comodidad, sus corredores embaldosados, su parque aún pequeño, en la casa de la vida. Junto a Hortense, Zoé reencontró a Laure Junot, a Félicité Savary, a Émilie de La Valette y también a Aglaé Auguié, la querida Aglaé, que acababa de comprometerse en matrimonio con Michel Ney. Era costumbre llegar para la comida, que reunía a las jóvenes alrededor de Josefina en un pequeño comedor que daba al patio. Inmediatamente después se pasaba a un salón donde se conversaba, se leían los diarios, se ensayaba para el pequeño teatro de sociedad que Mme. Campan les había enseñado a apreciar.

La alegría de Zoé, su buen humor, y también cierta manera de saber estar en su lugar, le valieron tantos sufragios a favor en la nueva sociedad como en la antigua. Su exquisito gusto para vestir le permitió muchas veces aconsejar, a su pedido, a Josefina, cuyo pequeño salón, invadido por las jóvenes, se convertía en una verdadera pajarera. Se probaban gorros y pañuelos, se envolvían en los chales que la criolla coleccionaba (poseía más de 300), abrían y cerraban febrilmente los estuches. ¿Qué podía sentir Zoé, que debía responder por cada cuarto gastado —cuarto sacado de su propia dote—, por cada hora pasada fuera de su casa ante un marido amenazante, al encontrarse en medio de esas jóvenes más libres y más mimadas que ella? Nada envidiosa —era uno de los secretos de su buen humor—, dispuesta a aprovechar el menor placer —éste era otro—, aprovechaba gustosa las horas robadas a un esposo gruñón o a una suegra doliente. Era la primera en reír cuando Laure, la más loca por la ropa, la más loca a secas, contaba que se había hecho confeccionar por Cop, el zapatero de moda, un par de zapatos para el campo en felpilla negra. Se habían roto al cabo de un paseo de un cuarto de hora. De regreso en París, había ido a quejarse a Cop, quien examinó el cuerpo del delito antes de soltar con los labios fruncidos:

—Ya veo. Madame debe de haber caminado.

El matrimonio, y sobre todo el rápido favor de su marido, parecían haber hecho perder la cabeza a Laure. No hablaba más que de cenas en las Tullerías —el Primer Cónsul ofrecía cada diez días una cena de 200 cubiertos—, de las paradas en las que iba a aplaudir a su esposo, y luego de bailes, de vestidos y más vestidos. Zoé la visitaba en la mansión de los Campos Elíseos, tan suntuosa como un palacio, que Bonaparte acababa de ofrecer a Junot. Allí escuchaba el relato de triviales crónicas de la corte. La historia de un chal indefinidamente disputado por Josefina y Caroline hasta que Bonaparte, acosado por las quejas de ambas, por Murat, por Hortense y por su propia madre, lo confiscó; o el asunto de la presentación de Pauline en la corte, convertida por su segundo matrimonio en princesa Borghese. La joven viuda del general Leclerc llevaba una vida algo disipada, por lo que su hermano se alegró de conseguir casar a una hermana que multiplicaba los escándalos. Apenas enterrado su primer esposo, Pauline se había entretenido en "coquetear", como se decía entonces, con Eugène de Beauharnais, pero, como éste tenía por norma no disgustar en nada a su padrastro, ella se volcó al apuesto Fournier-Sarlovèse, cuyos principios eran menos rígidos. Ese coronel, demasiado fogoso, tenía como amante a una dama de Aviñón que tomó muy mal la cosa y corrió a lo de Pauline a hacerle esta propuesta:

—Vos sois corsa, yo del Condado; ambas tenemos la sangre caliente. Os propongo batirnos con espadas o pistolas, hasta que caiga alguna de las dos.[8]

Pauline, aterrada, se colgó del cordón de la campanilla. Fouché hizo enviar a Aviñón a la provenzal y Bonaparte puso a Sarlovèse a reflexionar algún tiempo en prisión. Esa aventura, seguida de algunas otras, ayudó sin duda al Primer Cónsul a recibir favorablemente el pedido del príncipe Borghese. Pauline no cabía en sí de gozo. El mismo gusto o más bien el mismo frenesí por la ropa, la hizo, por un tiempo, confidente de Laure, que vio varias veces a la encantadora Pauline llorar al ver a su cuñada cubierta de joyas. En vísperas de ser presentada en la corte, creyó obtener su desquite.

—¡Laurette! ¡Ellas se mueren de envidia! ¡Soy princesa!

Al ver la perpetua sonrisa estúpida del príncipe, todos se preguntaban si no lo pagaba demasiado caro. El día fijado para la presentación, Pauline hizo su aparición con un vestido de terciopelo verde. Estaba literalmente cubierta, desde la punta de su rodete hasta la punta sus zapatos, de todos los brillantes que era posible reunir. Al atravesar el salón —una cola constelada de piedras preciosas de la familia Borghese ondulaba detrás de ella—, se mostró imperial antes de tiempo. Josefina le replicaba con la sencillez de un vestido blanco y unos camafeos antiguos. Indicó amablemente un asiento a la nueva princesa, pero ésta, apenas sentada, cambió de rostro. Empezó a turbarse, las lágrimas asomaron a sus ojos, pronto se batió en retirada. Al día siguiente, Laure, que conversaba en su casa con Zoé, la recibió sacudida por los sollozos:

—¡Hacerme eso a mí! Ese sillón, ¿lo visteis? ¡Un azul que no encajaba con mi vestido! ¡Lo ha hecho a propósito, me detesta!

Una vez que hubo partido la princesa, las dos jóvenes rieron hasta que, utilizando la expresión de Zoé, "les dolieron las mejillas".

Zoé no iba con la misma alegría a ver a Hortense en su mansión de la calle de Artois. La joven había cambiado o, mejor dicho, el matrimonio la había cambiado. Hortense vivía apartada de los demás, ya no reía, sonreía apenas. Zoé no tardó en adivinar que en la lotería del casamiento su amiga había sacado un número todavía peor que el suyo. Si Zoé había desposado a un oso, Hortense se había casado con un enfermo. Luis estaba afectado físicamente —había contraído una enfermedad venérea en Egipto— y más aún psíquicamente. Devorado por unos celos enfermizos, agriado y constantemente insatisfecho, sometía a su joven esposa a una persecución maníaca. Ella, idealista hasta el delirio, se había impuesto, según el testimonio de Mme. de Rémusat, "los sacrificios más minuciosos por un marido a quien tenía la desdicha de no amar". En respuesta, Luis se encargaba de contar a su mujer todas las debilidades atribuidas a Josefina y prohibía a Hortense ver a su madre a solas. Para que el Primer Cónsul no se asombrase por ello, ordenó a su esposa atribuirse el deseo de no pasar jamás la noche en las Tullerías o en Malmaison. Hacía suyo el refrán "de tal palo tal astilla", y tomaba las precauciones más insultantes. Pagaba a los sirvientes de Hortense para espiarla, vigilaba a sus criadas, no le entregaba su correo sino después de haberlo abierto y ella no podía escribir una línea sin mostrarla a su marido. Durante el embarazo de la joven, los Bonaparte, principalmente Caroline, que temían que un hijo suyo fuese el heredero de quien comenzaba a ser llamado Napoleón, hicieron correr el rumor de una relación entre el Primer Cónsul y su hijastra. Aunque sabiendo a Hortense inocente, Luis aumentó su inquisición. Al nacer el niño, el padre declaró a su mujer que si no lo obedecía o si osaba quejarse, la separaría de su hijo. La alegría de Hortense desapareció para siempre. Temerosa y resignada, no se confiaba a una madre cuya indiscreción temía y, más aún tal vez, su silencio. Zoé tenía —y lo tendría siempre— el arte de escuchar; lo que no se le decía lo comprendía con medias palabras. Su título de amiga del pensionado la autorizaba a ver a Hortense por la mañana, antes de la hora de las visitas. Las jóvenes paseaban por los jardines de la mansión, único lugar donde podían hablar sin temor a oídos indiscretos, o jugaban con el pequeño Napoleón, al que su madre hacía traer. Desde luego, Zoé era invitada a los círculos y a las veladas de Hortense, que conservaba "el gusto por las distracciones tal vez demasiado infantiles para su posición y su rango", lamenta Mme. de Rémusat. Jugaban contentas a la gallina ciega y a muchos otros juegos, o bien dibujaban sentadas alrededor de una mesa cubierta de carboncillos o de lápices de sepia. Los salones de la mansión Cerruti olían todavía a infancia y a los recreos de Saint-Germain.

Con toda naturalidad se pensó en Zoé cuando fue cuestión de constituir una "casa" para Hortense. La joven condesa du Cayla habría sido aceptada por el Primer Cónsul, a quien le gustaba agrupar a la antigua nobleza alrededor de su familia, sobre todo cuando esa nobleza había servido a los Borbones. Por otra parte, la reputación de la joven era excelente. Bonaparte, muy puntilloso en ese aspecto, acababa de despedir a una dama cuya conducta había sido tan liviana como pesado su árbol genealógico.

—Si yo recibiera aquí a todas las desvergonzadas del Antiguo Régimen, pronto estaría perdido —había dicho—. Que se quede en su casa con el consuelo de decir a sus amigas que se ha negado a venir a encanallarse a mi lado.

A Zoé le sedujo la propuesta de Hortense, con quien realmente estaba encariñada. Por otra parte, el servicio de una amiga, que pronto sería reina, le habría dado una independencia casi total frente a su marido, y también frente a una suegra que la acaparaba cada vez más. Esa libertad a la que, a despecho de las apariencias, la joven aspiraba con todas sus fuerzas, habría sido para ella un tesoro inestimable. "Es más fácil matarme que impedirme hacer mi voluntad"[9], habría de confiar a Sosthène de La Rochefoucauld la que en apariencia era tan dócil. La condesa du Cayla, desconsolada ante la idea de perder a su enfermera, insistió en que no se podía servir a dos amos, apoyada por Talon, que nunca había bromeado en cuanto a la fidelidad a los Borbones. "Mis parientes tienen la bondad de no dejarme hacer mi voluntad", escribirá Zoé. En la espera, evitando responder demasiado claramente al uno o a la otra, ella ganaba tiempo. "No hay que desestimar las ventajas de la inacción", había dicho Rivarol unos años antes.

Mientras tanto, se acercaba el momento en que, según la expresión de Tayllerand, "la silla curul del Primer Cónsul iba a convertirse en trono". Se hizo más difícil acercarse a las Tullerías o a Malmaison. Poco a poco reapareció la etiqueta. Nada parecía querer ni poder oponerse a ese irresistible ascenso. Los republicanos desaparecían; ellos también querían títulos, rango, fortuna. El general Lannes, a quien se le ocurrió descargar su ira a bastonazos sobre una lámpara al ver pasar a un emigrado delante de él en Saint-Cloud, fue enviado a Portugal, de donde volvió bastante ablandado. La antigua nobleza siguió precipitándose sobre los puestos, sin perjuicio de criticar a los nuevos ricos, lo que no dejaba de tener sus riesgos. La esposa del general Lefebvre abofeteó con fuerza una noche a un joven de la mejor nobleza que se permitía imitarla detrás de su sillón, sin darse cuenta de que, por desgracia, un espejo lo delataba.

—Ciudadano —le dijo ella—, tú haces gracias hablando y yo golpeando. Ahora, si no estás satisfecho, ven a encontrarte con mi marido. Él se encargará del resto.

Costó bastante impedir que el general Lefebvre matara al joven. Ahora era necesario cohabitar. Entre los salones del *faubourg* Saint-Germain y los de sus amigas, Zoé, por su parte, había encontrado admirablemente su lugar. Una doble catástrofe la sacaría de él.

Si Bonaparte se encaminaba al trono, no era sin temores hacia los partidarios de los que hasta poco antes lo habían ocupado. Sin duda habían desaparecido los Catón que preconizaban la República, pero se temía que la realeza tuviese todavía algunos d'Artagnan. La Nochebuena de 1800, el atentado de la calle de Saint-Nicaize estuvo a punto de costar la vida al Primer Cónsul. Veintidós muertos y cincuenta heridos recordaban al sobreviviente que los realistas veían con disgusto a un pequeño general corso acercarse al trono que desde hacía ocho siglos ocupaba una monarquía que ellos defendían. Para muchos, entre los que se contaban los Talon y los du Cayla, no había muerto la esperanza de asistir al regreso de un Borbón. Tomando sus deseos por realidades, esperaron durante largo tiempo (increíblemente largo) que Bonaparte, como un nuevo Monck, devolviera su corona al príncipe legítimo. Este último, convertido en crédulo por el exilio y sin tener nada que perder en el intento salvo muy vagas ilusiones, escribió dos veces al Primer Cónsul, quien le respondió "que él compartía las desgracias de la familia real", lo que era muy amable, pero agregaba que "si Su Alteza Real pensaba presentarse en Francia, lo lograría al precio de cien mil cadáveres", lo que tenía el mérito de ser claro.

A despecho de esta negativa, la esperanza siguió agitando los círculos realistas. Zoé asistió a la llegada de la duquesa de Guiche, como embajadora de Monsieur, a la sazón en Londres. Los círculos más fervientes del *faubourg* Saint-Germain la introdujeron ante Josefina, a la que prometió el título de duquesa, el cordón del Espíritu Santo, un palacio en París, un dominio de recompensa nacional (se pensaba en Chambord), un millón en platería, dos en diamantes y hasta una columna triunfal en la que se vería a Bonaparte presentando a los Borbones a Francia. Esto hizo reír mucho al interesado, quien, encontrando que la broma había durado demasiado, dio la orden de enviar de vuelta a la duquesa a Inglaterra dentro de las 24 horas. Este fin indignó a la nobleza del *Faubourg*, y Zoé empezó a oír hablar de Bonaparte como rey de contrabando y ladrón de corona.

> *Los realistas se inquietaban y veían a Bonaparte alejarse día a día de la ruta donde lo habían esperado largo tiempo* —explica la inteligente Mme. de Rémusat antes de concluir—: *No debían de ver en el gobierno consular más que una transición entre el Directorio y la realeza. El tratarse de un solo hombre aportaba una diferencia; resultó bastante natural la necesidad de deshacerse de él.*[10]

Al no haber conseguido un Monck, se pusieron a esperar a un Ravaillac. Finalmente, la idea estaba en el aire. Ése fue el momento que eligió muy torpemente el bueno de Ernest Legouvé, miembro de segunda clase del Instituto, poeta melancólico y puro, para ir a llevar a Bonaparte el proyecto de una tragedia titulada *La muerte de Enrique IV*. Le asombró ser mal recibido por un hombre que habitualmente simulaba proteger las letras. Convencido pronto de la inocencia del autor, Bonaparte intentó en vano hacer entender al poeta "que Enrique IV era el jefe de una familia desdichada a la que no convenía dedicarle demasiado tiempo", y terminó despidiéndolo con un estruendoso:

—Monsieur Legouvé, sería conveniente ocuparse de otros temas.

Los infortunios del poeta hicieron reír a Zoé como a los demás. Sin embargo, se comenzó a temer la reanudación de la lucha con Inglaterra. Los diarios se quejaron de los libelos publicados en Londres contra Bonaparte, a quien el *Morning Post* tenía la poca amabilidad de tratar de "mulato mediterráneo, medio africano, medio europeo". Notas violentas dictadas por el Primer Cónsul le respondieron. Desde entonces, antes de dirigirse a tal o cual salón, se daba al cochero la dirección de la embajada de Inglaterra, donde la gente se reunía todos los días para tranquilizarse o preocuparse según eventuales preparativos de marcha. El 13 de marzo de 1803, en ocasión de una recepción del cuerpo diplomático, cayó el rayo. Después de multiplicar las atenciones a diversos embajadores, Bonaparte apostrofó violentamente a lord Withworth. Era la guerra. Como cuando se reanuda un trabajo dejado momentáneamente de lado, Inglaterra se puso nuevamente a financiar conspiraciones realistas. En los salones, como en las oficinas de la policía, se comenzó a murmurar el nombre de un chuán:* Georges Cadoudal, un coloso, un semidiós capaz por sí solo de vengar a la raza de San Luis. A principios de septiembre, se supo que "Georges", como se lo llamaba, había desembarcado en Francia. Zoé se alegró menos que los otros. La sola palabra complot le recordaba demasiado el encarcelamiento de su madre y los años pasados en el Temple. La policía multiplicaba las visitas domiciliarias y convocó, para interrogarlas, a algunas damas elegantes que, salidas sanas y salvas de esas terribles oficinas, ganaron con ello cierta gloria. Ese juego del gato y del ratón, en el que se afectaba no dudar de que Georges no saldría vencedor, enardeció los salones. Las mentes estaba tan alteradas que se enroló en la intriga a la esposa del general Moreau, quien pasaba por tener, como su marido, alma republicana, pero que se encontraba en vías de conversión. La verdad es que sólo la guiaba el despecho de ver a los esposos Bonaparte ascender al primer puesto. Su casa se convirtió en el lugar donde se ridiculizaba al poder. Gritó tanto y tan alto que quería ver a su marido, espada en mano, abatir a la insolente familia que Bonaparte terminó por enfadarse.

—La ciudadana Moreau está loca —gritó—. Se mete en Charenton a los menos locos que ella y, por poco que continúe, pronto irá allí a ocupar su lugar.

Dio la señal de la ruptura negándose a asistir a un baile dado por Mme. Moreau. "Ese golpe de Estado puso a París en ebullición", nos dicen las *Memorias y recuerdos de una mujer de calidad bajo el Consulado y el Imperio*. Todas las damas del *faubourg* Saint-Germain

---

* Chuán: rebelde del oeste de Francia durante la Revolución Francesa *(N. de la T.)*.

fueron a enjugar las lágrimas de la excluida. Se multiplicaron los conciliábulos, las reuniones, las esquelas llevadas "por personas seguras". Se oró por el éxito de Georges. Zoé oró también, bastante distraída, pero, en fin, como los otros. Pronto tuvo que dirigir al Cielo plegarias más ardientes. El 28 de septiembre de 1803, el general Savary, a la cabeza de varios brigadas de gendarmería, arrestaba a Omer Talon.

Después de su regreso a Francia, Omer Talon parecía sin embargo mantener la promesa hecha a sí mismo de "gozar en paz de sus riquezas". Casadas sus dos hijas, había comprado, aunque conservando su vivienda parisina, una bella propiedad cerca de Montargis, y se ocupaba en amueblarla con fasto. Allí escribía versos —sediciosos y bastante malos— y recibía a sus amantes. El arresto se hizo ruidosamente. Savary fue en persona a Montargis a reunir unos cuantos gendarmes. Como el pájaro no estaba en el nido, se cercó la casa y se esperó 24 horas. El prisionero fue conducido a París, "acusado de conspiración contra la seguridad pública" y encerrado en el Temple, decididamente destinado a albergar a los Talon.

En ese final del verano de 1803, en que el ambiente se agitaba con proyectos de conspiraciones, sin duda no era raro que la policía se interesara en un hombre que se había mostrado como uno de los conspiradores más activos, aunque los medios utilizados para llevar a cabo la detención parecen exagerados. Los Archivos Nacionales poseen un informe de policía no firmado, fechado el 27 Mesidor, destinado, según se lee en él, "a llamar la atención de los principales miembros del Estado sobre algunos personajes que usurpan hábilmente el perdón de las amnistías para estar en mejores condiciones de atacar a los que se las conceden, y principalmente sobre el señor Talon, hombre muy destacado aunque nunca apercibido". El ex magistrado es comparado "con esos griegos que trabajan para hacer entrar su pérfido caballo dentro de las murallas de la belicosa pero demasiado confiada Troya". Finalmente, y éste es el pasaje más interesante de la denuncia (señalado al margen con la palabra "grave"), las relaciones de Talon desde su regreso a Francia no parecían satisfactorias. Frecuentaba "a un señor Bellart, hombre de leyes, declarado muy contrario al gobierno, con el señor de Sainte-Foix (poco recomendable en verdad en más de un aspecto, pero tío de Talon), de Choiseul-Gouffier, con Grefulh, recién llegado de Londres, que ha dirigido tantos medios contra Francia desde hace diez años, Grefulh, que se expresaba todavía últimamente en Inglaterra con tan pocos miramientos sobre el destino de Francia, que sonreía ante el nombre del Cónsul". Además de su relación con ese hombre atroz, se sospechaba a Talon vinculado con Calonne, recientemente llegado a París, quien, con el pretexto de ofrecer sus servicios a Bonaparte, nos dice el delator, "presentaba la túnica envenenada de Deyanira al temible Hércules".

Este informe parece ser interesado, y resulta asombroso que haya bastado para provocar medidas tan drásticas. En efecto, la instrucción del caso fue rápida. El día siguiente de su encarcelamiento, se sometía el departamento y la casa de Talon a registros minuciosos. Sólo se encontró un texto satírico en verso contra el gobierno. Después de lo cual se presentó a consideración del Primer Cónsul un proyecto de interrogatorio que Bonaparte devolvió al Gran Jurado después de modificarlo. Aun así, no comprendía menos de 83 preguntas.

Talon fue interrogado por Pedro Farel, "magistrado de Seguridad en la primera circunscripción del departamento del Sena". Cuando, invitado a dar precisiones sobre su conducta durante sus años de exilio, Talon contó en detalle la extraña transacción concerniente a la familia real que se le había encomendado, el señor Farel, que sin embargo había oído bastantes cosas raras, debió de sorprenderse... De mente singularmente sutil, con larga experiencia en situaciones de esa clase, Talon era más apto que nadie para defender su causa. No dejó de hacer notar que casi todas las acusaciones acumuladas contra él resultaban de hechos anteriores a su amnistía, lo que era por lo menos extraño, pues la policía conocía perfectamente, en líneas generales, la actividad pasada de Talon. Una cosa es más extraña todavía en ese interminable interrogatorio: ninguno de los 83 puntos se refiere al tema que más debería haber interesado al gobierno, es decir el caso Favras, en cuyo transcurso Talon había recibido de manos del acusado una confesión que comprometía gravemente al conde de Provenza, convertido en Luis XVIII para los realistas y cuya sombra molestaba a Bonaparte. Ese relato escrito había existido en efecto, y Talon no era de los que se habían desembarazado de él. Por lo tanto, parecería evidente que las relaciones del padre de Zoé, relaciones sobre las que por otra parte no fue interrogado, sólo fueron un pretexto para el encarcelamiento, y que el gobierno quería ante todo obtener un escrito que, tanto en Francia como en el extranjero, habría desacreditado a Luis XVIII. Desde luego, no fue en un interrogatorio oficial donde se conminó a Talon a entregar el interesante documento. Savary, que ya ejecutaba celosamente algunos deseos de Bonaparte, fue encargado de reclamar el papel providencial según el cual el conde de Provenza, a la cabeza de una conspiración tendiente a raptar a su hermano y a tomar su lugar, desempeñaba un papel nada agradable.

Si hasta allí estamos reducidos a las conjeturas, conjeturas a decir verdad bastante firmes, la misma Zoé nos informa sobre los métodos empleados por Savary para hacer ceder a Talon. En una carta al vizconde de La Rochefoucauld, fechada en 1817, ella relata que el duque de Rovigo le había confiado acerca de esa detención: "Recibí la orden de hacer fusilar a vuestro señor padre". Savary prometió pues a Talon, y con toda la convicción necesaria, el pelotón de ejecución. Era no conocer a un hombre que jamás había carecido de convicciones ni de coraje. "Yo logré que no fuera exiliado", añadiría el duque de Rovigo en sus confidencias, adjudicándose un papel de intercesor que ciertamente no tuvo. Savary habría hecho ejecutar a toda su familia si ello hubiese procurado la menor satisfacción al amo, pero es más que probable que, si no se quitó la vida a Talon, fue porque es muy difícil obtener algo de un muerto. El 27 Vendimiario, año VII, el Primer Cónsul en persona decretó que Antoine-Omer Talon fuera puesto bajo vigilancia en la isla de Santa Margarita. El deportado no estaba autorizado a volver a ver a su familia. Ésta multiplicaba las gestiones. Zoé intervino ante Hortense, a la que tuvo la pena de encontrar bastante indiferente en relación con ella. Mme. Campan, que sabía muy bien cuándo convenía molestar o no al moloso, esta vez se guardó bien de intervenir. Denis —tenía 20 años— solicitó tomar el lugar de su padre, presentado como "un anciano" (Talon tenía 42 años). Fue en vano. El sábado 6 Brumario, el prisionero, escoltado por dos oficiales de gendarmería "firmes y seguros", subió al coche. El ministro de Justicia había ordenado al general Moncey las medidas más estrictas para atravesar París, "de acuerdo con las instrucciones del Primer Cónsul". El viaje fue realizado a una velocidad tan infernal que debieron detenerse en Draguignan para hacer reparar los coches. Por fin, el 3 Frimario, el prisionero era puesto en manos del jefe de batallón Maret, "comandante de armas de la plaza de la isla Santa Margarita".

En cuanto llegó a la isla, el prefecto del Var fue a ver a Omer Talon, espiando sus menores palabras y sus menores gestos, seguido por el alcalde de Cannes. "Conversamos mucho juntos —dice este último en su informe—, sin que se le haya escapado ninguna frase ni ninguna queja contra el gobierno. Me confesó su ignorancia total de la causa de su detención, no pareciendo en absoluto afectado; por lo demás muy alegre y contento." Ese prisionero cándido tenía el inmenso placer de hacer rabiar a Bonaparte, pero esa rabia, nacida de la impotencia para pescar a un Borbón, pronto se volvería contra otro Borbón.

A pesar del buen humor del que hacía alarde, Talon deseaba como cualquier prisionero abandonar su prisión, y multiplicó las cartas de demanda, en las que el desdichado se mostraba cada vez menos exigente: "El cuidado de mi familia y de mis asuntos me exigiría algunos días", escribe la víspera de la proclamación del Imperio. Establecido éste, fue un primo lejano, Bertin, quien escribió en su lugar: "Sire, sumad al número de vuestras buenas acciones la que el expositor reclama en favor de su pariente Omer Talon; detenido en la isla Santa Margarita desde hace catorce meses". El emperador Napoleón no fue más clemente que el Primer Cónsul Bonaparte o, mejor aun, el chantaje continuó. Felizmente, Talon poseía el arte, heredado por su hija, de sacar el mejor partido de una situación. Así el alcalde de Cannes pronto pudo relatar al prefecto del Var:

> *Un renacer de vida se ha manifestado en la isla desde su llegada. Actualmente es un lugar encantador, con soberbias avenidas que él ha hecho trazar en la parte boscosa. Es un verdadero Bois de Boulogne de antes de 1789. Él ocupa una casa muy bonita, apartada y embellecida, flanqueada de un cobertizo para su coche y de una bella cuadra para cuatro caballos. Me ha dicho que aprovecha los caminos construidos por él para sus paseos cotidianos, sea a pie, sea a caballo, sea en coche. En fin, está muy satisfecho con su exilio.*

Felices tiempos en que se deportaba a las islas Lérins y hombre feliz que había convertido su prisión en una Tebaida.

La brutal detención de Talon resolvía el tema de las relaciones de su hija con Hortense. Ésta había abandonado a Zoé desde que se uniera el apellido Talon a un complot. Aparte de que su carácter indolente y superficial la convertía en una mala mediadora, Hortense, que como su madre había sido realista, vio debilitarse sus convicciones a medida que se hablaba de una corona en su propia familia. Zoé no se lo reprochó y, llegado el momento, sería mucho más generosa. El exilio de Talon situaba de todos modos a su hija en el seno de la oposición realista, oposición cada vez más agitada por la presencia de Georges en París y por la cercanía del Imperio.

Un ambiente muy particular reinó en París durante los primeros meses de 1804. En las monedas y en los frontones de los edificios, Francia seguía siendo república, pero un hombre gobernaba solo, basándose en lo que se llamó "el derecho de victoria". Bonaparte vacilaba todavía frente a lo que su ambición aún reclamaba. La espera impacientaba tanto a sus amigos como a sus enemigos y beneficiaba a algunos conspiradores ocultos en la capital, que pretendían impedirle ascender el último peldaño del trono. La presencia de esos conspiradores provocaba la exasperación de la policía y ponía en ebullición los salones de la antigua aristocracia, donde la agitación se cristalizaba alrededor de dos mujeres: la esposa del general Moreau y Mme. de Staël, ambas enardecidas por heridas de amor propio. Mme. Moreau clamaba por todas partes "que no se envilecería aceptando un rango que la hiciera caminar detrás de madame Bonaparte", y la orgullosa Germaine no se recuperaba de haber visto sus muy torpes avances en dirección del gran hombre enérgicamente rechazados. Más de una vez, Zoé la oyó decir palabras como éstas:

—¡Él quiere que yo cosa e hile como una sirvienta! Ordena a mi inteligencia que se reduzca a la nada. Yo seré lo que deba ser. Si sucumbo, pues bien, mi caída será otra batalla de Marengo, pero una mujer, en su debilidad, triunfará sobre un héroe al deshonrarlo.

Y cuando se le pedía que hablara algo más bajo:

—Eso no es posible. Lo perseguiré con mis sarcasmos vengativos hasta en el trono donde va a refugiarse. ¡Ah, no lo conocéis! ¡Es Robespierre a caballo!

La ocurrencia disgustó en las Tullerías y la hija de Necker debió tomar nuevamente el camino del lago Lemán. Mme. Moreau se quedó sola retorciendo su pañuelo. Antes de empujar por la vía del complot a su marido —republicano para unos, realista para otros, sin saber él mismo con certeza qué era—, se hizo asegurar por los agentes del rey un rango superior a las duquesas en la futura corte. Se convino pues que el rey crearía en la Cámara de los Pares un rango de príncipes, de los que Moreau formaría parte. El matrimonio Moreau aceptó sin embargo figurar después de los príncipes de la sangre. Esas transacciones hacían reír para sus adentros a los del *faubourg* Saint-Germain. El momento debía de ser muy grave y debían de estar muy desesperados para pensar en utilizar a esos burgueses.

En la práctica, la falange de conspiradores en la que ponían todas sus esperanzas era muy reducida y, sobre todo, estaba muy mezclada. Su alma era Pichegru. El ex comandante del ejército del Rin era un converso mucho más seguro que Moreau. Deportado a la Guayana después del 18 Fructidor, ese gigante de casi dos metros se había evadido en una piragua india, recorriendo más de 200 millas marinas antes de llegar a Surinam. Pretendía que el usurpador pagara cada golpe de remo. Por su parte, Georges Cadoudal poseía las cualidades que hacen a los héroes y a los santos. "Tenía —nos dice Mme. de Boigne— algo de espartano con los sentimientos de un caballero del tiempo de las Cruzadas." Ese puro desconfiaba de Moreau, al que Bonaparte despreciaba lo suficiente como para haberlo hecho carcelero de los directores el 18 Brumario. Cadoudal se encontró varias veces con Moreau, y su opinión fue que "siempre ha contado con los otros porque no los conoce y nunca con él mismo porque se conoce demasiado", lo que prueba que ese chuán no era tonto.

El plan de los conspiradores era simple; tal vez demasiado simple. Georges y sus vandeanos debían esperar a Bonaparte en el camino de Saint-Cloud. El Primer Cónsul sería raptado y conducido a Inglaterra. Mientras tanto, Moreau y Pichegru, a la cabeza de un cuerpo de soldados ganado a último momento, marcharían sobre las Tullerías, donde instalarían un gobierno provisional. Así, tal cual, el proyecto era irrealizable y habría conducido únicamente a una refriega. Sólo las ambiciones de Fouché y de Talleyrand, quienes desde el 18 Brumario luchaban el uno contra el otro, lo convirtieron en un fantasma amenazador. Talleyrand ganó la primera mano obteniendo la supresión del Ministerio de Policía gobernado por Fouché. Éste pensó que, si podía agitar ante los ojos del Primer Cónsul una gran conspiración, lo asustaría lo suficiente como para hacer renacer su ministerio. Se multiplicaron las cartas anónimas y las denuncias, de modo que "Bonaparte recuperó poco a poco su confianza en Fouché, quien dominaba admirablemente el arte de hacerse necesario", nos dice Mme. de Rémusat. ¿Ese arte impulsaba a Fouché a convertir al duque de Enghien en el jefe del complot cuyos engranajes se trataba de desarmar? Más tarde se defendió de ello como los otros (al leer las autobiografías de la época, parecería que la idea de hacer fusilar al duque de Enghien no se le había ocurrido jamás a nadie). "Fouché, dotado de una inteligencia fina y aguda, jacobino enriquecido, por consiguiente apartado de algunos de los principios de su partido, pero siempre vinculado con él para contar con un apoyo en caso de disturbios, no retrocedió ante la idea de revestir a Bonaparte con la realeza", explica Mme. de Rémusat. El ex Convencional sólo necesitaba garantías y la mejor era atraer al Primer Cónsul al bando de los regicidas. "Al querer reafirmar su plan despótico, Bonaparte se vio forzado a transigir con esos jacobinos, y lamentablemente hay gente que sólo encuentra garantías en el crimen", concluye la que, como dama de palacio de Josefina, observaba a diario a los interesados.

Aunque luego lo negó igualmente, parece ser que Talleyrand no quiso quedarse atrás en hacer dar a Bonaparte el paso decisivo. Los motivos de los dos ministros eran un poco diferentes. Fouché quería comprometer al Primer Cónsul, y Talleyrand complacerlo, adelantándose, como buen cortesano, a sus deseos.

Fouchet previno a Bonaparte de la presencia de Pichegru en París. Nada asusta tanto como un peligro que no se ve. Alarmado, el 15 de febrero de 1804 el Primer Cónsul hizo arrestar al general Moreau cuando regresaba de su castillo de Grosbois. El vencedor de Hohenlinde fue encerrado en el Temple. La opinión pública, alterada, se pronunció en su favor. "Intervino la moda —nos dicen las *Memorias de una dama de calidad*—. Ésta tomó a Moreau bajo su protección. Pobres y ricos, grandes y pequeños, burgueses y militares, todos se enardecieron por el detenido. Hizo falta toda la debilidad del general, toda su incapacidad moral, para no hacer de su prisión el trampolín de su trono."

El dolor de Mme. Moreau fue teatral y se deshizo en un torrente de imprecaciones. ¿Era posible ir a verla o no? Los comités realistas y los "conjurados subalternos" temblaban. Zoé debió suspender por un tiempo las gestiones en favor de su padre, temiendo atraer una medida más drástica sobre la cabeza del proscrito. A su alrededor no eran más que conciliábulos, cartas quemadas y conversaciones a media voz. Las pesquisas y detenciones se multiplicaban. A mediados de febrero, el marqués de Rivière y el príncipe de Polignac, miembros ambos de la conjura, fueron sorprendidos en su escondite y encerrados en el Temple. Finalmente, el 28 de febrero, el general Pichegru, denunciado por su casero, era arrestado a su vez. Ese día, las puertas de París permanecieron cerradas para buscar a Georges. Fouchet se refería con sarcasmo a la impotencia de la policía para apoderarse de un campesino bretón, y Bonaparte, como un toro cubierto de banderillas, estaba dispuesto a lanzarse sobre cualquier trapo rojo. El 21 de marzo de 1804 por la mañana, los primeros transeúntes, entre ellos Chateaubriand, oyeron pregonar en la rue de Rivoli:

> *Sentencia de la comisión militar especial convocada en Vincennes que condena a la pena de muerte al llamado Louis-Antoine-Henri de Borbón, nacido el 2 de agosto de 1772 en Chantilly.*
>
> *Ese grito cayó sobre mí como el rayo* —prosigue el escritor—. *Cambió mi vida lo mismo que cambió la de Napoleón. Volví a mi casa y dije a Mme. de Chateaubriand: El duque de Enghien acaba de ser fusilado.*[11]

Ese grito cambió también la vida de los du Cayla, cuya familia estaba al servicio de los príncipes de Condé desde varias generaciones. Más dolidos que si hubiese muerto uno de los suyos, se vistieron de luto y se retiraron a Courtreux.

Cada transeúnte se encargó de contar la asombrosa noticia. Pronto todo París estuvo al corriente y todo París tuvo miedo. "Se temía volver a la época de Robespierre", nos dice Mme. de Boigne. El prefecto de policía cuenta: "Se narra los acontecimientos sin agregarles nada. Jamás París ofreció el aspecto de un silencio más absoluto".

En efecto, "los acontecimientos del día" eran como para aterrorizar. Un príncipe de la casa de Borbón —el último de su linaje—

había sido raptado por la fuerza en un país extranjero. Una comisión militar, carente de competencia y sin la presencia de ningún defensor, lo había condenado a muerte. Cuando esa comisión, asustada por el resultado de una deliberación nocturna, quiso informar al Primer Cónsul, el general Savary, sentado detrás del presidente, lo había impedido. La ejecución tuvo lugar de inmediato, después de lo cual se arrojó el cadáver, de cara contra la tierra, dentro de un hoyo que un jornalero había cavado en el foso de las inmundicias aun antes de que se comenzara la parodia de proceso.

El duque de Enghien murió el martes de la Pasión. Bonaparte había ido a pasar la Semana Santa a Malmaison; de allí se dirigió a Saint-Cloud. "A su regreso a París, el Primer Cónsul se asombró al principio por el efecto que había producido; se dio cuenta de que los sentimientos van un poco menos rápido que las opiniones y que los rostros habían cambiado en su presencia", cuenta Mme. de Rémusat. Él se presentó en la Ópera. A su entrada se produjo un largo silencio, después de lo cual, no teniendo las opiniones necesidad de ser apuntaladas por los sentimientos, fue aplaudido. Y Clara de Rémusat, dama de palacio de Josefina, concluye: "Con la muerte del duque de Enghien, Bonaparte ha logrado comprometernos, a nosotros primero, más tarde a la nobleza francesa, finalmente a la nación entera y a toda Europa".

Esta clase de maquinaciones, cuando tienen éxito, se generalizan. Quince días después de la muerte del duque de Enghien, el general Pichegru fue encontrato muerto en el garrote, en su celda. La policía declaró que se había suicidado, y el gobierno se sintió aliviado al economizarse el proceso de un hombre valeroso. Fiel y fina observadora, Mme. de Rémusat preguntaría un día a Talleyrand qué pensaba de esa muerte. "Que ocurrió muy súbita y oportunamente", respondió el sutil ministro. Ésa fue la opinión general, tanto más por cuanto es casi imposible aplicarse a sí mismo el suplicio del garrote, sobre todo en el caso del general Pichegru, que tenía un brazo herido. Las sospechas aumentaron cuando se supo que el general Savary había estado esa noche al mando de la guardia del Temple.

Pocos días más tarde, el 30 de abril de 1804, el tribuno Curée pidió que Napoleón Bonaparte se convirtiera en emperador. Un puesto de senador recompensaría ese bello gesto.

Georges Cadoudal fue detenido el 9 de marzo y ejecutado con sus compañeros el 25 de junio. En esa misma fecha, Fouché recreaba el Ministerio de Policía.

Mientras se preparaba la consagración del nuevo emperador, recayó en la familia du Cayla la misión de llevar la siniestra noticia al duque de Borbón, padre del duque de Enghien, y al príncipe de Condé, su abuelo. Ambos se habían refugiado en Inglaterra. Luis XVIII pidió al abate Edgeworth que anunciara a la princesa Louise de Condé, sor Marie-Josèphe de la Miséricorde, por entonces la orden del Carmelo de Varsovia, la pérdida de su sobrino. "¡Misericordia! ¡Dios mío, tenedle misericordia!", exclamó ella antes de encerrarse en la capilla que no habría de abandonar hasta ir a reunirse con su hermano y con su padre en Inglaterra. "¡Oh, padre mío! ¡Oh, hermano mío!, pues mi corazón no puede separaros en el momento del más penetrante dolor, ¡continuáis existiendo después de semejante quebranto del corazón!", escribía esta mujer, sin embargo fuerte, en el barco que la llevaba hacia lo que quedaba de su familia. El duque de Borbón envió un emisario a su esposa, de la que estaba separado desde el nacimiento de su hijo. La duquesa se había refugiado en Barcelona, donde se consagraba a los pobres y a los enfermos. Se encerró con ellos para siempre.

La muerte del duque de Enghien acabó de destruir la salud de Suzanne du Cayla. Ya casi no abandonaba la cama, en la que sin cesar agitaba los mismos recuerdos ante su nuera.

—Él tenía quince años cuando se fue de Francia. Tenía un bello rostro y se parecía mucho a su madre.

El drama de Vincennes la hería tanto más por cuanto el príncipe había nacido el año de su boda con el conde du Cayla, primer gentilhombre del príncipe de Condé. El niño había estado a punto de morir quemado vivo en su nacimiento, habiéndolo acercado el partero imprudentemente al fuego para frotarlo con alcohol. Muchos vieron en ese incidente un mal presagio, pero el príncipe de Condé y el duque de Borbón estaban locos de alegría. El nuevo padre tenía 16 años. Decía a todos los que cruzaba:

—¿Habéis visto a mi hijo?

Ordenó soberbios festejos, entre otros una cacería del ciervo. El animal se dejó atrapar en los fosos de Chantilly, debajo de las ventanas de la joven parturienta. Ésta pidió clemencia para la bestia. Se arrancó al ciervo de la aullante jauría y se le devolvió la libertad, luego de ponerle al cuello un collar de plata en el que se grabó la fecha y las circunstancias de su liberación. Suzanne du Cayla aseguraba que lo había encontrado a menudo en el bosque y que esa salvación pareció ser un feliz presagio sobre la cuna del príncipe.

Aunque Zoé hizo todo lo posible para disuadirla, Suzanne du Cayla quiso cumplir la peregrinación a Chantilly. El viaje fue un tormento. El castillo donde los du Cayla tenían su departamento había servido de cantera de demolición. Del palacio, construido por Mansart, no quedaba más que la carcasa de un basamento abovedado. El pequeño castillo, protegido en su isla, no tenía muebles pero aún estaba en pie, así como las cuadras, abiertas a todos los vientos. Recorrieron la inmensa nave que albergaba antaño cerca de trescientos caballos. La condesa recordó que una de las sorpresas que el príncipe de Condé amaba dar a sus invitados era ofrecerles cenas en la rotonda de las caballerizas, tan amplia que un coche de cuatro caballos giraba en ella fácilmente, mientras que algunos picadores, situados en una galería, hacían sonar fanfarrias.

Dieron una mirada al parque convertido en jungla, a los mármoles rotos de las fuentes. El jardín francés había sido destruido. La condesa erraba en medio de ese espectáculo desolador, recordando una fiesta, un baile o la recepción de algún soberano. A Zoé le costó arrancar a su suegra de las ruinas de un mundo que, con el último de sus príncipes, había desaparecido para siempre.

Regresaron a Courtreux para pasar un año lúgubre. Luego de haber soportado el encarcelamiento de su padre y el duelo de su familia política, Zoé perdió a una hermana de la que casi no se había separado. Aline Le Rebours murió poco después de su boda, posiblemente de parto. Se comunicó la noticia al prisionero de Santa Margarita sin que fuera posible suavizarla. De su familia, Zoé no conservaba más que un hermano, al que adoraba. "Tengo un marido que todo el mundo conoce; pero tengo un hermano como no hay otro igual y al que amo con todo mi corazón", escribirá ella algo más adelante a Sosthène de La Rochefoucauld. La carrera parlamentaria que debía haber sido la de Denis ya no existía y no se preveía ningún brillante matrimonio para ese hijo de un proscrito. En 1805, Denis Talon se decidió a entrar en el ejército y empezó el servicio como capitán en el regimiento de La Tour d'Auvergne. Napoleón no acostumbraba tener a sus soldados a cien leguas del cañón, y Zoé temblaría a menudo por él.

Mientras cuidaba a su suegra en el retiro de Courtreux, la joven leía. "Releo en este momento *El genio del cristianismo* y estoy en un encantamiento. Parecería que el señor de Chateaubriand coloca al hombre en su estado primitivo, eleva el alma y rebaja la razón: es una buena lectura", escribe ella, buena niña, a su confidente. Por la noche, se leía en voz alta las *Veladas del castillo,* así como la *Historia de las Cruzadas* de Michaud, tal vez menos exaltante desde cierto punto de vista que *El genio del cristianismo*, aunque más divertida. A despecho de tan excelentes libros, la pobre se aburría y sabía decirlo. "Lloro en fa menor, el más triste de todos los tonos", confía a Sosthène de la Rochefoucauld y, más bellamente todavía: "Empujo el tiempo con el hombro".

El duelo de los habitantes de Courtreux se hizo todavía más amargo por el eco de los éxitos que rodeaban al usurpador. En junio de 1804, menos de tres meses después de la muerte del duque de Enghien, los embajadores fueron a presentar las cartas credenciales que los acreditaban ante el nuevo emperador. Hasta el último momento, en el *faubourg* Saint-Germain se alentó la esperanza de que ese reconocimiento no tuviera lugar; pero lo tuvo, y el príncipe de Metternich fue el primero en representar a Austria. Poco después se supo la llegada del Papa a París para la ceremonia de la consagración. Esta vez, el *Faubourg* quedó alelado. "Pío VII venía a anunciar a toda Francia, con su presencia, que el reinado de sus reyes había terminado, cuando la sangre del duque de Enghien humeaba todavía", nos dice, aterrada, la dama de calidad. El 1 de julio de 1804, Napoleón podía ofrecerse el lujo de hacer publicar la solemne protesta de Luis XVIII en *Le Moniteur*. La publicación oficial de la carta del desventurado príncipe era más insultante para sus partidarios que lo que habría sido la persecución de ese escrito por la policía. Sin embargo, no cesaron de esperar y, hasta último momento, circularon los rumores más alentadores a propósito de la consagración. Se decía que los soberanos de Europa habían firmado una protesta que sería entregada por los embajadores, y que éstos se marcharían de inmediato. Se aseguraba que el Papa exigiría una renuncia del soberano legítimo antes de proceder a la consagración. Pero nadie chistó, y Napoleón ciñó la corona de Carlomagno.

La opinión del *Faubourg* sobre la consagración y los padecimientos que ésta causó en aquél fueron muy bien expresados por el barón de Frénilly, cuyo furor tornó su pluma más alerta que de ordinario:

> *Y toda esa pompa* —escribió él— *no era más que una mascarada donde cada uno se probaba su vestido, donde*

nadie había estudiado todavía su papel; desde ese bello bufón de Murat, subido del bodegón de su padre al gobierno de París, de donde ascendería a un trono; desde las tres hermanas imperiales que dejaron el enjabonado de sus camisas en Marsella para venir, empenachadas y cubiertas de diamantes, a llevar la cola de la vieja amante de Barras; desde esos lacayos, grandes oficiales instalados hacía quince días, Montmorency, Cossé, La Trémouïlle, etc., hasta el pequeño pantalón de cuero del 13 Vendimiario que figuraba en el coche de la consagración con dalmática y manto blanco. Había en esa saturnal de qué reír y de qué llorar, según los gustos y los caracteres. Partió como primer cónsul por la calle de Saint-Honoré y regresó emperador por los bulevares cuyas avenidas se hallaban agradablemente iluminadas con guirnaldas.

El único —y pobre— consuelo del *faubourg* fue hacerse eco de las quejas del pintor David, quien solía abandonar el cuadro de la consagración para aparecer en los salones, donde, según el testimonio de nuestra dama de calidad, "algunas expresiones de granadero solían escapar de su urbanidad prestada". Entre otras órdenes, el pintor había recibido la de "borrar" al Papa, rejuvenecer a Josefina, colocar a los hermanos del Emperador delante de los oficiales; esto le hizo aborrecer el cuadro.

El encierro en Courtreux dio sus frutos, pues en 1806 Zoé trajo al mundo una niña, bautizada Ugoline en recuerdo del primer señor de Baschi. Su madre le hizo añadir felizmente el nombre de Valentine, que le quedó. Zoé se propuso educar personalmente a su hija y fue la mejor de las madres. Los duelos, los pesares y el aburrimiento habían afectado sin embargo la hermosa vitalidad de la joven. Se llamó a Bourdois, médico sutil como pocos. "Id a bailar", aconsejó. Zoé era mujer de seguir ese consejo.

El mundo al cual Zoé volvía por prescripción médica estaba reducido al bastión de los últimos realistas. La joven siempre había profesado sentimientos de fidelidad a los Borbones, pero la detención de Talon y, más aún, la muerte del duque de Enghien, la convirtieron en una irreductible. Puesto que la pasión política no estaba en su naturaleza, vivió esa fidelidad como un viejo vínculo familiar, sin fanatismo ni amargura, pero no sin mérito, pues figurar entre las últimas fieles procuraba apenas una vida bastante monótona entre el *faubourg* Saint-Germain y la provincia, en la espera de una imposible restauración. A ese aislamiento, había que sumar el dolor de ver achicarse por momentos el batallón de los puros. "*Cada día, uno de los nuestros se pasaba al enemigo*", comprueba la dama de calidad. Esos traspasos no se hacían sin rechinar de dientes y acerbas observaciones de una y otra parte. La princesa de La Trémouille, que aseguraba con aire afectado al conde d'Aubusson, nuevo chambelán del Emperador, que lo había conocido bajo otra librea, recibió esta respuesta:

—Consulto en vano mis recuerdos, y sin embargo sólo tengo uno muy lejos, aquel momento en que debí haceros expulsar de los cuarteles donde veníais a corromper a los soldados de mi regimiento.

Sin embargo, se trataba de gente de buenos modales, y pronto volvió la calma, pues, si bien los desertores aceptaban honores y dinero, en su mayoría seguían conspirando. "Una parte de nuestra sociedad se dejaba enrolar y asistía a las Tullerías —cuenta Frénilly—, pero los desertores seguían siendo bien recibidos entre nosotros, a condición de quitarse en la puerta de nuestros salones las libreas bordadas de la corte, de ponerse nuevamente el frac y de maldecir, a quien más y mejor, al amo al que acababan de ensalzar." A despecho de las tentaciones, fueron numerosas las resistencias —se estima que apenas un cuarto de la nobleza adhirió al nuevo régimen—, y esas resistencias horrorizaban al Emperador. Por consiguiente, hubo algunos ejemplos de personas "forzadas". El caso más curioso fue el de la duquesa de Chevreuse, gran amiga de Zoé. Nuera del duque de Luynes, la pelirroja Ermesinde de Narbona había sido nombrada dama de honor de la Emperatriz. Ella rehusó el honor. Napoleón la amenazó con hacer responsable a su familia de ese rechazo y le recordó, sin delicadeza alguna, que el castillo de Dampierre sólo pertenecía a los Luynes por vía de confiscación [12] y que sería oportuno tener en cuenta ese precedente. Siempre malhumorada con el Emperador y con sus compañeras, a las que agobiaba con su desdén, la bella Ermesinde renunciaba a su servicio con los más nimios pretextos. Napoleón hizo todo lo posible para ganar y hasta seducir a la recalcitrante. Un día en que él cazaba en el Bois de Boulogne, cerca de las charcas de Auteuil, ordenó a un montero que llevara a la duquesa la pata de un ciervo. Todos sonrieron. Mme. de Chevreuse corrió a entregar el trofeo a la Emperatriz:

—Este hombre se equivocó —dijo señalando al montero—. Vengo a reparar su error.

Ermesinde hacía también la travesura, en veladas ofrecidas en la mansión de Luynes, de instalar a Talleyrand, para su partida de cartas, frente a un busto de Luis XVI, rodeado de una cantidad de floreros colmados de azucenas (flores de lis). Esas pequeñas provocaciones divertían con locura a Zoé.

A ejemplo de la duquesa de Chevreuse, la vieja nobleza no fue fácil de seducir. Muchas grandes familias, los Guéméné, Damas, Foix, Durfort o Richelieu, hicieron oídos sordos al llamado de las sirenas. Los desertores pertenecían por lo general a ramas segundonas o a una nobleza más reciente. No fueron muchos los jefes de linajes y de armas que pasaron al servicio del Imperio; Ségur y Talleyrand aparecen como una excepción. Había que saber decir que no. La anciana princesa de Chimay, ex dama de honor de María Antonieta, al ser interrogada sobre la etiqueta observada en Versalles, etiqueta que se deseaba copiar en las Tullerías, se atrincheró en una pretendida falta de memoria. Conminada a recordar, terminó por responder al enviado del Emperador:

—No podría deciros lo que queréis saber, pues lo he olvidado todo. Todo, salvo las bondades de mis antiguos amos y sus infortunios.

El estilo del almirante Bruix fue más directo. En una reunión en Boulogne de grandes dignatarios que querían erigir una estatua del Emperador y rivalizaban en servilismo a propósito de su vestimenta, terminó por exclamar:

—¡Hacedlo completamente desnudo! Tendréis más facilidad para besarle el trasero.

La ocurrencia fue divulgada, y el almirante murió en la miseria.

El placer de esa nobleza —y no se privaba de él— era burlarse del orgullo de esos nobles "de nuevo cuño". Se citaba al conde Thibaudeau, quien, "cuando se nombraba a sí mismo dentro de su casa, lo hacía en tercera persona para tener el derecho de decir su título",[13] y al conde Treillard, "que hizo grabar, pintar o bordar su escudo en nueve lugares diferentes, aun en un sitio donde los mismos reyes reconocían su poca superioridad sobre el resto de los hombres".

Esa sociedad, la única en que Zoé viviría durante varios años, era, a raíz de sus desdichas, extremadamente unida. Frénilly la ha comparado con "una bandada de palomas que se recomponía siempre". Ese vuelo estaba regulado como un reloj. "Seis meses en el castillo, seis meses en París, el concierto y el sermón de Cuaresma, las bodas después de Pascuas, jamás el viaje, los juegos de cartas todo el tiempo", resume Mme. d'Agoult. Para Zoé, "París" era siempre el departamento del Marais, y el castillo, el de Courtreux, en el centro de la región de Brie, alternando sin embargo al finalizar cada año con el palacio de los reyes de Aragón, la mansión de los du Cayla en Montpellier, donde se reencontraba con la tía Marthe. Esta hermana del conde François-Hercule pronto se había encariñado, ella también, con su nueva sobrina, a la que invitaba al castillo de la Piscine. El final del verano era agradable en el Languedoc, y las vacaciones solían prolongarse hasta octubre; entonces se volvía directamente a París.

La bandada de palomas de que nos habla Frénilly se recomponía siempre en los mismos lugares donde Zoé tenía su pequeño espacio: en invierno, el palacio de Luynes en el centro del noble *Faubourg*; en verano, el castillo del Marais, perteneciente a esa Mme. de La Briche ya elogiada por Chateaubriand y de la que Frénilly dijo que "todo el mundo ha conocido su corazón y su estrella".

El palacio de Luynes, en la calle de Saint-Dominique, construido como un palacio romano frente a Santo Tomás de Aquino, era de lejos el más imponente del *Faubourg*. Con indiferencia, el duque se había dejado nombrar senador e iba a veces al Luxemburgo para escapar de una esposa autoritaria. La duquesa, vestida como en tiempos del reinado de Luis XVI, recibía tres días por semana, mientras que su esposo, enorme, se revolvía ante una mesa de juego atento a la partida. Junto a ellos, Zoé reencontraba a su tío, el apuesto Jaucourt, a Talleyrand, al vizconde Sosthène de La Rochefoucauld, que será el amigo de toda su vida —y por cierto mucho más— y, desde luego, a la nuera de Luynes, la pelirroja duquesa de Chevreuse. Ésta, verdadera preferida del *Faubourg*, "la Chevrette" (la Cabrita) como se la apodaba, multiplicaba las travesuras, apostando —y ganando la apuesta— que haría reclutar a su hermano en el Palais Royal o disfrazando a un mendigo de la iglesia de Saint-Roch a fin de hacerlo pasar por un alto personaje de la corte de Suecia. Napoleón, a quien ella llamaba "el pequeño miserable", continuaba sufriendo sus impertinencias. En un baile, en el que ella se presentó constelada de brillantes, él quiso ser amable:

—¡Oh, qué bellas piedras! ¿Son todas verdaderas?

—¡Mi Dios, Sire! —respondió Ermesinde—. No estoy segura, pero son bastante buenas para venir aquí.

Esas pequeñas pullas terminaron por irritar al amo, quien no vaciló en tocar un punto sensible. La bella duquesa llevaba, en efecto, una espina clavada en su corazón. Era pelirroja, y ella detestaba ese color, que trataba de disimular debajo de pelucas, al punto de tomarle aversión a sus hijos por haber heredado ese rasgo.

—Es extraño, señora —lanzó un día Napoleón—, cuán rojo tenéis el pelo.

—Es posible, Sire —retrucó Ermesinde—, pero nadie me lo había dicho antes que vos.

El otro polo de la resistencia al Imperio estaba en el fondo del valle que desciende de Dourdan a Arpajon, el delicioso castillo del Marais, cuyo "lujo y magnificencia"[14] se había salvado milagrosamente del Terror. Allí Zoé fue feliz como un pez en el agua. Los contemporáneos no agotan sus elogios —unanimidad muy rara— a Mme. de La Briche, sin duda la mujer más amable de su tiempo. Nacida en una familia burguesa, esposa de un recaudador de impuestos inmensamente rico, hermano de Mme. d'Houdetot, "tenía muchos amigos, jamás envidiosos, y era por cierto la persona en el mundo que más hizo perdonar y hasta amar su felicidad", dice el barón de Frénilly, poco inclinado sin embargo a las alabanzas, antes de agregar: "Y desafío a que se haya hablado dos veces con ella sin percibir a la persona que mejor calmaba la timidez". La bondad de Mme. de La Briche conquistaría y valorizaría maravillosamente a la joven todavía de segundo plano que era Zoé, eclipsada a medias por un marido insociable. En el Marais, Zoé se hizo amiga de la hija de la dueña de casa, Caroline, casada con Mathieu Molé, y volvió a ver a Chateaubriand, de quien Frénilly dijo entonces: "Nunca lo he visto más que vestido de bedel". Por supuesto, ella frecuentó al propio Frénilly, quien, como todos sus contemporáneos, sólo tuvo palabras amables hacia la joven. Las críticas vendrán más tarde, con el éxito.

Bajo la mirada benevolente de Mme. de La Briche, alentada por la acogida del *faubourg* Saint-Germain, del que ahora conocía todas las costumbres, y por la presencia todavía discreta de un círculo de admiradores, Zoé adquirió seguridad. La duquesa de Maillé traza de ella un retrato halagador:

> *Lo que la distingue y le gana muchos amigos es un humor alegre, natural e imperturbablemente parejo. Se divierte fácilmente con lo que dicen los otros; lo festeja y, en fin, tiene lo que se llama un carácter feliz. Eso la convierte en una muy buena compañera en sociedad.*[15]

Sosthène de La Rochefoucauld confirma y completa este retrato:[16]

"Indulgente en exceso para con los otros, severa consigo misma (este segundo punto equilibra admirablemente al primero, pero requeriría tal vez ser un poco atemperado), perfectamente buena, se divierte con alguna maldad pero no la provoca nunca, no habla jamás de sí misma, posee el talento de hacerse amar por los que la rodean, teniendo mucho éxito en sociedad y gozando en ella francamente". Alegre, atenta hacia los demás e indulgente, si se suma a eso una voz que ha encantado a sus contemporáneos y una risa de la que los envidiosos la acusaban de abusar, podemos convenir en que era un pequeño fenómeno que los demás se disputaban, sin perjuicio de tener que soportar el mal carácter del esposo, más aún porque la dama en cuestión era bella, de lo que darán testimonio algo más tarde los retratos de Gérard.

A sus facciones regulares, "*unos ojos soberbios*",[17] dientes hermosos, Zoé sumaba una silueta perfecta. La moda Imperio, indulgente con las cinturas gruesas, las piernas cortas o las caderas sumidas, era despiadada con los pechos chatos o, por el contrario, demasiado opulentos, y Bonaparte, tomado desprevenido un día por Germaine de Staël, que exhibía impúdicamente ante sus ojos lo que en ese entonces se llamaba "un pecho demasiado amueblado" (y rojo por añadidura), sólo supo preguntar:

—Sin duda habéis alimentado a vuestros hijos, ¿no es cierto?

Zoé no sólo estaba al abrigo de ese tipo de observaciones; además dominaba en grado sumo el arte de la elegancia. Como contrapartida de una pasión por las mascaradas que le hacía buscar siempre la ocasión de disfrazarse, poseía el gusto de la sencillez, sencillez que sería cada vez más lujosa. Gérard la pintó con un vestido de satén blanco cuya soberbia tela resulta valorizada por la extremada sobriedad del corte. Esa simplicidad era singular en una época en que, por influencia de la corte, la ropa se volvía pesada, y donde, cubiertas de oro, de brillantes, de encajes y de plumas, las mujeres iban a los bailes enjaezadas como caballos de circo. Laure, a la que Zoé ya casi no veía, gastaba 200.000 libras por año en sus proveedores de moda. Leroi acababa de confeccionar para ella un vestido que todo París comentaba: enteramente de tul y satén amarillo, cubierto con gran cantidad de ramos de violetas dobles en las que se había vertido perfumado polvo de lirios de Florencia. Las mismas violetas (atiborradas de polvo) adornaban el peinado, lo que sacó de quicio a Pauline Borghese:

—¡Violetas en el pelo negro! ¡Es espantoso! Querida, ponéos escabiosas.

Bella, elegante y alegre, Zoé conservaba una excelente reputación. "Después de que se brindó en espectáculo por sus relaciones con Luis XVIII, surgieron mil historias escandalosas sobre ella. Yo nunca las había oído antes", debe reconocer Mme. de Boigne, quien prosigue:

> *Si me hubiesen interrogado acerca de ella en esa época, la habría descrito como una joven de muy buena conducta, tal vez un poco mojigata y que demostraba gran piedad. Recuerdo que una vez en que había danzado una cuadrilla el martes de carnaval se hizo sustituir al repetirla el sábado siguiente.*

Mojigatería relativa, además, pues ya no estaba de moda bailar durante la Cuaresma y, al mismo tiempo que Mme. de Boigne destacaba esa moderación, Sosthène de la Rochefoucauld reprochaba a Zoé carecer de ella.

> *En cuanto a poner cara de mojigata para agradaros*", le responde la joven, "*es algo que no ocurrirá jamás. Río cuando se me antoja; lloro del mismo modo, y con esto y una reverencia me despido de vos.*

Reaccionó igualmente cuando el vizconde quiso prohibirle la lectura de novelas y limitarla a los libros de historia:

> *No es posible leer siempre historia cuando uno se pasa la vida viéndola hacer*", le responde ella acertadamente, "*y con esa idea de encontrar el mal en todas partes, no habría que mirar las moscas siquiera, que pueden dar malos ejemplos. Mi madre era más feliz y veía las cosas en su aspecto más simple.*

Éstas no son palabras de mojigata, y en efecto Mme. Talon parece haber educado a su hija muy sanamente. Para volver a la reputación de ésta, la duquesa de Maillé comparte en este punto la opinión de la condesa de Boigne:

> *Debo hacerle justicia*", confía en sus *Recuerdos, y decir que tenía muy buena reputación, y solamente después de que el rey le otorgó su favor oí que era atacada abiertamente. Hasta entonces, sólo se hablaba muy poco, muy bajo y como de una calumnia, de su relación con el duque de Rovigo, con el marqués de Nicolaï. Y nadie habría osado hablar mal de tan grande virtud.*

Y he aquí dos amantes sacados de la galera gracias a esa buena duquesa de Maillé, que se arrepiente, como la querida condesa de Boigne, de haber dado demasiado pronto la comunión sin confesión a la inocente Zoé. Extraña joven cuyos amoríos fueron descubiertos a destiempo, a la manera en que una piedra levantada deja salir gran cantidad de lagartijas, porque lagartijas hubo. Se puede hablar —y nadie se privó de hacerlo— de hipocresía y cálculo en la conducta. Pero ¿qué habría ganado Zoé rompiendo con los convencionalismos de una sociedad que había revisado profundamente sus juicios sobre la conducta de las mujeres? Hija de un aventurero de reputación detestable, de una madre encarcelada durante años, Zoé necesitó respetabilidad toda su vida, y se arregló para tenerla. Esa respetabilidad le era tanto más necesaria pues la joven dependió durante mucho tiempo de su suegra. Las suegras pocas veces bromean con la virtud de sus nueras y Mme. du Cayla no escapaba a la regla. La prudencia de Zoé seguía los dictados de una época en la que, en materia de costumbres, las apariencias contaban mucho más que la realidad. "Lo que hace la reputación de una mujer no es el número de sus amantes sino el cuidado que pone en ocultarlos", escribirá más tarde Drieu de La Rochelle.[18] El sistema del amante oculto fue puesto nuevamente en uso en la corte de las Tullerías, donde el Emperador ejercía una vigilancia severa y humillante propia de una directora de pensionado. "Las mujeres de esa corte tenían mucha razón en cuidarse un poco, pues el Emperador, en cuanto se enteraba de algo, y siempre se enteraba, no tardaba en poner al corriente al marido de lo que pasaba", cuenta Mme. de Rémusat, asombrándose de encontrar aburrida la corte. En cuanto al *faubourg* Saint-Germain, donde Chateaubriand había barrido a Voltaire, la religión recuperaba sus derechos y el adulterio volvía a ser no solamente un pecado (lo que todavía podía perdonarse) sino una incongruencia. El escándalo, lejos de adornarse como en el siglo XVIII con los amables colores de la fantasía, aparecía como una transgresión a las reglas del buen gusto y la delicadeza y cerraba las puertas al transgresor. Todos reían abiertamente del que acababa de estallar en el palacio de Abrantes.

Laure, abandonada por un impenitente marido mujeriego, se había buscado amantes. El último era el embajador de Austria, el conde de Metternich. Ese apuesto austríaco de ojos azules, de aire soñador y como fijado en un dolor secreto, había seducido en poco tiempo a Mlle. George (lo que no era difícil), a Mme. Regnault de Saint-Jean-d'Angély (que tal vez lo era un poco más) y a Carolina Murat (un juego de niños), quien, para provocarlo, lo había atraído a un gabinete sembrado de pétalos de rosas. Laure, feliz de quitarle a la hermana del Emperador el amante de moda, recibía a éste en la encantadora casa de recreo Saint-James que poseía en Neuilly, y ocultaba las cartas de su amado en un cofre incrustado de nácar, sin sospechar que el conde, al que el amor no le hacía olvidar ciertos deberes, enviaba a Viena otras cartas donde transmitía fielmente las confidencias recogidas sobre el encaje de las almohadas. "Se dedicaba mucho más al espionaje que a la diplomacia", susurra la dama de calidad. Furiosa al verse suplantada, Carolina previno a su hermano, quien, fiel a su costumbre, puso a Junot al corriente. Esto era por lo menos imprudente, pues la sífilis había causado estragos en un sistema nervioso que nunca había sido fuerte. Atacado de un delirio de grandeza —llegaba a exigir genuflexiones a su personal—, sujeto a frecuentes cóleras y ya a crisis de delirio, el duque de Abrantes corrió a la casita de su esposa, rompió el cofre y obtuvo la prueba de su infortunio. Tomó a la infiel por los cabellos, la arrastró por la alfombra de todos los salones, después de lo cual terminó hiriéndola debajo del pecho izquierdo con unas tijeras de oro muy pequeñas que se encontraban allí. Mientras la desdichada suplicaba, invocando a los niños inocentes, los pequeños mártires, etc., él tuvo la curiosa idea de convocar a la condesa de Metternich, a quien le dijo estas palabras delante de Laure, que se retorcía las manos:

—Vuestro marido era el amante de mi mujer. Yo tendría derecho a pedirle explicaciones. Os encargo a vos de hacerlo. Vengaos en esta mujer, os la abandono.

—¡Debemos separarnos para siempre! —clamaba la herida.

—¡Jamás! —chillaba su esposo— ¡Eres mía, no me abandonarás!

Mme. de Metternich huyó ante la risa sardónica del loco y fue a quejarse al emperador de la mala educación de esas personas. "Todo lo relativo a las conveniencias sociales impresionaba mucho a Napoleón", observa muy justamente la dama de calidad. El Emperador regañó duramente a cada protagonista del drama y pudo oírse a Junot abandonar el gabinete imperial gritando que era muy feliz de que la condesa de Metternich fuese tan fea. En cuanto al propio Metternich, se ganó este consejo:

—Conde, tratad de no ejercer la diplomacia más que con los maridos. Es peligroso en Francia querer hacerlo con sus mujeres.

Todo París rió con la aventura. Zoé sonrió con indulgencia y siguió siendo encantadora con los ancianos, exquisita con los prelados "y haciendo el resto del tiempo lo que le convenía", según la expresión de la duquesa de Maillé. Ese aspecto capital del carácter de Zoé, apenas entrevisto por Mme. de Maillé, fue conocido por muy pocos: Sosthène de La Rochefoucauld y Luis XVIII estuvieron entre ellos. Esa joven suave, discreta, sometida a una suegra exigente y a un marido "más que raro", era ferozmente independiente y luchó toda su vida para proteger lo que llamaba su libertad. Su correspondencia con Sosthène de La Rochefoucauld está llena de protestas en tal sentido:

"Me reprocháis amar mi libertad; es mi único bien, y aún carga con mil cadenas de un peso que jamás podré aligerar", escribía en 1811 y, el mismo año: "Es más fácil matarme que impedirme hacer mi voluntad, que es firme".

Aun enamorada, Zoé no era de las que abandonan su libertad como un trofeo a los pies del elegido:

"Cuando gritáis contra la voluntad, es como si me encadenarais para defenderos de que os ame. Un eslabón está unido a otro; no contrariéis la voluntad que os ama. —Así prevenía al vizconde, antes de agregar—: Si queréis cambiarme, creeré que ya no sé agradaros y huirá la felicidad".

Al llegar a la cima de los honores, Zoé nunca renunció a esa independencia que estimaba más que nada, ni siquiera ante un rey que no podía estar sin ella:

"Se está de tan mal humor por mi pequeño viaje que se querría privarme de él, escribía en 1823, eso sería creerme demasiado sujeta." "Se" era el rey Luis XVIII.

Al fin y al cabo resulta bastante extraordinario que una joven a quien el matrimonio había colocado en una completa dependencia pudiera no renunciar jamás, en su fuero interno, a la libertad. Pidió a los hombres que amó que respetaran esa libertad, como les pidió discreción. Los que hicieron caso omiso de ello se convirtieron en amigos, pues era de las que saben transformar el amor en larga, muy larga amistad.

El primero de los amantes de Zoé, el menos conocido, tal vez el más amado, fue Christian de Nicolaï. Como los Talon, los Nicolaï pertenecían a la vieja nobleza parlamentaria, y Jean de Nicolaï, consejero en el Parlamento de Toulouse, había acompañado en otros tiempos a Carlos VIII a Nápoles, donde fue dejado como canciller del reino antes de convertirse, a su regreso, en presidente de la Cámara de Cuentas. Christian de Nicolaï había perdido a casi toda su familia en el cadalso: padre, tío y primos. Uno de sus tíos, salvado del Terror, obispo emigrado a Inglaterra, era jefe de la pequeña Iglesia que rehusaba reconocer el Concordato. No se sabe casi nada de esta relación, que se sitúa en los años 1807 y 1808. Sin embargo, Christian de Nicolaï fue el único en el que pensó Zoé en su testamento redactado en 1850. "Rescataréis el retrato de Corinne —pide ella a su notario (la sucesión iba a su hija Valentine)—, para ofrecerlo al señor marqués Christian de Nicolaï, que espero tenga a bien aceptarlo en mi memoria." Por consiguiente, la condesa poseía, sea una pintura original de la heroína de Mme. de Staël, sea una de las innumerables reproducciones del cuadro de Gérard representando a Corinne en el cabo

Miseno. Es probable que el cuadro, en el que se ve a un hermoso joven[19] observar a una extática Corinne, tuviera un significado para los enamorados. La condesa, en los retratos dejados por el mismo Gérard, se parece como una hermana a la heroína de Mme. de Staël, salvo por los brazos menos robustos y el aire más vivaz. Si el bello joven romántico que acompaña a Corinne tenía también cierta semejanza con Christian de Nicolaï, se comprende que Zoé no lo olvidara. Ese deseo muy particular, el primero de un testamento redactado cuando habían pasado más de 40 años, nos hace pensar que esta joven mal casada amó a ese primer amante.

En 1808, el año en que Zoé se alejó del marqués de Nicolai, se acercó a la joven el vizconde de La Rochefoucauld, a quien conocía desde 1803. Nacido el mismo año que Zoé, Sosthène de La Rochefoucauld se había casado en 1807 con la muy pálida Élisabeth de Montmorency-Laval, lo que no le impedía sentirse atraído por todas las demás mujeres. A decir verdad, esa inclinación estaba en disputa con la fuerte y sincera convicción religiosa del vizconde, lo que le causaba continuos y agobiantes problemas de conciencia. Si Zoé llamaba a Sosthène "su querido vizconde de las damas", Luis XVIII sólo lo llamaba "el hacedor de dramas". Significaba conocer bien a una persona agitada y embrollona cuya cultura era por cierto mucho más vasta que su inteligencia. Convertido en duque de Doudeauville a la muerte de su padre, Sosthène escribió 15 tomos de *Memorias*, en las que cada página tiende a probar el papel capital que ese hombre presuntamente preciso desempeñó en la vida de la Restauración en general y en la de Zoé en particular. Las *Memorias* están seguidas de los *Pensamientos*. Convendría ignorar que éstos fueron escritos por un pariente del autor de las *Máximas*. Por ejemplo: "La conciencia es un tribunal sin apelación". O más inquietante todavía: "Nos acostumbramos a creernos perfectos a fuerza de oír alabar nuestras virtudes; y cesamos nuestros esfuerzos antes de adquirir las que no poseemos". Todo esto haría de él un personaje insoportable si no fuera por su ingenuidad auténtica y la fidelidad absoluta tanto a sus amigos como a sus ideas políticas. Estas cualidades son suficientemente raras como para perdonarle muchas cosas. Finalmente, uno de los méritos de Sosthène es haber conservado y publicado buena parte de su correspondencia con la condesa du Cayla.

Cuando Sosthène comenzó a sentirse irresistiblemente atraído por la joven condesa —en 1808 Zoé tenía sólo 24 años—, demostró mucha inquietud ante lo que él llamaba su coquetería. Las cartas de Zoé protestan con buen humor por esa acusación:

"No merezco el menor ataque por las violetas, ¿comprendéis? Y, además, me gustan tanto que podría aceptarlas del diablo si de él vinieran", le escribía. Y más adelante: "y siempre ese calificativo de ligera, que me cae como una piedra".

Hay que hacer notar que, en la historia de las violetas, el pecado de Zoé era doble, pues el ramo le había sido ofrecido por un admirador, y la violeta, flor preferida de la reina Hortense, estaba proscrita en el *Faubourg*. Hecha esta aclaración, las violetas provenían, si no del diablo, al menos de uno de sus parientes cercanos, y Sosthène tenía algunas razones para desconfiar. Pero, aunque no hubiese tenido ninguna, el vizconde, desconfiado por naturaleza, sólo amaba las virtudes decididamente solitarias y no vacilaba en elogiar la austeridad, y hasta la religión, de las mujeres que le agradaban. Sus cartas a Zoé están llenas de anotaciones de este tipo: "Temo que vos no encontréis en los sentimientos religiosos esa fuerza tan a menudo necesaria", o también: "Os ruego la gracia de una peregrinación a Santa Genoveva". A lo que su corresponsal respondía francamente:

> *No soy suficientemente devota, decís; os aseguro que desearía serlo más; pero, os hablo con el corazón, no podría creer en mil pequeñas prácticas que me parecen muy nimias y muy lejos de pertenecer a nuestra divina religión. Las respeto en los otros; es todo lo que puedo hacer.*

Esto tendería a probar que Zoé, no lo suficientemente mojigata y religiosa para el gusto del vizconde, demasiado según Mme. de Boigne y Mme. de Maillé, respetaba finalmente un feliz equilibrio.

Feliz es la palabra adecuada para hablar de la joven condesa du Cayla en esa época. Su esposo Achille había renunciado poco a poco no sólo a encerrarla en su casa, sino también a imponerle su compañía. Él prolongaba ahora sus estancias en Montpellier o en las tierras que poseía en Brinon-en-Nivernais. En cuanto a Suzanne du Cayla, muy enferma, aunque reclamaba a su cabecera una presencia que Zoé no le escatimaba, ya casi no la acompañaba en sociedad. La joven respiraba al fin y seguía exactamente la receta del médico Bourdois. Iba a los bailes y hasta los ofrecía. Como adoraba disfrazarse, invitó a todo el *faubourg* Saint-Germain para el tercer jueves de Cuaresma de 1808. El baile de Zoé (hubo otro la misma noche ofrecido por Cambacérès) estuvo poblado de chinos. El abate de Tersan, que, como hombre práctico que era, se había hecho anticuario a su regreso de China, había ofrecido a los invitados trajes traídos de Pekín. Sosthène se presentó como mandarín, Fernand de Chabot como Enrique IV, el duque de Rohan como duque de Bellegarde (esa elección de un favorito de Enrique III extrañó a los contemporáneos) y su esposa como María Estuardo. Se bailó una cuadrilla titulada *Las cuatro partes del mundo,* en la que Europa estaba representada por damas vestidas con ropas del Medioevo y eran conducidas por caballeros. Lo "gótico", o lo que pasaba por tal, volvía a ponerse rápidamente de moda, y a Zoé le encantaba. A la anfitriona, disfrazada de Antígona, le agradaba recibir a sus invitados. Sabía hacerlo maravillosamente bien, lo mismo que decorar un salón o hacer preparar una comida. El baile tuvo tanto éxito, tantas personas de la oposición participaron de él, todos rieron tanto y tan fuerte que los ecos llegaron a oídos del Emperador, desagradablemente sorprendido. La paciencia imperial nunca fue muy grande, y parecía disminuir a medida que aumentaban las dificultades causadas por su política de conquista y por sus ejércitos atascados desde Portugal hasta las llanuras alemanas. Envió una docena de nombramientos de subteniente a los bailarines que más ruido hicieron esa noche. Los señores de Périgord y de Chabot, Prosper de Crillon y Alexis de Noailles fueron de ellos. "Cayó un rayo en el seno de esa sociedad —cuenta Mme. de Chastenay—,[20] las alegrías de los bailes fueron consideradas imprudencias culpables por las damas mayores. Se acusó de temeridad a esos jóvenes que no habían temido llamar la atención montando a caballo, y hasta hermosos caballos, en el Bois de Boulogne, después de mandar al ejército a sus reemplazos de conscripción." M. de Crillon, arguyendo que el joven Prosper estaba comprometido para casarse, solicitó un puesto de chambelán para alejar a su hijo del cañón. El Emperador rió sarcásticamente y, nos dice Mme. de Chastenay, llegó a "tratar de bastardos y usurpadores de apellidos ilustres a los presuntos descendientes de héroes que rehusaban llevar las armas". Alexis de Noailles se negó directamente a servir. Fue arrestado y encarcelado. Para alojar al recalcitrante, Napoleón vaciló entre Vincennes y Charenton. Temiendo que cundiera el ejemplo, terminó por exiliarlo. "Es una de las pocas personas que, a mi entender, ha osado resistirse a Napoleón", dice Mme. de

Boigne. Fueron pocos, evidentemente. Pero la buena condesa olvida a Omer Talon, que aún continuaba exiliado, aunque gravemente enfermo, en las islas de Lérins.

El ex magistrado, a despecho de un evidente coraje, soportaba cada vez menos su situación. Padecía una fístula, y su hija había solicitado en vano hacerlo operar por médicos de Montpellier. La intervención, realizada por un médico local, dejó al paciente en un estado tan desastroso que Zoé consiguió por fin hacer atender a su padre en el Languedoc. Un amigo que lo visitó en ese entonces testimonia su impresión en estos términos: "Lo encontré tullido para el resto de su vida y sujeto a diario a accidentes de salud, cuya causa es evidentemente moral". Esos accidentes eran cerebrales. Como se multiplicaban, en 1807 Napoleón terminó por soltar a su presa. Estaba entonces en la cumbre de su poder y "el Pretendiente", Luis XVIII para los que todavía lo llamaban así, había debido abandonar Curlandia, expulsado por los ejércitos imperiales. Con el nombre de conde de l'Isle, se refugiaría pronto en Inglaterra, entre los húmedos muros de Artwell House. Nadie creía en su regreso, y la confesión del marqués de Favras ya no era para el Emperador más que un papel inútil.

Zoé recibió y cuidó al enfermo en una casa del pueblo de Gretz-sur-Marne, aledaño al castillo de Courtreux. ¿Quiso Omer Talon reanudar sus prodigalidades o su razón estaba completamente alterada? Lo uno no impide lo otro. El caso es que su familia obtuvo su inhabilitación, que no se concedía sin encuesta previa y reunión de un consejo de familia. El ex conspirador de las Tullerías vivió otros tres años antes de morir el 18 de agosto de 1811. Sólo tenía 52 años. La pena de su hija parece haber sido moderada. "Temí por el terrible caos en que os ha dejado un acontecimiento tan triste —le escribe amablemente Sosthène, antes de asombrarse—: Pero no habéis dicho una palabra de todo esto". Es posible que no hubiese mucho que decir. Zoé conocía muy poco a un padre idealizado cuando niña, antes de descubrir el egoísmo de ese eterno ausente. Es de hacer notar también que las cartas de condolencias recibidas por Zoé sólo evocan al difunto con perífrasis muy cuidadas; ninguna llega a elogiar sus méritos... La joven rememoró sin embargo la solicitud de su padre al redactarse su contrato de bodas, y recordó al conde Achille que estaban casados bajo el régimen de la separación de bienes y que la herencia paterna le correspondía totalmente. La sucesión, evaluada por el propio conde du Cayla en un escrito posterior,[21] calculaba la parte de Zoé en más de un millón. El marido no pensaba como la esposa. Zoé, como verdadera Talon, estaba persuadida de que el dinero era el nervio de la guerra y, sobre todo, la única garantía de su independencia. No cedió. Un proceso, cuyo resultado era siempre aleatorio para una esposa que atacaba a su marido ante la justicia, no atemorizaba a la heredera de los Talon. Sería el primero de una larga serie. Sosthène se inquieta entonces por las consecuencias del procedimiento:

"¡Malditos sean vuestros hombres de negocios que os roban tantos momentos que otros apreciarían más que ellos! —se queja antes de proseguir—: No creáis nunca aburrirme hablándome de vuestros asuntos; muy por el contrario, mi interés es ciertamente más vivo que el que vos ponéis en ellos". En eso se equivocaba, pues Zoé seguía sus asuntos muy de cerca, sólo que adoptó en ese proceso una línea de conducta que conservó en todas las negociaciones que jalonaron su vida. Les acordaba extremada atención, se rodeaba de los mejores consejeros y de los mejores hombres de leyes, pero, sabiendo callar sus preocupaciones, conservaba una alegría y una serenidad a toda prueba. La duquesa de Maillé, quien frecuentó mucho a Zoé durante un segundo proceso que enfrentó a los esposos du Cayla, se asombraba:

"Seguí viéndola durante ese proceso casi a diario —escribe—. Yo admiraba esa fuerza de carácter en una circunstancia de la que dependía la tranquilidad de su vida".

No parece que Zoé ganara la causa en lo concerniente a la sucesión paterna. "Me gustaría tanto saber —le pregunta en efecto Sosthène— qué ha podido pareceros suficiente, teniendo una hija, para ceder una parte tan considerable de vuestra fortuna." Aquí nos planteamos un interrogante: ¿Zoé cedió en efecto su fortuna o, prestando oídos solamente a lo que su esposo llama amablemente "su imperturbable hipocresía", se mostró como víctima ante sus amigos? La primera hipótesis debe de ser la correcta, pues, cuando tuvo lugar el proceso de separación que comenzó en 1816, la fortuna de Talon ya no estaba en manos de su hija. Al término del primer proceso, parecería haberse efectuado un trueque entre los esposos du Cayla: una buena parte de la sucesión de Talon contra la libertad de su hija. Solamente con ese dinero pudo Achille du Cayla hacer construir años más tarde, entre Garches y Viroflay, una magnífica villa cuyas verjas y balcones de hierro forjado llevan todavía la C de los du Cayla. Sin duda era caro pagar un millón por ser libre, y aun de manera bastante incompleta, pero hemos visto que para Zoé esa mercancía no tenía precio. Para desembarazarse legalmente de su esposo, estaba dispuesta a arriesgar mucho más.

La cotidiana preocupación de Zoé por la vida de su hermano como por los resultados de su proceso no le impidió jamás, como tampoco al resto de la sociedad del *faubourg*, reír, bailar y jugar a las cartas. Hubo en eso una forma de coraje, a tal punto la esperanza ya no podía alimentar la fidelidad del *faubourg*. En medio de la prosperidad y la gloria del Imperio, se esperaba al rey como los primeros cristianos esperaban el regreso de Cristo en la Roma pagana. Nunca Napoleón había sido más poderoso:

> *Amo o amigo de todos los reyes del continente, poseyendo hasta en las fronteras más lejanas guarniciones importantes que garantizaban la ejecución de sus deseos, depositario absoluto de los recursos de Francia, rico de un tesoro inmenso, en la plenitud de la edad,*[22] *admirado, temido y sobre todo escrupulosamente obedecido, parecía haberlo obtenido todo. [...] A él le parecía, nos parecía a todos, que ya no podría caer, como no fuera por un acontecimiento tan imprevisto, tan extraño y que produciría una catástrofe tan universal que una multitud de intereses, de orden y de paz estaban solemnemente comprometidos en su conservación,*

escribe Mme. de Rémusat traduciendo muy bien la opinión general.

Las fiestas dadas por el Emperador en Fontainebleau en 1807, poco después de la boda de Jérôme con Catherine de Westfalia, marcaron el apogeo del Imperio. Con el paso del tiempo la corte había adquirido formas rígidas, "era afectada y, a pesar de la magnificencia de sus fiestas, no se iba a ellas por placer", cuenta Mme. de Rémusat, quien indica que las jóvenes se dormían en las eternas tragedias presentadas por la Comédie-Française y que "la disposición taciturna y descontenta del Emperador arrojaba un velo oscuro sobre las reuniones y los bailes de Fontainebleau".

En esa sociedad afectada —y atemorizada— el Emperador lanzaba de tanto en tanto un hueso para roer. En marzo de 1808, poco antes de su partida a España, creó los títulos imperiales. Ese maná pareció una delicia. En el conmocionado palacio de las Tullerías, Mme. Lannes, convertida en duquesa de Montebello, iba de un grupo a otro, con su lista de nombramientos en la mano. Junot planteó un problema especial al Emperador, quien, recordando su conducta durante la expedición a Egipto, habría querido nombrarlo duque de Nazaret.

—Pero se lo habría llamado Junot de Nazaret, como quien dice Jesús de Nazaret. Habría sido ridículo —explicó él a Laure.

El Emperador se detuvo a tiempo, y una pequeña ciudad de Portugal ofreció su nombre al esposo de Laurette. El padre del nuevo duque se hizo imprimir de inmediato tarjetas de visita en las que hizo grabar: "El padre del duque de Abrantes", pues lamentablemente los títulos no eran retroactivos. Ello no impidió que la mayoría de los beneficiarios se los adjudicaran —o se los hicieran adjudicar anticipadamente por sus colaboradores— en sus memorias. Podemos leer así en la pluma de Fouché al escribir sus recuerdos —o en todo caso en la de su escribiente—: "Robespierre me dijo entonces: 'Duque de Otranto, deberíais creerme'".

Ante la noticia de esta gran carretada de nobles "de nueva fábrica", como los llama la dama de calidad, evidentemente el *Faubourg* se sacudió de risa, risa un poco amarga en verdad. El mariscal Lefebvre, convertido en duque de Dantzig, supo hacer callar a los burlones. Cuando uno de sus amigos le hablaba con una condescendencia plena de envidia de sus títulos y de sus riquezas, le dijo:

—Te lo cedo todo, pero al precio que costó. Bajaremos al jardín; te haré sesenta disparos de fusil y, si no te he matado, todo será tuyo.

Como los títulos no costaban nada, Napoleón decidió que todas las damas de palacio fueran condesas y los grandes servidores condes. Muchos ya lo eran: fueron los "condes rehechos". El orgullo de la duquesa de Montmorency se rebeló; pidió ser baronesa en recuerdo de su antepasado, "primer barón de la Cristiandad".

—No sois suficientemente buena cristiana para eso —replicó el Emperador.

Era la época en que se distribuían tarjetas de visita dobles: con título para el palacio, sin título para el *Faubourg*. Los realistas se organizaban, pero se perdía hasta la más pequeña esperanza. En el mes de abril de 1810, Napoleón desposaba a la archiduquesa María Luisa, tras separarse de Josefina, que marchó a Malmaison y luego al siniestro castillo de Navarra, "*ruinoso y sin muebles*".[23]

Las consecuencias de esa boda fueron muy bien descritas por Frénilly:

> *El conjunto de la sociedad cambió de cara. Muchas personas, cansadas de su virtud, se reconciliaron con la corte de las Tullerías. Bonaparte, casado con una sobrina nieta de María Antonieta, llamaba a Luis XVI su tío con tanta gracia que era necesaria una fidelidad terriblemente estricta para resistirse a esa legitimidad de familia política... Parte de nuestra sociedad, es decir la mejor de París*, concluye modestamente el barón, *se había dejado pues seducir, enrolar, forzar, como se decía.*

El movimiento se acentuó más aún con el nacimiento de un hijo el 20 de marzo de 1811. Por supuesto, Frénilly estaba presente.

> *Lo anunciaron cien cañonazos. No habrían sido más que veintiuno por una niña, y los refractarios como nosotros los contábamos con ansiedad. El vigésimo segundo nos asestó como un mazazo; nos parecía que mataba a la raza de los Borbones.*

Circularon algunas fábulas en cuanto al nacimiento del niño, pero la dinastía de la "cuarta raza" parecía instalada para los próximos mil años.

En momentos en que toda clase de prosperidades rodeaban al usurpador, el duelo golpeaba nuevamente a los Borbones. El 12 de noviembre de 1810 moría en Hartwell House la esposa del conde de l'Isle, Marie-Joséphine. La condesa du Cayla había sido en Versalles dama de honor de la condesa de Provenza y conocía muy bien la lista de desventuras padecidas en su vida. Horriblemente fea ("La condesa de Provenza ganaría el premio a la fealdad", decía poco caritativamente Mme. du Deffand), descuidada en su aspecto (Mme. du Barry deploraba que la condesa de Provenza no consintiera en lavarse, perfumarse, ni en depilarse las monstruosas cejas que se tocaban casi con el pelo), nada tonta pero poco cultivada y sin ninguna gracia, mal adecuada a un esposo al que no supo darle hijos y que estaba dedicado por entero a Mme. de Balbi, había tomado la lamentable costumbre de beber. La desgracia (y la infidelidad de Mme. de Balbi) le devolvió a su marido, y vivió a su lado casi 20 años de exilio antes de morir en tierra extraña. La familia du Cayla se puso nuevamente de luto y parte del *Faubourg* con ella. Para los últimos fieles a los Borbones, Marie-Joséphine de Saboya era la reina de Francia.

Después del nacimiento del rey de Roma, el número de los puros del *Faubourg* disminuyó, pero su resistencia exasperó aún más al Emperador. Como lo señala Frénilly, ese número aumentaba en realidad con los que servían de día en el palacio e iban por la noche a reírse del amo. Todas las burlas de las que tenía conocimiento —y siempre lo tenía— producían el efecto de puntas de fuego en la epidermis de Napoleón, muy sensible a ese respecto. "Ese genio superior, que no temía enfrentarse a una batería de cien cañones, tenía miedo de un epigrama", anota muy justamente la dama de calidad, y la duquesa de Chevreuse, que no era la última en lanzar pullas, agrega: "No sería posible matarlo de una estocada, pero es capaz de morir de un pinchazo de alfiler". El Emperador temblaba de rabia ante el pensamiento de los comentarios de unos diez salones y, aun en campaña, conservaba su mirada de águila fija en el *Faubourg*, escribiendo al ministro de Policía para recomendarle su vigilancia. Fouché, siempre eficaz en el manejo de los diferentes partidos, persuadido además de que "era de niños pretender impedir que los franceses hablaran",[24] morigeraba a los perturbadores con una afabilidad que poco a poco le ganó una excelente reputación en el *Faubourg*, donde se comenzaba a encontrarlo agradable. Entre dos batallas, el Emperador tomaba nota. Exasperado por esa resistencia desde los sillones (y desde las enaguas, porque la mayor parte del tiempo las culpables eran mujeres), terminó por lanzar órdenes de exilio, un poco como la fiera que, hostigada por las moscas, multiplica las coces. Una de las primeras en partir (hacía mucho que Mme. de Staël había sido enviada a Coppet) fue la amiga de Zoé (y parienta cercana de Sosthène), la duquesa de Chevreuse. Ermesinde agotaba la paciencia del Emperador. Tomaba el pretexto de la muerte de su suegro para retirarse a Dampierre y no aparecer por la corte. Esa aflicción filial podía parecer conmovedora y fue respetada, aunque el Emperador sabía perfectamente que la duquesa empleaba los días de duelo para reírse de él. Pero, cuando los soberanos de España raptados por el Emperador llegaron a Francia, Mme. de Chevreuse recibió la orden de permanecer junto a la reina Carlota. "Ya es bastante ser esclava; no quiero ser carcelera", escribió al amo. La respuesta, llevada prontamente, fue una orden de exilio "a 40 leguas de la capital", según la fórmula consagrada. Sólo había sociedad, es decir vida, en París. El exilio era descender a la tumba, a lo que muchos habrían preferido el martirio de la prisión. Pasado el primer momento de exaltación, la pobre Chevrette quedó desolada. Los pedidos y súplicas para intentar recuperar la gracia fueron vanos. Durante tres años, seguida por su suegra, que no podía prescindir de ella, arrastró su desesperanza en Luynes, luego en Grenoble y en Lyón. La pena favoreció la tisis, y la condesa de Boigne, que la encontró en 1813, no la reconoció:

"Vi pasar una especie de fantasma, muy adornado, cubierto de rojo y creo que de blanco, que me pareció el de madame de Chevreuse", escribe. La Chevrette habría de morir poco después. Dos horas antes de su muerte, se hizo rasurar la cabeza y ordenó arrojar sus cabellos al fuego para que no quedaran rastros de ese color rojo que había envenenado su existencia. "Con una cantidad de defectos provenientes de una vena de locura hereditaria —concluye la condesa de Boigne a guisa de epitafio—, madame de Chevreuse poseía cualidades, un corazón muy generoso y ocurrencias originales." Para su desdicha, había abusado de ellas.

Por su parte, Mme. Récamier y Mathieu de Montmorency cometieron el delito de pasar el verano de 1808 en Coppet. "Mathieu", como lo llamaban sus contemporáneos, había llevado además a su hija y a su yerno a la casa de su ex amante, a fin de que Sosthène se ocupase más de su esposa y menos de la joven condesa du Cayla. Advertidos de la cólera imperial, en el verano siguiente los viajeros se resignaron a quedarse prudentemente en Francia. Pero Germaine, "que sentía con fuerza y se expresaba con fuego",[25] era una amiga exigente:

"Las personas que más amo me hundieron un puñal en el corazón, probándome que no soy para ellas más que un motivo de espanto y repulsión", les escribió.

Los desdichados partieron. La orden de exilio detuvo a Mme. Récamier en Châlons-sur-Marne y a Mathieu a su llegada a Coppet, lo que permitió a Sosthène escudarse en la ventajosa posición de yerno de un proscrito. En cuanto a Germaine, se le prohibió abandonar Coppet ("una tumba a la que llega el correo", decía ella), donde en adelante cada visita debía ser autorizada por el prefecto del Lemán. Mme. de Balbi, que vivía muy pobremente y se limitaba a jugar a las cartas, fue igualmente expulsada. La opinión general era que se trataba de un error, pero la condesa, sin protestar, marchó tranquilamente a establecerse en Montauban, donde encontró otros compañeros para sus partidas. Zoé du Cayla estaba ligada con demasiados "refractarios", como los llama Frénilly (sin hablar de los proscritos); su baile de Cuaresma había hecho demasiado ruido como para que no fuese amonestada a su vez. Antes Napoleón reemplazó al ministro de Policía, lo que para la condesa cambiaría muchas cosas.

A despecho de las acuciantes órdenes de un Emperador alejado de París, y por lo tanto inquieto por lo que dejaba detrás de sí, Fouché continuó demostrando a lo largo de todo el año 1809 la mayor indulgencia hacia el *faubourg* Saint-Germain, lo que evitó a Zoé la suerte de la Chevrette. "Es increíble hasta qué punto —asegura Mme. de Chastenay— Fouché había convencido a la gente de su capacidad maravillosa, de su aversión a las medidas vejatorias, de su simpatía hacia la clase elevada... Parecía que la razón del ministro fuese el contrapeso del despotismo del soberano." El agradecimiento del *Faubourg* al ministro de Policía exasperaba desde luego a Napoleón, que despreciaba a los hombres en general y a Fouché en particular. Detestaba su pasado de regicida, su obsequiosidad, su falsa indolencia y, por supuesto, hasta los servicios que le había prestado. Cuando se enteró de que aquel de quien desconfiaba como de una víbora de cascabel había comenzado, por intermedio del banquero Ouvrard, transacciones (que mucho se parecían a sucias negociaciones) con Inglaterra, lo despidió. Su caída en desgracia se conoció el 3 de junio de 1810; el mismo día se supo que el general Savary, duque de Rovigo, lo reemplazaba en el Ministerio de Policía. Ante la noticia de que el monstruo que había presidido la ejecución del duque de Enghien sucedía al amable Fouché, el *Faubourg* se aterrorizó. "Se le adjudicaba la incapacidad y la ciega devoción de un mameluco", explica Mme.

de Chastenay. El propio Savary reconoce en sus *Memorias* haber desempeñado el papel de ogro:

> *Yo inspiraba terror a todo el mundo; cada uno preparaba sus maletas* —cuenta—, *no se oía hablar más que de exilios, de encarcelamientos y peor aún. En fin, creo que la nueva peste no habría asustado tanto.*

El pobre hombre, que sólo pretendía amansar al *Faubourg* rebelde, se dedicó a convocar al Ministerio de Policía a varias damas realistas. Para él, eso equivalía a invitaciones a tomar el té, pero muchas, al recibir la orden de presentarse en el palacio de Juigné,[26] por poco murieron de miedo. La misiva del duque llegó a Mme. de Chastenay cuando ésta se encontraba cerca de Beauvais, pasando una temporada de descanso en la casa de los Crillon. Volvió a París a rienda suelta, se rodeó de todos los consejeros y apoyos que pudo encontrar, para oír, al franquear más muerta que viva la puerta del ogro, que se le preguntaba por su salud, escuchar conversaciones triviales de salón y recibir una invitación a cenar. "Sólo pude felicitarme por la cortesía rebuscada que monsieur y madame de Rovigo tuvieron conmigo", concluye la buena dama, totalmente recuperada.

Al enterarse del nombramiento en la policía de quien había arrestado a su padre, presidido la ejecución del último de los Condé y, según se decía, ordenado el asesinato de Pichegru, Zoé se preocupó tanto como los demás. Abrevió su veraneo en Courtreux y se aprestaba a marchar prudentemente a Montpellier cuando le llegó la convocatoria al palacio de Juigné, adonde se le rogaba presentarse con su esposo. La entrevista fue contada siete años más tarde por la propia Zoé al vizconde de La Rochefoucauld, en ocasión de una crisis de celos —muy tardía— de éste. Sosthène era lento en todo. En su relato, la condesa du Cayla acomoda por cierto a su manera el final de la historia, pero no tiene ninguna razón para mentir en cuanto al resto.

El ministro de Policía, con algunos motivos para encontrar molesta a la familia Talon, se comportó en un tono diferente que con Mme. de Chastenay. Comenzó increpándola y tratándola de ingrata:

—Me encargaron hacer fusilar a vuestro señor padre; obtuve que sólo fuese exiliado —comenzó.

Lo que significaba: "Podríais, estimada señora, estarme agradecida". Se remontó luego, nos dice Zoé, "a las historias Boucherot", es decir al proceso que le valió la cárcel a Mme. Talon. Savary se mantuvo en un tono muy desagradable y amenazó a la joven con el exilio. Zoé, como buena descendiente de juristas, no ignoraba que la mejor defensa es un buen ataque. No se sentía inclinada al agradecimiento, pues la policía imperial le había devuelto a un padre inválido y senil. Lejos de dejarse asustar, nos dice Montgaillard,[27] "ella tomó la iniciativa, se quejó de la inquisición que el Emperador pretendía ejercer sobre la vida privada e, invirtiendo la situación, comenzó a someter a un interrogatorio a Savary, que se turbó".

"Enseguida —dice Zoé que lamentablemente no entra en los detalles- –, una cortesía infernal..." Así llama ella al asedio apremiante del ministro. La infernal cortesía comenzó con invitaciones a cenar y a bailar. Las veladas en la casa de Rovigo, donde su esposa, de soltera Félicité de Faudoas, la antigua amiga de Zoé, era una excelente ama de casa, gozaban de mucha fama y desempeñaron un gran papel en la operación de seducción que el ministro de Policía lanzaba contra el *Faubourg*. Los lunes se realizaban cenas, seguidas de una recepción de 400 personas, y "los días intermedios" se tocaba música: apenas un corno y un arpa, y era muy raro, asegura Mme. de Crillon, que uno fuera "reducido" a escucharlos. Los aficionados podían hacer oír sus voces en romanzas de caballería que no hablaban más que de torreones y de hombres de pro, y en rosarios recitados por niñas que se llamaban Hymogine. Curiosamente, casi todas las noches las veladas ofrecidas por el ministro de Policía imperial se terminaban con el canto de Rolando: *"¡Viva el rey! ¡Viva Francia!"* A esas pequeñas mundanidades había que añadir varios grandes bailes cada temporada.

¿Acaso el temor de seguir la suerte de la Chevrette hizo a Zoé más dócil, o rápidamente fue sensible a la "infernal cortesía"? El caso es que accedió a las invitaciones de Savary. Éste, desde su llegada al palacio de Juigné, había demostrado su buena voluntad hacia el *Faubourg* haciendo levantar la vigilancia del abate de Montesquiou e interesándose por la suerte de los hermanos Polignac. Ambos estaban prisioneros en la torre de Vincennes desde el caso Cadoudal; los hizo trasladar a una agradable residencia médica. M. Rivière, inculpado con ellos, fue autorizado a retirarse a sus tierras de Berry. Zoé se apoyó en esas bondades para asumir la defensa del ministro ante Sosthène:

"Madame de Polignac —asegura ella— juró con todas sus fuerzas que el salvador de su marido y de su cuñado no había tenido nada que ver en el cruel acontecimiento que helará de horror a todas las generaciones."

En absoluto helada, Zoé fue a lo de Rovigo y se convirtió en su amante.

Abundaron las hipótesis sobre las razones que los habían acercado. Algunos aseguraron que el ministro sobornó a Zoé con dinero para que espiara en el *Faubourg*, algo que por cierto hacía Mme. Hamelin, pero que habría sido pedir demasiado a la joven. Otros se persuadieron de que el ministro, cumpliendo órdenes (uniendo muy hábilmente lo útil a lo agradable), trataba de obtener la famosa confesión de Favras, que ya nada valía. Era olvidar que Savary, moreno, muy alto, de ojos azules, "bella nariz y rostro ovalado", dice su pasaporte, mentón marcado por un hoyuelo, era uno de los hombres más apuestos de su época, y que Zoé era hermosa. Se gustaron y se olvidaron del resto.

Nacido en 1774, Anne-Jean Savary tenía 36 años, 11 más que la joven, cuando conoció a Zoé. Hijo de un mayor del fuerte de Sedán, ganó sus galones a las órdenes de Custine y luego en Egipto con Desaix. Promovido a ayuda de campo del Primer Cónsul después de Marengo, ya casi no se separaba del amo, que lo empleaba tanto en los campos de batalla como en misiones muy especiales. La más reciente había consistido en raptar a la familia real de España. Consagrado en cuerpo y alma al Emperador, al que pidió seguirlo a Santa Elena, estaba precedido por la más siniestra fama, pero los que tuvieron la ocasión de conocerlo cambiaron casi siempre su primera opinión. "Era mejor que su reputación", resume muy bien Mme. de Rémusat antes de añadir: "Tenía razones para conocer a Bonaparte y temblar ante él." Mme. de Chastenay abunda en el mismo sentido: "No podía decirse que fuese un hombre de ingenio [desventaja atroz en esa época], escribe ella, pero tenía maneras nobles, y siempre pensé que habría deseado que su soberano sometiera su devoción a pruebas menos desdorosas".

Savary, que sabía que era tan temido como detestado, y a quien su esposa engañaba desde hacía tiempo, amó a Zoé sinceramente. Ésta era infinitamente tierna, dulce y alegre (sus cartas a Sosthène —incluso censuradas— así lo prueban). Zoé, en griego, quiere decir "vida", y ella respondía bien a su nombre. Hay que agregar que esa extraordinaria seductora (en 1810 sólo tenía 25 años y, si se puede decir, estaba en sus comienzos) conocía también el arte de no exigir nunca nada, hasta convertirlo en un medio de hacerse más deseable.

Esa mujer joven, venida del otro bando, fue para el duque de Rovigo un regalo del cielo. Varios años después de una relación que duró más de dos y no cesó por su culpa, intentó en repetidas oportunidades reanudarla. Por su parte Zoé, que no tenía más que elegir entre sus pretendientes, se lanzó a una relación que debió ocultar más que cualquier otra (saber a su nuera en los brazos del asesino del duque de Enghien habría matado por lo menos a Suzanne du Cayla) sólo porque se sintió muy enamorada. Ella, que no había tenido en verdad ni padre ni marido, encontró en el amor de un hombre mayor, temido y obedecido el apoyo que siempre le había faltado. Ese apoyo le era particularmente necesario en un momento en que, a causa de la desaparición de su padre, se planteaba, en un plano más material, la cuestión de su independencia. "Ella casi no tuvo más hombres de negocios que el duque de Rovigo", comprueba, un poco amargada, Mme. de Chastenay. El propio Achille du Cayla asegura que Zoé aprovechó "su crédito" para recordar los cerca de 800.000 mil francos que Talon habría pagado en 1800 a uno de los jefes de la policía a fin de obtener la autorización de regresar a Francia. Es verdad que esa coima colosal debió de atravesársele en el estómago al padre e indignar a la hija, que pudo haber aprovechado su relación con el ministro de Policía para hablarle de ella. Se dirá que era mezclar muy torpemente el amor con sórdidas cuestiones de interés, pero Zoé, como verdadera Talon, nunca ocultará conceder gran importancia al dinero. Ella no amaba el dinero por el lujo que podía procurarle, menos aún por sí mismo. No era y no será jamás otra cosa que el medio de obtener y conservar lo que ella llamaba su libertad. En cuanto al apoyo que pudo darle Rovigo en ese aspecto, ella lo negará más tarde ante Sosthène de La Rochefoucauld, quien le pedía cuentas, otra vez tardíamente.

"Recuerdo no sin satisfacción interior, os lo confieso amigo mío, que constantemente me he negado a las ofertas hechas para recuperar nuestra fortuna, a fin de no deber nada a ese personaje", escribe ella con cierta audacia en 1817. Se dirá que, conociendo a Sosthène, aplicaba tal vez el consejo de las Escrituras de responder al necio según su necedad. Conviene agregar que Zoé acababa de conocer al Rey, que ella le había agradado, y que tales emociones producen fácilmente lagunas de memoria.

La relación de Zoé con el ministro de Policía duró desde el verano de 1810 hasta finales de 1812. Fue marcada por un escándalo causado por Félicité Savary, esposa desplazada pero no irreprochable. La ex amiga de Zoé en el pensionado pasaba por ser una de las mujeres más hermosas de la corte. "Habría sido muy bonita, escribe esa peste de Laure, si no hubiese tenido una distancia siempre desagradable entre la boca y la nariz y los dientes completamente picados." Pero, tal como era, había deslumbrado al príncipe de Clary, joven austríaco que se enamoró de ella y la compara (lo que en su pluma era un cumplido) con "un pastel ajado". La impresión provenía tal vez de que la duquesa se esforzaba en parecer rubia siendo morena, lo que deja siempre el pelo en un estado extraño. Poco antes de la boda de Napoleón y María Luisa, Félicité había sido amante del Emperador. Lejos de aprovechar su ventaja, de lo que se asombra Laure (que pasó también muy fugazmente por el lecho consular), había dejado a Napoleón por el general Sébastiani, con quien inició una relación larga y bastante agitada, pues ese hombre muy solicitado era también el amante de la duquesa de Bassano. El Emperador se sintió despechado, y el conde Thiébaut cuenta en sus *Memorias* una escena en la que apostrofó públicamente a Mme. de Rovigo preguntándole "con quién se había acostado esa noche". La reputación de su esposa era a tal punto lamentable que, cuando Savary se quejó al conde Beugnot de lo que le costaban sus siete hijos, éste le respondió:

—No tienes más que enviar a cada uno con su padre y podrás entonces ocuparte de ti mismo.

Félicité, pues, para vengarse de una reflexión que su esposo le hacía sobre Sébastiani, acechó una conversación aparte de los amantes. Zoé estaba sobre las rodillas del duque, quien le preguntaba: "¿Eres feliz?" (lo que no es muy original pero realmente gentil), cuando ella los sorprendió, armada de una jarra de agua que les vació en la cabeza. Un amigo de Pasquier estaba detrás de la puerta, y todo París se enteró. A Zoé le horrorizaba el escándalo. La situación era aún más delicada pues ella esperaba un hijo, que los contemporáneos encontraron parecido "de manera indiscreta" al duque de Rovigo. Los papeles concernientes a ese nacimiento han desaparecido. Según la correspondencia de Zoé, podemos situarlo a finales de 1811 o a comienzos de 1812. El bebé, un varón, fue bautizado con el nombre de Ugoline, siempre en recuerdo del primer señor de Baschi. El conmovedor deseo de mantenerse obstinadamente en la línea de los antepasados, plantea interrogantes sobre el nacimiento en 1806 de Valentine, también llamada Ugoline, en una época en que su madre ya conocía al marqués de Nicolaï, tanto más por cuanto el conde Achille, en la larga queja publicada en 1821 contra su familia, hace remontar "la hipocresía y las intrigas" de su mujer al año 1806, lo que nunca le impidió reivindicar a los hijos de su esposa como suyos.

El escándalo provocado por Félicité y el nacimiento de Ugoline obligaron por cierto a Zoé a la mayor prudencia. No parece que ello bastara para alejarla del ministro de Policía. De hecho, la ruptura corresponde a una enfermedad que puso a Suzanne du Cayla al borde de la muerte. ¿Se enteró ésta de la verdad y ese conocimiento la precipitó al ataque que estuvo a punto de costarle la vida, o Zoé, temiendo por la salud de quien amaba como a una madre, sintió, si no remordimientos, al menos la necesidad de romper una relación particularmente escandalosa? El caso es que su preocupación fue muy grande y que convocó a todas las eminencias médicas de la época a la cabecera de la enferma:

> *Anoche vimos a Pelletan* —escribe ella a La Rochefoucauld—. *Comenzó a sufrir mucho a las once; a la una, nuevas angustias. No es vida verla sufrir. A las dos, estaba más calmada; a las cuatro, otra vez la angustia. Ahora son las ocho; ella sufre.*
>
> *Portal sale de aquí; ella tiene grandes dificultades para hablar.*
>
> *Lo he intentado todo; escribí rogando a Bourdois que venga; lo estoy esperando. ¡Si no es de piedra, vendrá pronto! Rezad por mí, amigo mío, el valor no es suficiente. ¿Qué hará ese Bourdois?*

Finalmente, muerta de fatiga por haber velado tanto (más aún porque el pequeño Ugoline tenía tos convulsa), pudo escribir:

> *Mamá está bien, absolutamente bien; para mí es un bálsamo repetirlo veinte veces. Seguramente haré con gusto esa peregrinación.*

La desaparición de Savary de la vida de Zoé parece ser el resultado de un sacrificio. Es tanto más probable por cuanto en esos momentos la vida de su hermano preocupaba a la joven. Las noticias del frente eran lúgubres:

Tengo noticias de mi hermano del 14 en Kowno. ¡Cuánto sufrimiento! El señor conde de Mortemart está muy enfermo... Monsieur de Castries ha sido hecho prisionero. Monsieur de Flahaut tiene una ligera herida en la cabeza. Se teme a los rusos en Varsovia.

Tengo noticias de mi hermano del 4. Ha sido él otra vez quien sostuvo a Roberto de Sainte-Croix cuando le cortaron la pierna. Era el último hermano del que fue asesinado en una fragata y del joven general muerto en España.

Zoé permaneció en Courtreux hasta el final del verano de 1812, cuidando a su suegra, a su hijo, al anciano marqués de Jaucourt, también él bastante enfermo, y acechando las noticias de Polonia. Allí se enteró de que Savary había sido arrestado durante el golpe intentado por el general Malet a finales de octubre de 1812. Ese fantástico episodio encantó al *Faubourg* y asustó con motivo a Napoleón, pues un exaltado, por entonces en una casa de salud, disfrazado de general y con un documento falso, había estado a punto de derrocar al gobierno. Despertado en plena noche, el ministro de Policía había sido conducido a la prisión de la Force. No intentó resistir, e hizo bien, pues el general Hulin, comandante general de París, que trató de pedir explicaciones, recibió un disparo a quemarropa. El asunto fue parado por un coronel que tuvo la idea de verificar las firmas. Todo París se sacudió de risa. Se reían especialmente del temible jefe de la policía raptado por los conspiradores y que, a partir de entonces, comenzó a ser llamado duque de la Force. Félicité mereció también los honores de las comidillas. En su desesperación, salió de su habitación muy escasamente vestida e intentó arrancar a su esposo de manos de los raptores. Al día siguiente, los parisinos comentaban que, en ese asunto, “Madame Savary fue la persona que tenía mejor aspecto”.

En la época en que se interrumpía la relación de Zoé y Savary, el *Faubourg* comenzó a encontrar menos encantador al ministro de Policía y ya no fue tan asiduo a sus recepciones. Era como si, al ganar y perder a la condesa du Cayla, el duque de Rovigo hubiese ganado y perdido a los de su partido. El mal humor por haber sido burlado durante la conspiración del general Malet (sin hablar de la reprimenda del Emperador, que regresó a toda prisa del frente) y los desastres sufridos por el Gran Ejército, impulsaron al ministro de Policía a tomar medidas contrarias al *Faubourg*, antes tan mimado.

Desde su llegada al palacio de Juigné, Savary había concebido un vasto "plan de estadísticas morales y personales" concerniente a todas las familias importantes del Imperio. La implementación de esa red de información fue confiada a los prefectos. Sólo el de Indre-et-Loire tuvo la idea de deshacerse de tan pesado trabajo, haciendo llenar las fichas a los propios interesados... Uno de los objetivos perseguidos por Rovigo era la fusión de la antigua y de la nueva nobleza por medio del matrimonio. Por consiguiente, en una segunda etapa, se encargó a los prefectos el relevamiento del nombre de todas las herederas de sus departamentos, en el que debía indicarse: la edad, el monto de la dote (¡y las esperanzas!), las cualidades morales, los principios religiosos, la gracia natural y, llegado el caso, las incapacidades de la joven (hacía falta sin duda una dote considerable para compensar un pie deforme o una escasez constitucional del pecho). Evidentemente, la idea era reservar los mejores lotes para los servidores del régimen. En cuanto fue conocida, esa "conscripción de señoritas" desató una ola de compromisos matrimoniales y de bodas en toda Francia, apresurándose muchos padres a casar a sus hijas a su gusto antes que les impusieran un yerno. Una rica lionesa, Pierrette Delglat, fue comprometida así sin la autorización de la policía. El prefecto del Ródano recibió de inmediato esta carta del ministro:

> *Ya no hay hoy en Francia suficientes partidos de la importancia de mademoiselle Delglat que puedan ser reservados a los servidores del Emperador.*[28]

El *Faubourg* estrechó filas y casó a sus señoritas.

Savary continuó interviniendo en asuntos muy personales, y ordenó que todos los sirvientes que trabajaban en París se inscribieran en una oficina de la policía donde se les entregaría un carnet. Los amos se convencieron de que el objetivo era vigilar a las familias instalando espías a domicilio, y el decreto fue mal recibido. Fiévée se hizo eco de las protestas: "No pedimos a la policía que intervenga para hacer a nuestros servidores respetuosos, probos y atentos. Podemos pedirle en cambio que no los corrompa pagándoles para revelar los secretos de sus amos".

Por consiguiente, el *Faubourg* rehusó someterse a esas formalidades. La medida tampoco fue muy bien recibida por los partidarios del régimen, entre los cuales el ministro de Policía no tenía más que amigos. La reina Hortense, persuadida (y con razón) de que él transmitía al Emperador las menores peripecias de su relación con Flahaut, no podía soportarlo:

> *El duque de Rovigo* —escribe ella en sus Memorias—, *no parecía ocuparse más que de recoger los menores detalles de la vida de cada uno. Hacía su investigación policial él mismo, quería ser el confidente de todas las damas, las indisponía entre sí, contaba historias verdaderas o falsas, hacía visitas toda la mañana y si, en un paseo por el Bois de Boulogne, una mujer rodeada de sus hijos, de sus amigas, hablaba con un hombre y veía al duque de Rovigo se creía perdida. Nuestras damas jóvenes huían de él y pretendían que las comprometía adrede para hacer olvidar a la que lo tenía sujeto y que la sociedad atacaba vivamente.*

A pesar de los esfuerzos de Rovigo para alejar las sospechas, la causante del escándalo era, desde luego, Zoé. Hortense debía a Savary al menos el haberse reencontrado con su amiga de la infancia en las brillantes recepciones del ministro de Policía. Rota la relación de Rovigo con Zoé, ésta volvió a tomar con toda naturalidad el camino de la calle Cerruti,[29] donde se hallaba el palacio del rey de Holanda al lado de los de Fouché y de Savary. Ambas jóvenes acababan de tener un hijo de sus amantes.[30] El vínculo entre las amigas volvió a ser tan íntimo como para que Zoé fuese recibida por la mañana, como antaño, antes de la hora de visitas, y cenara por la noche a solas con la reina:

> *En general, voy por la mañana* —escribe a Sosthène en 1813—. *La noche en que cené, me quedé hasta las diez y media. Ella comió absolutamente sola. Sin lacayos, nos servíamos nosotras mismas. Más tarde vino monsieur de Flahaut y tres o cuatro personas; ella le pidió que cantara y cantó ella también.*

¿De qué podían hablar las jóvenes cuando se encontraban solas? Simplemente de los maridos que envenenaban sus vidas:

"Hablábamos del miedo al rey de Holanda", confía Zoé, lo que significaba: del miedo que inspiraba el Rey. La tiranía conyugal de Luis ya no tenía límites. Para paliar los ataques de parálisis debidos a la sífilis, Corvisart le había recetado, a fin de provocar una erupción "que liberara la acritud oculta", acostarse entre sábanas quitadas a un sarnoso y envolverse en su camisón. "Luis exigió que nada cambiara en sus costumbres con su mujer", precisa Mme. de Rémusat. Fue necesario que Corvisart advirtiera al Emperador y que éste impartiera una orden expresa para que Hortense fuese librada de las sábanas del sarnoso. Otro ejemplo: cuando los esposos viajaban, Luis acostumbraba ordenar que se partiera a las cuatro de la mañana. La Reina se levantaba entonces antes de las tres para no hacer esperar a su esposo. Cuando ella estaba lista, éste hacía saber que no se marcharían hasta las ocho.

En junio de 1813, Hortense partió a tomar las aguas de Aix, mientras que Zoé prefirió Vichy. Durante un paseo, una dama de honor de la Reina, Adèle de Broc (anteriormente la Adèle Auguié del pensionado), se mató al cruzar una cascada. Savary aprovechó la ocasión para reflotar un antiguo proyecto e intentar dar a Zoé el puesto vacante, lo que le brindaría así la ocasión de recuperarla. No parece que ella haya estado dispuesta a dar ese paso y a entrar oficialmente al servicio del Emperador. Por su parte, Hortense temía que Savary tratara de interrogar demasiado a su amiga. Mlle. Cochelet, lectora de la reina Hortense, cuenta así la entrevista del duque de Rovigo y de la Reina a ese respecto:[31]

—Es a vuestro lado donde las recalcitrantes del *faubourg* Saint-Germain se acomodarían mejor y se sentirían a gusto —aseguraba el ministro—. Es necesario nombrarlas sin consultarlas, pues de otro modo sus familias las apenarían con su negativa. Ellas desean poder decir: "A mí también me forzaron". Tened en cuenta a Mme. du Cayla. Es la mujer que más os conviene: fue educada en Saint-Germain, es encantadora, llena de talento; no podríais hacer mejor elección.

—No —respondió la Reina—. No quiero obligar a nadie a estar a mi lado; ni siquiera que pueda parecer eso a los ojos de alguna familia.

Las interesadas eludieron pues hábilmente la trampa; Zoé siguió siendo simplemente la amiga de Hortense y Savary perdió su tiempo. Tanto como el vizconde de La Rochefoucauld, que aguardaba su hora con mayor o menor paciencia:

"¿Mi manera de amar merece también que se me haga sufrir?", pregunta el desdichado a finales de 1812.

A decir verdad, la manera de amar de Sosthène de La Rochefoucauld era muy especial. Acosaba a Zoé con cartas cotidianas y desarrollaba hasta el delirio la idea de que podía existir una amistad casta y pura entre ambos sexos, idea que calmaba tal vez su escrupulosa (y tortuosa) conciencia. No eran más que juramentos "por la lealtad de los antiguos caballeros" y lamentaciones porque "el mundo no cree en esa clase de amistad". Mme. de La Rochefoucauld tampoco creía en ella. Cuando su esposo le mostró el largo tratado que se había tomado el trabajo de escribir sobre el tema, ella le respondió secamente que "esa clase de amistad es imposible y casi siempre imaginaria". La pobre mujer, que sabía muy bien a quién iba dirigida esa loca amistad, tuvo vértigos, desmayos y ataques de nervios. Los padres de Sosthène consultaron a Corvisart y pidieron a su hijo que se consagrara un poco menos a la amistad y un poco más a sus deberes de esposo. Sorprendido, el vizconde se confía a Zoé:

> *Sin poder dudar de ningún modo de mi afecto, me encontraban culpable. Confieso que me conmovía vivamente ver a madame de La Rochefoucauld, causa inocente de todo esto, sufrir conmigo y por mí. Un sentimiento tan amable como el suyo y que comparto vivamente haría soportar muchas cosas.*

Sin embargo, el vizconde no estaba curado de ese extraño proselitismo. Como los La Rochefoucauld no sabían apreciar la belleza de su tratado sobre la amistad, intentó someterlo a la aprobación de la condesa Suzanne du Cayla, todavía en cama:

"¿Ha leído vuestra señora suegra lo que he escrito sobre la amistad? Puedo mostrar sin temor todo lo que tengo en el alma", pregunta a Zoé este amigo, del que decididamente no se salva nadie. La enferma, un tanto sorprendida, se vio obligada a leer largos desarrollos sobre "el silencio impuesto a las pasiones" y consejos tales como: "Habituaos a no ver en vuestra amiga más que el alma: el alma no tiene sexo en relaciones de esta índole".

El resultado fue que la condesa du Cayla tendió a limitar las visitas de Sosthène a Courtreux. Sin desalentarse, éste logró hacer prestar a Zoé, en una extraña ceremonia, el juramento que habría de sellar esa amistad mística:

"Tomamos como emblema una tumba —cuenta él en sus *Memorias*—, con esta divisa: "Aquí renace lo que es puro"; y compuse la siguiente plegaria:

"¡Dios todopoderoso!, ¡bondad inagotable!, cubre con tu sombra protectora a estos dos amigos que te imploran.

"Tú conoces sus necesidades; ellos temen a las nubes que pueden sujetarlos a la tierra, y te ruegan que sus almas sean puras como el más bello cielo."

Zoé juraba todo lo que Sosthène quería. Amaba la amistad, la pureza y creía en el cielo. Y, además, nada vale tanto como un enamorado frenético para llamar la atención y ocultar a otro. Acababa de conocer en la casa de Hortense al hombre más codiciado del Imperio. Amante (entre otras) de Pauline Borghese, de Désirée Bernadotte, princesa de Suecia, de la duquesa de Abrantes, de la reina Hortense y de la reina Catherine de Wurtemberg, Maurice de Balincourt coleccionaba éxitos femeninos y, hay que decirlo, los suicidos de las despechadas (que eran también una especialidad de Corvisart) como otros coleccionan medallas militares. Laure, a quien volvió completamente loca (pero loca de atar), lo llamaba "el favorito de las artes, el rey de las fiestas, el niño mimado de los reyes de la tierra" (habría sido más exacto decir de las reinas). En la primavera de 1813, mientras Sosthène dibujaba pequeñas tumbas disertando sobre la amistad, Maurice de Balincourt, descendiente del duque de Elbeuf, y Zoé du Cayla iniciaban la más discreta y deliciosa de las relaciones.

Fue en el palacio Cerruti donde Zoé conoció a Maurice de Balincourt, exactamente en la habitación tapizada con cachemira blanca con bandas de oro, donde la rubia Hortense, vestida de blanco, recibía a sus íntimos. Era normal que en ese océano de leche se destacara la morena belleza de Zoé. Los visitantes habituales de la cámara blanca eran el conde de Flahaut, amante de la Reina, y, desde hacía poco, su primo, Maurice de Balincourt, al que Flahaut llevaba para hacerle olvidar preocupaciones justamente merecidas.

Todo había comenzado en el verano anterior. Mientras en el castillo de Courtreux, transformado en enfermería, Zoé atendía a su suegra, a su hijo y al anciano Jaucourt, todo París estaba en Aix. Todo París significaba la corte, la ciudad, el teatro. La señora madre del Emperador estaba acompañada por su hermano, el cardenal Fesch, su hija Pauline Borghese, a su vez flanqueada por Talma, el amante de turno, por su nuera, Julie Clary, esposa de Joseph, por entonces rey de España, y por la hermana de ésta, Désirée, princesa de Suecia, a la que no abandonaba su dama de honor, Mme. de Flotte. Se sumaban la duquesa de Abrantes, que seguía la cura para tratar una "debilidad del píloro", y hasta Josefina, a la que todos encontraban avejentada y fea.

Desde luego, por la mañana se tomaban las aguas, minuciosamente dosificadas por una cohorte de médicos. Por la tarde, las damas en palanquín, el sombrero de Pauline adornado con gigantescas plumas rojas, iban a pasear a Hautecombe. También navegaban en el lago, donde Talma, aferrado al mástil, recitaba *La Tempestad* de Shakespeare. Por la noche, en la villa de Pauline, el pobre hombre seguía declamando, apretando en sus manos los almohadones del salón que arrojaba al suelo con gritos salvajes. Brillantes viajeros llegaron a distraer a los veraneantes, como Byron, al que Laure compara con "una víbora en su seto" (él la trata de "rana sentimental"), y Lamartine, sobre el que la duquesa de Abrantes da este juicio definitivo: "Es un corazón de algodón en una cabeza de viento".

Sin duda, esas pequeñas asperezas revelaban el aburrimiento. Afortunadamente, el 17 de agosto llegó a la casa de la reina de España un oficial, su chambelán. Maurice de Balincourt había sido el amante de la princesa de Suecia, pero Désirée se había puesto enorme "formando tres esferas rodantes superpuestas", aclara Laure. Él la dejó entonces por su dama de honor, Mme. de Flotte. Ese oficial particularmente fogoso tenía 23 años. La condesa Merlin nos lo describe "alto, elegante, de pelo rubio y abundantes; su frente muy estrecha le da cierto aspecto leonino". El hombre-león tenía también ojos "azul acero", aire insolente y una gran fortuna. Laure fue herida por el rayo. Se arrojó a su cuello y él cayó en sus brazos el 10 de septiembre de 1812, fecha imposible de ignorar pues ella se la recuerda en todas sus cartas. Esa pasión frenética adquirió de inmediato, en la duquesa de Abrantes, una forma claramente histérica. Tomó una pluma de oro y se rasguñó un brazo para escribir con su sangre un juramento de fidelidad que terminaba así:

"Sí, Maurice, o vos o la muerte."

Era como para asustar a un joven que no pedía tanto. Terminada la temporada veraniega, el hombre-león se sintió feliz de regresar a Mortefontaine, donde lo esperaba su servicio junto a la reina de España, y de volver a encontrarse con Mme. de Flotte, de quien Laure deja este furioso retrato: "Una mujer alta y angulosa, de piel horrible, de modales groseros". Desesperada, la duquesa trató de estimular al infiel recordando su relación con Metternich: "¡Lloro lágrimas de sangre por mis errores pasados, mi muy amado!", escribe. Balincourt comenzó a pensar que, en materia de errores, él había cometido uno mayúsculo, y tuvo la confirmación cuando Laure, delirante de alegría, le anunció en diciembre que esperaba un hijo. Aterrado, el futuro padre espació sus visitas al palacio de los Champs-Elysées y no escribió más. El 19 de diciembre, la abandonada, medio loca, se precipitó a Mortefontaine, donde, ante los ojos de la reina de España y de su corte, hizo un escándalo tan terrible que los registros de la escena existentes en el Ministerio de Policía fueron destruidos por orden del Emperador. De regreso en su casa, la duquesa escribió noblemente al amado:

> *Me sacrificaré por tu seguridad y tu tranquilidad. Adiós para siempre. Al no poder ser tuya, pertenezco a la tumba. Consuela a mis hijos. Ellos no sabrán que tú eres mi asesino.*

Enseguida tragó el contenido de un frasquito de láudano que no digirió demasiado mal. La "rana sentimental" hasta encontró fuerzas para enfrentar a Napoleón, quien, furioso, quería exiliarla a cuarenta leguas de París.

—¿Os creéis acaso inteligente? —tronó el Emperador.

—No creo tener una inteligencia fuera de lo común, pero no me considero una imbécil —respondió dignamente la rana atiborrada de láudano.

Corvisart curó a la moribunda, que no carecía de aliento, mediante baños de carne. La duquesa debía entrar en una tina llena de patas y costillas de ternera todavía humeantes, de las que se esperaba que la epidermis extrajera fuerza y alimento. El tratamiento duraba 15 días y era necesario no comer nada durante ese tiempo. Con ese régimen, los gritos fueron menos furibundos. Para los ataques de nervios y las múltiples convulsiones, la eminencia médica recurrió al viejo "opium gomex". Savary renunció a hacer ejecutar la sentencia imperial: sin duda se compadeció. En febrero, Junot regresó de Polonia en un estado lamentable. Gordo, el rostro embrutecido, vestido con negligencia, el espadachín había rehusado combatir en Smolensko. Cuando el duque de Abrantes fue enviado a Venecia, Balincourt propuso a Laure una amistad fraternal. Ella rugió:

"Tú eres mío y de ninguna de ellas. Eres mi bien, el padre del ser que llevo en mí".

Entonces fue cuando a Flahaut se le ocurrió llevar a su primo al palacio Cerruti, lo que tal vez no fue una excelente idea. Hortense, al piano, cantaba: "Suspirando vi nacer el amor" (romanza de su autoría) con tanta insistencia que, al parecer, Maurice cedió una vez más. Flahaut lo tomó muy mal y Laure fue puesta al corriente. Redoblaron los gritos y las súplicas. Cansado muy pronto de Hortense, Maurice se fijó en Zoé, quien por entonces frecuentaba a diario el palacio de la reina de Holanda. Hasta había llevado a Valentine a un baile infantil el 1 de enero. La risa, la alegría, la discreción de Zoé eran para Balincourt un cambio total de los aires melancólicos de Hortense y de las amenazas de Laure. En fin, lejos de saltarle al cuello, la joven le dejó todo el placer de la conquista, placer del que era privado con demasiada frecuencia. Esa conquista parece haber culminado en el gran baile que Hortense dio el 17 de febrero de 1813. Felices el uno con el otro, ocultándose de todos, los enamorados pasaron una primavera exquisita. Nunca Zoé debió visitar tanto a sus proveedores o a sus "hombres de negocios". La joven, conmovida al descubrir que lograba hacer sentar cabeza a ese bello atolondrado, no reclamaba nada. Balincourt no quiso que el verano los separara. Zoé debía llevar a su suegra convaleciente a Vichy. Maurice alabó a la reina Julie las virtudes de las aguas de Auvernia con tanta insistencia, que la Reina, que se aprestaba a ir a Aix como el año anterior, puso proa a Vichy. Lamentablemente Laure fue puesta al corriente por Savary, quien, siempre enamorado de Zoé, seguía el asunto de cerca. El 8 de junio ella escribía al joven, ocupado en preparar sus maletas:

"Maurice, no logro saber la verdad sobre vos, en relación con vuestro viaje a las aguas. Hace algunos días me enteré de detalles más que evidentes de vuestra relación con madame du C... No soportaré ese tormento", etc. Siguen largas consideraciones sobre "el corazón que ha sido roto con la más fría y cruel barbarie".

Balincourt vaciló, temiendo una nueva toma de láudano. Pero Rovigo, quien también sufría mil muertes, encontró un pretexto para retenerlo en Mortefontaine. La reina Julie partió pues sin su chambelán. Ese año, gracias a una historia de amor, Vichy estuvo muy cerca de destronar a Aix. Se vio allí, acompañando a la reina de España, al conde Daru, al marqués de Jaucourt, hermano de Suzanne du Cayla, así como al conde y a la condesa de Saint-Jean-d'Angély. En medio de esa encantadora compañía, Zoé estaba triste:

"Suelo tener momentos malos —confía a Sosthène [a quien la familia de La Rochefoucauld había empujado prudentemente a Aix, en compañía de su esposa]—, me quedo en mi rincón, un poco abatida, dolorida, y, si permanezco muda, no merezco crítica sino compasión. Hace mucho que no me encontraba en este estado de total decaimiento".

Hacía mucho, en efecto, pero la decepción era grande. Felizmente, esa melancolía pasajera pronto desaparecería, no por la bondad de las aguas sino porque, escapando de los gritos de Laure y de la vigilancia de Rovigo, Balincourt llegó a Vichy. A partir de entonces, las cartas de Zoé cambiaron de tono:

"¡Llegan Isabey, Spontini y Garat! Nada es más brillante que Vichy. Hay conciertos donde canta madame Regnault", escribe la joven, que, siempre bondadosa, se toma el trabajo de tranquilizar a Sosthène, que ha oído hablar de la llegada de Balincourt:

"En cuanto a monsieur de B., está muy ocupado aquí y estaríais muy contento de mi posición frente a él".

Nada es menos seguro... pero la felicidad siempre ponía a Zoé encantadora con su amigo. Cuando éste, trastornado, le comunicó el fallecimiento accidental de Adèle de Broc, muerta al cruzar una cascada, ella le respondió gentilmente: "Tal vez se habría salvado si os hubierais encontrado cerca de ella". Después de lo cual, se iba de excursión con "monsieur de B".

Mientras los amantes admiraban los castillos de Auvernia, la suerte se encarnizaba con la duquesa de Abrantes. A finales de junio, Laure se enteró de que su esposo se había vuelto loco. Enviado a Trieste, Junot tuvo caprichos cada vez más inquietantes, como hacer tocar a rebato y movilizar a dos batallones para matar a un ruiseñor en su jardín, o, al finalizar un banquete oficial, vaciar ante los sorprendidos invitados un frasco de éter sulfúrico luego de hacer un brindis. Finalmente, se hablaba de ese baile de Ragusa en que el duque de

Abrantes había recibido a sus invitados de guantes blancos, sus condecoraciones colgadas del cuello, el sable en una mano, el sombrero empenachado en la otra, y totalmente desnudo. Debieron amarrarlo y arrojarlo dentro de un coche. Se rompió una pierna tratando de escapar y, debido a una infección, había muerto el 29 de julio. Laure acababa de traer al mundo un bebé muerto.

Al saber esas noticias, Balincourt, a su vez, se compadeció. Abandonó Vichy, regresó a Mortefontaine y volvió a ver a Laure, quien le pidió dinero. Junot sólo dejaba deudas. Caballerescamente, él la ayudó. Llegó a Mortefontaine la reina Catherine de Wurtemberg, quien reinaba con Jerôme en Westfalia. "Ella intentaba agradar y lo conseguía", dice Mme. de Rémusat. Maurice nunca había podido resistirse a una Reina. Catherine se quedaría hasta el invierno. En agosto, dio a luz un varón: Jerôme-Napoléon-Charles, sin duda medio hermano de la hija que Laure tuvo al año siguiente y que no vivió. Arruinada, la duquesa abandonó su hotel y se refugió en Champigny adonde Balincourt la siguió, como aspirado por el abismo. "Es una especie de náufrago de la pasión, un rezagado del amor que sigue cojeando el camino que le traza su imperiosa amante. Ella le ha hecho perder su libertad y pronto le hará perder parte de su fortuna. Él sabrá lo que cuesta haber sido 'distinguido' por ella", escribe Jules Bertaut.[32] Ese calvario duró varios años. Liberado (Laure había "distinguido" entonces al joven Honorato de Balzac), se casó en 1824 con Euphrosine de Lisleroy. El contrato fue firmado en el palacio de las Tullerías en presencia de Su Majestad Luis XVIII.

Tras la partida de Balincourt, Zoé conoció de nuevo la tristeza, pero ella no pedía a la vida —ni a un muchacho de 23 años— más de lo que podían dar. "He nacido razonable, y sólo sé ver las cosas tal como son", escribió a Sosthène. Éste, sintiéndola melancólica, le propuso ir a verla al volver de Aix, y ella aceptó: "Si madame de La Rochefoucauld tuviese la bondad de venir, tendría la misa mayor a las diez". Mme. de Rémusat, que la vio entonces, cuenta:

"Pasé una hora con la joven madame du Cayla. Conversamos mucho; ella siente como yo deseos de ser un poco devota".

A finales del verano de 1813, Zoé necesitaba el amor de Dios para olvidar la fragilidad del amor de los hombres y para suplicar que se salvara su hermano, lanzado a la gran carnicería de la guerra.

"Mejor no acostumbrarse a la felicidad; es muy esquiva", escribe Zoé al regresar de Vichy. No sólo debía curar la herida dejada por la partida —y el abandono— de Balincourt, sino que la guerra, con la que se vivía desde siempre, tomaba mal cariz. En la primavera se habían pregonado mucho las victorias de Lützen y de Bautzen, pero en el otoño, en Leipzig, las naciones pisoteadas desde hacía diez años habían levantado la cabeza. Unidos en una batalla que duró tres días, aconsejados por Bernadotte, los aliados aplastaron a Napoleón. Un ejército de 700.000 hombres había cruzado el Niemen en junio de 1812; sólo 40.000 se reagruparon en el Rin en el otoño de 1813. Denis Talon estaba entre ellos. Zoé lo supo al volver a París:

"Ayer recibí una larga carta de mi hermano del 12", cuenta a Sosthène. "No sólo no tiene la baja; tampoco un permiso ni la posibilidad de pedirlo. Se encuentra a veinte leguas de Maguncia. Los emperadores y reyes están muy activos en Francfort. Habrá un gran reclutamiento para defender el territorio."

El reclutamiento, con un ritmo más y más acelerado, era la angustia de todas las familias. Después del desastre de Rusia, se había enrolado en masa a los jóvenes de familias nobles, equipados y montados por su propia cuenta. Esa caballería gratuita combatió además con coraje, pero, sin embargo, "el reclutamiento de los guardias de honor, más que ninguna otra medida, contribuyó al odio que surgía por todas partes contra Bonaparte".[33]

Como el odio no era el lado fuerte de Zoé, utilizó sus fuerzas para multiplicar las gestiones en favor de uno de sus sirvientes, quien ya tenía dos hermanos en el ejército y debía alimentar a seis hermanos y hermanas menores, una de ellas inválida.

"Mi pobre Casimir sólo os tiene a vos como apoyo", escribe. "El sirviente de madame de Périgord, huérfano como él, y el mayor de seis hermanos, ha obtenido una dispensa absoluta. Dos años más y serán cuatro en el ejército."

Como el vizconde de La Rochefoucauld no intervino suficientemente rápido, Zoé, acompañada por la duquesa de Duras, fue a abogar por la causa de Casimir ante el prefecto de Amiens. El reclutamiento resultaba tan despiadado que algunos convocados se mutilaban para evitar partir; otros se escondían; todos desafiaban a la muerte.

No parece que la joven haya podido arrancar a su protegido de las garras de Moloc:

"Ayer —cuenta ella—, dos conscriptos que llegaban con otros trescientos se arrojaron al río. Mi pobre Casimir vio cuando los sacaban muertos. Él sólo teme por sus hermanos y hermanas, que no tienen otra esperanza que provocar la compasión de los transeúntes".

El buen corazón de Zoé la impulsaba igualmente a acercarse a Hortense: "La reina está preocupada por el regreso de su marido; su hermano estuvo a punto de morir", escribe. Con sus esposos déspotas y sus hermanos expuestos a los peligros de la guerra, las jóvenes tenían las mismas preocupaciones. Sosthène, que había conocido a Hortense el verano anterior al ir a presentarle sus condolencias por la muerte de Adèle de Broc, acompañó varias veces a Zoé a visitar a su amiga. Ello le permitió hacer leer a la Reina sus líneas sobre la amistad. Cuando salía de los salones del palacio Cerruti, el vizconde de La Rochefoucauld tenía ocupaciones que habrían desagradado a Hortense. Con sus amigos, pegaba todas las noches debajo de la estatua del emperador, en la plaza Vendôme, un cartel donde se leía: "PASAD RÁPIDO, VA A CAER".

El fin del reinado napoleónico parecía, en efecto, inevitable. "Se acercaba la caída del Imperio y cometíamos la torpeza de no estar aterrados —recuerda Mme. de Boigne, antes de agregar—: Sin embargo, es justo decir nuestra excusa: el yugo de Bonaparte se volvía intolerable. Amigos y enemigos, todos se sofocaban bajo su mano de hierro. Francamente, era detestado; cada uno veía en él el obstáculo para su tranquilidad y la tranquilidad se había convertido en la primera necesidad de todos."

Por supuesto, el primero en levantar la cabeza fue el *Faubourg*. Zoé y sus amigos copiaban y distribuían volantes, firmados LUIS, con el siguiente texto: "El rey se compromete a respetar títulos y grados", o mejor aún: "El rey sabrá reconocer el celo de cada uno pero no sentirá odio por nadie". Se usaban y se obsequiaban anillos y medallones grabados: *Domine salvum fac regem*. Algunos autores mencionan un viaje de Zoé a Hartwell en el verano de 1813. Como emisaria del *Faubourg*, habría ido a tranquilizar al rey de Francia sobre la fidelidad de sus súbditos. No hay rastros de ese viaje en ninguna parte. En el verano de 1813, Zoé no salió de Vichy, y los viajes a Hartwell fueron muy pocos, por la sencilla razón de que los emisarios corrían tantos riesgos como en pleno Terror: los que eran sorprendidos, como

Armand de Chateaubriand en 1809, eran fusilados en la llanura de Grenelle. Así se limitaba considerablemente el deseo de cruzar el Canal de la Mancha. Sólo Alexis de Noailles, el bailarín de la fiesta de Cuaresma de Zoé, fue a Hartwell en 1812 y luego en enero de 1813, a decir al rey que no se lo olvidaba. Es probable que, si en el *Faubourg* hubiese nacido la idea de enviar un emisario a Luis XVIII, no se habría elegido a una mujer; menos aún a la hija de Omer Talon. Sin contar con que la joven condesa du Cayla estaba lejos de ser una fanática en política: la mayor parte de sus cartas no se ocupan del tema. Si dejamos de lado su muy justa preocupación por Denis, podemos decir que Zoé, al copiar sus volantes, "esperaba con el corazón tranquilo el cumplimiento de sus deseos".

"El año 1814 fue uno de los más extraordinarios de la historia de Francia", escribe Philip Mansel en su biografía de Luis XVIII. Es exacto, aunque 1815, con el período de los Cien Días, sale también de lo ordinario.

A principios de enero, 250.000 hombres invadieron el territorio de Francia. Tres ejércitos convergieron sobre París, que muchos abandonaron. Zoé se quedó en la capital. El Emperador, llamando sin cesar a nuevas tropas y hasta a niños, luchó en vano para impedir que se cerrara el cerco y perdió otros 40.000 hombres. Pronto París vio llegar, muertos de hambre, a menudo heridos, a los soldados que escapaban de la batalla. Luego la población de los alrededores buscó refugio llevando sus vacas y corderos.Todo el mundo se quedaba en su casa; las elegantes ya no paseaban en calesa. El lunes 30 de marzo se oyó el cañón. Las colinas de Montmartre, donde Marmont resistía, estaban rodeadas de las humaredas de la batalla, mientras que, en el patio de los Inválidos, 1.600 banderas tomadas al enemigo desde 1792 eran quemadas apresuramente. Zoé ordenó hacer provisiones, cerrar puertas y ventanas. Se mostraron barricadas en todas las puertas cocheras. Se temía las represalias, y no sin razón: se sabía que el emperador Alejandro estaba en Bondy, y Moscú había sido incendiada; Smolensko también. La noche del 30 al 31 de marzo fue notablemente clara y el cañón calló. En la mañana del 31, los aliados entraron en París, y el pueblo, al principio sobrecogido, los recibió con una extraña mezcla de curiosidad, de alivio y de alegría.

Desde la mañana, jóvenes realistas a caballo recorrieron los bulevares haciendo caracolear sus cabalgaduras. Entre ellos, Sosthène de La Rochefoucauld y Denis Talon, Maurice de Balincourt, el duque de Fitz-James y el vizconde de Osmond, hermano de Mme. de Boigne. Cubiertos de escarapelas blancas, los jinetes gritaban: "¡Viva el Rey! ¡Vivan los Borbones!". A buena distancia, seguían 6.000 hombres de la guardia imperial rusa y del ejército austríaco. El cortejo siguió por los bulevares hasta llegar, por la plaza Vendôme, a los Champs-Élysées. En la plaza Luis XV, Sosthène arengó a la multitud. Arrastrando a dos o tres mil personas hasta el pie de la columna Vendôme, hizo pasar una cuerda alrededor de la estatua de Napoleón y ésta fue derribada en medio de los aplausos. Ese acto desagradó soberanamente al duque, su padre, quien, prefiriendo seguir los acontecimientos en vez de precederlos demasiado, exclamó:

—Nada se ha ganado todavía, y habéis comprometido definitivamente a vuestra familia.

Fue en el centro mismo de la plaza Luis XV que Zoé, acompañada por el duque de Doudeauville y la vizcondesa de La Rochefoucauld, aplaudió, gritó y saltó como los demás, lo que le valió el amargo reproche del príncipe Eugène, a quien había conocido en su primera visita a Hortense. Esta interesante conversación nos es contada por la lectora de la reina.[34]

—Olvidar que sois mujeres bien educadas —exclamó el ex enamorado de Zoé—, que sois francesas; salir a recibir a un ejército extranjero, festejarlo, besarlo, sus ropas manchadas por la sangre de franceses. ¡Ah!, decidme que habéis perdido la cabeza para que pueda comprenderos.

Zoé no era mujer que aceptara reproches. Tuvo la delicadeza de no hacer notar al príncipe que, si él no hubiese ayudado a imponer durante años el yugo francés a países extranjeros, no se habría llegado a esa situación.

—No habríamos logrado mover a nuestros reyes sin esto —dijo la joven—. El fin justifica los medios. Sabed que, sin nosotros, los soberanos extranjeros no se pronunciaban. Hemos ganado nuestro proceso pagando con nuestras personas.

El fin que justifica los medios era un viejo principio taloniano al que Zoé se mantuvo fiel toda la vida. Por lo demás, tenía toda la razón. El emperador de Rusia, el rey de Prusia y el emperador de Austria no tenían ninguna prisa en restaurar a "sus queridos primos

Borbones" en el trono. Fueron necesarias todas las intrigas de Talleyrand (que había fingido abandonar París para reunirse con el Emperador y se había dejado detener muy oportunamente en las barreras) y las manifestaciones de los parisinos para convencerlos.

Fue una extraña primavera la de 1814. Austríacos, rusos y prusianos marchaban por las calles de París, y sin embargo la impresión era la de una liberación. Napoleón había huido sin que se supiera quién lo reemplazaría, pero la guerra comenzada en 1792 había terminado. La gente se divertía, iba a los bailes (Talleyrand, la duquesa de Courlande y el mariscal Ney ofrecieron los más fastuosos), o a la Ópera a aplaudir al emperador Alejandro y al rey de Prusia. El emperador de Austria, que acababa de desalojar a su hija del trono de Francia, era más discreto. Zoé llevaba a sus hijos a Franconi o a la gran atracción del momento: ver la guardia cosaca en los Champs-Élysées. Sus caballos estaban atados a los árboles. Los soldados no caminaban nunca y montaban a caballo hasta para ir a llenar su cantimplora. Esos rudos jinetes bordaban el cuero, y las mujeres sacaban esas labores de sus manos para examinarlas mejor. Los niños jugaban con ellos; sólo los hombres tenían prohibido acercarse.

Con las tropas de Alejandro entraron algunos generales franceses que habían servido en el ejército ruso. Entre ellos se hallaba el barón Maxence de Damas. Después de que su padre muriera en Quiberon, había servido muy joven en el ejército de los príncipes, donde se encontraban otros catorce Damas. Liquidado ese ejército, el barón entró al servicio del zar Pablo I, y después de su hijo Alejandro. Recibió el bautismo de fuego en Austerlitz y fue herido en el Moscova. Convertido unos años más tarde en ministro de Guerra de Luis XVIII, encontró, como jefe de servicio, al conde de Coestloquet, quien había cargado contra su regimiento en Leipzig. Tales eran los azares de la época. Pasado el primer momento de sorpresa, los dos hombres se encontraron mil cualidades y se estimaron infinitamente. Ese general franco-ruso estaba particularmente orgulloso de sus soldados:

"Las tropas rusas — escribe— eran las más piadosas. Costaba impedirles ayunar en la Semana Santa y los soldados se inclinaban ante las cruces de los caminos."[35] En cambio, el barón se horrorizó por el estado moral, no sólo del ejército francés, sino de la sociedad en general. "Me ha impresionado la corrupción de las costumbres, la ausencia de doctrinas políticas y el olvido de los valores religiosos", escribe.

El emperador Alejandro sedujo a los parisinos tanto como los cosacos. "Paseaba a caballo por París, sin séquito y sin afectación", anota Chateaubriand. El día de Pascua, el emperador hizo cantar un solemne tedéum en la plaza Luis XV, delante de todas las tropas reunidas. Siete sacerdotes moscovitas celebraron la misa en el lugar donde habían rodado tantas cabezas. Maxence de Damas asistió a la ceremonia desde los balcones del palacio de Crillon en medio de un enjambre de "damas de calidad", y confiesa: "¡Qué felicidad para nuestras damas tener a un general ruso [él] para explicarles lo que ocurría!". En cuanto a Chateaubriand, después de filosofar sobre el viaje de los tártaros "algunos de los cuales vivían en tiendas de cuero de oveja al pie de la gran muralla china", concluye: "Éstos son espectáculos que ya no verán las débiles generaciones que seguirán a mi siglo". Para tratar de educar rápidamente a esa débil generación, publicó el 5 de abril *De Bonaparte y de los Borbones*. El efecto de esta pequeña obra fue prodigioso. Bonaparte, comparado con Atila, Genserico, Cromwell y Robespierre, se convirtió en el ogro de Córcega, mientras se empezaba a hablar de nuevo del tallo renaciente de la flor de lis y del amor hereditario de los franceses por sus príncipes. El autor, más convencido que nadie de la utilidad de su trabajo, agregó modestamente que Luis XVIII le había declarado "que mi pequeña obra le había sido más sutil que un ejército de cien mil hombres", lo que prueba que entre otras cualidades los reyes de Francia conservaban su legendaria cortesía.

Finalmente el país pudo salir de su incertidumbre, y el 6 de abril de 1814 el Senado llamó a "Louis-Stanislas-Xavier de Francia". Los senadores, aplicando el viejo principio de que la caridad bien entendida empieza por casa, votaron previamente un artículo que aseguraba la continuidad de sus pensiones y privilegios, después de lo cual esos hombres enriquecidos por el Emperador proclamaron su derrocamiento. "El Senado romano fue menos duro cuando declaró enemigo público a Nerón: la historia no es más que una repetición de los mismos hechos aplicados a hombres y a épocas diferentes", suspira Chateaubriand. La opinión de Zoé era la misma, pero expresada más ligeramente: "Los acontecimientos —escribe ella— renacen de sí mismos como las mariposas".

El conde de Artois,[36] hermano del Rey, llegó a París el 12 de abril. Cuatrocientos jóvenes de familias nobles salieron a su encuentro. Las mujeres lo aguardaban magníficamente ataviadas. Gracias a ese apuesto caballero, se recuperó un poco de la gracia, de la elegancia y de la cortesía de Versalles. Todos quedaron encantados de su gentil familiaridad, cualidad que Mme. de Boigne matiza diciendo que: "Tenía muchos amigos íntimos de los que no se preocupaba en absoluto". Chateaubriand también tuvo una mala opinión del príncipe, cuando se dio cuenta de que éste no recordaba haberlo visto en la corte de Luis XVI y, sobre todo, que nunca había oído hablar de *El genio del Cristianismo*.

Zoé asistió a todas las ceremonias en estado de alegre efervescencia. Acompañada por Sosthène, no dejó de visitar a Hortense. Retirada en Saint-Leu, ésta iba regularmente a París a causa del proceso de divorcio que la oponía a su marido, y vivía en el terror de no obtener la custodia de sus hijos. Zoé, por su parte —las fuerzas de la condesa du Cayla declinaban—, pensaba cada vez más en el día en que se encontraría sola frente a su esposo. Aspiraba a la separación, pero temía que Achille le reclamara a los niños. En el palacio de la calle Cerruti, Zoé tomó el té con el emperador Alejandro, que se había convertido en el protector de Hortense. "Parecía bastante molesto de hallar allí a madame du Cayla —cuenta Mlle. Cochelet—. Se marchó muy pronto de una brillante velada, y no estaba contento de encontrar a una persona que podía ir a contar el poco caso que él hacía de su propia sociedad." Es probable que el emperador haya estado decepcionado por no poder estar a solas con Hortense. De todos modos, su inquietud era infundada, pues Zoé no era mujer de crear problemas. No puede decirse lo mismo de Sosthène. Excesivo como de costumbre, el vizconde de La Rochefoucauld fue al retiro de Saint-Leu a presentar sus saludos a Hortense. La Bédoyère, presente, encontró mal que el hombre que había derribado la estatua de Napoleón fuera a consolar a su hijastra:

—¡Cómo se atreve a venir a veros! —exclamó.

Hortense lo defendió:

—M. de La Rochefoucauld nunca sirvió al Emperador, y sólo podemos acusar de traición a los que, después de haber sido colmados de favores, luego lo abandonaron cobardemente. Él siempre ha sido realista.

Mientras se rivalizaba en buenos sentimientos, Bonaparte huía, abucheado. En Aix-en-Provenza, debió ponerse un uniforme austríaco para escapar de la muchedumbre. El 24 de abril, Luis XVIII desembarcaba, aclamado, en Calais. En esa ciudad, como en Boulogne y en todas las que atravesó, doncellas vestidas de blanco celebraban a "Luis, el Deseado", y la multitud desenganchaba los caballos para tirar de su coche. El Rey hizo alto en el castillo de Compiègne. En el palacio real, todavía cubierto de águilas y constelado de "N", por primera vez desde hacía 21 años, Luis XVIII estaba en su casa. Recibió gentilmente a una cantidad de generales del Imperio: Ney, Berthier, Macdonald, Brune, Marmont, llegados todos ellos cubiertos de escarapelas blancas a asegurarle que serían "las columnas de su trono". El Rey no pedía tanto; sin duda sobre semejantes columnas el trono pronto tambalearía. Tuvo menos miramientos con el emperador Alejandro, al que, como verdadero Borbón, consideraba surgido de una dinastía algo exótica y terriblemente reciente. Talleyrand se presentó igualmente. El Rey sabía muy bien que ese hombre, que había servido a la República y luego al Imperio, había participado desde el comienzo en todas las maniobras dirigidas contra él durante esos años. Siempre muy bien informado, no ignoraba sin duda que el ex obispo de Autun había concebido, en 1797, el proyecto de hacerlo raptar y asesinar. Fracasado ese golpe contra la rama mayor, había tenido éxito con la rama menor, en la persona del duque de Enghien. Por otro lado, era el mismo Talleyrand quien, traicionando a Napoleón, acababa de convencer al emperador Alejandro de la necesidad del regreso de los Borbones. Luis XVIII le debía, en parte, su corona. Cuando el príncipe cojo avanzó, todos retuvieron el aliento, pero el Rey poseía a fondo el arte de enfrentar las situaciones delicadas y era particularmente experto en el de recibir —y tratar— las afrentas:

—Señor príncipe de Bénévent —le dijo—, estoy encantado de veros. Han pasado muchas cosas desde que nos vimos por última vez.

"Luis XVIII poseía mucho ingenio, en el buen sentido, poca pasión, ninguna timidez y el don de las frases felices", concluye Mme. de Boigne. En la intimidad, el Rey solía ser más claro:

—Nada es tan sucio como la bajeza cuando ésta se levanta del polvo; tiene en sus manos una doble capa de inmundicias —dejaba caer, en el tono indiferente con el que solía hacer raras confidencias.

Esa indiferencia se había forjado durante acontecimientos que dieron al rey un buen conocimiento del corazón humano. "Si tenía mala opinión de los hombres, es porque los conocía bien", escribe la dama de calidad.[37] A propósito de la princesa de Bénévent, dijo, suspirando:

—¡Esa pobre señorita Grand![38] Decir que es tan simple como bella es hacer el mejor elogio a su belleza.

De Compiègne, el Rey ganó Saint-Ouen. Allí había un delicioso castillo, propiedad de la condesa de Potocka, parecido al Trianón. Lepautre lo había construido a comienzos del siglo XVIII para el duque de Gesvres. El Rey firmó en él, el 2 de mayo de 1814, una declaración que fue sin duda el compromiso más sincero de su vida. Durante su largo exilio, Luis XVIII había hecho su elección: no pretendía ser ni el heredero autócrata de Bonaparte ni un monarca del Antiguo Régimen. Se comprometió a discutir una Constitución liberal, a garantizar la libertad de prensa, a mantener títulos y condecoraciones, así como a respetar las adquisiciones de bienes nacionales. Los excesos del Terror y la autoridad de Napoleón habían anulado las conquistas de la Revolución; al recuperarlas, se volvía pues al punto de partida. "La especie humana, retrotraída al comienzo de la Revolución, perdió solamente cuarenta años de su vida", concluye Chateaubriand.

Zoé, a quien Sosthène preguntaba qué pensaba de la Constitución que se preparaba, le respondió negligentemente: "Me parece inglesa, muy inglesa", lo que era exacto, con la diferencia de que la Francia de 1814 iba a ser infinitamente más liberal que la Inglaterra del Regente y de milord Castlereagh.

El Rey pasó su última noche fuera de la capital, en Saint-Ouen. Antes de abandonar el castillo, miró el panorama desde las terrazas que bajaban hasta el Sena. Ante él, emergían de la bruma los primeros campanarios de París. Hacia el este, más allá de los campos, se destacaba la basílica de Saint-Denis. Fijó ese lugar en su memoria para siempre.

El 3 de mayo de 1814 el Rey entró en su capital por la *rue* Saint-Denis. Una multitud se agolpó para verlo. Toda una generación había crecido sin oír hablar de sus príncipes. Eran tan desconocidos "como los hijos del emperador de China", dice Chateaubriand, "como los Tolomeos", confirma Joseph de Maistre. Para la entrada del Rey, se había dejado a los extranjeros en sus cuarteles. En cambio, el cortejo iba escoltado por la antigua guardia imperial. El efecto era sobrecogedor. "Cuando presentaban armas, era con una palabra de furor y el ruido de esas armas hacía temblar", cuenta Chateaubriand, que observó a un joven húsar a caballo: "Cuando el carruaje del rey pasó delante de él, hizo encabritar a su caballo y, por cierto, tuvo la tentación de abalanzarse sobre el Rey". Era como para estropear cualquier clase de ambiente.

El Rey, vestido de azul, con charreteras, iba en una calesa abierta, con la duquesa de Angulema a su lado, dos veces su sobrina.[39] La huérfana del Temple era sin duda la única cuyo recuerdo se conservaba, recuerdo, a decir verdad, mezclado de culpabilidad. La princesa tenía 36 años, el aire hosco, los ojos constantemente enrojecidos, lo que hacía suponer que había llorado y aumentaba desagradablemente el penoso sentimiento que inspiraba. Llegaba precedida de la fama de estar tan mal vestida ("*a la inglesa*", se decía, lo que en materia de moda significaba la abominación y la desolación) que las damas del *faubourg* Saint-Germain enviaron apresuradamente un atuendo a Saint-Ouen: vestido bordado en plata y toca de plumas. Frente al Rey, en la parte delantera de la calesa, se encontraba el príncipe de Condé, "ya casi senil", y su hijo, el duque de Borbón. El conde François-Hercule du Cayla iba en su séquito. Después de 12 años de matrimonio, Zoé conoció a su suegro.

Emigrado de Francia en 1789, el conde du Cayla regresaba a su casa después de un cuarto de siglo de ausencia. Encontraba a una esposa enferma y a un hijo más avinagrado que nunca; ganaba sin embargo una nuera, que lo conquistó. El reencuentro de los esposos no parece haber sido conmovedor. Además, las protestas de Achille permiten deducir que, durante su permanencia en Ulm, el conde se las había arreglado para tener una pequeña familia extraoficial. Como en 1798 se había pronunciado un divorcio puramente civil para proteger los bienes del exiliado, los esposos volvieron a casarse, después de lo cual el conde François-Hercule acompañó al príncipe de Condé a Chantilly y la condesa se quedó junto a una nuera que le era indispensable.

Unos días después de su llegada, el Rey fue a ver *Edipo* en la Ópera, siendo muy aplaudido. Zoé asistió también, curiosa por ver más detenidamente al soberano, percibido fugazmente al paso de la calesa. Lo primero que llamaba la atención era, por cierto, su gordura. Enseguida se notaba su frente ancha con el pelo peinado hacia atrás, los grandes ojos oscuros y, lo que sin duda era el rasgo más característico del Rey, un aire de majestad reconocido por todos. "Su frente soberbia parece llevar la corona desde hace ochocientos años", escribe Narcisse de Salvandy, mientras que Chateaubriand anota: "Cuando está sentado en su sillón con sus polainas a la antigua y su bastón entre las rodillas, se creería estar viendo a Luis XIV a los cincuenta años". El Rey tenía casi 59, edad en la que, por ejemplo, Luis XV, su abuelo, había conocido a Jeanne du Barry.

Después de la firma del tratado de Paris[40] que reducía a Francia a sus fronteras de 1789 (aunque ligeramente agrandadas) pero que no imponía ocupación ni contribución financiera, los cosacos levantaron campamento y los aliados partieron en orden. Los franceses se encontraron solos, con algunas cuentas que saldar. Sin embargo, se había sufrido demasiado, y las primeras escaramuzas se hicieron con cautela. Comenzaron pues a vengarse con agudezas, repitiéndose hasta el cansancio las palabras del príncipe de Condé. Con cerca de 80 años y casi senil —pero no del todo—, oyó una noche que se anunciaba en su casa al príncipe de Bénévent. Simuló recordar simplemente que se trataba de un ministro influyente[41] y le dijo, al acompañarlo:

—Vos, que gozáis de crédito ante el Rey, ¿no podríais decir a Su Majestad que debería expulsar al obispo de Autun, ese truhán que está a su lado?

Como el conde François-Hercule no tenía vocación de enfermero, Zoé debió acompañar a su suegra a Vichy al finalizar la primavera. Llevó consigo a Valentine, de cuyas lecciones se ocupaba a diario. La paciencia de Suzanne du Cayla disminuía con los años. Al llegar, la enferma suspiró:

—¡Monsieur de La Rochefoucauld va a mataros con sus cartas!

A decir verdad, ese suspiro era el fruto de una larga experiencia. Zoé trató de hacer entrar en razón a Sosthène:

"Es verdad que un sentimiento tan puro como tierno —le escribe— me ata a vos, y a ambos a la virtud, pero vamos contra la costumbre de la sociedad. Debemos escribirnos más largamente pero con menos frecuencia."

Mas, como nada podía contener la fiebre epistolar de su corresponsal, Zoé le previno:

"Mamá tiene la fantasía de leer mis cartas. Dice que eso la divierte".

"Mamá" se convertía en una carga muy pesada de soportar, tanto más por cuanto la duquesa de Angulema había llegado también a Vichy y le habían dado el departamento de las señoras du Cayla. Zoé debió compartir la habitación de la enferma, que se despertaba diariamente al alba.

¿Acaso fue para descansar de esas vacaciones que en septiembre de 1814 Zoé partió sola a Dieppe, donde debía encontrarse con la duquesa de Duras? Allí tomó baños de mar y leyó *La teoría de la tierra* de Buffon. Ese viaje inhabitual, la tardanza de Mme. de Duras (Zoé abandonó el balneario antes de que ella llegara) y los gritos de celos de Sosthène (a los que Zoé responde muy plácidamente: "La injusticia, después de matarme, me hizo dormir") nos permiten preguntarnos si la joven hizo sola el viaje. ¿La acompañó Maurice de Balincourt u otro? Zoé ocultaba a sus amantes con tanto cuidado que nos creemos con derecho a aplicar en relación con ella el principio de los icebergs, según el cual el observador nunca percibe más que la décima parte de la realidad.

Sola o no (esto último es lo más probable), durante esa estancia impresionó mucho a Zoé el paso de un joven lord que había cruzado la Mancha para llevar a su esposa a consultar a los más grandes médicos de París. La joven había muerto antes de llegar a la capital. "La siguió hasta su tumba al paso, con todos los carruajes. Se ha embarcado esta noche; ha tomado el barco para él solo. Ha vestido de negro a todos los marineros, como al resto de su servidumbre, que es considerable. Al pasar hace seis semanas, le prometió al dueño del barco, llamado *Elisa*, otro nuevo si traía a su mujer recuperada."

Pobre capitán, pobre milord y pobre Zoé: una gran preocupación comenzaba a torturarla. El reencuentro del conde François-Hercule con su hijo había sido deplorable. Después de 20 años de separación, Achille du Cayla seguía detestando a su padre y a toda la familia de Condé con él (por otra parte no se sabe a quién no detestaba Achille). No pudo soportar la facilidad con la cual el recién llegado adoptaba muy naturalmente a su nuera, e interpretó su afecto como una complicidad dirigida contra él. Comenzó a hablar de retirarse a sus tierras de Brinon, en los confines del Nivernais y la Sologne, lo que no habría desolado demasiado a su esposa, pero anunció igualmente su intención de llevar consigo a sus hijos para alejarlos de "una mujer artificiosa". A partir de entonces, Zoé no tuvo descanso. A finales de septiembre, escribe estas líneas desde Dieppe:

"Mamá me escribe esta mañana que ha sabido por Martin que A. está decidido a abandonar París".

Loca de inquietud, la desdichada hizo sus maletas sin aguardar a Mme. de Duras. Como de costumbre, su esposo rehusó discutir:

"Ayer sólo vi a A. durante diez minutos y él los pasó hablando contra esa casa."[42] Y, poco después:

"A. ha hablado con Martin; más que nunca quiere el campo. Acaba de tomar una cocinera; eso me consterna. No habló de mis hijos, pero ya lo hará. ¡Ah! ¡Esto me hace mucho mal!".

Y habló de los hijos, en efecto. Pronto Zoé escribe:

"Todavía no he conseguido llevarme a mi hijo. Se lo pedí dulcemente; él no se enfadó. Insistiré, pues no me recibió demasiado mal, aunque no he ganado nada; pero juzgad cómo se puede hablar a alguien a quien se encuentra en una escalinata".

Extraño matrimonio que se entera de las noticias por interpósitos sirvientes y que habla de lo esencial al encontrarse en una escalinata. Atormentada por esa preocupación, Zoé soportaba menos la constante inquisición de Sosthène:

"Antes, yo envidiaba al ciervo que perseguíais; ahora, sólo pensaría en librarlo de vos", suspira. Y también:

"¡Más justicia para mí, más descanso para nuestra amistad!".

Al cazador de ciervos se le había ocurrido prohibirle bailar y hasta salir, pero Zoé no pensaba dejarse privar de oxígeno:

"Pienso actuar en sociedad este invierno —le responde enseguida—. Ahora o nunca. Sé que algunos jóvenes han dicho que no queréis que yo baile. Desean ridiculizarnos a ambos".

A partir de entonces, la joven condesa du Cayla fue diariamente a la corte, asistió a las representaciones de la Ópera en el palco de los príncipes de Condé, fue "invitada a la cena de los ministros". Tuvo además la suerte de que Madame, única princesa de la corte, fuera infinitamente amable con ella:

"Madame es muy cortés; ayer pasamos con ella la velada y nos invitó a volver esta noche".

No todo el mundo era tan bien tratado. Adèle de Boigne, criada en Versalles, escribe con una pluma chirriante a propósito de esa princesa con quien había jugado cuando niña:

"Me dirigió una de esas preguntas ociosas de uso entre los príncipes y que no suponía un precedente entre nosotras".

La muy susceptible condesa no perdonaría nunca a la princesa, ni a toda la rama de los Borbones. Hay que reconocer que no siempre Madame tenía el don de la frase feliz. A la condesa de Châtenay, también criada en Versalles, le preguntó un día:

—¿Vuestro padre murió joven?

—Sí, Madame.

—¿Dónde lo habéis perdido?

Mme. de Châtenay vaciló un momento, viendo el entrecejo fruncido de la princesa, respondió:

—Lamentablemente, Madame, en el cadalso.

La hija de Luis XVI hizo un movimiento hacia atrás, como si hubiese pisado una serpiente.[43] Se apartó de la condesa de Châtenay, a quien nunca más dirigió la palabra. Madame tampoco poseía el arte de reparar sus torpezas.

La instalación de una nueva etiqueta y la preparación de trajes de la corte conmocionaron al noble *Faubourg*. En materia de vestimenta, Madame deseaba volver al miriñaque y al pelo empolvado. El alboroto fue tan general que debió renunciar a ello; sin embargo se agregaron plumas a los peinados, una mantilla sobre el pelo y los escotes se cubrieron con un espantoso plastrón plisado. No era cuestión de apartarse de los modelos que llegaban de los proveedores de Madame. En cuanto a la etiqueta, se confió su reglamentación al duque de Duras, "más duque que el mismo difunto monsieur de Saint-Simon", quien privilegió excesivamente a las duquesas, que tenían acceso, en primer lugar, a la sala del trono, mientras las otras damas aguardaban en el salón de la Paz. "Había que ver —dice Adèle de Boigne— los rostros de las antiguas damas de la corte (y sin duda el de Adèle), cada vez que una de esas afortunadas del momento atravesaba el salón de la Paz y 'les pasaba por encima'." Cuando el Rey había saludado a las duquesas, se abría la puerta y se admitía a las otras damas para hacer su reverencia. Luego de dos o tres palabras de conversación y una nueva reverencia, hecha caminando hacia atrás, éstas se precipitaban a la galería de Diana y, bajando una escalera del pabellón de Flora, llegaban a los codazos a hacer su reverencia ante Madame. De allí iban a saludar a su esposo, el duque de Angulema, siempre perfectamente cortés, aunque no tenía grandes aires. "Hacía sufrir a los que se interesaban por la familia", indica amablemente Mme. de Boigne. Hecho lo cual, trataban de encontrar a sus sirvientes y su coche para llegar, en el otro extremo de las Tullerías, al pabellón de Marsan (a menos que prefirieran el subterráneo, siempre expuesto a las corrientes de aire), donde Monsieur, el hermano del Rey, tenía su corte, lo más amablemente del mundo. Descendían una vez más a la planta baja, donde Monseñor el duque de Berry recibía "sin gracia, sin dignidad". Si resumimos los testimonios de los contemporáneos, benevolentes o no, acerca de este príncipe retacón y algo vulgar, debía de parecerse a un enano criado en los bajos fondos. Aun realizado con rapidez, el trayecto duraba tres horas. Adèle de Boigne salía de él como un ovillo de amargura, mientras que Zoé se divertía y acumulaba impresiones para distraer a su enferma. La actitud de los ingleses le hizo abrir grandes ojos antes de hacerla reír "hasta que le dolieron las mejillas". Encerrados en su isla desde hacía un cuarto de siglo, se derramaban sobre el continente. Esa *gentry* llegaba persuadida de que los franceses poseían lo que ellos llamaban "maneras libres". Como lo observa Adèle de Boigne, eso es lo más fácil de imitar. Así el *Faubourg*, estupefacto, vio exhibir modales que le eran más extraños que los de una tribu de zulúes. Una pequeña *mistress* Arbuthnot, por lo demás joven y muy bella, que parecía pretender al corazón del duque de Wellington, causó gran sorpresa al abandonar el círculo de las damas por el de los caballeros, donde, apoyándose en una consola, se alzó ágilmente y se sentó sobre ella con las piernas colgando y las faldas recogidas hasta las rodillas. Y qué decir de lady Abborough, quien, no estando ya en su primera juventud, apareció en un baile vestida de vestal (de muy joven vestal en pleno verano).

—Es para que se sepa que no quiere dejar que se apague su fuego —sopló Talleyrand.

En cuanto a la princesa de Gales, que odiaba al príncipe Regente al punto de desear ridiculizarlo, "pretendía practicar el liberalismo en amor, y llevó el liberalismo a la demagogia más completa".[44] Aunque pasada la cincuentena y muy gorda, circulaba vestida de bailarina de circo, en un faetón de caja azul marino tapizado en terciopelo azul y conducido por un niño vestido de Amor. Las puertas se le cerraron herméticamente y el mismo Rey hizo saber que no era el caso de confundir las Tullerías con el circo Franconi. La princesa se marchó a Italia donde se enamoró de Murat, o más bien de lo que quedaba de él. Mme. de Boigne sacó una excelente conclusión de todo esto: "Es común entre nosotros —dijo— ver a mujeres que pasan por ligeras conservar un tono perfecto en sociedad; no sé si la moral gana con eso, pero la sociedad es por cierto más agradable". Ésa era, ¡oh, hasta qué punto!, la opinión de Zoé.

Con el Rey, con la familia de Condé y con las damas inglesas, había venido también Mme. de Staël, quien pronto tomó un departamento en la *rue* Royale, cerca de la joven condesa du Cayla. Arrastró a Zoé a la casa de quien se había convertido en la mayor curiosidad de París: la baronesa de Krüdener, llegada con el zar Alejandro, en cuya consejera mística se había convertido. Cansado de ser calificado como el primer rey de la tierra y de comparaciones, por cierto interesantes pero monótonas, con Agamenón o Carlomagno, el emperador se sintió halagado de ser llamado a convertirse en algo inmenso en el paraíso. Podemos agregar que el hecho de haber tenido algo que ver en el asesinato de su padre, causaba remordimientos a esa conciencia escrupulosa. La baronesa sabía hacer vibrar esa cuerda dolorosa.

Mme. de Krüdener, a quien Mme. de Staël había recibido, como a toda Europa, en Coppet, se alojaba en la *rue du faubourg*-Saint-Honoré, en una casa en donde muebles y espejos estaban cubiertos de tela gris. El jardín se extendía hasta los Champs-Elysées. El zar, alojado en el Élysée-Borbón, lo atravesaba, tanto de día como de noche, para ir a tomar lecciones de misticismo. Zoé, acompañada por Germaine y por Sosthène (temblando de miedo ante la idea de encontrarse tal vez con espíritus demoníacos), asistió a una sesión. La baronesa, con ojos brillantes, comenzó una larga improvisación sobre la fe, antes de caer en una postración que puso a sus invitados algo incómodos. Al regresar de las esferas celestiales en las que se perdía gustosa, se lanzó sobre la condesa de Boigne para asegurarle que una voz le había prevenido que tendría, para sucederla, una profetisa destinada a estar más cerca que ella de la divinidad. Adèle se defendió con energía de ser llamada a tan alto destino.

Se decía que Mme. de Krüdener protegía a Francia, y muchos pensaban que Talleyrand había encontrado ese medio para ejercer influencia sobre el emperador Alejandro. Hay que decir que ya no se hacía nada que saliese un poco de lo ordinario sin que se viera en ello la mano del príncipe de Bénévent. Cuando en mayo[45] murió Josphine de una "angina gangrenosa", ¿no se murmuró acaso que había sido envenenada para que no revelara un secreto?

Pagada o no por el que Zoé llamaba "el Bénévent", Mme. de Krüdener hacía ayunar al emperador Alejandro. Bajo su férula, él multiplicaba las limosnas y había renunciado a una relación de 16 años con la condesa Narishkin. La baronesa no vacilaba en citar ese gran sacrificio ante todos:

—¡Ay! —exclamó un día Elzéar de Sabran—, a veces es más fácil renunciar a una relación de dieciséis años que a una de dieciséis días.

Los presentes habían reído tanto que Mme. de Krüdener se retiró a pedir perdón a "la Voz".

Germaine de Staël había recibido a la baronesa en Coppet en los tiempos en que ésta no practicaba el misticismo. Más bien exhibía sus conquistas y hablaba gustosa de los hombres que se habían matado por ella. Un día en que citaba el nombre de un admirador fallecido, un amigo tuvo la falta de delicadeza de hacer notar que seguía viviendo en Ginebra.

—¡Oh, mi querido! —replicó la baronesa—. Si no ha muerto, no está mucho mejor por eso.[46]

El 1 de enero de 1815, Zoé, vistiendo un gran abrigo de corte, fue a presentar sus deseos de felicidad en las Tullerías, luego de lo cual se dirigió, con la misma indumentaria, a la casa de Hortense, a quien su lectora, Mlle. Cochelet, acababa de regalar un pequeño libro titulado *El espíritu consolador*. El obsequio estaba bien elegido: en menos de un año, la ex reina de Holanda había perdido su fortuna, a su madre, y había visto abrirse un proceso en el que su marido le disputaba a sus hijos. Unos días después de esa visita, la joven condesa du Cayla fue vista en la misa de los caballeros de San Luis, donde, toda vestida de negro, hizo la colecta en compañía de la condesa de Montmorency, de la duquesa de Mouchy y de la princesa de Talmont. Se trataba de una misa de *requiem* en memoria de los caballeros muertos en el cadalso o en los ejércitos de la Vendée y de la emigración. "Esos servicios eran de tal duración que, pidiendo por los muertos, se asfixiaba a los vivos", observa prosaicamente Mlle. Cochelet.[47]

El 18 de enero —otra ceremonia poco alegre—, Zoé asistió con su suegro al traslado de los restos de Luis XVI y de María Antonieta desde el cementerio de la Madeleine,[48] donde se habían arrojado los cuerpos de los ajusticiados cubriéndolos de cal, hasta la basílica de Saint-Denis. Chateaubriand formó parte de la comisión encargada de identificar los restos. "En medio de las osamentas —dijo—, reconocí la cabeza de la reina por la sonrisa que esa cabeza me había dirigido en Versalles."

La ceremonia duró doce horas. El duque de Angulema, el duque de Berry y el duque de Orléans acompañaron el catafalco a pie. El Rey y la corte les seguían en carruajes. Cuando el cortejo llegó a los bulevares, una corona real suspendida sobre el coche fúnebre se enganchó en un farol y se rompió en la nieve. El Rey era supersticioso, y el incidente lo ensombreció.

Una tercera ceremonia marcó de manera siniestra ese mes de enero. Parte de la corte y el *Faubourg* asistieron trastornados al entierro de la princesa de Léon. La encantadora recién casada había muerto quemada viva en un baile. Ese género de accidentes no era raro; bastaba una falda rozando una chimenea, una cinta acercada a una vela. Unos meses más tarde, Mme. de Castellane, convertida también ella en antorcha, sobrevivió al precio de un largo calvario. El viudo, el duque Auguste de Rohan-Chabot, con una vieja fama de *dandy* vanidoso, se hizo sacerdote sin renunciar a sus antiguas pasiones. Inició negociaciones con Roma para una casulla de nuevo corte. "Hay que reconocer que decía la misa con mucha más gracia que ninguna otra persona", concede la condesa de Boigne. El pobre duque estaba tan infatuado de su nobleza que una de sus parientas, al ver su retrato, exclamó:

—¡Es Auguste! Además, mirad —agregó señalando un escudo con sus armas en un rincón del cuadro—, ésa es la expresión de su fisonomía.

Pocos días más tarde, otra muerte, la de Mlle. Raucourt,[49] de la Comédie-Française, costó menos lágrimas pero causó el primer motín del nuevo régimen. Como el cura de Saint-Roch rehusó celebrar funerales religiosos porque la actriz había rechazado la asistencia de un sacerdote en su lecho de muerte, el pueblo forzó las puertas de la iglesia a los gritos de "¡Abajo los tragasantos!" y comenzó a romperlo todo. El ruido llegó hasta Luis XVIII y un capellán del Rey se presentó de inmediato para celebrar la ceremonia fúnebre. Los gritos se transformaron en "¡Viva el Rey!" "El Rey —concluye el barón de Damas— había dado la medida de su debilidad." La opinión del barón, que acababa de devolver sus charreteras de general ruso para entrar al servicio del duque de Angulema, era compartida por la familia real, por casi toda la corte y el *Faubourg*. Nada podía desagradar tanto a los ultrarrealistas como un Rey razonable y conciliador. No era por la prudencia y la moderación por lo que habían rogado, esperado y complotado durante tantos años. En medio de los suyos, el Rey estaba solo.

A pesar de los buenos augurios acumulados en las Tullerías en la ceremonia del 1 de enero, 1815 no parecía aportar la felicidad esperada. El domingo 5 de marzo, a la una de la tarde, el barón de Vitrolles, secretario de Estado de Su Majestad, se calentaba junto al fuego cuando fueron a anunciarle la llegada de M. Chappe, director del Telégrafo, quien le entregó un pliego sellado. El barón corrió a las Tullerías y tendió el despacho al Rey. Luis XVIII lo abrió sin demostrar ninguna emoción.

—¿Sabéis de qué se trata?

—No, Sire, lo ignoro.

—Es Bonaparte, que desembarca en las costas de Provenza.

Zoé se enteró de la noticia esa misma noche, cuando asistía a una recepción ofrecida por la condesa de Rumford. Todo el *Faubourg* veía ya al emperador en una jaula de hierro. Mme. de Staël, más clarividente, volvió a su casa a preparar su equipaje. Un poco por curiosidad, otro poco por coraje, Zoé declaró que no abandonaría París.

Al enterarse de la inquietante noticia, Luis XVIII podría haber dicho: "Yo lo había anticipado". En efecto, él había dicho, y hasta escrito, a los miembros del Congreso de Viena que encontraba la isla de Elba demasiado pequeña para las ambiciones de su nuevo amo y, sobre todo, muy cercana a las costas de Francia. Él habría preferido las Azores. De todas maneras, hizo establecer una vigilancia muy débil alrededor de la isla, vigilancia que no creyó deber reforzar cuando el embajador de Francia en Turín lo puso al tanto de preparativos al menos alarmantes. Ahora Bonaparte podía poner de nuevo a Europa bajo el signo de la guerra. "Hubo en esa fantástica empresa —observa Chateaubriand— un egoísmo feroz, una falta espantosa de reconocimiento y de generosidad hacia Francia." En efecto, Napoleón sabía que los soberanos reunidos todavía en Viena no tolerarían su regreso, que exponía su país a la invasión, al desmembramiento y a la guerra civil. Ese regreso fue un gesto de jugador. Repitiendo lo expresado en las *Memorias de ultratumba*: "Asestó un golpe irreflexivo contra el mundo". Cuyo precio pagaría Francia.

La primera reacción del régimen fue enérgica, o al menos ésa fue la impresión. Monsieur, el hermano del Rey, corrió a Lyón con el mariscal Macdonald. El duque de Angulema se encontraba de visita en Burdeos en compañía de su esposa (y de Sosthène); se precipitó a Nîmes, mientras que la duquesa se quedaba en Burdeos y arengaba a multitudes y regimientos. El duque de Borbón partió a la Vendée y, mientras el mariscal Ney besaba la mano del Rey jurando que traería a su antiguo amo en una jaula de hierro, el duque de Berry reunía un ejército ante París, ejército al que Denis Talon se uniría rápidamente.

"En estos momentos estoy ocupada ayudando a mi suegro en su actividad", escribe Zoé al vizconde de La Rochefoucauld, quien, desde Burdeos, corría a Lyón para unirse a Monsieur. "Todos los oficiales del regimiento de Baschi vinieron ayer; hay que utilizarlos. Más de cien hombres le han ofrecido marchar, pues todo está tan desordenado que los que quieren servir no consiguen siquiera ser inscritos."

Ese entusiasmo, que se parece un poco a la improvisación y al desorden, desapareció de golpe cuando, el 7 de marzo se supo que La Bédoyère, cambiando de bando (es difícil aplicar la palabra traición a hombres que cambiaron de fidelidad tantas veces y en tan poco tiempo, sin contar con que, ante circunstancias tan extraordinarias, el término puede ser injusto), había permitido la entrada triunfal del emperador en Grenoble. Las bellas certezas se convirtieron en temor:

> *M. de Brézé se lamenta, M. de Poix llora, M.D. se muere de miedo* —escribe Zoé, iracunda—, *y podría citar a muchos otros. Se dice que M. el duque de Orléans quiere hacer partir a su mujer; vaya y pase para los niños. Madame de Blacas se ha marchado. Eso quita el coraje a muchos; es imperdonable mientras el Rey permanece aquí.*

Imperdonable pero humano. Con el correr de los días, se multiplicaban las partidas y las deserciones. El 12 de marzo, Zoé, más escandalizada que nunca, comprueba:

> *Una cantidad de personas abandonan París. Estoy indignada. Es dar el toque de alarma. Hay que quedarse donde está el Rey. En el fondo de mi alma tengo esperanzas. Nuestros príncipes triunfarán.*

Zoé siempre tenía en el fondo de su alma la idea de que todo se arreglaría. Es una disposición que el Cielo recompensa a menudo.

En medio de esa inquietud y agitación, la joven recibió una carta de Hortense. Ésta, desde que un Borbón había reemplazado a su padrastro en el trono de Francia, observaba una conducta algo inconsecuente. Después de haber flirteado con el emperador Alejandro, ante el cual se mostraba como una mujer en desgracia, la ex reina de Holanda se había precipitado a los pies de Luis XVIII en el papel de madre desconsolada. El Rey, algo sorprendido, le aseguró sin embargo su protección. Para defenderla en el proceso que la oponía a su esposo por la tenencia de sus hijos, ella había elegido a los abogados más realistas de París: de Sèze y Chauveau-Lagarde, persuadida de que, para ella, los juristas de la Restauración darían vuelta el código Napoleón. Todo ello demostraba su aturdimiento, tanto más por cuanto, sin escuchar a Mme. Campan, que le aconsejaba retirarse prudentemente a Saint-Leu, había reabierto sus salones del palacio Cerruti, donde se daban cita, por supuesto, los bonapartistas. El resultado fue que, cuando se conoció el desembarco de Napoleón, corrió el rumor de que la reina había vendido sus brillantes para costear una conspiración. Zoé, como los demás, creyó en esa fábula. Hortense se entristeció, pero no por eso abandonó sus chiquilladas. En el momento en que perdía su proceso, y por lo tanto a sus hijos, en el instante en que su padrastro intentaba un golpe de Estado al menos angustioso y en el cual todo París la acusaba de haber colaborado, ¿cuál era su preocupación? El vizconde de La Rochefoucauld.

"Escribí a madame du Cayla —explica en sus Memorias— para tener noticias de Sosthène de La Rochefoucauld, a quien su exaltado realismo podía impulsar a exponerse."

Y encargó a Zoé una carta para el querido Sosthène. Hay que creer que el vizconde de La Rochefoucauld, a pesar de sus ideas fijas sobre el tema de la amistad, dominaba el arte de volverse atractivo. Sus retratos, en el género de los que favorecían al modelo, lo muestran muy apuesto. Alto, moreno, muy delgado, de rasgos finos, el vizconde estaba lejos de ser desagradable, lo que lleva a veces a las mujeres a mostrarse indulgentes en otros aspectos. Esta vez Zoé, que, como Sosthène, tenía la impresión "de haber sido engañada por el aire dulce de la reina" y que consideraba tal vez excesiva tanta preocupación por un hombre que era "su" galán, trató fríamente a su amiga y no apareció por el palacio Cerruti.

Mientras la hijastra de Napoleón se hacía mala sangre por Sosthène de La Rochefoucauld, el 16 de marzo Luis XVIII reunía a las Cámaras y les hablaba firmemente. La asamblea, electrizada, respondió con gritos de "¡Viva el Rey! ¡Morir por el Rey!". Monsieur abrazó a su hermano llorando y juró respetar la Constitución. El pueblo que se agolpaba día y noche en el patio de las Tullerías repitió el grito de los diputados. Zoé fue a escuchar el discurso real y esa misma noche llegaba muy acertadamente a esta conclusión: "Sin embargo, no ha probado que Bonaparte no esté pronto bajo nuestras murallas".

En efecto, al día siguiente del discurso, se supo la nueva metamorfosis de Ney. El príncipe del Moscova había llegado a Besançon, adonde Napoleón le había escrito. Al otro día, desenvainó la espada y se lanzó en medio de sus soldados gritando, ante el estupor de los que lo rodeaban:

—¡La causa de los Borbones está perdida para siempre!

A decir verdad, ese cambio no era una sorpresa: el Rey sabía que, con excepción de su casa militar, su ejército no estaba con él. En su gran mayoría seguía siendo imperial bajo el mando de oficiales del Imperio. A partir de entonces, como lo describe muy bien Zoé, día a día se osciló entre el terror y la esperanza. "A fuerza de temer la víspera —anota—, a veces se recupera la confianza el día siguiente."

En efecto, ¿quién ganaría, los azules o los verdes? En esos momentos —poco después de mediados de marzo de 1815—, las apuestas en el club conservador White's de Londres eran todavía de dos a uno en favor del Rey. El desorden reinaba en las Tullerías, donde se subía y bajaba las escaleras en la mayor agitación. Todos los días, François-Hercule du Cayla iba a pedir al Rey sus órdenes para el príncipe de Condé.

—Decidle que no me marcharé sin él —respondía invariablemente Luis XVIII.

Más que nunca, el *Faubourg* bullía. Benjamin Constant era el hombre del momento. Locamente enamorado de Mme. Récamier, ferviente realista, expresaba en *Le Journal des Débats* la más ardiente profesión de fe:

> *No iré, como miserable tránsfuga, a arrastrarme de un poder a otro, a cubrir la infamia con el sofisma y a balbucear palabras profanadas para redimir una vida vergonzosa.*

La maravillosa Juliette continuaba insensible al encanto de ese pálido pelirrojo, y el hombre que pasa por ser uno de los más inteligentes de su siglo (se ignora sobre la base de qué criterios) volvía a su casa y se golpeaba frenéticamente la cabeza contra la chimenea. Un exceso de golpes en el cráneo puede hacer perder el sentido de orientación. Unos días después de escribir el artículo que encantó al *Faubourg*, Benjamin, "llamado a hacer el pequeño Solón" por Napoleón, redactaba para el amo el Acta Adicional a las Constituciones del Imperio, y se convertía en consejero de Estado con un sueldo de 20.000 libras y la entrada a los *levers** del emperador y del príncipe Jérôme. Jamás alguien haría tan rápido lo que había proclamado muy alto que no haría, y su reputación se resintió.

En medio de la efervescencia que reinaba tanto en el *Faubourg* como en las Tullerías, se agitaban los más locos proyectos. ¿No habría que dirigirse a La Rochelle a fin de apoyarse en la Vendée? A la hora siguiente se hablaba de Le Havre o del Languedoc. Chateaubriand soñaba con ver al Rey esperar la llegada de Bonaparte a las Tullerías, en la sala del trono, con los diputados a su izquierda, los pares a su derecha y, para completar, la casa militar en la escalinata. Sin duda tendrían que haber sujetado a algunos.

"Que la última hazaña de Napoleón sea degollar a un anciano", leemos en las *Memorias de ultratumba*. Podemos observar que el soberano, comparado el año anterior con "Luis XIV a los cincuenta años", se encontraba bruscamente envejecido por las necesidades de la causa. Ese programa de degollamiento no decía nada a Luis XVIII. El Rey sabía muy bien que corría el riesgo, no de morir, sino de ser hecho prisionero. Su hermano lo había sido, y él no quería serlo. La tarde del 19 de marzo anunció que se marcharía a medianoche, lo que hizo escoltado por los duques de Blacas y de Duras. Era tiempo. El día siguiente, el general Exelmans, bandera tricolor en mano, llegaba al galope, acompañado por algunos oficiales. Esa misma tarde Bonaparte volvía a las Tullerías y cien cañonazos anunciaron a la capital el cambio de amo.

El pequeño ejército del duque de Berry, en el que revistaba Denis Talon, siguió al Rey. Luis XVIII prohibiría a esas tropas participar en cualquier operación junto a los aliados. El conde François-Hercule du Cayla y el tío Jaucourt tomaron el mismo camino. Sosthène de La

---

* El *lever* consistía en la ceremonia matutina del arreglo personal del soberano al levantarse, a la que sólo asistían los más íntimos y encumbrados personajes *(N. de la T.)*.

Rochefoucauld, quien desde Burdeos había llegado a Lyón, fue también a reunirse con Luis XVIII, pues uno de los primeros decretos de Napoleón, fechado en Lyón, condenaba al revoltoso vizconde al exilio y al secuestro de sus bienes. Zoé, sola con una enferma y dos niños (el conde Achille descansaba en Viroflay), se quedó en París. "Mamá tiene grandes deseos de partir —escribe—. Yo me mantengo firme."

"El viaje al norte fue una pesadilla de confusión, de traiciones y cobardías, más penoso aún por la lluvia torrencial que no cesaba de caer", escribe Philip Mansel. La huida de Luis XVIII en 1815 no se asemejaba en nada, sin embargo, a la de Luis XVI en 1791. En todas partes el Rey era aclamado y tratado principescamente. El viaje terminó en Gante, donde sus fieles no eran legión: los duques de Blacas y de Duras, el marqués de Jaucourt y Chateaubriand, nombrado ministro del Interior interino, eran de ellos. El mariscal Berthier, que siguió al Rey hasta Ostende, se fue a su castillo de Baviera a esperar el curso de los acontecimientos. Ese Rey olvidado recibía de tanto en tanto una pequeña esquela que Talleyrand enviaba desde Viena. Todas las tardes, Luis XVIII salía en una carroza tirada por seis caballos; si se encontraba con el duque de Wellington, le dirigía un gesto de protección. "Era Rey en todas partes, como Dios es Dios en todas partes", comprueba Chateaubriand.

En la capital abandonada por su Rey, Zoé pasaba días sombríos. Muchos habían partido, la vida del *Faubourg* se detenía, los comercios estaban cerrados. "*No podéis imaginar el desagrado de estar en París*", escribe. Envía a su querido Sosthène mensajes sibilinos:

"Tratad de encontrar el medio de hacerme saber si *el tío* del pequeño cazador desea que vayan a verlo. Muchas personas querrían saberlo de *manera positiva*. ¿Podrían ser útiles?", agrega Zoé, siempre realista. El "pequeño cazador" aludía al duque de Angulema, y tal mensaje, caído en manos del enemigo, no lo habría desorientado mucho tiempo.

Los parisinos, sin noticia alguna, eran presa de los rumores más inquietantes. Así las cartas de Zoé se convierten en un tejido de interrogantes:

"No tenemos una sola palabra de mi tío Jaucourt. ¡Qué hace mi hermano para estar tan ocupado! ¡Contadme pues todo! Decidme por qué el hermano de la reina Hortense está con el ruso Alejandro (en efecto, ¿por qué?). Se dice que Clausel ha sido asesinado en Burdeos (se encontraba perfectamente bien), que los austríacos están en Châlons. Mamá continúa enferma, siempre en su tumbona." Sigue esta confesión asombrosa en la pluma de Zoé: "Tengo miedo de todo".

En esos días de desasosiego, la joven aceptó reanudar su amistad con Hortense:

"Ayer vi a la reina Hortense por segunda vez, y me pareció desesperada por nuestra opinión sobre ella", escribe a Sosthène, indicando que va sólo por la mañana y "de la manera más informal". Luego de haberse explicado sobre la "traición" de la reina, las dos amigas cayeron la una en brazos de la otra y nuevamente se profesaron bellos sentimientos:

"Madame du Cayla venía a verme a veces por la mañana, a confiarme su pena por la partida de los Borbones y sus esperanzas acerca de su regreso. No me ocultaba los vínculos que conservaba con la corte de Gante —anota la reina, que añade—: Hemos sido educadas juntas; ella llora a los Borbones y sin embargo me ama. Eso es muy natural."

Como era natural entregar a Zoé cartas para Sosthène y extasiarse sin cesar ante la lealtad de éste: "Si todos fuesen tan invariablemente fieles, se sabría con quién contar en la vida", repetía la buena reina. Era algo demasiado cierto, pero que a la larga hacía pensar que Mme. Campan había dejado gran pureza de alma o cierto fondo de ingenuidad en sus alumnas.

En todo caso, Zoé podía confiar a Hortense, que acababa de perder su proceso contra su esposo, su mayor temor. Achille continuaba amenázandola con recuperar a "sus" hijos:

"A. habla de marcharse el 15 —escribe ella al principio de los Cien Días—. Ganaré tantos días como me sea posible".

Pronto la angustia se precisó. En efecto, una carta del padre, escrita directamente a la nodriza, pedía llevar a los niños el sábado a Viroflay. "Volverían el lunes. Eso me tiene enferma. Creo que yo iré", escribe Zoé, temblando, y más adelante: "Pienso en ese viaje. No sé si haré bien en ir. Me cuesta horriblemente, os lo confieso. La nodriza, que sólo puede ir allí un momento, me da la certeza de que mis hijos no regresarán el lunes. ¡Ah, mi Dios, qué débil soy! No puedo soportar esta idea de ir o de no ir".

Pronto Zoé no dejaba a sus hijos ni para "ir a la puerta". Tenía en sus rodillas al pequeño Ugolin, al que temía perder, cuando escribía:

> *Mi muchachito está más encantador que nunca; en este momento juega con mis útiles de escritorio y retuerce la parte superior de la página en que os escribo, lo que me hace ilegible.*

En los momentos de prueba y de soledad por los que atravesaba la joven, la ausencia de Sosthène se hacía sentir cada vez más. Es bien sabido que se es más apreciado cuando no se está presente. Como un eco de las cartas del vizconde (al que Zoé ya no llamaba más que "príncipe querido"), las cartas de su corresponsal se volvieron más y más tiernas:

"Conocéis mi corazón; no puedo enseñaros nada. ¿No sois para mí el lado más dulce de mi vida?".

Esto corría el riesgo de convertirse en verdad. Sin saberlo, Napoleón trabajaba en favor del vizconde de La Rochefoucauld. Ese proscrito, que había recorrido Francia antes de reunirse con el Rey, adquiría, sobre todo de lejos, visos de héroe. "Si supierais con cuánta satisfacción se goza pudiendo admirar a quien se ama", escribe la joven. El arte de expresar lo que halaga deliciosamente los oídos masculinos no se aprendía por cierto en el instituto de Mme. Campan, pero Zoé lo poseía a fondo.

A principios de mayo, mejoraron las noticias que ella enviaba a Gante:

> *El ánimo mejora día a día* —anuncia el 5 de mayo—, *y hasta hay desunión en la guardia imperial. Cuarenta granaderos y dragones, medio borrachos, gritaron esta noche en la rue de Bourgogne ¡Viva el Rey! ¡Viva Madame!*

No eran gran cosa esos gritos de soldados ebrios. Sin embargo el viento cambiaba y las veletas vacilaban. La dama de calidad transcribe una carta que un esposo retenido en la provincia enviaba a su mujer establecida en París. Uno de sus hijos pertenecía a la Casa del Rey:

"Poned al otro en la guardia imperial —aconseja el buen apóstol—. No temáis proclamar vuestro realismo, pero que sea en buena compañía. En vuestro lugar, yo conservaría la habitación". No es posible ser más prudente.

En Gante, el Rey comenzaba a encontrarse menos solo. Recibió a los retrasados con esa mezcla de bonhomía y de ironía, siempre sutilmente dosificada, que era tan suya. Al señor de Barentin, ex guardián de los Sellos, que intentaba explicarle por qué había prestado juramento de fidelidad a Bonaparte, el Rey le aseguró:

—Entiendo, habéis jurado; a vuestra edad ya sólo se hacen las cosas a medias.

Y a un oficial de los guardias de corps reaparecido muy tardíamente:

—¡Ah! Habéis venido, señor de Albignac... ¡Ya!

El recibimiento brindado al barón de Vitrolles fue muy diferente. El pobre hombre había sido encarcelado por Napoleón en Vincennes y custodiado por Daumesnil, no muy estrechamente por cierto si prestamos crédito a las *Memorias* del barón:[50] "Madame de Vitrolles quería hacer cualquier cosa —escribe él—, me traía pistolas, libros, cuerdas y me costaba calmarla". Finalmente fue Fouché a arrancar al prisionero de la repetida lectura de Virgilio para hacerlo objeto de sus propias negociaciones con la corte de Gante. El Rey acogió al mártir con un: "¡Bienaventurados los que han sufrido por el reino!", lo que, concluye Vitrolles, no prometía gran cosa para este mundo.

Por Fouché y por algunos otros, Luis XVIII sabía que en París la vida del Emperador no era fácil. Obligado a tomar a Carnot, a quien detestaba, y a Fouché, quien lo había traicionado (y continuaba traicionándolo), forzado a seguir el ejemplo del Rey y acordar una Constitución cuya sola idea le repugnaba, Napoleón comenzaba las estaciones de un calvario. El ejército de los coaligados se reagrupaba en Bélgica. El 5 de junio, Zoé anunciaba:

"La guardia comenzó a partir anteayer. Bonaparte la seguirá muy pronto".

El 18 de junio de 1815 por la mañana, Chateaubriand, saliendo de Gante por la puerta de Bruselas, releía los *Comentarios de César* en medio de los campos de lúpulo (es de hacer notar que los autores latinos fueron muy releídos durante los Cien Días), cuando oyó un sordo fragor que al principio tomó por un trueno. Era la batalla de Waterloo, cuyo eco provocó en el autor de las *Memorias de ultratumba* interrogantes que no lo abandonaban: "¿Se trataba de un nuevo Crécy, un nuevo Poitiers, un nuevo Azincourt?".

De regreso en París el 21 de junio, Napoleón abdicó el 23 en favor de su hijo, a quien no se veía con buenos ojos. En la Cámara, La Fayette se agitaba y hacía nombrar una comisión provisional presidida por Fouché. "Desde hace unos días se habla de darnos un gobierno republicano", escribe Zoé, quien señala igualmente los progresos hechos por el partido de Orléans. Louis-Philippe, ese querido primo, no dejaba de preocupar a Luis XVIII. En marzo, en Lille, el duque de Orléans aconsejaba expresamente a los oficiales obedecer a su patriotismo antes que a su deber, lo que significaba desligarlos de su juramento de obediencia a los Borbones y devolverlos a Bonaparte. A lo largo de los Cien Días, ese buen pariente envió a Wellington, Castlereagh y Talleyrand copia de su correspondencia con el Rey, acusando a éste de querer restaurar el Antiguo Régimen. Tanto hizo que en Viena el zar planteó oficialmente la cuestión del reemplazo de los Borbones por los Orléans. En todas sus cartas, Zoé suplicaba a Sosthène apresurar el regreso a París. Ésa era exactamente la opinión del Rey. Antes debió consentir dos pesados sacrificios. Primero el de Blacas, el favorito, transformado por todos en chivo expiatorio. Zoé lo repetía: "Jamás podréis concebir el efecto que produce la presencia de M. de Blacas junto al Rey; quita todo el coraje y toda la esperanza. ¿Cómo no se retira por sí mismo? Sólo le conozco ese error, pero no tiene excusa. Aquí el pueblo lo lapidaría".

Como al señor de Blacas no se le ocurría siquiera la idea de irse, el Rey se separó de él nombrándolo embajador en Roma. El conde se lamentó mucho y recordó que se retiraba sin fortuna. Al mismo tiempo, trajo a la memoria del rey que quedaba algo de los 13 o 14 millones que habían sido trasladados a Inglaterra. Luis XVIII, con una generosidad absolutamente regia, le respondió que podía disponer de lo que quedaba, que de todos modos era sólo la mitad de la suma transportada. "Haré justicia al ex ministro diciendo que no había previsto la magnitud de la munificencia real; pero, en fin, él no intentó limitarla", indica Vitrolles.

Muy contrariado a pesar de los millones, el conde de Blacas se confió al conde Beugnot:

—¡No sabéis lo que es la amistad de los reyes! Estoy seguro de que dentro de un mes ya se habrá consolado.

Y Beugnot aclara:

—¡Se equivocaba! En veintisiete días.

El segundo sacrificio que debió consentir el Rey era de otra especie, pues se trataba de Fouché. Al hacer liberar a Vitrolles, el regicida había persuadido al *Faubourg* de que él era el hombre indispensable. El propio conde de Artois lo apreciaba mucho. Cuando Talleyrand habló de ello con el Rey, Luis XVIII enrojeció y gritó, golpeando con ambas manos los brazos de su sillón:

—¡Jamás!

"Jamás en veinticuatro horas", concluye Chateaubriand narrando la escena. Sigue uno de los más célebres pasajes de las *Memorias de ultratumba*. El autor aguardaba en una antecámara al Rey que, camino a París, se alojaba en los edificios de la abadía de Saint-Denis:

> *De pronto se abre una puerta: entra silenciosamente el vicio apoyado en el brazo del crimen, M. de Talleyrand caminando sostenido por M. Fouché. La visión infernal pasa lentamente ante mí, penetra en el gabinete del rey y desaparece. Fouché acababa de jurar fidelidad y homenaje a su señor. El leal regicida, de rodillas, puso las manos que hicieron caer la cabeza de Luis XVI entre las del hermano del rey mártir; el obispo apóstata fue testigo del juramento.*[51]

Por añadidura, el autor afirma que el rey le había pedido su opinión sobre la entrada de Fouché en el ministerio; curioso gesto pues a Luis XVIII no le gustaba hacerse aconsejar.

—Sire, creo que la monarquía ha terminado —habría respondido valientemente el Hechicero.

—Y bien, señor de Chateaubriand, comparto vuestra opinión —habría replicado el rey.

Lo único que llegaba a su fin entonces era la carrera de ministro del Interior interino de Chateaubriand. Éste olvidaba que, según su costumbre, el Rey cedía por razón y no por debilidad. Luis XVIII sólo podía optar por entrar en su capital apoyándose en la fuerza de los coaligados o en Fouché. Prefirió al que había votado la muerte de su hermano, y no a los extranjeros. En el ministerio creado por Fouché, el tío Jaucourt tuvo la cartera de Marina.

El 8 de julio de 1815, el Rey hizo su entrada en París ante una multitud mucho más entusiasta que la de 1814. El prefecto Chabrol lo recibió con palabras que entrarían en la Historia:

—Sire, han transcurrido cien días...

Pero Francia, perdonada de los labios para afuera en 1814, fue tratada como reincidente en 1815. Un millón doscientos mil hombres ocuparon más de sesenta departamentos en los que se condujeron como en territorio conquistado. El castillo de Montmirail, propiedad de los La Rochefoucauld, se encontraba en Champaña en el camino de las invasiones. Fue preservado de la destrucción, pero los aliados bebieron o sustrajeron 40.000 botellas (sin contar el aguardiente) y robaron los caballos. Se temió por Courtreux. El delicioso castillo de Saint-Ouen, donde Luis XVIII se había alojado en 1814, fue destruido por lo que Zoé llama "la banda negra", es decir los prusianos. Eso afectó mucho al Rey; más adelante repararía ese daño.

Luis XVIII soportó que los austríacos acamparan bajo sus ventanas, que los cañones prusianos continuaran apuntando al palacio de las Tullerías y que se llevaran los cuadros hasta de las paredes de su palacio (el duque de Wellington no desdeñaba hacerlo con sus propias manos), pero, cuando se enteró de que Blücher quería hacer volar el puente de Jena —de lo que Talleyrand advertido se preocupaba como de su primera sotana—, amenazó con instalarse en él. Simuló ceder a los aliados, pero enviaba secretamente órdenes de resistencia en trozos de papel "grandes como la uña del pulgar" a todas las plazas fuertes, que resistieron todavía tres meses. Finalmente, escribió al zar que abandonaría la corona antes que ceder a unas condiciones que, en su conjunto, eran draconianas. Por el segundo tratado de París, Francia perdía todas las ventajas territoriales conservadas en 1814 (entre otras Saboya) y soportaba incluso el pago de una indemnización de 700 millones y la ocupación militar (a sus costas) de 150.000 hombres.

Con Francia desangrada, ocupada, más pequeña que antes de la Revolución, terminaba la gloria del Imperio.

Después de la humillante ocupación y de un tratado que le destrozaba el alma, el Rey soportó, de aquellos que se decían sus partidarios, una prueba que ya no cesaría. Un año antes habían saludado el regreso del Rey, pero vieron cargos y favores reservados a los opresores de la víspera. A partir de entonces, transformados en Casandra, predijeron las peores catástrofes. Las consecuencias de lo que ellos llamaban la debilidad real (Zoé no habla más que de "la gran bondad del rey") parecían darles la razón. La joven condesa du Cayla emergió de los Cien Días sin rencor: "Todos éstos irán a esconder en agujeros su vergüenza", escribe delicadamente, pero ésa no era la regla general. Con el insulto en la boca y la venganza en el corazón, los ultras ahora llamaban a Luis XVIII "el jacobino flordelisado". En la Cámara, Béthisy fue ovacionado cuando gritó: ¡Viva el Rey a pesar de todo!". Había más de un cuarto de siglo de rencor y de venganza insatisfecha en ese "a pesar de todo". Sosthène no se quedaba atrás en esa emulación, y el papel de Zoé apuntaba, como apuntará más tarde, a moderarlo:

"Que vuestras acciones os distingan pero que la prudencia las acompañe siempre —le escribe—. Pensad que Francia está enferma y que si el Rey sólo reinara sobre la gente honesta el reino sería pequeño" (acertada observación). "Por consiguiente, hay que reinar sobre los otros. Temed la guerra civil", pide quien fue considerada la mujer fuerte del partido ultra. Su exhortación termina con esta sabia resolución: "A riesgo de que me encontréis jacobina, quiero ser razonable". Ésa era exactamente la posición del Rey. Una de las razones de su entendimiento fue que Zoé nunca tuvo que disfrazar su pensamiento para agradarle. En ese terreno al menos, no puede ser tachada de hipócrita.

A decir verdad, por muy lamentables que pudieran parecer a Sosthène los sentimientos políticos de Zoé, para él se situaban después de los sentimientos a secas. Había echado de menos a Zoé y, lo que era nuevo, Zoé también había echado de menos al vizconde. Durante los Cien Días la joven pudo medir su aislamiento y se aferró a sus cartas cotidianas. Los "príncipe querido" y los "os amo con toda mi alma" se multiplicaron hasta llegar al encantador: "Amigo, que se haga todo lo que os agrade". Parece que se hizo. Una de las consecuencias del regreso de la isla de Elba fue la felicidad del vizconde de La Rochefoucauld. Sosthène, de cándido corazón, indica sin saberlo el momento de la caída. Cuando publicó en 1861 las cartas recibidas de la condesa du Cayla, creyó apropiado inscribir al pie de la página, en una fecha que, en julio de 1815, se sitúa inmediatamente después de su regreso de Gante, un párrafo, cada una de cuyas líneas desborda de una culpabilidad desconcertante:

Suficientemente feliz para afirmar que nunca he dado un mal consejo, lamentaría que el ejemplo que he podido dar a veces tuviera el más ligero inconveniente.

Más que nadie, creo y debo pensar que la amistad entre hombre y mujer, si bien puede existir de una manera perfectamente pura, no deja de tener inconvenientes; aunque más no fuera por la incitación que puede suscitar en los demás, y también por el peligro que representa para los caracteres débiles.

Mi existencia excepcional tuvo tanto sus ventajas como sus inconvenientes. Pero me es imposible dejar en silencio relaciones que han tenido consecuencias tan graves en la historia de mi país .

Ruego pues a los que estén tentados de condenarme, pensarlo bien antes de hacer un juicio demasiado severo; y, por otra parte, forzándome a contar, no tengo la pretensión de ponerme como ejemplo de nadie.

Circunstancias semejantes se presentan rara vez.

La R.

La felicidad de Sosthène tenía por cierto el sabor del pecado. Su insistencia en volver a caer en él prueba que no debió de lamentarlo mucho.

Chateaubriand, que no quería a Luis XVIII porque consideraba que éste no recurría suficientemente a sus talentos, rinde este homenaje a la Restauración: "Después de la dignidad de un solo hombre, pasado ese hombre renació la dignidad de todos". En el trono afianzado, el Rey, animado del mismo deseo de "ser razonable" que Zoé, resistía denodadamente las exigencias de los ultras, comenzando por enviar de paseo a su propio hermano, que lo incitaba a hacer quitar rápidamente toda huella del paso de Napoleón por las Tullerías:

—Si insistís, pondré su busto sobre la chimenea —le dijo.

Lo que habría creado una extraña situación. Pero muchas cosas eran extrañas después de los Cien Días, comenzando por la posición de los generales que regresaban de los campos de batalla, traidores en relación con su rey y heroicos en relación con su patria. Cuando Ney fue reconocido y arrestado en Cantal, Luis XVIII comprendió enseguida la dimensión de la catástrofe política que significaba ese arresto:

—Ese arresto nos será más funesto que su defección —repetía.

En cambio, el *Faubourg* lanzó un grito de alegría. Muchos querían inscribirse para ser sus carceleros. El duque de Berry, hablando de los generales cuya opinión había fluctuado, aseguraba:

—¡Hay que matar a ocho de ellos!

Era su número. Advertido de sus dichos, Luis XVIII convocó a su sobrino:

—Haréis caer mi dinastía. Si continuáis, os echaré de París.

Las elecciones de mediados de agosto se desarrollaron en ese clima de revancha. Cuando llegaron los resultados a las Tullerías, "el primer día se consideró que estaban bien, el segundo que estaban muy bien, el tercer día que estaban demasiado bien". En esa *"Chambre introuvable"** que Luis XVIII hubiese deseado no encontrar, apenas unos 30 diputados eran perfectamente puros sobre un total de 400. Muchos de esos puros anduvieron con remilgos antes de prestar el juramento de obediencia a la Constitución. Luis XVIII aprovechó esas disposiciones para gozar de un pequeño placer: Fouché, expulsado del ministerio, fue reemplazado por Decazes, y Talleyrand por el duque de Richelieu. Fue necesario sin embargo dar algunas garantías a los vencedores. El conde de Vaublanc, una nulidad que buscaba hacer olvidar, con brillante empeño, que había seguido a Napoleón, fue nombrado ministro del Interior. Monsieur, que lo estimaba, le había obsequiado un caballo blanco sobre el cual el nuevo ministro posaba cada día —en una postura que le favorecía— sobre el césped del Ministerio para el escultor Lemot, que estaba ejecutando una monumental estatua del buen rey Enrique IV. Pero, en el *Faubourg*, el ingenio se imponía con frecuencia al espíritu de partido. En las fiestas del siguiente martes de Carnaval, el buey gordo que se paseaba tradicionalmente por las calles de París resultó bastante flaco. Se comentó el tema en los salones:

—El pobre animal debe de haber sufrido demasiado por las estupideces de su sobrino el ternero blanco† —aseguró Mme. de Puisieux.

---

* Nombre dado a la Cámara de diputados ultrarrealistas reunida en octubre de 1815 y disuelta en septiembre de 1816 *(N. de la T.)*.

† Vaublanc suena como *veau blanc*, ternero blanco *(N. de la T.)*.

Por otra parte el Rey, harto de esas estupideces, despediría rápidamente al señor de Vaublanc y a su caballo.

Zoé, que había soportado los Cien Días en París, debió alejarse poco después. En compañía de sus suegros —por una vez reunidos—, llegó a Montpellier. Esta vez, la ausencia duraría cerca de un año. ¿Quiso alejarla la condesa du Cayla, adivinando que el reencuentro de su nuera con el vizconde de La Rochefoucauld había pasado los límites de la amistad? Parece más plausible que el conde François-Hercule du Cayla, nombrado par hereditario el 17 de agosto de 1815, haya querido poner orden en sus asuntos, tomar en sus manos la administración de propiedades de las que estaba alejado desde 1789 y, ¿por qué no?, volver a estar con su familia. Como los viajeros llevaban con ellos a Valentine y a Ugolin, el viaje se parece también a una huida destinada a sustraer a ambos niños del padre que los reclamaba. Al empezar las clases, el pequeño Ugolin fue llevado en secreto por su abuelo a Montmirail y confiado al cuidado del vizconde de La Rochefoucauld. El niño comenzó sus estudios en Châlons, donde el vizconde lo visitaba regularmente.

"He recibido noticias de Châlons —le escribe Zoé—. Sois un tesoro, un verdadero tesoro por haber pensado en darme noticias de mi hijo." Y más adelante: "Desearía que mi Ugolin os viese todos los días".

La vida que llevaba Zoé durante ese año de exilio era un poco aburrida. Todos los días se ocupaba de los estudios de Valentine, y la tarea solía ser ingrata:

"Esta mañana estoy como embrutecida por los deberes de mi Valentine, que está aprendiendo muy mal, y no es inteligencia ni facilidad lo que le falta. Hay días así; todos hemos sido iguales".

Pasadas las lecciones, había que escuchar los relatos de la tía Marta:

"Desde ayer, escucho la vida de mi tía, que es muy larga, pero ella se ha apoderado en cierta forma de mí. Supongo que tendrá fin, porque todo termina, y porque pronto lo sabré todo".

Sosthène se aburría mil veces más que Zoé desde que ella se había marchado. No pudiendo contenerse, tuvo una idea que la joven rechazó de plano:

"Nunca os he respondido a vuestra broma de pasar aquí el invierno. No hay que considerarlo ni siquiera un minuto. ¿Cómo se os pudo ocurrir? Y mamá jamás ha pensado en eso".

¡Por cierto que no! Pero vemos que Zoé tampoco. Evidentemente prefería al vizconde (debía de tener sus razones) como amigo, en lo que después de todo era excelente, más que como amante. A partir de entonces ella trató, en la medida de lo posible, de que él se mantuviera en el terreno de la amistad. El pobre Sosthène se vio reducido, una vez más, a morir de celos, pues la vida social existía tanto en Montpellier como en Toulouse, adonde la familia pasaba algunas semanas. Él desconfiaba de todos: del señor de Gontaut, del señor de Castelbajac y hasta del señor de Fezensac, cuya locura consistía en declamar versos.

> *Recita piezas de Molière y tragedias enteras de corrido sin consultar siquiera* —cuenta Zoé, a propósito de ese animal de circo—. *Recitó la pieza entera de* Nanina *después de* Británico *y de cincuenta fábulas de La Fontaine. Sabe dos sermones de Massillon.*

Sosthène comprendió que ese talento de sociedad era más molesto que otra cosa y trasladó sus sospechas al coronel Pakenham, hermano de la duquesa de Wellington.

> *En efecto, no está mal* —responde Zoé—, *su ojo de menos le sienta muy bien y su pierna rota le da muy buenas maneras; el globo que tiene en la cintura contribuye aún más a su gracia natural. Se expresa con extremada dificultad, pero esa molestia da carácter a todo lo que dice.*

A ese enamorado que multiplica los llamados de atención y los consejos, ella le repite en vano: "Pensad que os amo demasiado como para que queráis hacer de mí una muerta en vida". Sólo una vez estalló ante los lloriqueos de ese eterno niño mimado. Ese grito habla muy a las claras de lo que ocultaba la inalterable alegría de la condesa du Cayla:

> *Mientras os ame, no me rebajaré a fingir con vos, por eso os diré en la cara, sí, en la cara, miradme a la cara*

en este momento, que vuestra imaginación tan impresionable es lo único que se opone a vuestra felicidad. Si yo tuviese vuestra suerte en este mundo, me sentiría tan feliz que temería morir por ello.

Para olvidar la suerte que le tocaba en este mundo, ella paseaba con Valentine, se internaba en el mar en una barca o hacía excursiones a Cauterets, Barèges y Gavarnie, desde donde enviaba cartas tiernas, llenas de descripciones encantadoras:

"*Cuánto he pensado en vos paseando cerca del torrente furioso; hubiese querido que me arrastrara hacia vos*".

¡Y hacia París! A Zoé le irritaba estar lejos del *Faubourg*, electrizado entonces por la extraña aventura ocurrida a un campesino de la aldea de Gallardon, cerca de Chartres. Sosthène, que se vio mezclado en ella, o más bien que se mezcló, estaba más electrizado que los demás. A decir verdad, el asunto no era trivial y se parecía a una versión, muy modesta y masculina, de Juana de Arco. Thomas Martin, agricultor muy honorable de la aldea de Gallardon, decía haber visto el 15 de enero de 1816 al arcángel Rafael, quien venía a pedirle que fuera a ver al Rey. Alertado el cura (se llamaba Laperruque), aconsejó "seguir un régimen simple y hacer decir una misa", a pesar de lo cual la visión se repitió. Superado, el sacerdote recurrió al obispo de Versalles, el cual previno al prefecto. El marqués de Breteuil escribió al ministro de Policía, y así fue como, por orden de Decazes, el campesino de Gallardon fue sometido, en Charenton, al examen de los mejores alienistas de la época. No se encontró rastros "de ningún signo de demencia", y Decazes, acuciado por Sosthène, que iba por todas partes asegurando que se mantenía en la cárcel a un enviado del Señor, terminó por hablar del asunto con el Rey.

Luis XVIII fue sin duda el menos místico y el menos crédulo de los reyes de Francia. Sin embargo, creía gustoso, como lo asegura Mme. de Boigne, "que si el Buen Dios se ocupaba de algo, debía de ser sin duda del jefe de la casa de Borbón". Si el arcángel San Miguel se le había aparecido a Juana de Arco para el bien de Carlos VII y del país entero, no veía por qué el arcángel Rafael no habría de aparecérsele a un campesino de Beauce para hacer un nuevo favor a la realeza. Al menos era algo que merecía ser verificado. Fue así como el 2 de abril de 1816, Thomas Martin subió la escalera de los aposentos privados del Rey y fue introducido en el gabinete real.

El pobre Martin sólo tenía que decir tres cosas a Luis XVIII, pero extremadamente desagradables.[52]

La primera era que uno de sus allegados lo había traicionado.

—Ya sé. ¡Es La Valette! —exclamó el Rey, que sin duda pensaba comenzar un juego de adivinanzas.

Martin dio a entender que era Decazes, lo que evidentemente entristeció a Luis XVIII.

La segunda revelación, más molesta todavía, estaba destinada a probar al Rey que Martin no era un impostor, comunicándole una circunstancia conocida solamente por él. Martin le recordó que él había tenido, al comienzo del reinado de Luis XVI, en una partida de caza, un pensamiento culpable: ¿no había pensado que si el rey moría —por ejemplo en un accidente de caza— heredaría la Corona?

—Martin, ésas son cosas que no deben ser conocidas más que por vos y por mí —dijo el Rey, un poco inquieto, después de lo cual lloró mucho. Martin lloró también, prometió guardar el secreto, pero lo hizo muy mal pues todo el país se enteró.

La tercera revelación era sin duda la más penosa, pues, como lo escribe Martín,[53] "el ángel me encargó anunciar al Rey que ocupaba un lugar que no le pertenecía y que no debía hacerse consagrar". En otras palabras que Luis XVII vivía todavía. El ángel no le había dicho dónde se encontraba el heredero legítimo.[54] Luego de todas esas cosas desagradables, el Rey preguntó si el ángel había dado consejos para gobernar a Francia, pero se había abstenido de hacerlo. Así Luis XVIII despidió a Thomas Martin, recomendándole rezar por él.

Al principio se vio en el caso Martin una maniobra de Decazes para ridiculizar a los ultras. Pero los riesgos hubiesen sido demasiado grandes para un resultado conseguido de antemano. Luego se descubrió que Gallardon estaba muy cerca del castillo de Esclimont, donde vivía la duquesa de Luynes, cuya nieta estaba casada con Sosthène de La Rochefoucauld. Se pensó entonces que la intriga provenía del castillo con el fin de derrocar a Decazes. Era armar una pesada y peligrosa maquinación por un resultado, esta vez, aleatorio. De todos modos, la conciencia escrupulosa de Sosthène se habría negado a realizar, aun por la buena causa, maniobras que habría considerado sacrílegas. El hombre era capaz de grandes tonterías, pero no por cierto de mezclar al Cielo en un complot. Las sospechas se detuvieron un tiempo en el vizconde, y Zoé bromeó más tarde:

"Estáis pues en esa famosa región de Gallardon, habitada por ángeles o diablos, querido vizconde", escribía en 1823.

Lo que a la distancia parece aún más extraño que el caso Gallardon en sí es la actitud del Rey después de su encuentro con Martin. Para un Borbón, y Dios sabe que Luis XVIII lo era, el rey de Francia era el "ungido del Señor". Ahora bien, Luis XVIII fue el único rey de Francia que no fue consagrado. Canceló la ceremonia cuyos preparativos habían comenzado. Obsequió más tarde a Zoé el manto de terciopelo azul bordado en oro y orlado de armiño. La favorita puso ese regalo, por cierto conmovedor, pero difícil de usar, alrededor del retrato del Rey (otro obsequio), al que le aportaba, de haber sido necesario, una mayor grandeza.[55]

Otro efecto, al parecer, de las palabras de Martin, fue que el Rey ordenó buscar los restos de Luis XVII, lo que curiosamente no había sido hecho hasta entonces, siendo que se había dado una sepultura regia a sus padres. La exhumación de los restos del niño, enterrado el 10 de junio de 1795 en el cementerio Sainte-Marguerite, comenzó el 12 de junio de 1816. El clero ya se hallaba reunido cuando llegó una contraorden del ministro de Policía, contraorden sin duda justificada por los testimonios contradictorios dejados por los sepultureros.[56] En la espera, no se hizo lugar alguno a la memoria de Luis XVII, ni en Saint-Denis ni en la capilla expiatoria inaugurada en 1826. El 8 de junio, día oficial de la muerte del sobrino del Rey y hermano de Madame, nunca fue señalado por ninguna ceremonia, ni siquiera privada. Parecería que en la mente del Rey y de su familia hubiese subsistido más de una duda, referida, con el correr de los años, tal vez menos a la realidad de la muerte del niño que a la fecha y a las circunstancias exactas de esa muerte.

En cuanto a Martin, regresó tranquilamente a Gallardon y no tuvo más visiones. Lamentablemente, el buen cura Laperruque no logró protegerlo de sus adoradores. Colmado de adulaciones, comenzó a hablar familiarmente de las cosas del Cielo. Más tarde, dio su aval a Naundorff.* Sosthène de La Rochefoucauld lo siguió un tiempo por ese camino.

---

* Karl Naundorff, aventurero nacido en Potsdam (1787-1845). De profesión relojero, se hacía pasar por Luis XVII *(N. de la T.)*.

Al llegar la primavera de 1816, Zoé se impacientaba cada vez más de estar retenida lejos de París cuando allá pasaban cosas tan extraordinarias, aunque las posibilidades de intervención divina le interesaran menos que todas las conversaciones y emociones diversas que el *Faubourg* podía extraer de ellas. Asediaba a diario a su suegra para apresurar la partida, pero a la condesa du Cayla le agradaba el Mediodía y no siempre era fácil convencerla. Finalmente, la joven condesa du Cayla tuvo la alegría de volver a la capital para asistir, el 17 de junio de 1816, al lado de su suegro, a las fiestas celebradas por la boda del duque de Berry. La ceremonia tuvo lugar en Notre-Dame, donde el Rey, el "Regente" en el sombrero y el "Sancy" en la espada,* se adelantó a recibir a la novia. Era el primer acontecimiento feliz del reinado. De esa unión se esperaba algún día el nacimiento del heredero del trono, pues el matrimonio del duque de Angulema con su prima, unión por otra parte apacible (sin duda demasiado), había sido estéril. En la época de la emigración, el duque de Berry había pretendido la mano de varias princesas, pero su espantosa reputación de juerguista, unida a una posición poco envidiable, habían vuelto prudentes a los padres. La vida personal del duque no había cambiado, pero su posición de heredero del trono de Francia volvía a las cortes más benevolentes. El propio zar Alejandro dio a entender que su hermana, la gran duquesa Ana, estaba dispuesta a abandonar la religión ortodoxa por una corona. Luis XVIII, para quien los Romanov seguían siendo unos advenedizos, alegó puntos de protocolo y eligió a una Borbón; de Nápoles tal vez, pero en fin, una de esos Borbones con los cuales la familia se había casado cien veces. El barón de Frénilly, aunque persuadido más que ninguno de la inmensa superioridad de los Borbones sobre todas las demás dinastías y de su distinción sin par, lamentó el rechazo de la gran duquesa: "Una princesa bella, joven, sobre todo alta —escribe—, y capaz de compensar la generación enana que dos saboyardas muy bajas han inoculado en Francia, sin embargo era de religión griega. Hubo que buscar entonces una enana de Italia para el enano de Francia, al azar de los diminutivos que pudieran nacer de ellos".

* Dos diamantes famosos *(N. de la T.)*.

Se encargó al barón de Damas recibir a María Carolina de las Dos Sicilias en Marsella. El mariscal de Castellane cuenta que fue muy difícil hacer comprender al barón que no era necesario contar con 36 cañones para disparar 36 cañonazos. En la misma ocasión, el mariscal, siempre un poco duro en sus apreciaciones, traza un retrato de la princesa:

"Con un ojo hacia Oriente, el otro hacia Occidente, lleva de ordinario la cabeza baja. Poco agraciada por naturaleza, ama la danza, salta con los pies hacia adentro y fuera de compás." La condesa de Boigne confirma esa deplorable disposición de los pies y añade que la futura esposa era completamente ignorante, que apenas sabía leer y hablaba un francés matizado de italiano popular y de español. Luis XVIII acogió a la joven con mucha benevolencia. "Nariz, boca, mentón, nada es bonito en ella; todo es encantador", escribe. Tal era la fórmula con la que Luis XV había descrito antaño a la novia del conde de Provenza.[57] Éste conservaba el recuerdo de la elegancia de la frase.

Tal como era, la princesa agradó a su esposo, que la amó y la mimó sin cambiar en nada sus costumbres, consistentes en frecuentar asiduamente a las señoritas de la Ópera. Como la tonta que había desposado (que sin embargo era fresca, alegre y hasta bastante excitante) era muy celosa, el príncipe de Castelcicala, embajador de Nápoles en París, le aseguró de manera perentoria que, en Francia, todos los hombres tenían amantes, que sus mujeres lo sabían y se mostraban satisfechas. "Ella no osó rebelarse —nos dice la condesa de Boigne— contra una situación que, según él le afirmaba, era tan general y de la que sólo exceptuaba al duque de Angulema." Así era esa princesa de 18 años en cuya vida Zoé estaría llamada a desempeñar un gran papel.

Después de la boda del duque de Berry, Zoé pasó algún tiempo en Chantilly junto al príncipe de Condé, antes de ir a Courtreux. En septiembre, una ordenanza obtenida por Decazes y Richelieu disolvió la *Chambre introuvable*; Luis XVIII, siempre deseoso de conservar una vía intermedia, no quiso volver al Antiguo Régimen. El poder de Decazes estaba en su apogeo y también el odio que por él sentía el *faubourg* Saint-Germain. Es la época en que el barón de

Damas se vanaglorió, habiendo recibido una invitación del ministro, de haberla enviado a un viejo general del ejército de Kléber que se llamaba Damas. A despecho de esa grosería, Decazes renovó la invitación y el barón su torpeza. Frénilly, que no llama al ministro más que como "el Sejano* libournés" (lo que resultaba poco amable, pues el favorito de Tiberio tenía de todos modos algunos asesinatos en su conciencia), "el duque de Garonne" o "el Narciso de hombros de lacayo", se limita a señalar: "Yo había encontrado a veces a ese champignon en la casa de los Vindé". En cuanto al príncipe de Poix, aunque benevolente con el ministro, golpeó familiarmente su espalda en un gran baile ofrecido por el duque de Castries:

—Buenas noches, querido traidor —gritó de modo que lo oyeran todos.

La sorpresa de Decazes turbó al príncipe, cuyo cerebro hacía juego con su nombre.† Salió del paso encogiéndose de hombros:

—¡Qué queréis! Todos os llaman así.

Ese tipo de desarreglos en personas perfectamente bien educadas indica el nacimiento de algo nuevo, llamado espíritu de partido. Era sin duda el precio que debía pagarse por la nueva libertad. Las pasiones políticas comprimidas bajo el Imperio ahora podían tener libre curso. "Nuestra sociedad amable, íntima, antes tan unida, se dislocó. El espíritu de partido reemplazó a la concordia", escribe Frénilly. Los miembros de la alta sociedad, que hasta entonces sólo pensaban en la conversación, la caza o la alcoba, se apasionaron por la elección de los ministros o de los prefectos, el voto de las leyes o del presupuesto. En adelante eligieron a sus amigos y los salones que frecuentaban en razón de sus opiniones. Así la pobre marquesa de Montcalm vio cómo era abandonada por sus mejores amigos, entre ellos Chateaubriand, por la única razón de ser hermanastra del duque de Richelieu y sospechosa, como él, de "jacobinismo".

Esas deformaciones eran completamente ajenas a Zoé. Si bien tenía convicciones y fidelidades, jamás pensó que valieran el sacrificio de un amigo o de un momento de felicidad. Sosthène debió reconocer más de una vez su fracaso en ese aspecto: "Madame du Cayla,

---

* Sejano: político romano, amigo de Tiberio. Pensó en apoderarse del trono, por lo que el emperador lo mandó matar *(N. de la T.)*.

† *Poix*, pez, sustancia resinosa, pegajosa *(N. de la T.)*.

de carácter muy independiente, no veía siempre como yo", confiesa, bastante molesto. De todos modos, en el otoño de 1816, Zoé estaba dedicada por entero a una suegra que se moría. Llevó a la enferma a París, donde Portal y Bourdois se sucedieron en vano junto a ella. El 19 de diciembre de 1816, Zoé, destrozada, perdía a su segunda madre y se encontraba sin protección ante un esposo furioso por el testamento, que hacía pasar la fortuna de Suzanne de Jaucourt, condesa du Cayla, no a su hijo único, sino a sus nietos, Valentine y Ugolin. La coléra del hijo perjudicado aumentó aún más cuando el anciano marqués de Jaucourt, al morir poco después de su hija, dejó también su herencia a Valentine y Ugolin. Esas disposiciones, bastante raras como para ser notadas, prueban por cierto que Achille no había sabido hacerse apreciar por su familia. Muestran también que Zoé era hábil. Sin embargo, la joven corría el riesgo de pagar muy caro ese talento.

Antes de morir, la condesa du Cayla, esposa del conde François-Hercule du Cayla y ex dama de honor de la condesa de Provenza, tuvo un último gesto de protección para quien se había convertido en su hija. Escribió al Rey para recomendársela.

Capítulo Tres

El Rey y yo

Piquillo
¡Ah! Ya sé bastante
Pues sé, tunante,
Que del rey sois la amante.

La Perricholi
¡Dios mío! ¡Dios mío!
¡Qué tontos son los hombres!
¡Qué tontos son los hombres!
¡Qué tontos son los hombres!

La Perricholi
(ópera bufa de J. Offenbach).

Una vez enterrada su suegra, Zoé trató de ganar tiempo. Se refugió con sus hijos en Chantilly, junto a su suegro y al príncipe de Condé. Como su esposo no podía soportar ni a uno ni a otro, estaba segura de no encontrarlo allí. Pagaba esa tranquilidad con un mortal aburrimiento. En Chantilly, todavía en ruinas, junto a un príncipe octogenario, los días eran interminables.

No puedo deciros cuán triste y abandonada me siento —escribe el 7 de agosto de 1817—. *¿Con quién hablar aquí? No tengo un alma, un individuo con el que pueda contar. Ésta es mi vida. Después de comer me voy; he asumido esa actitud. Me ocupo de todas las lecciones. Si oigo algo de ruido, me late el corazón; pienso en vos, en los que se interesan por mí, para no creerme abandonada, y trato de calmarme. A las tres, paseo con el señor príncipe de Condé, toda mi sociedad, en coche o a pie. Mis hijos lo divierten. Los colma de atenciones, los lleva en su cochecito, a veces los sienta a la mesa junto a él. En fin, es imposible imaginar hasta dónde llega su bondad con ellos. Después de cenar jugamos dos horas a la lotería, y lo hago regularmente. Ugolin extrae los números; Valentine juega muy seriamente; el señor príncipe de Condé se enoja cuando ella no juega. A las ocho y media dejamos el juego y trabajamos en el salón hasta las diez y media.*

No era muy alegre su vida. Durante esos meses siniestros, Zoé pudo sin embargo trabar amistad con Mme. de Rully. Hija ilegítima del duque de Borbón, nacida de una relación del príncipe con una tal Catherine Michelet, llamada Mimí, no abandonaba la corte de los Condé. Esa vida, que ya no tenía nada de idílica para Zoé, estaba emponzoñada por la preocupación por el futuro. Desde Montpellier, adonde había ido a arreglar los asuntos concernientes a la sucesión de su madre, Achille du Cayla hizo saber a su esposa que pensaba reanudar la vida en común: "Sus cartas me reclaman a gritos", escribe la esposa recalcitrante. En todo caso, el conde reclamaba firmemente a Valentine y a Ugolin "como padre y tutor nato de sus hijos". Zoé, confiando sus intereses al abogado de Sèze, interpuso una demanda de separación. El procedimiento era extraño; podía privarla de sus hijos, dejarla sin un centavo y ponerla al margen de la sociedad. A una mujer separada o divorciada se le prohibía *ipso facto* la entrada a las Tullerías y a casi todos los salones. La Restauración fue el período que más en serio tomó los vínculos matrimoniales. Se acababa de votar una ley sobre la indisolubilidad del matrimonio, y sólo 22 diputados y 12 pares se habían opuesto. En 1817, el paso dado por la joven condesa du Cayla era tan temerario como desesperado, pero

Zoé sabía lo que quería y estaba dispuesta a pagar el precio. Totalmente decidida, escribió al duque de Gramont, capitán de los guardias de Luis XVIII cuya hija estaba casada en Rusia, para pedirle que procurara a esa hija "una nueva educación". "Para ponernos a cubierto los tres", como lo repite a Sosthène, estaba dispuesta a convertirse en institutriz y a marcharse hacia lo que en ese entonces era el fin del mundo.

Desesperado ante esa perspectiva, el vizconde de La Rochefoucauld removía cielo y tierra. El duque de Doudeauville, el duque de Montmorency, el duque de la Calprade y el duque de La Châtre se movilizaron, intervinieron, conversaron y se remitieron al conde François-Hercule du Cayla. "Es él quien debe ocuparse de todo y hacerse ver", escribe Sosthène. A lo que Zoé responde: "Él me dice que no quiere ponerse en evidencia". El conde François-Hercule sólo se exponía al fuego durante la guerra.

Mientras tanto, los días pasaban en Chantilly. La única felicidad de Zoé era ver contentos a sus hijos:

> *Yo jugaba con ellos a "¡Vuela paloma! ¡Vuela perdiz!" cuando vinieron a verme los Quesnay. Y en el momento en que yo decía "¡Vuela paloma! ¡Vuela perdiz!", el señor du Quesnay arrojó diestramente unas perdices sobre la mesa, y reímos hasta destornillarnos.*

Mientras se ocupaba de sus hijos, Zoé intentaba lo que, al leer sus cartas, parece una empresa desesperada: casar a Denis. De 34 años, el joven estaba enamorado de una bella visitante, lamentablemente acompañada por un hermano que no la dejaba ni a sol ni a sombra.

> *Intentaré hablar hoy por la tarde* —escribe la casamentera—. *Madame de Rully distraerá al hermano, pues no abandona a su hermana un minuto. Denis está en verdad muy bien; vos estaríais contento. Y ella le agrada más que nunca. Ayer quiso acercarse a ella, pero en dos ocasiones diferentes vino el hermano a interponerse entre él y su hermana. El hermano es una buena persona, pero creo que es el amo. Esta mañana nos hemos franqueado en relación con nuestros recíprocos deseos. Ella*

es encantadora conmigo, y pienso como vos que su alma es elevada y todos sus sentimientos generosos.

Lamentablemente, el alma del hermano estaba más inclinada a las contingencias materiales y el intento fracasó. El hijo de Omer Talon, el hermano de la condesa du Cayla que estaba separándose de su esposo, no era un buen partido. Un poco más adelante, el Rey casaría al general vizconde Talon, promovido al grado de mariscal de campo, comandante de la Legión de honor, comandante de la primera división de lanceros de la guardia del Rey, con una princesa que se sentiría feliz por la boda.

Mientras tanto, el 22 de septiembre, Zoé anunciaba que acababa de recibir una carta de Mme. d'Orglandes ofreciéndole albergarla en el invierno y que "a cuarenta leguas estaría más segura". La condesa du Cayla y sus hijos estaban reducidos a aceptar casa y comida. "Debo contenerme para no torturar mi corazón —escribe entonces—. Adivinaréis fácilmente todo lo que no digo."

Y luego, bruscamente, en octubre de 1817, el tono de las cartas de Zoé cambia. De nuevo bromea y se burla del vizconde por sus eternos celos. De pronto parece que se la oye reír:

Vuestras dudas provienen seguramente de la prodigalidad de vuestros sentimientos. Si amara a doce hombres, no contaría con ninguno. En verdad, vuestro entierro será algo histórico en la historia del sentimiento. Se podrá decir: él fue amado por todas.

¿Qué pudo ocurrir para que Zoé recuperara su alegría? La respuesta se encuentra en la siguiente carta, fechada el 20 de octubre:

El duque de La Châtre ha estado maravilloso conmigo y últimamente el rey le ha hablado mucho de su interés por nosotros tres, y le ha dicho que se ocupaba de que mi suerte fuese asegurada de manera estable por las leyes.

Si Su Majestad se encontraba de pronto muy ocupado por la suerte de la condesa du Cayla, era porque la había conocido.

Muchas falsedades circularon sobre las circunstancias del primer encuentro de Zoé y el Rey. La leyenda más difundida nos muestra a Zoé apoderándose de la confesión de Favras (que de todos modos ya tenía 25 años de antigüedad) y deslizándose en el gabinete real amenazando con publicarla si Luis XVIII no arreglaba sus asuntos. Después de lo cual, el rey, muy naturalmente, se habría enamorado de inmediato de la joven, quien habría quemado alegremente el papel, ahora inútil, en la chimenea donde justamente crepitaba un buen fuego. Todo en esta historia es inverosímil; primero porque, después de tantos años, el tenebroso asunto de 1790 no habría llamado la atención de nadie. Favras había sido uno de los primeros muertos de la Revolución. Miles y, con el Imperio, cientos de miles de otros muertos lo habían hecho olvidar. En 1817, la confesión del condenado Favras era lo que se llama un petardo mojado. Por el contrario, Luis XVIII habría apreciado muy poco que se le recordara un período odioso para él, como tampoco le habría gustado el intento de chantaje. Agitar la confesión de Favras ante los ojos del Rey habría sido la mejor manera de hacerse echar inmediatamente y para siempre de las Tullerías. El problema de Zoé no era recordar al Rey que era la hija de Omer Talon, sino de hacer que lo olvidara. Podemos estar seguros de que jamás ella mencionó en su presencia la confesión o a su padre.

Para terminar con el caso Favras, seguimos preguntándonos qué se hizo de la confesión del condenado. Todo lo que se sabe es que en realidad ésta existía a principios de 1790 y que Talon se negó a entregarla a la policía de Bonaparte. ¿La destruyó o la hizo destruir durante su cautiverio? En todo caso, si el ex funcionario la confió a alguien, debió de ser a su hijo y no a su hija, lo que confirma una carta ya citada, escrita en 1827 por Zoé a un señor de Châteauneuf:

"Estoy esperando a mi hermano, que viene de Rusia el mes próximo; él tiene *todos* los papeles de mi padre".

Denis Talon era un realista sin genio pero perfectamente puro (fue de los que siguieron en 1832 a la duquesa de Berry a Italia para ayudarla en su tentativa de levantamiento) y no poseía la inclinación fantasiosa, y menos aún la negociadora, de su padre. Es dudoso que conservara un papel que podría haber mancillado, de cerca o de lejos, a la realeza. En la fecha en que Zoé conoció a Luis XVIII, es muy probable que la trágica confesión ya no existiera.

Por consiguiente, no fue agitando tontamente documentos comprometedores como Zoé entró al gabinete real, donde además no era tan fácil ser recibido. El Rey solía hacer responder a los que le pedían audiencia: "que escriba sobre el asunto que le preocupa". Afortunadamente, esa demanda en favor de Zoé ya había sido escrita por Suzanne du Cayla, y el Rey no podía rehusar la solicitud de la ex dama de honor de su mujer, esposa además del primer gentilhombre del príncipe de Condé, sobre todo porque ese pedido lo sorprendía: no era muy frecuente que una madre, oponiéndose a su hijo, tomara la defensa de su nuera.

Curiosamente, Zoé tardó varios meses en ir a las Tullerías y en utilizar el crédito de su suegra. Pensaba tal vez que la hija de Omer Talon no podía esperar nada del ex conde de Provenza. Sin duda pensaba también que su pedido —el de una esposa que quiere separarse de su marido— no era agradable ni fácil de presentar.

Una audiencia real era entonces una muestra tan grande de favor que, en ese septiembre de 1817, mientras subía las escaleras del pabellón de Flora, Zoé se sentía más muerta que viva. La primera impresión recibida al penetrar de día en el palacio era la de un silencio casi absoluto. Afuera, el ruido y la agitación de la capital, los gritos de los niños y de los vendedores en los jardines de las Tullerías, los pasos de los caballos, el rodar de los coches, las órdenes de los guardias en el patio del Carrousel. Franqueada la puerta, se descubría la frescura, la sombra y el silencio de una catedral.

Más y más temblorosa, Zoé atravesó la sala de los guardias donde permanentemente había 22 gentilhombres en uniforme de gala. Cuando el duque de La Châtre, primer gentilhombre del rey, la recibió en el umbral de los aposentos reales, la joven fue ganada, como todos los que habían pasado la prueba antes que ella, por el deseo de huir. Ya no sabía qué decir y ni siquiera estaba segura de hacer correctamente su reverencia. Guizot, que tuvo su primera audiencia en Gante en 1815, escribe: "Qué tonto se siente uno al encontrarse por primera vez a solas con un rey", y Maine de Biran cuenta: "Tenía el estómago comprimido, la cabeza confundida. Sentí latir el corazón de manera extraordinaria". En cuanto a la duquesa de Orléans, aunque hija de rey, cuenta que rogaba a Dios que le diera el coraje de enfrentar una audiencia privada.

El pequeño gabinete donde el duque de La Châtre hizo entrar a Zoé contrastaba con la extraordinaria magnificencia del palacio, cargado de terciopelos, cristales y oro. Como escribe Lamartine, "allí el Rey gustaba de recordar al proscrito". La habitación estaba amueblada con un pequeño escritorio de madera blanca que había utilizado en Varsovia y un *chiffonnier* traído de Mitau. Las paredes estaban cubiertas de libros, el escritorio, tapado de papeles y calendarios. Cumplida al fin su reverencia, Zoé quedó fascinada por la mirada del Rey. Los ojos oscuros, severos eran inolvidables. Para la duquesa de Gontaut, parecían apoderarse "hasta de la conciencia y forzar a decir claramente la verdad". Lamartine habla "de los más bellos ojos que vi jamás", y el mariscal Macdonald "de una mirada penetrante de lince". Cuando el Rey hablaba, sus ojos notaban todo lo que pasaba. La duquesa de Broglie dice a ese respecto: "No hay acuerdo entre su boca y sus ojos; su sonrisa es constante y su mirada severa hasta la dureza". A ello hay que agregar su aire majestuoso, su soltura, la elegante facilidad de su expresión. Zoé, invitada muy cortésmente a explicarse, sólo atinó a murmurar:

—Sire, quieren quitarme a mis hijos.

Luis XVIII, para quien no se trataba más que de llenar lo más rápidamente posible una formalidad que no había podido eludir, pronunció palabras de circunstancia, consistentes en conmoverse ante el recuerdo de la difunta suegra y no pasar de vagas promesas. El vizconde de La Rochefoucauld vuelca en sus *Memorias* el eco de las palabras reales:

> *—Yo sentía —dijo el rey— un tierno afecto por vuestra señora suegra; supe apreciarla, y os conocí por ella. Sus recomendaciones son sagradas para mí. Me pintó, poco antes de su muerte, vuestra situación y vuestras desventuras, y me inspiró por vos y por vuestros hijos un interés tan verdadero que podéis venir sin temor a reclamarme pruebas de ese interés todas las veces que ellas puedan seros útiles.*

"El primer paso había sido de buen augurio", concluye Sosthène. No era ésa la opinión de Zoé, que salió retrocediendo (después de una reverencia durante la cual era necesario, con un puntapié discreto pero vivo, apartar el ruedo del vestido en el que podían enredarse los pies), jurándose no repetir nunca más una gestión tan penosa como inútil.

La primera consecuencia de la entrevista fue que Achille, enterado, escribió al Rey, ciertamente en el tono acrimonioso que le era propio, para acusar a su esposa de bagatelas tales como adulterio y apropiación de herencia (s). Sosthène, enloquecido, veía cernirse el espectro del viaje de Zoé a Rusia. Suplicó a la joven que solicitara una segunda audiencia. Como ésta se negaba, agitó ante ella a todas sus relaciones. Puso a los niños como pretexto:

"Yo sólo os hablaba de vuestros hijos y fue en su nombre que, uniéndome a vuestros amigos, todos los cuales lo habían sido de vuestra señora suegra, os pedí solicitar una nueva audiencia del Rey", escribe.

Acosada, Zoé pidió una nueva entrevista, que no le fue negada. Como temía que el Rey estuviese muy prevenido en su contra por la carta de Achille, concurrió aún más asustada que la primera vez. Esta segunda entrevista nos es narrada fielmente por Hyde de Neuveille:[1]

> *Joven todavía, muy intimidada por la mirada investigadora y profunda del rey, la condesa se acercaba al asiento que se le había señalado, sin darse cuenta de que en su camino se interponía una mesita redonda sobre la que había algunos papeles. Los volteó con un falso movimiento y las páginas se desparramaron sobre la alfombra del gabinete.*
>
> *La infortunada solicitante se confunde en excusas mientras recoge las hojas dispersas; trata de ordenarlas leyendo algunas frases con voz conmovida, percibe su torpeza y, como siempre en semejantes casos, se vuelve más torpe todavía.*
>
> *El Rey sonríe. Ella le tiende el manuscrito, que él no toma.*
>
> *—Continuad, madame —le dice—, el encanto de vuestra voz se sumará al placer de veros nuevamente.*
>
> *La pobre mujer pierde el aplomo, pero se recupera pensando que lo más simple es obedecer.*
>
> *Lee un informe cuyo contenido y términos apenas comprende.*
>
> *Por fin el Rey la interrumpe diciéndole:*

La condesa du Cayla durante el Imperio. Una joven cabal...
(B.N. Est.)

El castillo de Boullay-Thierry cerca de Nogent-le-Roi. Allí nació Zoé-Victoire Talon el 25 de agosto de 1785. *(Colección particular)*

Mme Campan. La ex primera doncella de María Antonieta fundó el Instituto Saint-Germain, en el que Zoé Talon fue educada con Hortense de Beauharnais.
(Giraudon)

Sosthène de La Rochefoucauld. El querido "vizconde de las damas" fue el amigo de toda una vida.
(B.N. Est.)

Luis XVIII en su gabinete de trabajo. El original de este retrato que representa al Rey ante la mesa de madera blanca de Mitau, fue encargado a Gérard para el castillo de Saint-Ouen. *(Giraudon)*

El gran salón de Haroué. Los cuadros y el mobiliario son los que Luis XVIII había encargado para Saint-Ouen. *(Colección particular)*

El palacio de las Tullerías. Zoé du Cayla conoció allí al Rey en 1817.
Pronto iría cotidianamente. *(Giraudon)*

El 2 de diciembre de 1823, Luis XVIII, rodeado por la familia real y saludando al duque de Angulema, asiste al desfile de la victoria desde el Pabellón del Reloj. *(Giraudon)*

El castillo de Saint-Ouen, que Luis XVIII hizo construir para la condesa du Cayla, fue inaugurado el 2 de mayo de 1823. *(Giraudon)*

La capilla ardiente de Luis XVIII en las Tullerías. El Rey murió el 16 de septiembre de 1824. En su última entrevista, había agradecido a la condesa du Cayla "todo el futuro y la felicidad que le debía". *(Giraudon)*

Chantilly. El castillo de los príncipes de Condé. La condesa du Cayla se hospedó a menudo en Chantilly. Sólo conoció el pequeño castillo edificado por Bullant, ya que el gran castillo de Mansart había sido destruido por la Revolución. *(Giraudon)*

Haroué. El castillo de los príncipes de Beauvau. La hija de la condesa du Cayla, Valentine, recibió allí el mobiliario de Saint-Ouen. *(Colección particular)*

—Gracias, madame, quisiera tener a menudo una lectora tan inteligente y encantadora como vos. Volved a verme.

Eso era algo mucho más claro que "podéis venir sin temor a reclamarme pruebas de mi interés siempre que ellas puedan seros útiles". Zoé lo comprendió muy bien.

"Las pequeñas causas suelen producir grandes efectos", concluye filosóficamente Hyde de Neuville. Un movimiento torpe había dado a Zoé la ocasión de hacer escuchar esa voz cuyo encanto alabaron sus contemporáneos. "Tenía en la voz algo muy dulce, heredado de los Talon", dice Sosthène. Ese encanto que entraba por sus oídos, abrió aún más grandes que de ordinario los ojos del Rey, que se dio el lujo de contemplar a su gusto a la condesa. Nunca se habría permitido ese: "Continuad, el encanto de vuestra voz se sumará al placer de veros" con una vieja marquesa, ni habría tenido ganas de hacerlo, pues, contrariamente a lo que se ha escrito, Luis XVIII no era insensible al encanto femenino. Hay que decir que lo que veía era como para retener su atención. Zoé acababa de cumplir 32 años. Tal vez con un poco más de redondez en sus mejillas y en el escote que antes, peinada con un rodete de oscuros rizos, era, tal como Gérard la pintaría pronto, de una radiante belleza. El arrebol de la confusión le sentaba de maravilla. Su misma torpeza estaba llena de gracia y de algo que podía parecerse a la inocencia. Sosthène concluye, en el modo cándido que no puede abandonar: "La manera tan paternal con que Su Majestad os recibió reforzó mi confianza". Hyde Neuville es más claro: "Desde ese día —dice—, las entrevistas entre el Rey y madame du Cayla se hicieron más frecuentes y duraron hasta la muerte de Luis XVIII". Zoé se hizo más osada y pronto solicitó la autorización para ir a agradecer al Rey su bondad. Su Majestad la esperó impaciente.

Luis XVIII confió el asunto de la condesa du Cayla a Decazes en persona. Éste puso el legajo en manos de un amigo, brillante jurista bordelés, el conde Pierre de Peyronnet. Nacido como Zoé en una antigua familia parlamentaria y habiendo perdido a su padre en el cadalso, este abogado, "de elocución fastuosa y a menudo agresiva", había resistido magníficamente durante los Cien Días. Por otra parte, no pudo ser, como se ha escrito, el defensor de Zoé, pues en 1817 presidía el tribunal de Burdeos. Fue lo que ella llama "su hombre de leyes". Las malas lenguas afirman que se convirtió enseguida en amante de su protegida. Es verdad que, en lo tocante a su vida personal, la reputación del conde no estaba libre de sospechas. "La malignidad no perdonó sus costumbres privadas —lamenta su biógrafo—, y bajo esas acusaciones, objetadas pero no autorizadas por enojosas divisiones domésticas [la frase es encantadora], se escondió más de un resentimiento contra el intratable enemigo del partido revolucionario."[2] Lo que pasado en limpio significa que el intratable enemigo del partido revolucionario, autor además de una interesante traducción en verso del *Libro de Job*, tenía amantes, y que su esposa lo tomaba a mal. En este terreno, como en otros, existe sin embargo lo que es posible y lo que no lo es. En 1817, el conde era presidente del tribunal de Burdeos; de allí, fue nombrado en julio de 1818 al frente del tribunal de la corte real de Bourges y, finalmente, en febrero de 1821, procurador general en Rouen. Habrá que esperar su nombramiento en la corte de París para que se encuentre verdaderamente, digamos, con Zoé. Ella lo convertiría en guardián de los Sellos.

Defendidos por la voluntad real y la ciencia jurídica del conde de Peyronnet, los asuntos de Zoé avanzaron rápidamente. ¿Quién habla de la lentitud de la justicia? El 6 de mayo de 1818, un juicio del tribunal de primera instancia del departamento de Sena pronunciaba la separación de cuerpos y bienes entre los esposos du Cayla y confiaba la custodia de los niños a su madre. El conde Achille du Cayla apeló ese primer juicio, que fue confirmado por un decreto del 15 de junio de 1816 de la corte real de Rouen (pronto presidida por Peyronnet). En esa fecha, Zoé había comenzado otro proceso. Después de recuperar su libertad, reclamaba esa dote que Omer Talon había tenido la precaución de conservar para su hija en caso de separación. El 31 de mayo de 1822, el conde Achille du Cayla era condenado a "la restitución de las dotes, incrementos y créditos matrimoniales".

Zoé tuvo mucha suerte de que la intervención del Rey se produjese a tiempo. En efecto, el 13 de mayo de 1818, exactamente una semana después del juicio que le devolvía su libertad, perdía en la persona del príncipe de Condé su última protección y el refugio de Chantilly. En su lecho de muerte, el príncipe reclamó en vano a sus hijos. El duque de Borbón se encontraba en Inglaterra "en las calles de Londres", aclara, siempre suave, Mme. de Boigne, donde, caído en manos de una aventurera, Sophie Dawes, se dedicaba "a voluptuosidades impropias de su edad y de su rango". En cuanto a su hija, la princesa Louise, en la vida religiosa sor Marie-Josèphe de la Miséricorde, careciendo singularmente de esta virtud, rehusó abandonar su claustro del recinto del Temple, a pesar de todas las gestiones del arzobispo de París. El príncipe fue velado por Mme. de Rully, hija ilegítima de su hijo, y por Zoé du Cayla, la ex amante del asesino de su nieto. Al enterarse de la presencia de Zoé a la cabecera de su padre, la religiosa rugió:

—¿Madame du Cayla estaba allí? ¡Eh! ¿Cuáles son sus derechos? Lejos de tenerlos, su presencia es de lo más inconveniente.[3]

Tal vez al menos el príncipe cerró los ojos entre dos mujeres que lo amaban y lo respetaban. Murió diciendo: "¿Ubi est bellum? Credo in Deum". Esto sin duda redimía aquello.

Luis XVIII asistió a los funerales celebrados en Saint-Denis. "Fue un error —escribe la duquesa de Maillé— cubrir el ataúd con los nombres de las batallas a las que había asistido." En efecto, habiendo sido ganadas esas batallas contra ejércitos franceses, la cosa era delicada. Todos esperaron la oración fúnebre del príncipe de los emigrados. El abate Frayssinous, primer capellán del Rey, salió hábilmente del paso. Habló de los bandos opuestos, diciendo: "La gloria estaba en todas partes, la felicidad en ninguna". "Como resultado, ese discurso no desagradó a ningún partido. Era lo menos que podía esperarse", concluye Adèle de Boigne. Zoé escribe más ligeramente a propósito de quien ella llama "el inmortal Frayssinous": "Me gustaría estar en su bolsillo para subir al Cielo con él".

En adelante, Chantilly le estaría vedado a Zoé. En efecto, la relación de la joven condesa du Cayla con la familia de Condé se estaba deteriorando. El duque de Borbón, como su hermana, la princesa Louise, ahora convertida en religiosa, no había olvidado el episodio Savary, e hizo pedir un día a Zoé —nos dice el conde Achille— que abandonara el palacio Borbón. Esa enemistad no era muy molesta, ya que el duque vivía muy apartado y casi no aparecía en las Tullerías más que para la fiesta de San Luis. A decir verdad, el palacio no lo echaba de menos. En el verano de 1818, el duque de Borbón creyó oportuno hacer casar a su amante, esa Sophie Dawes encontrada "en las calles de Londres", con el inocente barón de Feuchères, al que le hicieron creer que la novia era una hija ilegítima del príncipe. Cuando el marido se dio cuenta de la pesada broma que le habían jugado, pidió y obtuvo la anulación del matrimonio. Las Tullerías rehusaron recibir a la baronesa de Feuchères. En cambio, las puertas del Palais-Royal se abrieron de par en par ante ella, y la aventurera británica fue tratada con muchos miramientos. Hay que decir que el duque de Borbón tenía 65 años y su salud no era buena: un ataque acababa de dejarle paralizado un brazo. Todos empezaban a preguntarse quién se quedaría un día con la inmensa fortuna de los Condé. El duque de Orléans, con muchos hijos a los que debía ubicar, uno de los cuales era precisamente ahijado del príncipe de Condé, se lo preguntaba más que nadie.

Zoé no echó de menos Chantilly. Desde el día en que obtuvo la separación de su marido, tomó un departamento en el 54 de la calle de Borbón (un nombre que caía bien), en el palacio de Praslin. Ella siempre llama a su vivienda "mi pequeño entrepiso". Sin embargo, era suficientemente amplio como para hacer bailar en él a todas las Tullerías.

Bajo los delicados artesonados del palacio de Praslin, con el Sena corriendo a sus pies, Zoé, después de una ausencia de dos años, comenzó a vivir de nuevo, lo que se llama vivir, es decir a actuar en sociedad. Su amiga más cercana fue entonces la duquesa de Duras, quizás en razón de que ésta era desdichada y que Zoé estaba de verdad dotada para el consuelo. La duquesa pretendía el corazón de M. de Chateaubriand. Éste, que siempre la había tratado como amiga (llevaba su bondad hasta llamarla su hermana), utilizaba sus relaciones, le pedía mil servicios y le hacía sufrir mil muertes ofrendando sus homenajes a los pies de Mme. Récamier. Como Mme. de Staël había muerto en el verano de 1817, Mme. de Duras, queriendo olvidar sus penas en las alegrías del espíritu, pretendió su sucesión. Desdichada, exagerando una fealdad que disminuía con la edad, pero persuadida de que un bonito rostro y unos años menos le habrían valido el amor que se le negaba, publicó una novela corta, *Ourika*, en la que, bajo los rasgos de una joven negra, pintaba sus propios tormentos. Las desventuras de la tierna Ourika conmovieron mucho a Luis XVIII (el Rey estaba enamorado, y esto, como sabemos, dispone favorablemente a esa clase de lecturas), pero el *Faubourg* fue menos indulgente. M. de Jouy resumió la obra con una frase que recorrió los salones: "Es una negra que, de pena de no ser blanca, quiere convertirse en una hermana gris". Se decía también: "La duquesa tiene tres hijas: Ourika, Borrika y Burguenika", lo que no era amable para Félicie y Clara de Duras. En esos salones, honrados por la presencia del duque de Berry, se vio aparecer a dos jóvenes oficiales que pronto

Zoé recibió en su casa. Alfred de Vigny, un subteniente de las compañías rojas que, en 1814, había escoltado la berlina real hasta Gante, decía los más bellos versos del mundo. Sin embargo, se estimaba que el autor tenía un aire de altivez y, por añadidura, una severidad que disminuía su encanto. No se podía hacer ese reproche a M. de Lamartine, cuyo pequeño compendio de 24 poemas acababa de convertirse en la moda de París. El autor recogió en pocos días la herencia pacientemente acumulada por Goethe, Chateaubriand y Byron. Ese joven apuesto había sufrido (Elvire había muerto en diciembre de 1817) y escribía versos llenos de armonía en los que cantaba al amor perdido al paso del tiempo y el anhelo de Dios. Desde luego, no faltaron amargados para denigrar al poeta del romanticismo y calificar al divino compendio de poemas de "cascada de agua tibia cayendo sobre cerebros obtusos", pero no fue ésa la opinión general. Zoé gozó con las *Meditaciones*. Su Majestad las apreció también. La prodigiosa memoria del rey le permitía repetir los versos más dulces:

Peut-être l'avenir me gardait-il encore
Un retour de bonheur dont l'espoir est perdu.[4]

Esas desviaciones hacia el romanticismo no debían durar. Pronto Luis, cuyos gustos continuaban siendo perfectamente clásicos, envió a Lamartine un compendio de poetas latinos y griegos. Sin embargo, los cantos de las *Meditaciones* acompañaban maravillosamente la creciente impaciencia con la que el Rey aguardaba las visitas de la joven condesa du Cayla.

"El Rey os recibía cada vez con más bondad, comprometiéndoos siempre a volver prontamente —escribe Sosthène de La Rochefoucauld relatando el irresistible ascenso de Zoé—. Poco a poco vuestras visitas se repitieron; con el tiempo se fijaron en los miércoles de cada semana", prosigue. Una audiencia semanal era ya una distinción extraordinaria. Pronto no fue suficiente. "Ese príncipe que sólo encontraba alivio al peso de su corona en las atenciones de la amistad —explica el buen Sosthène, quien, como sabemos, tenía cierta tendencia a ver la amistad donde no se encontraba necesariamente— quiso hacer vuestras visitas más frecuentes, pero nunca consiguió que consintierais."

Desde el principio, Zoé se instaló en una prudente reserva. ¿Hubo de su parte un cálculo de conducta y eligió deliberadamente hacerse desear? No es seguro. Un favor tan súbito la perturbaba y su posición era delicada. En vías de separación de su marido, más que nunca debía cuidar su reputación, mercancía infinitamente valiosa por entonces y que un Rey podía mancillar tanto, o tal vez más, que otro. Luis XVIII, mantenido a distancia, comprendió muy bien la situación y supo eludir hábilmente la dificultad.

"El Rey exigió que le llevarais a vuestros hijos todos los meses. Los recibía con una bondad muy paternal", se extasía Sosthène de La Rochefoucauld. Ése era el tono: ese Rey desbordante de bondad paternal era el protector de los niños du Cayla y, en consecuencia, sólo en consecuencia, también de su madre. Zoé se mantendrá siempre en esa versión, resumida así: "Debo todo a mis hijos", y pondrá decididamente en su lugar a los que no lo crean. En julio de 1823, escribía al caballero de Tapes que se había permitido hacer groseras alusiones al favor real:

"A la bondad del Rey y a mis desgracias debo el interés de Su Majestad por mis hijos y por mí; sería demasiado ingrato desconocer sus causas." Espantosa hipocresía, dirán algunos, pero también una manera de acomodarse a las costumbres de una época contra las cuales hubiese sido muy inútil luchar. Igualmente una manera de cerrar la puerta en las narices a los curiosos en un asunto que, después de todo, sólo concernía a los interesados.

Luis XVIII, a quien se le racionaban las visitas, pronto se vio reducido a escribir, primero una vez, luego varias veces al día. "Os hizo jurar que no mostraríais jamás las cartas que vos le escribíais ni las que recibíais", precisa el vizconde de La Rochefoucauld.[5] Zoé respetaría esa promesa. Para mayor seguridad, el Rey escribía en latín algunas de esas cartas. No se enseñaban lenguas muertas en el instituto de Mme. Campan. ¿Zoé había aprendido el latín antes de entrar al pensionado? En todo caso no parece haber necesitado un traductor, lo que sin duda a veces habría resultado embarazoso. Pues Sosthène se equivoca por cierto sobre el contenido de esas cartas: "Cuántas búsquedas, trabajo, fatigas eran necesarios para hablar en esa correspondencia de religión, historia, literatura, política, con el hombre más instruido y más espiritual del reino", escribe. No era por cierto para ocultar sus ideas sobre la literatura y disertar sobre la moral que el Rey escribía en latín. El bueno de Sosthène sigue todavía en el error —al menos parcialmente— cuando agrega: "Al Rey le impresionó vuestro juicio y vuestra inteligencia; le asombró la amplitud de vuestros conocimientos". Podemos preguntarnos si esas aptitudes, que podría haber encontrado en un maestro de escuela, era lo que al Rey le atraía de Zoé. Ciertamente, Luis XVIII apreciaba que una mujer no fuese tonta. "Al Rey siempre le gustaron las mujeres inteligentes; madame de Balbi lo había acostumbrado", recuerda la duquesa de Maillé, pero ésa era una condición necesaria aunque no suficiente. Lo que le encantó de Zoé, además de su alegría, su sentido común y su optimismo (cualidad muy apreciada por un Rey que detestaba a los "llorones"), fue su belleza, pues, como escribe Mme. de Maillé, más fina observadora que la mayoría de sus contemporáneos: "El Rey no podía prescindir de una relación femenina".

La presencia junto al Rey, fuera de toda relación homosexual, de favoritos a los que les correspondía el papel de los confidentes de las obras clásicas, Narciso, Pílades o más raramente Scapin, ocultó muy bien el papel que las mujeres desempeñaron en su vida.

Es verdad que, en materia amorosa, como lo hace notar muy bien Mme. de Matignon, "el Rey no era un arrebatado", sino más bien un amante culto o un diletante. La Historia ha querido hacer de él, desde su juventud, un hombre indiferente a las mujeres, y hasta un impotente. No debe culparse al conde de Provenza si una esposa enfermiza, y por añadidura inclinada a la bebida después de dos abortos, no le diera hijos. Una relación de más de 13 años con la avispada condesa de Balbi no habla tampoco de indiferencia o de impotencia. Hay que agregar que todo Versalles imputó al príncipe un hijo adulterino, nacido en 1774 (cuando el conde de Provenza tenía 19 años) de una señorita de Raimisse. Ese niño fue el abate Claude Liautard, fundador del más grande colegio de la Restauración (al que por otra parte llamó colegio Stanislas). Los retratos del abate Liautard en los que se puede admirar su complexión imponente y su bello cutis no desmienten en nada ese rumor.

Se sabe muy poco sobre la vida del conde de Provenza durante la emigración. Esos años pasados al principio junto a Mme. de Balbi, luego en compañía de una milady Acre, de la que los contemporáneos no saben si era la hija o la amante del Rey, no parecen en absoluto años de abstinencia.

Después del regreso a Francia de quien accedía finalmente al trono, a despecho de la presencia de Blacas y luego de Decazes, las mujeres no estuvieron ausentes de la vida del Rey.

Se sabe que, para festejar su regreso, Luis XVIII convocó a Mlle. Bourgoin, del Teatro Francés, quien, habiendo sido amante de Napoleón, conocía el camino de las Tullerías. Al día siguiente de su visita, recibió un bello carruaje tirado por dos caballos tordillos y un neceser de plata dorada conteniendo treinta mil francos. Es dable pensar que el Rey no la llamó para hablar del repertorio del Teatro Francés.

Otras mujeres entraron en su vida a títulos diversos y en papeles que a menudo se ignora, pues el Rey, como hemos visto en el episodio de las cartas escritas en latín, era muy reservado. Ésa es una gran diferencia con sus ilustres predecesores, Luis XIV y Luis XV, cuyas amantes eran exhibidas y formaban parte de la corte. En parte por gusto personal (el Rey había aprendido la prudencia y hasta el disimulo durante su largo exilio), en parte para adaptarse a costumbres que habían cambiado mucho, Luis XVIII mantuvo su vida privada tan secreta como pudo. La razón es que el Rey —y en esto pertenece ya al siglo XIX— durante su reinado tuvo conciencia constantemente de esa opinión pública despreciada antes de la Revolución. Por otra parte, él reprochó mucho a María Antonieta el haber contribuido, por las tonterías de su vida privada, a quitar al trono la consideración que era su primera salvaguardia. En 1797, escribía en *Los deberes de un rey*, compuesto para su sobrino, el duque de Angulema, que "vale más alentar la hipocresía que tolerar el vicio". Esto nos lleva a la máxima de La Rochefoucauld que pretende que la hipocresía es un homenaje que el vicio rinde a la virtud, y a la reflexión de Mme. de Boigne al respecto: "No sé si la moral gana con ello, pero la vida de sociedad es mucho más agradable". Sabemos que ésa era también la opinión de Zoé.

La primera favorita de la Restauración fue Mme. de Narbona. Última dama de palacio de la condesa de Provenza, había conocido al Rey durante el exilio inglés. "En Hartwell él acostumbraba conversar bastante confidencialmente con ella", nos dice Mme. de Maillé. Su esposo fue hecho duque en 1816 y alejado a la bellísima embajada en Nápoles. La nueva duquesa desde luego se quedó en París, donde era la consejera del partido ultra. Mimada por ellos, detestando naturalmente a Decazes, participó en un pequeño complot que apuntaba a hacer regresar a Blacas de su embajada en Roma con el objeto de suplantar al nuevo favorito. Le resultó mal. Al Rey le horrorizaba que se intentara manejarlo o engañarlo. Perdida su confianza —lo había probado ya con Mme. de Balbi—, era hombre de rupturas radicales.

Mme. de Narbona "recibió la orden de no aparecer más por la corte y el consejo de alejarse", nos dice la condesa de Boigne. La duquesa fue a reunirse con su esposo en Nápoles, lo que se parecía bastante a un exilio.

Para proseguir con las grandes damas, hay que mencionar a la princesa Esterhazy, invitada con tanta frecuencia al palacio que la duquesa de Duras confía: "Todas las damas se mueren de celos". No se sabe casi nada de Mme. de Vennevelles, hija de un antiguo caballero de Saint-Lazare de la guardia del Rey, a la que éste veía mucho y de la manera más discreta, aparte del hecho de que ella recibió la suma de 107.000 francos durante su reinado. La joven Lyzinska Rue gozó de un favor más especial. Nombrada a los 19 años pintora miniaturista del Rey, en 1819 se le concedieron, en el castillo de Saint-Cloud, los aposentos del duque de Gramont, vecinos de los de Luis XVIII. Éste le dio sumas importantes y la casó con un distinguido botánico, el conde de Mirbel. Lyzinska se parece mucho a una forma contraída de Leczynski, apellido de la abuela de Luis. Esta hija de un empleado de la marina de Cherburgo tenía quizá lazos de parentesco con la familia real, que podrían remontarse a Stanislas Leczinski, bisabuelo de Luis XVIII, quien, en su ducado de Lorena, hizo todo lo posible por aumentar de manera algo desordenada —e ilegítima— su descendencia.

La última mujer que conoció el favor real antes de la condesa du Cayla, quien la suplantó rápidamente, fue Zélie Princeteau, de soltera Decazes, hermana del favorito y esposa muy olvidada de un acaudalado propietario de Libourne. Decazes, como excelente hermano, contó al rey las desdichas de su hermana, y aquél, según la encantadora expresión de Chateaubriand, "se enamoró de ella en perspectiva". Las Tullerías, asombradas, vieron pues llegar a Zélie Princeteau. La baronesa de Damas la describe joven y espiritual. Se deploró sin embargo una ausencia total de pechos, así como un cutis amarillento y algo ajado; la duquesa de Berry hasta lanzó la moda de una cinta Princeteau de color membrillo. "Luis XIV no había sido más presumido en relación con madame de La Vallière que Luis XVIII con esta joven de Libourne", escribe Frénilly, demostrando que conocía mal las maneras de Luis XIV, más expeditivas que las de su descendiente. Hay que decir que el Rey se extravió hasta el punto de enviarle besos al salir de la capilla, gesto que sorprendió bastante. A comienzos de 1818, Su Majestad ofreció a Mme. Princeteau, a guisa de obsequio de fin de año, un calidoscopio cuyas piedras eran diamantes. En esa fecha Zoé, que tenía un bonito escote y el cutis sonrosado, había entrado en la vida de Luis XVIII, y el calidoscopio de Mme. Princeteau se parece mucho a un regalo de despedida.

Cuando a finales de 1817 Zoé conoció al rey, el favorito era Decazes, luego del alejamiento de Blacas al regreso de Gante. Ese personaje balzaquiano, proveniente del entorno de la madre de Napoleón, descubierto por Luis XVIII cuando era joven prefecto de Policía, fue más allegado al Rey que lo que había sido el duque de Avaray, su compañero de emigración, muerto de tisis en 1810, o el conde de Blacas, alejado a causa de la presión de la opinión pública en 1815. La primera razón del éxito de Decazes fue tener las mismas ideas políticas que Luis XVIII. Se dejó formar, podemos decir educar, por el Rey, ocupando así el lugar del hijo que éste no había tenido. "¿No pensáis nunca que tenéis un padre? ¡Yo pienso tan a menudo que tengo un hijo!", le escribe el Rey en 1817. Luis XVIII lo recibía todas las tardes y, a partir de 1816, le concedió un honor que no tenían ni el hermano ni los sobrinos del Rey: el tuteo.

El favor real, sumado a opiniones opuestas a las suyas, hicieron que los ultras detestaran a "ese duque de Garonne, Narciso de hombros de lacayo", según la amable expresión de Frénilly. Confiando en el dicho que asegura que un clavo saca otro clavo, en la primavera de 1817 armaron una pequeña conspiración, a la que ya nos hemos referido, para hacer volver a Blacas de su embajada en Roma. Éste llegó a París como lanzado por una honda y escribió a Luis XVIII "para asegurarle que había llegado únicamente para ver al Rey, mirarlo, escuchar su voz, prosternarse a sus pies y partir de nuevo habiendo hecho provisión de felicidad para algunos meses".[6]

Luis XVIII, que no era tonto, hizo saber muy secamente que sólo recibía a los embajadores que fueran presentados por el ministro de Relaciones Exteriores. El pobre Blacas se vio reducido a abalanzarse sobre el duque de Richelieu, quien, un tanto sorprendido, lo acompañó a las Tullerías, donde esa noche el Rey lo despidió con un:

—Adiós, mi estimado Blacas. Buen viaje; no os fatiguéis yendo demasiado aprisa. Recibiré con placer vuestras noticias desde Roma.

Poco después, el título de duque consolaría al señor de Blacas. En cuanto a Mme. de Narbona, muy involucrada en esa conspiración, se le rogó ir a encontrarse con su esposo en Nápoles. Las embajadas en Italia parecían estar hechas para acoger a los favoritos en desgracia.

La afrenta recibida por Blacas no desalentó a los ultras, persuadidos cada día más de que "el Rey era decididamente liberal y gran enemigo de la aristocracia".[7] Algunos deseaban abiertamente su muerte. A principios del verano de 1818, ciertos confusos rumores inquietaron, no sin razón, a Zoé. Tras agitar los salones del *Faubourg*, esos rumores llegaron hasta la policía de Decazes. Se trataba nada menos que de hacer raptar a los ministros en el camino de Saint-Cloud (ése había sido el sueño imposible de Pichegru) por los coraceros de La Rochejaquelein. En voz más baja, y solamente en presencia de "personas puras", se agregaba que si el Rey rehusaba llamar a hombres de derecha al ministerio "se actuaría a lo Pablo I", solución bastante radical, como sabemos, pues ese zar había sido asesinado. El difunto sería reemplazado por su hermano, que sólo pensaba en retornar al Antiguo Régimen. Los complotados se encontraban todos los días en las terrazas de las Tullerías que bordean el Sena (de allí el bonito nombre de "conspiración del borde del agua" dado a ese singular proyecto) y carecían de discreción: pronto se conocieron sus nombres. Como el escándalo salpicaba muy alto (algunas cartas comprometedoras para Chateaubriand y para el conde de Artois llegaron al escritorio de Decazes), el Rey ordenó suspender las persecuciones. El pabellón de Marsan no perdonó al favorito el haberse encontrado a su merced.

Tal era el ambiente —bastante demencial— imperante cuando Zoé accedió al favor real. Notado inmediatamente ese favor, la joven se convirtió en la presa de los que con tanto ahínco pretendían convertir al Rey. Por supuesto, Sosthène fue el primero que quiso utilizar a su amiga. El favor de Zoé llegaba oportunamente para consolarlo de una amarga decepción. Aunque jamás había escrito otra cosa que cartas (un torrente de cartas) a su familia y a sus amigos, el vizconde de La Rochefoucauld presentó su candidatura a la Academia Francesa en 1817. El Rey había pedido a de Sèze que se postulara. Éste, luego de una sesión del Tribunal Supremo que él presidía, en presencia del Rey, se había turbado y pedido perdón:

—Señor primer presidente —le respondió Luis XVIII—, en otra circunstancia, muy terrible y cruel, no habéis temblado.

El ex abogado de Luis XVI fue elegido, y Sosthène se limitó a albergar ilusiones sobre el papel que el crédito de Zoé le permitía esperar. Este ser inquieto imaginó enseguida el partido que podía sacar de él. Hablando del Rey, el vizconde trataba nada menos que de "cambiar sus sentimientos, sus pensamientos, y hacerle olvidar todas las prevenciones que se le habían dado". Si prestamos crédito a sus *Memorias*, ese vasto programa habría sido concebido aun antes de la primera entrevista de Zoé con el Rey, y la joven no habría sido otra cosa, en manos de Sosthène, que la Esther enviada por el partido ultra al nuevo Asuero. "Costaba mucho a mi amistad osar empujaros en una barca tan frágil, pero la salvación de todos dependía de vuestra abnegación", escribe él. Zoé no era mujer que se embarcara ciegamente en esa clase de esquifes, y los sueños del vizconde de La Rochefoucauld son absolutamente desmentidos por las cartas o esquelas que la condesa du Cayla le enviaba casi a diario. En toda una correspondencia de varios años, no se encuentra, por así decirlo, una palabra de política, a no ser algunas raras notas que no pasan del nivel de anécdotas o de charlas de salón. Cuando, excepcionalmente, Zoé da su opinión, siempre es para desempeñar un papel moderador. Así, luego de una tormentosa sesión de la Cámara de Diputados, ella escribe:

"No me ha asombrado el tumulto; es muy distinto en Inglaterra, y no sería razonable atormentarse por lo que vemos por primera vez".

Esto se parece mucho a la opinión del propio Rey, y si hubo un caballo de Troya, podemos preguntarnos en qué sentido funcionaba.

La leyenda de una Zoé-Esther no sólo tuvo su origen en las *Memorias* de Sosthène de La Rochefoucauld, en las que éste toma constantemente sus deseos por realidades, sino también en el papel oculto y bastante difícil de definir que desempeñó lo que se ha llamado, impropiamente además, la Congregación. Este nombre es asociado con tanta frecuencia a la condesa du Cayla que no podemos dejarlo pasar en silencio. La verdadera Congregación, fundada en 1801 por un jesuita, era una asociación piadosa consagrada a la Virgen, y la primera preocupación de su fundador fue impedir que los jóvenes bailaran. Bajo el Imperio, reunió a tantos realistas (ya entre ellos Mathieu de Montmorency y Alexis de Noailles) que Napoleón suprimió por decreto todas las asociaciones de la Santa Virgen.

Por otra parte, los hijos de Bertier de Sauvigny, el intendente asesinado el 14 de julio de 1789, crearon a partir de 1807 una sociedad secreta, la de los Caballeros de la Fe, inspirada en un modelo bastante curioso a mitad de camino entre las órdenes de caballería de la Edad Media y la masonería. El secreto de esta organización estaba muy bien asegurado por una jerarquía hermética y por la absoluta prohibición de escribir. Muchos ex congregacionistas se hicieron caballeros. El primer gran maestre, Mathieu de Montmorency, suegro de Sosthène, aprovechó su exilio en 1811 para implantar la sociedad en las provincias. El vizconde de La Rochefoucauld era, desde luego, como su suegro, caballero de la Fe, y la Historia sospechó durante mucho tiempo que una trinidad formada por Mathieu de Montmorency, Sosthène de La Rochefoucauld y el confidente de éste, el abate Liautard, manejaron constantemente a Zoé. Reencontramos aquí a Claude Liautard, bastardo o seudobastardo del Rey, personaje ignorado pero importante de la Restauración. Enérgico, a pesar de su gordura, este ex alumno de la Escuela Politécnica, consagrado sacerdote en 1803, fundó en 1804 el colegio de Notre-Dame-des-Champs, que una ordenanza real de 1822 convirtió en el colegio Stanislas en homenaje al antepasado del Rey (y tal vez del abate Liautard), colegio que formaría a lo más selecto de buena parte del siglo XIX. Amigo del preceptor de Sosthène, el abate Liautard pronto resultó familiar en el palacio de La Rochefoucauld, en la *rue* Varenne. En tal carácter, conocía a la condesa du Cayla y ayudó al vizconde a ocultar al joven Ugolin en el pequeño seminario de Terminiers, en Beauce, donde el niño permaneció tres años. El proyecto del abate Liautard, narrado por su biógrafo, el abate Denys,[8] se parece extrañamente al de Sosthène. Se trataba de "despojar al Rey de sus propias ideas para rehacer en cierto modo su cerebro, su memoria, su corazón, todas sus facultades, todos sus afectos". Si esos sueños de lavado de cerebro fueron concebidos en la *rue* Varenne, lo menos que podemos decir es que las cartas de Zoé dirigidas al abate Liautard que han llegado hasta nosotros no los apoyan.[9] La del 1 de febrero las resume a todas:

Suplico al señor abate Liautard renunciar de una vez por todas a hablarme de esa clase de asuntos en los que yo no puedo hacer absolutamente nada [...] Necesito conservar toda mi cabeza y espero muy firmemente que tendrá a bien evitar en adelante nuevos relatos en cada nueva ocasión. Es muy sencillo que se niegue a esa clase de comisiones ante mí, si no se cree en posición de hacerlo.

Esto es algo que se parece mucho al "Parecéis estar en un momento de furia que hay que calmar. Renunciad, querido vizconde, a hacer de mí otra cosa que lo que soy", enviado por una Zoé harta a su amigo Sosthène, un año antes. La verdad es que la condesa du Cayla no quiso oír nada de los proyectos que se elaboraban para ella, y lo decía sin ambajes. El biógrafo del abate Liautard lo lamenta infinitamente:

"El año 1819 —escribe—, transcurrió sin que pudieran preverse todavía los inmensos resultados de la amistad y de la amplia confianza que el Rey había concebido por madame du Cayla." Ese fracaso afectaba mucho al fundador del colegio Stanislas, que afortunadamente no carecía de recursos: "Se consolaba con los grandes designios de la religión —nos dice el abate Denys—, cuando el horizonte político le presentaba un aspecto demasiado lamentable y demasiado lúgubre".

Mientras el abate Liautard se confortaba lo mejor que podía, Zoé descubría cada día más en qué avispero había caído, y hasta qué punto el Rey —su Rey— estaba solo. "Este país está agotado para todo, salvo para el odio", había dicho al aceptar el ministerio el duque de Richelieu, un odio que rayaba en la locura. La joven tuvo una nueva prueba de ello cuando, en el congreso de Aquisgrán, Richelieu obtuvo, en el otoño de 1818, pagando por anticipado la indemnización convenida, la partida de las tropas de ocupación. A tal efecto el Rey había tomado veinte millones del presupuesto de la casa real. Los ultras, postrados, se lamentaron en todos los salones del *Faubourg*. Según ellos, el país estaría perdido y entregado al jacobinismo y al bonapartismo juntos en cuanto el último extranjero volviera la espalda. Pronto se supo que había llegado a las potencias extranjeras una nota secreta suplicándoles no consentir la evacuación de Francia y prolongar la ocupación por tiempo indeterminado. Éstas se complacieron en enviar copia de la nota a Richelieu; llevaba, entre otras, las firmas del barón de Vitrolles y del vizconde de Montmorency. "Mathieu", como se lo llamaba en la corte, era el suegro del vizconde de La Rochefoucauld. Por primera vez, Zoé vio encolerizado al Rey. Luis XVIII se enfureció hasta el punto de echar de menos la época en que se habrían roto los escudos de los traidores al pie de una horca:

—¡Vitrolles! —vociferaba el Rey—. ¿Sabéis quién es ese hombre? El hijo de Jean Gaspard Ailhaud, cuyo padre inventó el polvo purgante. Ése es el origen del hombre al que se han asociado mis gentilhombres. ¡Pero Montmorency!

—Hay personas que tienen mucho miedo y una manera muy curiosa de amar a su patria —abogaba Zoé, que ya no sabía si reír o llorar.

—¡Montmorency! —repetía el Rey, golpeando los brazos de su sillón.

La joven le recordó que "la vida de Mathieu no había sido la de todo el mundo". ¡Era lo menos que podía decirse! Hijo del duque de Laval, se había casado con su prima, Hortense de Luynes, siendo que estaba locamente enamorado de otra prima. Entusiasmado con las ideas más avanzadas de la Revolución, varias veces había subido a la tribuna "para renegar de su origen y su Dios",[10] pero la Revolución, ingrata, se apoderó de sus bienes y de su concubina tan amada, quien había tomado frío caminando bajo la lluvia en las fiestas de la Federación. Pronto obligado al exilio, Mathieu fue el amante de Mme. de Staël. Una relación con la volcánica baronesa debía de representar toda una conmoción, a juzgar por el estado en que ella dejó a Benjamín Constant y a algunos otros. Mathieu salió de ese episodio transformado. Adoró lo que había dejado de lado; sólo pensaba en el regreso del Antiguo Régimen; se convirtió y se entregó a una vida tanto más ascética por cuanto su esposa, muy rica pero amargada, le hizo pagar con creces sus errores, al punto de obligarlo a ayunar y andar a pie, hasta el día en que la rama de Montmorency-Laval se encontró sin heredero, y un consejo de familia recordó al matrimonio Mathieu que tenía una hija pero ningún hijo.[11]

El asunto era muy delicado, ya que la esposa andaba por los 45 años y había hecho el voto, en las prisiones del Terror, de no acercarse más a su esposo. Se envió un correo a Roma. "Se esperó su regreso con exagerada impaciencia", asegura la despiadada condesa de Boigne. Así estaban las cosas cuando la nota comunicada por las potencias extranjeras llegó a manos del Rey. Convocó al vizconde, al que desde su extraña conversión llamaba "el penitente político", e intentó hacerle comprender que había participado en un delito doble: contra su país y contra su Rey. Mathieu respondió con suavidad que moriría antes que cometer tales actos, pero que a veces era necesario salvar a las personas a pesar de sí mismas. "Jamás se tuvo más rectas intenciones y jamás se cometieron faltas más grandes —comprueba la dama de calidad, que concluye—: Carecía de altas luces." Lamentablemente no era su yerno quien podía dárselas. Más allá de Montmorency y de Vitrolles, reaparecía por supuesto el pabellón de Marsan. El rey debió resignarse nuevamente al silencio, pero en adelante consideró a los ultras como locos peligrosos. A su alrededor, se encontraba extraño su disgusto: tanto en la corte como en el *faubourg* Saint Germain, la nota enviada a las potencias extranjeras parecía la cosa más inocente del mundo.

Otra vez, en el palacio nadie compartía la opinión del Rey. La actitud de su hermano y de su sobrino Berry (Angulema, más cercano a las ideas de su tío, le manifestaba siempre una gran deferencia) horrorizaba a Luis XVIII. Al enterarse de que en ese mismo momento su sobrino conspiraba abiertamente contra la ley de elección, lo llamó y lo reprendió duramente. El duque de Berry se quejó a su padre, quien fue a hacer una escena al Rey. Éste, en razón de las circunstancias, lo tomó particularmente mal. Monsieur aseguró noblemente que dejaría la corte con sus hijos, a lo que el Rey replicó que había fortalezas para los príncipes rebeldes. Artois hizo notar que la Constitución las había suprimido. Se separaron con esas palabras, después de lo cual el Rey cayó enfermo y tuvo lugar una vaga reconciliación, pero todo el mundo conocía la oposición de los príncipes. La broma del momento era llamar a las bolillas negras colocadas en el escrutinio "las ciruelas de Monsieur".

Si la nota enviada a las potencias extranjeras fue considerada en la corte como una buena acción, el duque de Richelieu, quien, según el testimonio de Mme. de Maillé "tenía el carácter más noble que yo haya conocido y una de esas almas de las que la Antigüedad nos ha dejado unos pocos modelos", quedó espantado, y ya sólo gobernó a disgusto. Al referirse a la vida parlamentaria que se establecía en Francia y a sus costumbres, escribe: "Se parece a la cabeza de Medusa, que no se puede contemplar sin quedar helado de pavor". Las elecciones de octubre de 1818 hicieron entrar en la

Cámara a La Fayette y a Manuel. Preocupado, Richelieu deseó acercarse a los ultras. Decazes se negó. El duque presentó su dimisión y Luis XVIII formó un gobierno más liberal en el que el favorito era ministro del Interior. Poco después, Decazes enviaba a la Cámara de los Pares a 60 amigos de la Carta Magna. Nunca había sido más poderoso.

La condesa du Cayla, que entraba a su vez, y con prudencia, en el favor real, se guardó muy bien de enfrentarse a ese poder. ¿Sus asuntos habían sido puestos por Su Majestad en manos del "duque de Garonne"? Ella se lo agradece en 1817 con la mayor amabilidad del mundo:

> *Habéis permitido, señor conde, que yo tenga el honor de dirigiros esta carta depositaria de mi profunda gratitud. Tened a bien apreciar la que me inspira el interés que habéis puesto en mis hijos, recordando las crueles inquietudes que desgarraban el corazón de su madre. Cada día les revelará lo que habéis hecho por ellos.*

Y le agradece de nuevo en 1819:

> *Perdonad que os ocupe nuevamente de nosotros, señor conde. Pero ¿cómo no deciros cuán profundamente conmovida estoy por todo lo que hacéis para asegurarnos un poco de tranquilidad? Ponéis en cada asunto una perseverancia que sólo puede compararse con la amistad. Al hablaros de todo el agradecimiento que mis hijos sabrán deberos un día...*

"Los hijos primero", tal podría ser la divisa de esta madre desbordante de humildad. Como vemos, con Decazes como con el Rey o con cualquier otra persona en la corte, Zoé había adoptado lo que hoy llamamos un perfil bajo y se mantenía en él. Jamás Luis XVIII oyó de sus labios una palabra contra el favorito, ni contra ningún otro. Sosthène cuenta que Mme. de Balbi, persuadida de que Zoé era un obstáculo para recuperar la gracia del Rey, escribió a éste un verdadero libelo contra la nueva favorita. Luis XVIII preguntó a Zoé qué venganza deseaba. Estalló la célebre risa:

—¡Olvidarla, Sire!

"Madame du Cayla nunca habló mal de nadie", habría de observar el Rey, recalcando algo tan fuera de lo común.

Zoé era tan respetuosa de la reputación de los demás que evitaba nombrar a los protagonistas de las anécdotas que contaba al Rey.

—Sire, figuraos que anoche, una dama...

—¿Quién? —preguntaba maliciosamente el Rey.

—Había tanta gente, Sire... Ella preguntó a Brifaut si *Cinna* era una buena obra.

Y Zoé imitaba la voz cascada del académico, un dulce viejecito siempre envuelto en pieles.

—Es una obra que desde hace doscientos años goza de bastante buena reputación, pero si vos queréis que sea mala...

En verdad, desde el comienzo Zoé había comprendido perfectamente la situación. Decazes no perturbaba en absoluto la gloria ascendente y todavía discreta de la joven. Ambos tocaban en registros diferentes. A Decazes, el afecto, la ternura paternal y una gran connivencia política. A ella, algo que muy pronto se parecería al amor.

Aquí se plantea, por supuesto, la cuestión de la naturaleza exacta de las relaciones de Luis XVIII con la condesa du Cayla. En forma general, los historiadores han resuelto el problema de manera extremadamente simple. Se presenta al Rey como un anciano (generalmente libidinoso), agobiado por enfermedades, impotente desde siempre, experimentando una pasión senil, y por lo tanto ridícula, por una Celimena tan intrigante como venal. Y todos insisten en el tema del anciano enamorado y piden ayuda a La Bruyère, que ha tratado muy bien el caso.

Los contemporáneos, mejor situados que nosotros para observar los hechos, tuvieron opiniones mucho más matizadas y sobre todo más vacilantes. Es sorprendente ver a Marmont y a Hyde de Neuville contradecirse sobre la cuestión en la misma página de sus *Memorias*. Finalmente, ningún memorialista responde claramente al interrogante de saber si la condesa du Cayla fue una favorita o simplemente una concubina; en una palabra, si hubo relaciones sexuales o no. Su confusión nos permite adivinar que el tema debió de dar pábulo a muchas conversaciones. La verdad es que, ante la discreción de ambos interesados, es poco lo que sabemos.

El primer hecho que debemos destacar es la falsedad de la imagen de Luis XVIII pintado como un viejo gotoso, incapaz de acercarse a una mujer. Nacido en noviembre de 1755, el Rey iba a cumplir sesenta y dos años cuando conoció a Zoé, lo que, aun a comienzos del siglo XIX, no era el colmo de la decrepitud. Es cierto que padecía de gordura desde su juventud, transformada luego en obesidad, y, después de su estancia en Artwell, de ataques de gota; pero su ascensión al trono había sido para Luis un extraordinario baño de Juvencia. Cuando estaba a punto de conocer a Zoé, lady Malmesbury lo encuentra "rejuvenecido diez años y muy alerta". Se olvida demasiado que la famosa silla de ruedas sólo fue utilizada, y aun así de manera esporádica, a partir de 1821, que el Rey sólo estuvo enfermo durante el último año de su vida y que aceptó quedarse en cama pocos días antes de morir. Además, Luis XVIII estaba muy bien atendido. Bastante desconfiado en relación con la medicina oficial, había puesto su salud en manos de un empírico, el padre Élisée, y se sentía bien. Ese asombroso personaje, nacido con el nombre de Vincent Talochon, al que la Historia ha convertido en un monje taumaturgo y licencioso, verdadera prefiguración de Rasputín, en realidad hacía tiempo que ya no era monje. Reducido al estado laico en 1790, ese ex hermano de San Juan de Dios había emigrado y servido como médico en el ejército de los príncipes con el mayor éxito. Conoció al conde de l'Isle en Inglaterra. Buen psicólogo, dietólogo muy avanzado para su tiempo, supo organizar la glotonería de su paciente y aliviar los ataques de gota con masajes. El Rey lo hizo ir a París y lo alojó en el pabellón de Flora. "Durante la Revolución se quitó la máscara y se lanzó a todos los excesos, con la impaciencia de un hombre largo tiempo contenido", escribe Mme. de Boigne, siempre suave. Sin embargo es poco probable que el padre Élisée organizara bacanales en Hartwell o en las Tullerías. La duquesa de Angulema no lo habría tolerado. M. de Rémusat dice haber oído hablar de "ciertos amores domésticos" y añade, más caritativo que la condesa, "que si son verdaderos, se los ha exagerado mucho". La verdad es que el favor de que gozaba Vincent Talachon provocó los celos de los cortesanos y más aún del cuerpo médico, pues el Rey le había concedido el poder de control sobre la enseñanza de la medicina. El padre Élisée murió a finales de 1817, y Luis XVIII cayó en manos de la Facultad. En esos momentos, Zoé encontró a un príncipe mucho más gordo y con ataques de gota. Digamos que ese príncipe se mantenía erguido como un pino, que dormía y digería de maravilla y no sufría jamás la menor indisposición. Su mente no podía ser más vivaz, su memoria seguía siendo legendaria y sus nervios eran de acero en cualquier circunstancia. En suma, muchos de sus súbditos habrían cambiado su salud por la suya.

El Rey amó profundamente a Zoé. "Ese príncipe tan frío, tan insensible, tenía afectos que parecían pasiones", escribe Chateaubriand, quien, como sabemos, no otorga fácilmente certificados de pasión. Vitrolles, en sus *Memorias*, se asombra también de las extraordinarias posibilidades de afecto que escondía un corazón considerado seco: "Se hubiera dicho —escribe— que el Rey quería asegurarse él mismo de la insensibilidad que parecía haber heredado de su temperamento y de su educación, y tal vez de ese rango elevado que prohíbe el intercambio de sentimientos cuya necesaria condición es la igualdad". (Podemos hacer notar de paso esta curiosa idea sobre las condiciones necesarias para el intercambio amoroso.) Para estos escépticos, que no fueron los únicos en pensar así, todo ocurre como si, siendo la inteligencia de Luis XVIII superior, se quisiera demostrar, mediante un sistema fácil de antítesis, que en él el cerebro primaba definitivamente sobre el corazón. Lamartine, bastante buen conocedor en materia de sentimientos, se levanta muy justamente contra esta hipótesis: "Jamás ningún príncipe acusado calumniosamente de insensibilidad y de egoísmo tuvo más necesidad de ternura ni dedicó obstinadamente sus primeros y sus últimos días a los encantos y hasta a la esclavitud de sus afectos", escribe. Los hechos le dieron la razón. El Rey había adorado a Mme. de Balbi como a la más deliciosa de las amantes; quiso a Avaray como al más íntimo de sus amigos, a Blacas como a un fiel y perfecto cortesano, a Decazes como al hijo que no tuvo. Amó en Zoé todo eso a la vez. Ella fue amante, hija y amiga. Para definir el sentimiento del Rey hacia ella, Lamartine asegura: "Tuvo desde el primer día el carácter de un amor que se esconde a sí mismo bajo el nombre de amistad y que la edad del monarca y la reserva de la joven no permitían confesar".

En cuanto a no confesar, sabemos hasta qué punto Luis y Zoé se pusieron instintivamente de acuerdo. El Rey había descubierto en el exilio las ventajas y los encantos de la vida privada, y la joven había hecho suyo el proverbio que dice que una buena reputación vale más que un cinturón de oro. El Rey sabía apreciar esa reserva. "Conservaba el crédito por el cuidado que tenía de no ponerlo en evidencia", escribe la dama de calidad.

Pronto ese Rey enamorado no se contentó con las entrevistas que Zoé le concedía tres veces por semana, desde las tres hasta las cinco de la tarde, y el vizconde de Reiset pudo escribir: "Ella venía al palacio de manera casi diaria".[12] El honesto Hyde de Neuville habla de "relaciones íntimas y cotidianas", aunque la palabra "íntimas" no tuviese necesariamente en el siglo XIX el mismo significado que tiene hoy. En cuanto Zoé abandonaba el gabinete real, el Rey corría a la ventana para verla subir a su carruaje y sólo volvía a su escritorio para escribirle. Al regreso de su paseo diario, frecuentemente hacía desviar su coche y todo el séquito real para pasar frente a las ventanas de la amada. Cuando cada verano la joven se alejaba por algunas semanas hacia sus tierras de Benon, compradas con la dote recuperada, o hacia Montpellier, varias veces al día partían criados de las Tullerías llevando las misivas reales, que sólo hablaban del regreso. El Rey limpió de toda dificultad el camino de su amada. Le hizo construir un castillo cuyos planos dibujó él mismo; veló por su futuro y por el de sus hijos. El último papel que se encontró sobre el escritorio del Rey era una carta inacabada dirigida a la condesa du Cayla. Carlos X, su sucesor, la hizo entregar a su destinataria.

¿Qué ocurría exactamente durante las numerosas entrevistas del Rey y de la joven? Reducidos a las conjeturas, muchos comparten la opinión del académico Arnaud, quien, luego de haber sido valet de guardarropa de Luis XVI se convirtió en un furioso bonapartista. Éste afirma que "para el Rey, una amante no era más que un objeto de lujo, como sus caballos suntuosamente mantenidos para su uso y que él no montaba jamás". Aparte de que la comparación es, si cabe decirlo, bastante insolente, el juicio es poco realista, ya que nos parece algo inverosímil un tipo de entrevistas eternamente castas entre un hombre tan enamorado y una joven que tenía, de ser necesario, con qué resucitar a un muerto, y que varias veces había probado que sabía asentarse muy bien en sus excelentes principios. Para mayor abundamiento, Arnaud añade que "el rey era casto como Orígenes", pero, para permanecer casto, Orígenes había recurrido a medios radicales que el rey no utilizó. La autopsia, presidida por Portal, encontró que, desde ese punto de vista, la anatomía real era perfectamente normal, y muchos testimonios abundan en un sentido que no permite ninguna comparación con Orígenes. Varios memorialistas observan que, cuando el Rey recibía a Zoé, su puerta estaba rigurosamente cerrada. El barón Hue agrega que los naipes que Luis XVIII hacía preparar ostensiblemente jamás se desordenaban. Un día, cuenta Castellane, encantado de narrar el incidente, el Rey llamó (estamos en 1823, a menos de un año de su muerte, cuando el Rey, enfermo, se hallaba clavado a su sillón). Fieles a la consigna, nadie se movió. Finalmente, Mme. du Cayla unió sus llamados a los del Rey. Los criados y los oficiales de servicio encontraron al Rey en el suelo, un brazo y el vestido de Mme. du Cayla aplastados bajo su peso. Mil comentarios sazonaron la aventura, que parece haber tenido lugar en realidad, y prueba que, aun en sus últimos días, Luis XVIII no se contentaba con permanecer en su sillón en presencia de Zoé. Algunas líneas del Rey, escritas en esa época, cuando la condesa du Cayla, que había viajado al sur, regresaba a París, dicen que "cada etapa es una pequeña sucesión de ideas agradables". Esas ideas parecen haber adquirido bastante realidad. La duquesa de Maillé escribe al respecto en 1823:

> *Durante mucho tiempo no creí en el escándalo de esa relación con un anciano que nunca había pasado por ser apasionado, como decía Mme. de Matignon, y con la mejor buena fe del mundo durante largo tiempo defendí a madame du Cayla. Sin embargo, ella me recibió en su gabinete, y vi frente a su escritorio un retrato del Rey representado en su juventud. Encima de ese retrato estaban pintadas unas ramas de rosas y unas azucenas entrelazadas. Confieso que eso comenzó a hacerme dudar acerca de la pureza de madame du Cayla.*

Y en la nuestra también.

Es por cierto muy difícil decir hasta dónde llegó la intimidad física entre el Rey y la bella condesa. Sin embargo, podemos afirmar que, hasta aproximadamente 1821, o sea durante los cuatro primeros años de su relación, la salud del Rey permitía —para retomar la expresión de la época— que él fuera perfectamente feliz. Luis XVIII no era en verdad un apasionado, pero sabía gozar de la vida. No vemos por qué ese hombre que hacía que le entregaran las más bellas piezas de caza del reino y las más hermosas frutas de sus invernaderos de Versalles, que acariciaba con amor sus porcelanas de Sèvres y hacía que le leyeran a Horacio y a Ovidio, se habría privado, llegada la ocasión, de ser feliz.

Por supuesto, nos está permitido averiguar la opinión del marido de la condesa du Cayla sobre esta delicada cuestión. El cronista Fournier-Verneuil[13] lo encontró varias veces en esa época y cuenta que "el desdichado" (la expresión es de Fournier-Verneuil) citaba sin cesar la anécdota de Francisco I y del orfebre del *quai des* Lunettes. Ese orfebre, al sorprender al galante monarca en compañía de su esposa, comenzó a gritar contra él. Dos oficiales que montaban guardia quisieron hacerlo callar.

—No —dijo Francisco I—. Dejémosle gritar. Es un cornudo que se venga.

Y Fournier-Verneuil agrega: "¡Cómo han cambiado los tiempos! ¡Cuántos grandes señores fueron y serán menos susceptibles que el pobre orfebre!". Comprobación por cierto muy justa. La anécdota prueba en todo caso que el conde du Cayla conocía la historia de Francia en sus menores detalles y que se hacía pocas ilusiones sobre su situación.

¿Y qué pensaba Sosthène de todo eso? ¿Sufrió el dolor de imaginar a su Esther expuesta —por la buena causa, es verdad— a todos los peligros? Sagaz, la duquesa de Maillé responde que "[...] él estaba consagrado a madame du Cayla con un abandono, una fe en su virtud que hacían más honor al candor de su carácter que a su inteligencia". El candor de Sosthène (que era inmenso) no le impidió tener relámpagos de lucidez y lanzar gritos espantosos de este estilo: "Veo una espada terrible suspendida sobre vuestra cabeza, un abismo bajo vuestros pies", etc. En una palabra, todo parece indicar que el vizconde de La Rochefoucauld llegó a sentirse en la misma situación que el orfebre del *quai des* Lunettes.

Si bien nunca se excluyó la sensualidad de la relación entre el Rey y la condesa du Cayla, ella no fue su sustento. Esa relación reposaba ante todo en una cálida intimidad sentimental. Lamartine lo vio muy acertadamente al decir: "Jamás un príncipe [...] tuvo más necesidad de ternura". Podría haber agregado que jamás un príncipe había carecido tanto de ella. Luis XVIII, de regreso en Francia sin esposa y sin hijos, estaba solo. Los vínculos con su hermano y con la familia de éste, aunque no desprovistos de afecto, estaban sujetos constantemente a las tensiones de la política. Los seres con los que se había encariñado lo habían traicionado, habían muerto o se habían alejado por los requerimientos de esa misma política. Lo que el rey más necesitaba, era esa forma de amor que es la ternura. Ahora bien, la ternura era, por así decirlo, la especialidad de Zoé. El afecto negado por Omer Talon, luego por Achille du Cayla, ella lo había volcado en su suegra y en sus hijos, en sus amigos, en la ingrata Hortense como en Sosthène, el "príncipe querido". Zoé tenía sus defectos, era endiabladamente hipócrita y había heredado el gusto de los Talon por el dinero, pero era cariñosa. Inundó al Rey de un afecto muy puro y muy tierno y le ofreció, durante seis años, algo que se parece singularmente a la felicidad. Una frase de Luis XVIII copiada una y otra vez por numerosos historiadores (lamentablemente ninguno cita la fuente, pero suena perfectamente justa) revela mucho al respecto:

> *Un rey* —decía él—, *cuya vida es un continuo ejercicio de penosos deberes y fatigantes grandezas, si encuentra a una amiga como no ha conocido en el pasado y como sin duda no verá otra en el porvenir, se aferra a ella por inclinación, por gratitud; ella pasa a ser su vida, su existencia; junto a ella, es el más feliz de los hombres.*

Hacer feliz al Rey, más allá de la manera en que ella lo haya hecho, ése fue exactamente el papel de Zoé du Cayla.

Queda aún por saber si Zoé amaba al Rey y si fue feliz en esa relación. Asustada al principio por lo repentino del favor real —hoy diríamos desestabilizada—, luego halagada (el Rey, aun obeso, aun sesentón, seguía siendo el Rey, y todas las mujeres del reino sabían canciones en las que la mayor felicidad dependía de una sola mirada suya), Zoé pronto se encontró a gusto en ese afecto. Fiel a su promesa de discreción, habla poco de Luis en sus cartas. Se puede descubrir sin embargo su admiración por un príncipe de quien supo valorar muy bien la importancia del papel moderador y de la tarea de reconciliación a la que se había consagrado.

"Este admirable Rey será la esponja pasada sobre antiguas querellas", escribe ella a Villèle. Sintió también por él un profundo agradecimiento y, a la muerte del Rey, lanzó este grito perfectamente sincero: "¡Si supierais de cuántas maneras mi corazón lo echa de menos!". Zoé encontró a su lado la seguridad que había buscado toda su vida. El rey la liberó de un esposo que era la cruz de su existencia, le ofreció independencia, se ocupó de sus hijos y veló por su respetabilidad. Fue casi un papel de padre. Por otra parte, Luis llamaba en público a la joven "mi tercera hija", lo que ponía furiosa a la duquesa de Berry, que un día replicó:

—¡Vuestra tercera hija es fea!

Opinión que sólo ella tenía y revelaba precisamente unos celos infantiles.

Para Zoé, en esa relación no entrará por cierto el amor en el sentido pasional del término, pero a los 32 años no se concibe la felicidad como a los 18. El amor del rey representó un afecto tan estable como halagador y una seguridad en la que la joven floreció. "Vale más ser la última pasión de un gran sultán que el primer amor de un joven visir", dice un proverbio persa. Es algo que Zoé entendía perfectamente. No podemos dudar de que, en esos años, ella también era feliz.

Sin embargo, como todas las favoritas, la condesa du Cayla debió pagar el favor real a un precio muy elevado. Fue ridiculizada por la corte y por la opinión pública, cantada en todas las esquinas. Béranger, que la apodaba Octavia, disfrutaba en grande:

Tendre Octavie, ici rien n'effarouche
Le dieu qui cède à qui mieux le ressent
Ne livre pas les roses de ta bouche
Aux baisers morts d'un fantôme impuissant. *

El tema del anciano enamorado era tan tentador como inagotable:

Peins-nous ses feux qu'en secret tu redoutes
Quand sur ton sein il cuve son nectar,
Ses feux infects dont s'indignent les voûtes
Où plane encore l'Aigle su grand César. †

---

* Tierna Octavia, aquí nada amedrenta/Al dios que cede a quien mejor lo siente,/No entregues las rosas de tu boca/A los besos muertos de un fantasma impotente.

† Píntanos sus ardores que en secreto temes/Cuando sobre tu pecho él aspira su néctar,/Sus pasiones infectas que indignan a las bóvedas/Donde aún planea el Águila del gran César.

Faltaría conocer la opinión de las bóvedas así interpeladas sobre los amores bastante expeditivos del César en cuestión. Béranger alude aquí a la crónica escandalosa que pretendía que al Rey le agradaba aspirar rapé sobre el espléndido escote de Zoé. Circularon algunas litografías eróticas atribuidas a Devéria. Así como Mme. du Barry fue apodada "la vaina del rey", Mme. du Cayla se convirtió en "la tabaquera real" (las personas más cultivadas o más inclinadas a la política hablaban de "la du Barry de la Constitución". Castellane, que compartía las ideas políticas de Béranger y era bastante lengua larga, cuenta que un día en que la favorita salía de los aposentos reales y atravesaba la sala de los guardias, éstos simularon estornudar ruidosamente. La anécdota recorrió los salones. Se dijo también que el canciller Dambray golpeó una tarde a la puerta del Rey. Éste, que esperaba a la condesa du Cayla, gritó:

—Entrad, Zoé.

A consecuencia de lo cual el canciller fue llamado en adelante Robinson, porque lo habían "creído Zoé".[14] Ya hemos visto que una nadería divertía a la sociedad de la Restauración.

Se hicieron las insinuaciones más malévolas sobre los obsequios del Rey y, por ende, sobre el carácter interesado de la joven. Lo malo es que, también en eso, los testimonios fluctúan en función de los partidos...

"Las tristes artes de seducción empleadas ante el anciano rey sólo eran menores que el innoble salario que ella percibía", escribe la siempre caritativa condesa de Boigne. Seguramente hay opiniones que sirven para juzgar en primer lugar a sus autores. Digamos también que esta buena condesa, que no quería a los Borbones porque no habían tenido hacia ella los miramientos debidos a una señorita d'Osmond, había logrado al fin relegar al marido muy rico que no podía soportar a su propiedad de Chambéry, lo que le permitía gozar en paz de su fortuna en compañía de su amante, el barón Pasquier. Los Orléans invitaron a Mme. de Boigne a cenar y ella alabará eternamente su gloria. Marmont, apenas algo más amable con Zoé, habla de "una mujer bien nacida prostituida a los caprichos de un anciano". En cuanto a Castellane, que también detesta particularmente a la rama mayor de los Borbones, asegura que Zoé llegaba a las Tullerías con un bolso vacío que se llevaba repleto de monedas de oro. Esta historia nos parece un poco grosera.

Del otro lado, Sosthène de La Rochefoucauld no habla más que de la firme resistencia de la joven ante los regalos de un donante demasiado generoso. Páginas y páginas de las *Memorias* del vizconde están dedicadas al desinterés de Zoé:

> *El rey os dijo un día: "Mi niña, tengo que obsequiaros un aderezo". Quería absolutamente daros un magnífico aderezo que había hecho montar especialmente. "Sire, le respondisteis mientras lo devolvíais, soy tal vez la única persona del reino que no puede aceptar esto de Vuestra Majestad."*

Y Sosthène concluye:

> *Él nunca lo consiguió, y todos sus intentos, todos sus ruegos para haceros aceptar de su mano la más brillante existencia quedaron sin efecto.*

No tanto, sin embargo... El vizconde de Reiset ve con mucha claridad al decir a propósito de la condesa: "Ella lo supo obtener todo sin pedir nunca nada". Ése era un arte en el que Zoé sobresalía. Sin duda el Rey no se engañaba. Digamos que le gustaban las jóvenes bien educadas tanto como obsequiar, y que un poco de resistencia no le desagradaba.

Recordemos que el donante era rico. El 8 de noviemnre de 18914, la Cámara de Diputados había votado un presupuesto anual para la casa real de veinticinco millones anuales y un dominio que comprendía todos los palacios soberanos con sus parques y bosques, así como las cuatro grandes manufacturas reales. Esa fortuna correspondía sólo al Rey, pues Artois y sus hijos constituían una rama menor con su propio presupuesto.

Es sabido además que el príncipe era generoso. Recordemos cómo, en 1815, había cedido despreocupadamente a Blacas los millones dejados en Inglaterra. Muchas otras personas, no tan allegadas a él, fueron igualmente favorecidas. Pozzo di Borgo, embajador de Rusia en Francia, recibió en 1815 quinientos mil francos en metálico y un millón en rentas del Estado. La propia Mme. de Balbi, a quien el Rey se rehusó siempre, cortés pero firmemente, a volver a ver, gozó de una pensión de doce mil francos anuales que le permitió satisfacer su pasión por el juego hasta el fin de su vida.

Desde luego, Zoé recibió su parte de esa lluvia de oro. Lamentablemente son escasos los testimonios fidedignos acerca de los obsequios del Rey. Hubo lo que podría llamarse pequeños regalos, sumas de dinero particularmente difíciles de evaluar y, por supuesto, Saint-Ouen.

En el terreno de los pequeños presentes a los que las damas son siempre sensibles, podemos citar una anémona de brillantes colocada hábilmente por el Rey en el peinado de la joven cuando ésta se dirigía a un baile dado por la duquesa de Berry. Zoé tuvo el buen gusto de no descubrir la divina sorpresa hasta que la felicitaron por la joya. Hay que agregar un maletín de cuero adornado con brillantes destinado a guardar la correspondencia real, servicios de mesa en porcelana de Sèvres (el Rey los distribuía como si fueran panecillos), una "cantidad de fruslerías" ofrecidas para las fiestas de Año Nuevo en 1818, cuyo uso es difícil de especificar, pero donde habrían sin duda algunos brillantes. Castellane asegura que sólo un sello valía mil escudos. El obsequio de una Biblia, cada una de cuyas imágenes habría estado protegida por un billete de banco, es más dudoso, y es difícil suponer en Luis XVIII semejante falta de gusto. Citemos igualmente un obsequio más sentimental que revela la propia Zoé:

> *[...] el rey quiso que yo aceptase, como encontrándome digna de ello, algo a lo que él daba el mayor valor entre todo lo que le habían devuelto a su regreso a Francia: la llave del castillo de Pau.*[15]

Se ignora qué se hizo de esa reliquia.

Sumas de dinero ciertamente importantes llegaron a manos de Zoé, pero generalmente con un destino preciso: se trataba de pagar al pintor Gérard o los gastos de Saint-Ouen. Las mayores sumas le fueron dadas durante el último año de la vida del Rey, que se preocupaba por la suerte de la que dejaría tras de sí. Philip Mansel anota que, en abril de 1824, el Rey sacó 150.000 francos de su presupuesto personal, en julio 10.000, en agosto y septiembre 804.309, y piensa, sin ninguna otra certeza, que esas sumas estaban destinadas a la condesa du Cayla. El Rey tenía razón en preocuparse, y las cifras tal vez fueron menos elevadas de lo que se ha dicho, ya que, después de la muerte de Luis XVIII, la situación financiera de Zoé sería precaria.

El más suntuoso de los obsequios del Rey fue el castillo de Saint-Ouen, cuya construcción Zoé, bastante presumida, anuncia a Sosthène a finales de 1820, concluyendo su carta con estas palabras del Rey: "Complacer a mi hija querida es mi única felicidad".

Hacer aceptar un castillo a una joven tan reservada como la condesa du Cayla no fue tarea fácil (Zoé habla de dos meses de obstinada resistencia), pero la táctica adoptada por el Rey fue hábil. El antiguo castillo donde el 2 de mayo de 1814 el Rey había firmado la promesa de conceder una Constitución al reino había sido destruido por los prusianos en 1815. Eso había afectado mucho a Luis XVIII: "Era el único lugar del mundo que el Rey amaba", dice Zoé, y Vitrolles añade: "El Rey asociaba ese lugar a los más grandes recuerdos de su vida. Allí había dado a sus pueblos las primeras pruebas de la libertad prometida". La condesa indica que "al Rey lo había humillado que ese lugar, donde había comenzado en verdad su reinado, hubiese sido derruido, sobre todo cuando, al pedir el emperador de Rusia y el rey de Prusia visitarlo a su regreso [curiosa peregrinación de monarcas absolutos], se les respondió que no quedaba piedra sobre piedra ni un árbol".[16]

Convenía entonces borrar el ultraje construyendo un nuevo castillo que sería en cierta forma el santuario de esa Constitución que el Rey consideraba el elemento más importante de su reinado. Aceptando ese obsequio, Zoé sería la guardiana del santuario y velaría por su llama. La joven encontró que ese papel de vestal era muy delicado de cumplir: "Pensé en los celos, en la envidia y en todo lo que se diría en mi contra". El Rey esgrimió entonces un argumento inatacable:

"Cuando expresé por última vez la pena que semejante obsequio me causaba, Su Majestas respondió:

—Estoy viejo, Saint-Denis no está lejos, rogaréis allí por mí."

Dado que Saint-Ouen ofrecía la inmensa ventaja de encontrarse cerca de la necrópolis de los reyes de Francia y Zoé no era mujer que rehusara ir a llorar sobre las tumbas, respondió.

—Lo que queráis, Sire.

El resto fue fácil. La propiedad se vendió a principios de 1820 por intermedio de Sosthène de La Rochefoucauld a un testaferro, el mariscal de Tieffois-Bauvois, en 135.000 francos. Luis XVIII designó a los arquitectos Hittorf y Huvé, ambos especialistas en el estilo clásico y hasta pompeyano, y diseñó con ellos los planos de un pabellón cuadrado a la italiana, con dos pisos de altura y un porche sostenido por columnas. Saint-Ouen se parecería, en sus líneas generales, al pabellón construido antaño en Versalles para la condesa de Provenza.

La piedra fundamental del castillo de Saint-Ouen se puso el 8 de julio de 1821. El Rey no asistió a la ceremonia, pero selló con su propia mano las primeras piedras llevadas a su gabinete. En ellas depositó, según el testimonio de Zoé, "escritos y medallas". Hittorf relata la tocante ceremonia de la colocación de esas piedras debidamente rellenas de reliquias:

> *Esa piedra, sobre la que va a elevarse por orden suya un nuevo edificio, fue sellada por las propias manos del Rey; el manuscrito que contiene es obra de este príncipe. Era como la piedra angular, la base del edificio proyectado, colocada en presencia de madame Zoé Victoire Talon, condesa du Cayla, elevada al rango de favorita por efecto de sus méritos. Por sus cualidades, su espíritu, sus penas, su ternura y su coraje por sus hijos, Luis XVIII, en cuanto la conoció, adivinó el consuelo que su amistad le permitía esperar.*
>
> *Y en presencia también de M. el vizconde Denis Talon, mariscal de campo de los ejércitos del Rey, coronel de lanceros de la guardia real, hermano de madame la condesa du Cayla;*
>
> *De M. el vizconde François-Sosthène de la Rochefoucauld, ayuda de campo de su Alteza Real Monsieur, coronel de la 5ª legión de la Guardia Nacional de París, cuya devoción tan respetuosa como profunda por madame du Cayla le da también todos los derechos de un paternal afecto.*
>
> *Finalmente, en presencia de M. Hittorf, arquitecto elegido por el Rey y encargado de ejecutar los planos del castillo trazados por Su Majestad.*
>
> *Saint-Ouen, 8 de julio de 1821*

Como vemos, todo el mundo estaba allí...

Las obras debieron ser realizadas con toda celeridad, pues la gran fiesta de inauguración se celebró el 3 de mayo de 1823. Durante ese tiempo, las lenguas trabajaron más de prisa todavía. En efecto, según la voluntad del rey, el castillo fue construido sin que se supiera por quién ni para quién.

> *Se negaba a todo el mundo el permiso de visitarlo* —escribe la duquesa de Maillé—, *Yo iba un día paseando en* tilbury *con el marqués de Saluces. Se nos negó la entrada. Él presentó su tarjeta en la que figuraba su título de ayuda de campo del señor duque de Angulema. Fue tratado con tan poca consideración que ello confirmó nuestras sospechas sobre el encumbramiento del personaje que hacía construir ese bello pabellón. El tema habitual de conversación era preguntarse a quién estaba destinado Saint-Ouen, y hubo un rumor general cuando le fue ofrecido a madame du Cayla. Ese presente le dio, en la opinión pública, el rango declarado de favorita.*

El rumor debió de ser, en efecto, considerable.

Sin duda, nunca Luis XVIII fue más feliz que a principios de 1820. La delicada condesa había aceptado al fin el obsequio que él soñaba ofrecerle y pronto Saint-Ouen albergaría, con el recuerdo de la Constitución, a su Zoé muy amada. Decazes, el "querido hijo", presidía un Consejo que gobernaba según las ideas del Rey, y las elecciones de septiembre habían significado —tal vez demasiado— el aplastamiento del partido ultra. En ese mismo septiembre, la duquesa de Berry dio a luz una princesa, llamada Louise. La duquesa ya había dado al mundo en 1818 otra niña que no había vivido y tenido un aborto el año anterior. El nacimiento de Mlle. d'Artois daba las mayores esperanzas a la Corona. Para festejar el restablecimiento de su esposa, el duque de Berry ofreció un fastuoso baile en el Élysée, donde residía desde su boda. Según las observaciones de Castellane, la duquesa se hizo notar "saltando con los pies hacia adentro". La condesa de Boigne confirma: "Ella no era amable con nadie, sólo se ocupaba de saltar y corría detrás de Monsieur el duque de Berry para que le nombrara compañeros de baile". La recuperación después del parto de esta pupila apenas salida de los patios de la escuela dio la señal de los bailes. El sábado 12 de febrero, hubo uno de disfraz ofrecido por el banquero Greffulhe. El duque y la duquesa de Berry lo honraron con su presencia. El duque de Fitz-James, para imitar al actor Potier, protagonista de una pieza de moda titulada *Las Danaides,* distribuía pequeños cuchillos a las damas. Se permitió hacer a Mme. la duquesa de Berry, una larga broma sobre el lugar del corazón donde convenía asestar el golpe. Hay azares tan extraños como espantosos; la duquesa se fue saltando, esgrimiendo su pequeño cuchillo.

Al día siguiente, domingo de Carnaval 13 de febrero, Zoé fue a una velada en la mansión de su querida Mme. de La Briche. Se había preparado una mascarada que representaba un bautismo de pueblo. Un tal M. de Poreth, alto y corpulento, hacía el papel de bebé, acompañado por su nodriza... Una vez más, debemos señalar que la sociedad simplemente se divertía. Riendo, se habló un poco de la cacería, muy brillante, que el duque de Berry había presidido ese mismo día en el bosque de Boulogne. La fiesta estaba en su apogeo cuando entró Alexandre de Boisgelin. Se sentó, muy pálido, cerca de la entrada, y comenzó a hablar con una dama. Entonces,

> *los grupos elejados de la puerta estaban entregados a la alegría y a la risa, mientras que los más cercanos recibían sucesivamente la siniestra noticia y la consternación se extendía de unos a otros.*
>
> *Los hombres que podían quitarse sus disfraces se precipitaban a las calles en busca de información. Los que tenían deberes que cumplir corrían a sus casas a buscar sus uniformes... sólo quedó monsieur de Mun, quien, vestido de dama de palacio, lleno de lazos, gorguera, volantes, plumas, no podía desvestirse. Permaneció con su ropa toda la noche en medio de los que iban y venían, de los ayudas de campo, los criados, los ordenanzas.*[17]

La espantosa noticia que había provocado el desmayo de algunas mujeres era que el duque de Berry acababa de ser apuñalado delante de la Ópera[18] mientras acompañaba a su esposa hasta su coche.

Zoé, como todas las damas, volvió a su casa, mientras la nobleza de París se dirigía en un desorden indescripible al vestíbulo de la

Ópera donde el príncipe agonizaba, ayudado por los médicos que sangraron toda la noche al hombre, que moría de una hemorragia. El general de Girardin contaba a quien quisiera oírle que él había sido dejado por muerto en el campo de batalla y que sin embargo se había curado. Chateaubriand se encontró frente al duque de Orléans: "Me impresionó —escribe— una expresión mal disimulada, jubilosa, en sus ojos; a través del aspecto contrito que se imponía; veía más cerca el trono". Éste estaba más cerca, en efecto. El duque de Berry murió a las 6 de la mañana reclamando "la gracia del hombre". Luis XVIII, desafiando por una vez la etiqueta que exigía que un rey de Francia no permaneciese frente a la muerte, cerró los ojos de su sobrino. El vizconde de La Rochefoucauld, despertado por un criado de Denis Talon, encontró en esa trágica hora la ocasión de desplegar su talento. Inquieto ante la confusión reinante, se constituyó en el caballero de la joven viuda:

> *Temí que se preparara un crimen mayor* —escribe—, *me lancé sobre mi caballo y la acompañé hasta el Élysée... Madame la duquesa de Berry no podía sostenerse, la alcé en mis brazos y la subí al primer piso; su pelliza, caída sobre mi cabeza, apenas me dejaba ver la escalera. La emoción que yo había experimentado era tan viva que, cuando la deposité en un sillón, estuve a punto de perder yo también el conocimiento.*

Monsieur y el duque de Angulema llegaron en ese momento y le preguntaron qué hacía allí.

—Cumplo la tarea que incumbía a otros —respondió noblemente Sosthène.

El asesinato del duque de Berry chocó profundamente a la opinión pública. Sólo Mme. de Boigne conserva la cabeza lo bastante fría —es su especialidad— para escribir: "Tal como era él, su muerte no fue una pérdida, ni para su hijo, ni para su familia, ni para su país". Hasta señala que, en su infortunio, el príncipe había tenido suerte, en cierto modo:

> *La misma catástrofe, ocurrida en la puerta de una bailarina, en momentos en que él salía de su coche, habría tenido un efecto muy diferente sobre el público que*

verlo caer en brazos de su joven esposa, cubierta de su sangre, rodeado de todo lo conveniente para su rango.

En este aspecto, se había rozado en efecto el desastre. El duque acompañaba a su esposa, justamente para ir a encontrarse con una bailarina, la joven Virginie Oreille, cuya madre decía a quien quisiera oírla:

—Monseñor no dejará a mi hija en el teatro. ¡Es tan religioso!

La duquesa de Maillé, menos drástica en sus juicios, reconoce que el príncipe "no había demostrado los distinguidos talentos que habrían podido atraer la atención sobre él... Hasta estaba llamado a la Corona sólo en una eventualidad muy dudosa[19], pero era el único de quien se podía esperar prolongar la estirpe y con el cual se contaba, por su reciente boda, para continuar la rama mayor".

Precisamente para abatir esa rama, Louvel, un obrero talabartero bonapartista, lo había herido, pero, en su agonía, el duque de Berry había tenido tiempo de hacer algunas revelaciones. Tras recomendar a su esposa las dos hijas que había tenido de Amy Brown (igualmente su esposa[20], sea dicho de paso), confió a su hermano a un niño que acababa de tener con Virginie Oreille. Para terminar esta versión trágica de "cuando aparece el niño"[21], el duque reveló que la joven duquesa se hallaba nuevamente encinta.

—Duque de Orléans, cuidadla, está embarazada.

Es sabido cómo, unos años después, Orléans cumpliría ese deseo.

Las exequias del duque de Berry tuvieron lugar en Saint-Denis un mes después de la noche trágica. Luis XVIII hizo frente a esa muerte con una firmeza que se tomó por indiferencia o egoísmo. Estaba en realidad profundamente afectado. El Rey había perdido a su hermano, a su hermana y a su cuñada bajo la cuchilla de la guillotina; era el segundo de sus sobrinos que desaparecía en circunstancias espantosas, sin hablar de "su primo", el duque de Enghien. Ese asesinato era uno más. Le parecía que un destino fatal se encarnizaba con él.

—No sé qué mal genio se complace en arruinar lo que yo hago —confesó a Zoé.

El Rey no habría de sobreponerse nunca de ese atentado. Su salud ya no fue la misma, su fe en el porvenir y, por ende, su manera de gobernar tampoco.

La primera preocupación del rey era el niño por nacer. Que fuera de nuevo una princesa o que el niño no viviera, y la Corona pasaría un día al duque de Orléans. Luis XVIII estimaba muy poco y hasta sentía cierto disgusto por el hijo de Igualdad, por sus astucias, su cautela y su ambición mal disimulada bajo aires paternales. Lo trataba con frialdad y no le ahorró ninguna de las pequeñas humillaciones del protocolo. Cuando el duque de Orléans iba a las Tullerías, las puertas se abrían de par en par ante su esposa,[22] hija de un rey; una hoja se cerraba despiadadamente ante él, simple príncipe de la sangre.

Zoé debió apoyar al rey durante una larga espera que duró hasta finales de septiembre. Le fue más difícil protegerlo de los gritos del partido ultra. En la Cámara de Diputados, Clausel de Coussergues acusó abiertamente a Decazes. "He visto el puñal de Decazes, es una idea liberal", escribía Nodier en *Le Journal des Débats*, y Chateaubriand: "La mano que ha asestado el golpe no es la más culpable". De la mano, el autor bajaba a los pies, escribiendo a propósito del ministro detestado: "Su pie ha resbalado en la sangre". Muchos guardias de corps y varias unidades de la guardia real estuvieron tan inquietos que hubo que retenerlos en sus cuarteles.

Luis XVIII no pensaba sacrificar a Decazes a los clamores. Resistió hasta que, el 17 de febrero, el conde de Artois, el duque y la duquesa de Angulema, postrándose de rodillas, le suplicaron echar al ministro. Se adujo el dolor de la duquesa de Berry. ¿Podía exigírsele que viera al hombre que le inspiraba horror? El Rey siempre había sabido cuándo convenía no obstinarse. El descontento había llegado a tal punto que Decazes ya no estaba seguro. Jóvenes exaltados hablaban de "tratarlo" a la manera del duque de Guisa, y hasta el propio Laîné, tan serio, decía:

—Se encontró un loco para apuñalar al duque de Berry y no se encuentra un hombre honesto que mate a M. Decazes.

Luis XVIII despidió a "su querido hijo", no sin nombrarlo duque y par y concederle la embajada en Londres.

La víspera de la partida, el duque de Castries recibió a las nueve de la noche, llevado por un criado de librea, de parte del Rey, un magnífico retrato de Luis XVIII. A las diez, se le entregó una obra sobre la India adornada con valiosos grabados. Aunque sorprendido, el duque se confundió en agradecimientos a la espera de ir personalmente al día siguiente a manifestar su gratitud a los pies de Su Majestad. A medianoche, le llegó una caja conteniendo todas las medallas acuñadas desde la Revolución. El duque, tan estupefacto como feliz, ya no sabía cómo agradecer. A las tres de la mañana, nuevo despertar. Esta vez, el criado, que había confundido a Castries con Decazes por las consonacias de sus apellidos, volvió con una cantidad de excusas a llevarse los obsequios. "El duque de Castries tuvo que cargar en su cuenta los luises distribuidos a los portadores de esas fugaces magnificencias", concluye Mme. de Boigne, que cuenta la historia.

El duque Decazes, en posesión de sus obsequios, partió hacia Burdeos, luego a Londres. Zoé se quedó sola junto al Rey. Sin quererlo, Louvel, el asesino del duque de Berry, había contribuido a hacer de ella una reina.

"Cuando la desgracia se ensaña con un hombre, lo ataca por todos lados", confiaba el Rey a la que estaba a su lado. Luis XVIII, todavía bajo el impacto del asesinato de la calle Richelieu, pasaría por una serie de crisis tan fuertes que normalmente se llama a 1820 el año de la tercera Restauración. Zoé no abandonó al Rey durante ese año y, por primera vez desde su matrimonio, renunció a ir a Montpellier y al delicioso castillo de la Piscine durante el verano.

Separado Decazes, el Rey llamó al duque de Richelieu, a quien estimaba sin amarlo y que era el mejor representante del justo medio capaz de provocar la menor cantidad posible de descontentos. Richelieu rehusó de plano, alegando que no podía gobernar teniendo contra él no solamente a los ultras (Sosthène decía, con su habitual moderación: "Sería otro Robespierre"), sino al primero de ellos, Monsieur, heredero de la Corona. Cuando el conde de Artois le suplicó acudir, en nombre de su dolor, en auxilio de su familia, el duque resistió todavía, ofreciendo un asombroso ejemplo de desdén por un puesto hacia el cual, en general, todos se abalanzaban. El príncipe dio entonces su palabra de honor "por el cuerpo ensangrentado de su hijo" de no negarle nunca su apoyo. Vencido, Richelieu aceptó. "Tres meses después, Monsieur encabezaba todas las oposiciones y estaba en el fondo de todas las intrigas", comprueba Mme. de Boigne.

Así, el odio, el espíritu de partido, la sed de venganza, todo recomenzaba. Y muchos, desde el vizconde de La Rochefoucauld hasta el abate Liautard, se aferraron a las faldas de la favorita exhortándola a "cambiar la mente del Rey". Luis XVIII, cuya salud se había quebrantado seriamente por el asesinato, sin contar con que los tratamientos de Portal no daban tan buenos resultados como los del padre Élisée), confiaba poco a poco sus dudas a la joven. El diluvio de argumentos que hacían a su política responsable de la muerte de su sobrino habían sido para el Rey como otras tantas puñaladas. Ya no estaba seguro de tener razón. Dos veces, dos dramas —el regreso de Napoleón y el asesinato del duque de Berry— confirmaban las siniestras predicciones de las Casandra del partido ultra. ¿Podía todavía proseguir una política liberal e intentar reunir los dos partidos irreconciliables del país? La divisa de Luis XVIII era: "Unión y olvido", pero ¿quién quería verdaderamente la unión y el olvido? "Este país está agotado para todo, salvo para el odio", había dicho el duque de Richelieu al llegar a Francia. Era más cierto que nunca.

Sumida en ese atolladero, la condesa du Cayla no tenía deseo alguno de "cambiar la mente del Rey", que por otra parte ella encontraba muy bien como estaba. Nada más opuesto al temperamento de Zoé que el odio, la violencia y todos los excesos que acompañan al espíritu de partido. La joven nunca es más sincera que cuando escribe al vizconde de La Rochefoucauld: "Renunciad a hacer de mí una cabeza política". La política había arruinado la vida de su padre, conducido a su madre a prisión y envenenado su juventud. Bajo el Imperio, la misma política había colocado a la joven en una oposición tan apagada como incómoda. La agitación que siempre rodea al poder era para Zoé un mal inevitable, algo venenoso y malsano que prefería olvidar. Hay que ver el encarnizamiento con el que Sosthène trataba de enfrentarla a diario con lo que él llamaba su deber, como se pone obstinadamente ante el obstáculo a un caballo que se niega a saltar, para comprender el disgusto de su corresponsal.

> *¿Qué queréis que yo haga con todo esto?* —le responde ella—. *Estoy hasta la coronilla. ¡Y ese deseo de hacer de mí un ser político! ¡Al diablo todos los ministros! Todo esto me aburre y me harta.*

Imposible ser más claro: la política la aburre. Por eso el vizconde de La Rochefoucauld, el abate Liautard o el vizconde de Montmorency trataban de presentársela como un deber casi religioso. Zoé no era mujer para esos deberes, al menos no todavía. Ese año, su deber era acompañar al Rey, amarlo, agradarle, construir con él Saint-Ouen, que les complacía tanto a ambos, ocupar su lugar en la sociedad y continuar la educación de Valentine y de Ugolin, que la Justicia le permitiría al fin conservar a la vista de todos. Su objetivo no era hablar con el Rey de política, sino alejarlo de ese tipo de preocupaciones u obligarlo a reírse de ellas. Lo lograba fácilmente contándole uno de los episodios del asunto que provocaba una verdadera marejada en todos los salones del *Faubourg*, es decir la pasión tan frenética como desesperada de la reina de Suecia por el duque de Richelieu. Lo menos que podía decirse era que éste no había tenido suerte en amor. Casado a los 17 años con Mlle. de Rochechouart, de 12, se le permitió ver a su esposa cuando la niña cumplió 15 años. Impaciente, el joven esposo descubrió "a un pequeño monstruo de cuatro patas, jorobada por delante y por detrás. Retrocedió tres pasos y cayó desvanecido".[23] Ese mismo día, tomó el camino de Alemania y fue a hacer la campaña de Souvarov contra los turcos. El zar lo nombró gobernador de Crimea y él fundó Odesa, de donde sólo regresó para servir a Luis XVIII. Fue entonces cuando Désirée Clary, la antigua enamorada de Bonaparte convertida en reina de Suecia luego de la coronación de su esposo Bernadotte, pero que había permanecido en París en su palacio de la calle de Anjou, le solicitó un favor. De cortesía siempre perfecta, el duque se lo hizo. "No se imaginaba que sentaba las bases de un frenesí que lo persiguió hasta la tumba." [23] Y todavía la expresión es débil. La reina de Suecia perseguía literalmente al duque. Al principio, él no comprendió cómo "madame Bernadotte", como se la llamaba en París, se encontraba siempre adonde él iba. Pronto, ocultó sus salidas y sus proyecto, hizo hacer inútiles rodeos a su coche. Para que el duque, harto, no pudiera reconocerla, Désirée llevaba cada día un vestido de color diferente. Tuvo departamentos cerca de los lugares que Richelieu frecuentaba. Si él se asomaba a una ventana, ella aparecía en otra, lo esperaba durante todas sus visitas. Si él entraba en un comercio, ella lo seguía y pedía que le dieran lo que él había elegido. La historia era tanto más ridícula ya que, con los años, la bella Désirée se había vuelto monstruosa. Enorme, había contraído, en el único invierno pasado en Suecia, lo que Mme. de Maillé llama "una especie de lepra". Pronto la repulsión del duque de Richelieu cedió a un furor cada vez menos contenido.

Y Zoé contaba al Rey cómo Mme. Bernadotte, desesperada de no poder ver fácilmente al objeto de su pasión, había querido procurarse su retrato. Sobornó a un ujier del gabinete donde trabajaba Richelieu, en la calle de Grenelle, para que un pintor pudiera, a través de una puerta acristalada, realizar su retrato. Lamentablemente el artista se equivocó de modelo e hizo el retrato del secretario del duque, que trabajaba habitualmente a su lado.

—¡Imaginad, Sire, M. de Rayneval en el lugar del duque de Richelieu!

El duque era alto y delgado, con facciones nobles, todo lo contrario de su secretario, un hombrecillo redondo de ojos, de nariz, de cara y de toda su persona. El Rey lloraba de risa.

Una de las malignidades de Luis XVIII y de la condesa du Cayla era observar, desde la ventana del gabinete real, el paseo cotidiano del duque de Richelieu por los jardines de las Tullerías. Pronto una silueta maciza, salida vaya a saber de dónde, trotaba a sus talones. El duque aumentaba la velocidad de sus largos pasos, dejando a Désirée correr tras él hasta que, exasperado, llamaba con un gesto su carruaje y, arrojando en él su bastón, sus guantes y su sombrero, ascendía dejando plantada a la opulenta reina, temblorosa todavía por la dicha de haberlo visto.

—¡Ella me lo matará! —exclamaba el Rey.

Compadecido, el Rey hizo insinuar a la Embajada que el lugar de la reina estaba en Estocolmo, pero ella respondió a todos los pedidos de su esposo con certificados médicos.

Las dificultades de la primavera hicieron bajar las risas un tono. Hasta entonces, la ley electoral había sido favorable a los liberales. Se presentó el proyecto de una nueva ley que permitía a los 23.000 electores más respetados votar dos veces. La Cámara de Diputados bramó ataques contra el gobierno, y La Fayette, invocando a los manes de la Revolución, afirmó que Francia estaba desligada de la obligación de observar la Constitución. De Serre, guardián de los Sellos, le dio la réplica. Ésta fue fulminante: "Estos tiempos desastrosos —dijo— ¿no han dejado en el preopinante dolorosos recuerdos? ¿No ha sentido más de una vez, con la muerte en el alma, que después de haber puesto en movimiento a las masas populares, no sólo no puede detenerlas cuando marchan hacia el crimen, sino que a menudo está forzado a seguirlas y casi a conducirlas?" Tal era el tono de los debates que reproducían los diarios. Una de las características de la Restauración, que indica que Luis XVIII había logrado introducir en Francia la vida parlamentaria, era el eco que tenían en las calles las sesiones de la Cámara. Todos los días, a la salida de las oficinas, multitudes de estudiantes y de empleados se reunían frente al palacio Borbón, gritando su furor o su entusiasmo, al compás del ir y venir de los emisarios.

A principios de junio se produjeron violentas manifestaciones. Un estudiante resultó muerto. El 6 de junio de 1820, durante su entierro, sus compañeros intentaron arrastrar a los obreros del *faubourg* Saint-Antoine a los gritos de "¡Viva la Constitución!", "¡Abajo los realistas!". Una lluvia torrencial dispersó la manifestación. Ese mismo día, Louvel fue condenado a muerte, y la noticia pasó desapercibida en medio de la crisis provocada por su crimen. Siguieron otras manifestaciones. Ese verano la corte no fue a Saint-Cloud, y Zoé permaneció al lado del Rey.

Al mismo tiempo, se desarmaba una conspiración militar de inspiración bonapartista, conducida por el coronel Favier. Los jefes, atemorizados, corrieron a refugiarse en el campo, La Fayette a la cabeza ("el hombre de ideas generosas y designios facciosos", según la expresión de Pierre de la Gorce). Algunos conspiradores fueron detenidos por la policía. "Al no reprimir demasiado severamente los disturbios —escribe Philip Mansel—, el gobierno de Luis se comportó mejor que los que, como La Fayette, alentaban la sedición, bien instalados en la seguridad de su situación social y parlamentaria."

El verano terminó de la mejor manera. El 29 de septiembre, día de San Miguel, la duquesa de Berry dio a luz un varón. El parto fue tan rápido (era el cuarto hijo de la princesa) que ni el médico, el Dr. Deneux, ni el mariscal Suchet y el duque de Coigny, designados para atestiguar el nacimiento, tuvieron tiempo de acudir. Sabiendo que ese nacimiento sería cuestionado, la duquesa de Berry ordenó a Mme. de Gontaut ir a buscar a los primeros testigos que encontrara. Un guardia nacional, tendero de ultramarinos de profesión, dos granaderos y un suboficial hicieron las comprobaciones del caso. La duquesa exigió sin embargo que el mariscal Suchet y el duque de Coigny procediesen a las mismas comprobaciones antes de autorizar a Deneux a terminar el parto, lo que no impidió, un poco más tarde, que el duque de Orléans apostrofara al mariscal Suchet:

—¡Señor mariscal, os conmino a declarar lo que habéis visto!

Furioso de que pudiera ponerse en duda su palabra, el duque de Albufera replicó:

—¡Lo juro por mi honor! Estoy más seguro de que el señor duque de Burdeos aquí presente es hijo de Madame, la duquesa de Berry, que mi hijo sea el hijo de su madre.

Mientras tanto, la duquesa de Orléans, pretextando una ansiosa solicitud, sometía a su sobrina a un severo interrogatorio.

Llegado a su vez, el Rey ofreció unos brillantes a su sobrina. Hizo como que notaba la presencia del duque con esa malicia disimulada que le era habitual:

—¡Ah, os echaba de menos! —le dijo.

Nadie comprendía mejor que él la desilusión de su querido primo. ¿No había creído él también perder el trono, cuando María Antonieta dio a luz en 1781 al primer delfín?

La alegría suscitada por el nacimiento del pequeño Henri-Dieudonné fue general. Sólo Mme. de Boigne encontró las gacetas que relataban el acontecimiento "de tan desagradable indecencia que nadie se animaba a dejarlas sobre la mesa". ¿Qué habría dicho al enterarse de que no había uno sino dos "hijos del milagro"? Virginie Oreille también había dado a luz un varón, bautizado Ferdinand, por el segundo nombre de su padre. Como decía el conde de Mesnard, caballero de honor de la duquesa de Berry: "Monseñor ha dejado su sello en muchas casas". El pueblo cantó:

Quand vint ce petit prince-là,
Pour le coup, voilà la merveille,
Dit Louis XVIII à la du Cayla,
Nos enfants sont faits par l'oreille. *

El ambiente era tan propicio para el vuelo de las cigüeñas que durante unos meses se creyó que hasta la duquesa de Angulema esperaba un feliz acontecimiento, lo que habría sido, debemos decirlo, un milagro todavía más grande que los precedentes, pero no hubo dos cunas en las Tullerías.

El nacimiento de un pequeño príncipe marcó el fin del duelo. Las damas del noble *Faubourg* se quitaron el luto y arrojaron los velos fúnebres con tanto más placer por cuanto la moda, mucho tiempo

* Cuando vino ese pequeño príncipe,/La sorpresa causó maravilla,/Luis XVIII dijo a la du Cayla,/Nuestros niños se hacen por la oreja.

invariable bajo el Imperio, ahora cambiaba. La nueva mujer venía indiscutiblemente de Inglaterra, con los poemas de Ossian y lord Byron; era romántica, sensible y casta. Todo eso sentaba muy bien a Zoé, como le sentaba el nuevo largo de la falda, que dejaba ver los tobillos. El talle descendía un poco sin recuperar todavía su lugar, mientras que las mangas se forraban, se alargaban, se hinchaban, se abullonaban: ahora se llevaban a lo Carolina, a lo Enrique III, a lo obispo, o arzobispo. Los colores, más oscuros pero vibrantes por la riqueza de las telas, se llamaban sapo enamorado, ratón asustado, araña meditando un crimen o caca-duque-de-Burdeos.

Zoé era de las que siguen la moda (sin ostentación pero con mucho refinamiento) aunque no la lancen; era de las que saben utilizarla. A los 35 años, no ignoraba que su belleza se debía a los cuidados que le prodigaba. Se maquillaba (Mme. de Boigne se lo reprocha bastante) y hacía cuidar su irreprochable sonrisa por un dentista (quien, a su muerte, presentará facturas bastante considerables a la hija de su cliente). Por la mañana, Zoé se quedaba en bata de interior para escribir sus cartas, conversar con sus hijos o recibir a sus proveedores, pero después de haber comido comenzaban las cosas serias. Ayudada por una doncella, la señora condesa se vestía. El corsé provenía de Mme. Coutant, cuyos productos eran caros —bien lo valía la marca—, pero no se deformaban. Encima de él, una camisa, una enagua, medias caladas y ligas proporcionadas por Mlle. l'Olive. El vestido era generalmente de Mme. Rambaud, famosa por la sencillez de sus modelos (Julieta Récamier era su clienta más ilustre), pero solía ocurrir que para los vestidos de corte Zoé recurriera a Leroi, siempre admirable en el fasto y los bordados. Luego venía el chal (Zoé recordaba las lecciones de Josefina y lo adoraba), la capota o el peinado, los guantes, la sombrilla. La doncella conducía entonces a su ama hasta un espejo de cuerpo entero, ante el cual ésta giraba. ¿Acaso la tela hacía un defecto cuando levantaba el brazo? El nácar del abanico, ¿hacía juego con el marfil del encaje y, en todo caso, no corría el riesgo de hacer parecer a éste un poco amarillento? Se probaba otro, otros diez antes de volver al primero. Todos esos preparativos correspondían a un deber delicioso del que no se podía sustraer un solo instante. La servidora sacaba finalmente de una caja perfumada un pañuelo —que no era más que un bordado—, deslizándolo en la cintura o dentro de un guante. Así vestida, Zoé podía descender hasta su coche, cuyos caballos ya conocían el camino de las Tullerías.

Las entrevistas de la condesa du Cayla y de Luis XVIII duraban dos o tres horas. Una vez que el Rey, desde su ventana, había observado la partida de su querida Zoé, ésta tenía que hacer muchas otras visitas y, los miércoles, mostrarse en el paseo de Longchamps y en el Bois de Boulogne, al que se llegaba por la plaza Luis XV, geométricamente plantada de tilos, los Champs-Elysées y la gran ruta postal, donde los curiosos aguardaban la silla de mano de fondo cereza de la favorita, el whisky de la marquesa de Boulay o la fortuna en redes color limón de Mlle. Mars. Al regreso, Zoé hacía detener su coche delante del café de Foy; todos sus amigos cuentan que le encantaban los helados al marrasquino. Esas dulzuras le daban fuerzas para continuar el recorrido de los salones, donde la conversación era siempre el primer objeto de la reunión. Simplemente, los tiempos en que no se hablaba de nada habían terminado. Los temas eran impuestos a menudo y ahora el fondo tenía peligrosamente más importancia que la forma. Honor a la dueña de casa que encontraba un tema nuevo o picante. Se discutía, por ejemplo, qué era más difícil de lograr, la educación de un hombre o de una mujer. Mme. de Duras lanzó, con la complicidad de Zoé, la moda de los cuadros. Los criados traían marcos donde los invitados, después de disfrazarse, se acomodaban como personajes de cuadros célebres o según un tema que había que adivinar. Al parecer era muy difícil —y extremadamente divertido— contener la respiración y no moverse. Mme. de Maillé adoraba las comedias de sociedad y se tomaba un trabajo loco para montar, en su propiedad de Lormois, *La coqueta corregida* y *Las falsas confidencias*. La dueña de casa, reservándose la mejor parte, desempeñaba en cada pieza el papel que en la escena representaba Mlle. Mars. En cuanto a M. de Thermes, todos coincidían en encontrarlo bastante malo en el papel de Clitandro. "Dice bien los versos, pero, a fuerza de ocuparse de su apariencia y de pretender hacerla noble, su interpretación pierde con ello y se vuelve frío y afectado. Tiene la parte baja del rostro demasiado saliente y la frente huidiza, defecto que disimula con su hermoso pelo peinado sobre la frente pero que resulta demasiado abultado; con el peinado de los tiempos de Luis XV, parece exactamente un conejo." En fin, se tenía a los actores que se podía conseguir, como esa princesa Volkonski, gran amiga de Sosthène, cuyo rostro "sería agradable si no se hubiese comido el labio inferior en un ataque de nervios causado por un acceso de celos por su marido". Esa princesa recordó a la duquesa de Maillé que había olvidado a la condesa du Cayla en sus invitaciones. Se apresuraron a reparar el olvido, y Zoé respondió "con una esquela muy amable". Una favorita debe saber cerrar los ojos ante ciertas pequeñeces.

Todas las distracciones de la tarde no eran nada al lado de las fiestas, enteramente dedicadas al baile. La Restauración amó la danza con furor. Zoé bailaba todas las noches (salvo en la Cuaresma, por supuesto) hasta las cuatro de la mañana y solía recorrer tres o cuatro salones antes de ir a acostarse. Los días de la semana se reservaban por anticipado, y las dueñas de casa se las arreglaban para prestarse sus días de recepción. Las danzas se habían vuelto muy alegres y rápidas: a decir verdad, ya no se bailaba, se saltaba, se corría, se trotaba o se brincaba en farándulas, en la cosaca, la panadera, el paso ruso y, sobre todo, en la polca. Las lecciones eran muy solicitadas y de precio muy alto. Hubo bodas postergadas porque las jóvenes no querían entrar en sociedad sin saber bailar la polca. Zoé hizo que Valentine, que tenía quince años, tomara lecciones y luego la llevó a bailes, lo que desató la ira del vizconde de La Rochefoucauld:

> *Nada más simple, sin duda* —escribe—, *que llevar a vuestra hija a pequeños bailes; ¿pero es en la corte y a su edad donde la debéis hacer brillar? ¿Y lanzaros vos misma, en vuestra posición?... ¡Tened en cuenta que las lágrimas más crueles son vecinas de la gloria más segura!*

Por el momento, Zoé estaba en la gloria y se preocupaba muy poco por el resto. Horrorizado, el vizconde le aconseja meditar ante calaveras cuyo dibujo le envía, mereciendo esta respuesta:

> *Siempre me gustaron con locura las calaveras; las puse en todas partes, hasta en las esquinas de mis pañuelos de bolsillo; las hice bordar, luego dibujé algunas. En fin, amigo, no podíais haberme hecho un presente más a mi*

gusto. Es un obsequio encantador y esta carta no le va en zaga. Mil saludos. Estoy esperando al médico; eso hace juego con una calavera.

Y Sosthène llega a la siguiente conclusión: "¡No veis más que lo que os sonríe!". ¡Cuánta razón tenía! Y precisamente todo sonreía a la condesa du Cayla. La favorita era amada, acompañada, halagada. El vizconde de Montmorency y su esposa, con algunas razones para no apreciar a la que ocupaba demasiado a su yerno, ya no abandonaban el salón de Zoé. "El salón de la condesa du Cayla había adquirido un carácter oficial que ella se esforzaba en hacer olvidar", escribe Hyde de Neuville. Zoé recibía los martes. Aparte de los asiduos del *Faubourg*, la mansión de Praslin era frecuentada por embajadores, prelados y artistas. Como la dueña de casa no podía ocuparse de todo, dos amigas, Mme. du Bourg y Mme. d'Esquelbecq, se improvisaban como introductoras. Acompañaban a los invitados hasta la condesa, controlaban las entradas y preparaban las salidas. "El pequeño entrepiso" era una verdadera corte, que competía con la del palacio. A pesar de los esfuerzos de Zoé, el ambiente era un poco tenso: "Se temía demasiado que el epigrama, la anécdota, la opinión sobre tal o cual hecho fueran llevados hasta el sillón del rey —explica Hyde de Neuville, quien agrega—: Jamás se acusó a madame du Cayla de abusar de esa situación para perjudicar a sus adversarios". Y Hyde cuenta que un día la condesa oyó una diatriba bastante violenta de Chateaubriand contra la política real. Él le lanzó una mirada inquieta.

—No temáis nada —dijo ella—. Mi admiración me impide retener lo que no debo escuchar.

Lo único que Zoé contó al Rey acerca de Chateaubriand fue el eco del extraordinario fervor que le profesaba un círculo de admiradoras. Durante una conversación sobre aparecidos, esas damas, en presencia del Encantador, hablaban con desdén de los pobres fantasmas y de las tontas que tenían visiones. El vizconde, que hasta entonces guardaba silencio, tomó la palabra:

—Para ser sensible a las apariciones, hay que poseer una índole particular —dijo gravemente—, una fineza y una delicadeza de sensaciones que se dan en muy pocas personas.

Y Zoé seguía contando:

—Y cada una de esas damas trató de retractarse de lo dicho, a fin de probar que poseía esa fineza de sensaciones necesaria para ver a los aparecidos.

Todo eso causaba mucha agitación y atraía a gran número de admiradores alrededor de la bella condesa. Sosthène le reprocha las bandadas "de amigos" que la rodean. Y ella se ríe en su cara:

Quiero un amigo en cada rincón, uno para el pebetero, otro para tener un anillo con el nombre de amigo, otro para la conversación, otro para la confianza, otro para las confidencias, otro para representar a Satanás como una serpiente, otro para reducirlo, otro para convertirlo a mejores opiniones, otro por amor propio. ¡Ah! ¡Mi Dios, cuánto barullo! Aquí están aturdiéndome. Tened, os los entrego para encerrarlos con todas vuestras damas, y los miraréis por el ojo de la cerradura para ver qué hacen. Saludo a toda la compañía.

Si Zoé habla de serpiente, es porque ésta volvía por sus fueros. Por la influencia de la duquesa de Angulema, la religión se ponía de moda. Los parroquianos llenos de dinero salían de todas partes y, si se iba de visita sin ser anunciado, se corría el riesgo de recibir esta respuesta: "Madame ha ido a misa" o "Madame está en el sermón". En ese sentido, Zoé tampoco lanzó la moda, pero la siguió. Quiso una capilla en Saint-Ouen. La tuvo, con una bonita cúpula incorporada a la bóveda, aunque es verdad que estaba en el sótano del castillo y al lado de las cocinas, lo que hace pensar que fue incluida en el proyecto algo tardíamente. Exhortada por el vizconde de La Rochefoucauld, la condesa du Cayla solía ir a Notre-Dame a escuchar al padre Ravignan, que predicaba a las seis de la mañana para la gente del pueblo, a las dos de la tarde para las damas y a las ocho de la noche "para los hombres de las clases superiores de la sociedad". Zoé tenía una fe sincera, en absoluto agobiante, para desesperación de Sosthène. Muy alegre, ella volvía a repetirle lo ya expresado durante el Imperio:

No soy suficientemente devota, decís; os aseguro que desearía serlo más; pero, os hablo con el corazón, no podría creer en mil pequeñas prácticas que me parecen muy lejos de pertenecer a nuestra divina religión. Las respeto en los otros; es todo lo que puedo hacer.

Se atribuyó a la condesa du Cayla una conducta de rata de sacristía porque recibía a eclesiásticos en su mesa. Esa costumbre databa de Suzanne du Cayla, y Zoé no había querido renunciar a la compañía de esos santos hombres que cantaban tan bien sus alabanzas. Se le reprochó igualmente haber obtenido en 1821 que la iglesia Santa Genoveva fuera devuelta al culto. No es seguro que ella lo haya solicitado. En realidad, Luis XVIII no estaba conforme con la transformación de la iglesia Santa Genoveva en Panteón y deseaba que el monumento volviera a su primer destino. Sin duda él prefirió que se creyera que había cedido a una piadosa solicitud.

El bautismo del duque de Burdeos fue celebrado el 1 de mayo con gran pompa. Las elecciones que siguieron marcaron un nuevo golpe de timón a la derecha. El Rey declaró que se hallaba en la situación de alguien que hubiese pedido a San Jorge poder montar a su caballo y que el santo le hubiese concedido tan bien su deseo que hubiera pasado por encima del animal. En la práctica, la derecha, fortalecida, exigió ministerios. Chateaubriand intervino, pues los ministerios no se hacían en los salones de la condesa du Cayla, sino en la casa de un tal M. Piet, alma del partido ultra, y los diputados de su partido se reunían a diario en una pequeña habitación afelpada y llena de humo de la *rue* Thérèse. Como cuenta Chateaubriand: "En medio de esa humareda legislativa, hablábamos de la ley presentada, de la moción por hacer, del camarada que ocuparía la secretaría, la oficina administrativa, las diversas comisiones. Nos parecíamos bastante a las reuniones de los primeros fieles pintadas por los enemigos de la fe".

Los amigos de M. Piet querían que tres de ellos, Villèle, Corbière y Laîné, fuesen ministros. Hay que ver en qué tono Chateaubriand, que políticamente no era nada entonces, escribe al duque de Richelieu, presidente del Consejo:

[...] mañana tendrá lugar en la casa de Piet la gran reunión realista, y sería muy útil que los dos amigos

pudieran mañana a la noche decir algo que calmara la efervescencia e impidiera todas las divisiones.

La nueva composición de la Cámara obligaba a Richelieu a tomar al trío. Hay que decir que los ultras de 1821 —en adelante se los llamaría los "agudos"— eran más moderados que los de 1814 y 1815. Sin embargo, el Rey, muy descontento con los servicios de Chateaubriand, lo envió a la embajada en Berlín, lo que le permitió a éste compararse con Licurgo, quien, como sabemos, abandonó Esparta luego de haberle dado una Constitución. A decir verdad, el Rey y el escritor se tenían mutua desconfianza, y Luis XVIII compartía totalmente la opinión de la duquesa de Maillé, que nos dice: "Yo estaba convencida de que la gran imaginación de monsieur de Chateaubriand y su inquietud perjudicarían sus éxitos como hombre de Estado y que, finalmente, sólo sería causa de agitación. —Y luego agrega—: Siempre intenté quitarle el gusto por la carrera política, para llevarlo de nuevo a la literatura, en la que siempre encontrará su verdadera gloria". Exactamente eso intentó Luis XVIII, haciendo un inmenso favor a la literatura y a la vez a su país. Ese Rey sutil hizo un día esta reflexión sobre el escritor: "¡Qué grande es cuando no se pone delante de sí mismo!",

A propósito de Joseph de Villèle, incorporado por fin al ministerio, la dama de calidad escribe: "Cuando al fin las personas de su región [24] pusieron sus paraguas en la antecámara, toda la casa fue de ellos". En efecto, era previsible que los tres ministros instalados sin cartera buscaran deshacerse de Richelieu. La coalición de los "agudos" y de la izquierda lo logró fácilmente votando, en noviembre, un memorial injurioso, tanto para el Rey (acusado sencillamente de cobardía ante el enemigo) como para Richelieu (de quien se sospechaba que facilitaba la entrada de trigo ruso en Francia). El Rey, herido en lo más vivo, rugió de cólera. "Estuvo hecho un león todo un día", confía Zoé. En cuanto a Richelieu, fue a pedir cuentas a Artois, quien, inmediatamente después de la muerte de su hijo, le había prometido un apoyo eterno.

—¡Ah, mi querido duque! —respondió el príncipe—, habéis tomado las palabras demasiado al pie de la letra.

Escandalizado, el duque de Richelieu fue a contar la escena al Rey, que se encogió de hombros:

—Conspiró contra Luis XVI, conspiró contra mí. Conspirará contra sí mismo.

Predicción que, en efecto, habría de cumplirse.

El duque de Richelieu era muy quisquilloso en cuestiones tocantes al honor. Por otra parte, soportaba muy mal las componendas parlamentarias y había aceptado el ministerio solamente para ser útil. Se retiró. Inmediatamente se acusó a la condesa du Cayla de haber obtenido del Rey, como Salomé pidiendo a Herodes la cabeza de San Juan Bautista, la renuncia del duque. Como éste murió seis meses más tarde, se le imputó el crimen. Ahora bien, en este asunto el Rey siguió sus propias ideas; primero, porque no estimaba especialmente a Richelieu. Luego, porque las revoluciones de Nápoles, del Piamonte y de Portugal, al traer a su mente enojosos recuerdos, lo volvían particularmente circunspecto. No nos cansaremos de repetir que, después de la muerte del duque de Berry, Luis XVIII había asumido perfectamente el golpe de timón a la derecha que siguió a la destitución de Decazes, y que, según su costumbre, elegida esa dirección, se mantuvo en ella. Un elemento importante intervenía en esa opción, y es que el Rey, después del asesinato, comenzó a pensar en su sucesión y quería organizar el traspaso sin choques. "El Rey ha querido ver en vida cómo andarían las cosas después de su muerte y constituyó el primer gabinete de Monsieur", dice Castellane. Hyde de Neuville completa esta opinión:

> *Por condescendencia hacia su nueva amiga y a fin de no malquistarla con el partido que rodeaba al conde de Artois* —escribe—, *el Rey dejó que se creyera que ella recibía de ese medio inspiraciones que luego le hacía aceptar. Pero no era así.*
>
> *Los que conocieron o que solamente vieron a Luis XVIII pudieron apreciar la firmeza pasiva, si puedo decirlo, que caracterizaba a esa naturaleza cáustica, escéptica por desdén a los hombres. Todo lo que el Rey concedió a los amigos del duque de Artois por intermedio de madame du Cayla era el cálculo benevolente de un hombre que desea que la mujer que él ama sea amada.*

"Todo lo que el rey concedió..." Luis XVIII, con el ministerio Villèle, haría tres obsequios a Zoé. El primero fue el nombramiento de Peyronnet, "hombre de leyes de la condesa", como guardián de los Sellos. Esa promoción no debía pasar inadvertida.

"Asombra el nombramiento de monsieur de Peyronnet —cuenta Mme. de Maillé—, está considerado como un abogado de provincia sin mucha consistencia; se explica su favor por los servicios prestados a madame du Cayla en el proceso contra su marido." Y Adèle de Boigne agrega: "Su reputación es tan vergonzosa en Burdeos, su región, que se hicieron apuestas contra este nombramiento, considerado apócrifo".

La reputación del conde de Peyronnet era a decir verdad detestable, sobre todo en el terreno de la vida privada. Era su cuñada quien, en París, atendía su casa, adonde la esposa legítima iba a hacer escenas a las que el conde ponía término a precio de oro. "Así se compraba, con dinero contante y sonante, en la época de Carlos el Calvo, el retiro de un ejército de normandos", completa la dama de calidad. Sin duda era así, pero, en 1821, en un salón, el caso daba pábulo a las habladurías. Por consiguiente, se habló mucho del irresistible ascenso de M. de Peyronnet.

Es evidente que el Rey debió de oír de labios de Zoé mil alabanzas del hombre que solucionó su proceso. Pero Peyronnet se había distinguido por su resistencia durante los Cien Días; era igualmente un amigo personal de Decazes y de Villèle, quienes, tanto uno como el otro, lo apoyaron. De todos modos, Zoé apareció como la única inspiradora de ese nombramiento, lo que dos años más tarde hará decir a Castellane:

"El señor guardián de los Sellos ha corrido grandes peligros por su puesto; se ha convertido en su amante, según dicen, y la ha conservado".

Ese "según dicen" es admirable y bastante honesto. En efecto, Zoé no podía ignorar que el Rey estaba bien informado y que no le gustaba compartir ni ser burlado. Mme. de Balbi y Mme. de Narbona lo habían aprendido en carne propia. ¿Arriesgaría ella todas las ventajas que le daba el rango de favorita por los bellos ojos del conde de Peyronnet? Es verdad que el rompecorazones encargado de la guardia de los Sellos "era hermoso, ardiente, caballero atento con las damas",[25] y además "sus versos eran encantadores". (No olvidemos la traducción de *El libro de Job*.) Esas cualidades recuerdan bastante las de Savary, Balincourt o Nicolaï. Aunque no es segura en absoluto, esta relación es posible, al menos de manera ocasional. En cambio los rumores que circularon a propósito de una aventura con el notario encargado por el Rey de ocuparse del asunto de Saint-Ouen son poco verosímiles. En sus cartas, Zoé habla de los servicios del hombre de ley como lo haría de los de un mayordomo o de un palafrenero. Podemos adivinar sin embargo lo que, en este asunto, excitó la malignidad de la gente: ese notario, cuyo estudio se encontraba en la calle de Richelieu, se llamaba Auguste Le Roy (El Rey).

El segundo obsequio del Rey a la favorita fue en beneficio del suegro del vizconde de La Rochefoucauld, el jefe de los caballeros de la Fe: el propio Mathieu de Montmorency. Es sabido que, después del asunto de la nota enviada a las potencias extranjeras, Luis XVIII tenía prevenciones —es lo menos que puede decirse— contra aquel cuya "falta de elevadas luces" medía demasiado bien. Pero el primer barón de la cristiandad tenía para él un nombre cargado de historia; su resistencia al Imperio le había costado el exilio y la organización de los caballeros de la Fe. Villèle, acuciado por Sosthène, insistió. En el tumulto —y éste fue el tercer regalo real a Zoé—, el vizconde de La Rochefoucauld acomodó, vía Villèle, a su propio padre, el duque de Doudeauville, "gran señor necesitado", según la amada Adèle. Fue nombrado director de Correos, beneficio que no costaba demasiado al Rey y no le valió ningún agradecimiento: "La Cámara de los Pares está furiosa de que aceptara un puesto considerado por debajo de la dignidad de par", cuenta la dama de calidad. La terrible condesa de Boigne consigna:

"Su dignidad no le permitió abandonar su mansión para ir a vivir a la de la *rue du* Coq-Héron; pero sí le permitió quitar de ella los muebles, los relojes, los ornamentos, la ropa blanca, los centros de mesa y hasta el billar que hizo llevar a su casa."

El nombramiento del padre de Sosthène dio lugar a una broma. Cuando se anunció que el duque de Doudeauville sería director de Correos, alguien preguntó:

—¿Y quién será duque de Doudeauville?

Sosthène cuenta en sus *Memorias* que al principio él pensó en todos esos cargos —incluidos los más altos ministerios— para sí mismo, pero que le pareció más noble dejarlos para otros:

"Yo he hecho reyes, señor, y no quise serlo".

Seguramente el Rey tampoco lo hubiese querido.

A ese equipo debemos agregar al mariscal Victor, duque de Bellune, promovido a ministro de Guerra. Chateaubriand confiesa a su respecto: "Él bastaba en tiempos de paz". El conde de Clermont-Tonnerre fue ministro de Marina. La dama de calidad nos dice: "Era un hombre honesto, de una nulidad absoluta para todo lo concerniente al gobierno del Estado; en sus manos murieron todos los asuntos que se le encomendaron".

Era imposible hacer esos reproches a Villèle (el jefe moderado del partido ultra estaba a cargo de las finanzas) ni a Corbière, ministro del Interior. Ambos tenían capacidad y habrían de demostrarlo. Lo que chocó —¡y cuánto!— al *Faubourg* fueron las maneras burguesas de esa pequeña nobleza provinciana. Mme. de Villèle, a fuerza de empeño, parece que sabía comportarse en sociedad, pero Mme. de Corbière provocaba sonrisas. "En su casa no se hablaba más que de las preocupaciones domésticas, de la carestía de las verduras y de las picardías de los sirvientes", nos dice, horrorizada, la dama de calidad. Es algo que nos pone, en efecto, muy lejos de los cuadros de Mme. de Duras. Agreguemos que "los modales bretones de madame de Corbière eran pesados, artificiosos, ridículos y aburridos en exceso". Los tolosanos que afluían al salón de Mme. de Villèle eran apenas mejores. En una palabra, el noble *Faubourg* podía reír con ganas de los "excelentes burgueses, de sus señoras esposas y de sus señores primos y amigos provincianos".

Tal como estaba, ese ministerio, que se pensó que era formado para durar tres meses, duraría seis años.[26] Fue el más fuerte y el más seguro del reinado de Luis XVIII. Si Carlos X hubiese sabido conservarlo, sin duda habría conservado también su trono.

En medio de todo ese barullo, la noticia de la muerte de Napoleón hizo poco ruido. El eco llegó a París a principios de julio de 1821. Zoé se enteró oyendo los gritos de los pregoneros en la calle:

"¡La muerte de Napoleón Bonaparte por dos céntimos!".

"¡Su discurso al general Bertrand, dos céntimos!"

"¡La desesperación de madame Bertrand, dos céntimos!"

Al parecer, no hacía más efecto que el anuncio de un perro extraviado. M. de Tayllerand dijo distraídamente que era una noticia, pero no un acontecimiento. Algunos sensatos tuvieron sin duda ocasión de murmurar para sí mismos: "Vanidad de vanidades, todo es vanidad".

El único en la corte, reunida de nuevo ese verano en Saint-Cloud, que manifestó su dolor fue el general Rapp. El Rey lo hizo llamar.

—Rapp —le dijo—, sé que estáis profundamente afligido por la noticia que he sabido. Ese dolor hace honor a vuestro corazón. Por ello os aprecio y os estimo más.

—Sire —le respondió Rapp—, todo se lo debo a Napoleón, hasta la estima y las bondades de Vuestra Majestad.

Eso era cierto, pero quedaban pocas personas para recordarlo. Parecían olvidados los años del Imperio. Una carcajada sacudió los salones cuando se supo la reacción de Su Majestad, el rey de Inglaterra. Lord Castlereagh, entrando en el gabinete de Jorge IV, le había dicho:

—Sire, vengo a anunciar a Su Majestad que ha perdido a su más mortal enemigo.

—¡Cómo! —exclamó el rey—. ¿Es posible? ¡Ella ha muerto!

El ministro debió calmar la alegría del monarca explicándole que no se trataba de la reina, su mujer, sino de Napoleón. Esa reina ninfómana que recorría Europa vestida de bailarina de circo murió poco después, como el propio milord Castlereagh, como la duquesa viuda de Orléans, hija del duque de Penthièvre, la que en Versalles era llamada "Madame Virtud" (lo que equilibraba un poco la fama de su marido), como la no menos virtuosa duquesa de Borbón, madre del duque de Enghien, que se indispuso en la iglesia Santa Genoveva, recién devuelta al culto, y de la cual esa muerte fue en cierta forma la verdadera inauguración, y como el cardenal de Périgord, arzobispo de París, caro a la familia real. Fue reemplazado por monseñor de Quélen, cuya fortuna había hecho Decazes y a quien, en consecuencia, los "agudos" veían con malos ojos. Tampoco el Rey lo quería: "Es un cardenal de Retz de salón", decía, lo que era reducirlo un poco. Finalmente, para acabar con esa serie fúnebre, el duque de Richelieu murió bruscamente cuando acababa de reencontrarse con su esposa, la pequeña jorobada que lo había esperado más de medio siglo. La reina de Suecia, Désirée Clary, estalló en una desesperación extravagante y lloró día y noche en la iglesia de la Asunción, donde se habían depositado los restos del duque, después de lo cual consintió al fin en regresar a su reino y reunirse con su esposo. El capellán mayor, monseñor Frayssinous, requerido para las exequias, rehusó desplazarse por la razón de que el castillo de Courteilles se encontraba fuera de su diócesis. Muchos notaron que no había tenido en cuenta esa regla cuando fue a consagrar la capilla del castillo de Saint-Ouen. Por un momento se temió la muerte del rey de Cerdeña, sobre todo la temió la duquesa de Berry, que pensaba que el luto le impediría ir a bailar. El Rey la tranquilizó diciéndole que podía ir al baile el día siguiente, siempre que llevara, como las demás mujeres, un vestido blanco, medias negras, guantes negros y un tocado blanco. El rey de Cerdeña se restableció "y, por consiguiente —concluye la duquesa de Maillé—, nos vimos privadas de ese baile de urracas".

Después de tantos entierros, Zoé asistió el 25 de abril de 1821 a la boda de su suegro. El conde François-Hercule du Cayla desposaba en segundas nupcias a Catherine Didier, viuda del conde de Choiseul-Meuse. En el año siguiente —¡gracias sean dadas al Rey!—, Zoé casó por fin a su hermano. El vizconde Talon, convertido en marsical de campo desde agosto de 1818, desposó a la princesa Henriette de Beauvau-Craon. El Rey, encantado de situar por fin a ese difícil partido, se permitió, según parece, decir que el vizconde "había dado con el Talón en el trasero de mademoiselle de Beauvau", broma que, si es cierto que fue dicha, debe atribuirse a un exceso de satisfacción, como el hecho de que Su Majestad pregonara el compromiso antes de que fuese oficialmente anunciado. Luis XVIII pidió excusas muy gentilmente:

"Os agradezco el obsequio que hacéis a monsieur Talon, que goza de todo mi afecto —dijo a la princesa—. Supe que cometí una indiscreción al anunciar demasiado pronto esta boda. Os pido perdón, Madame. Cuando el corazón está contento, no se miden las palabras".

Podemos preguntarnos si el Rey, que no era tonto, no precipitó voluntariamente las cosas. Después de lo cual llenó a la novia de servicios de mesa de Sèvres, muebles, joyas, pieles y otros pequeños regalos.

La boda que tanto alegraba al Rey se celebró en el ayuntamiento del primer distrito y después en la capilla de los Pares con casi dos horas de retraso. El conde François-Hercule du Cayla, que había quedado en muy buenos términos con su nuera (vivió en su casa desde su viudez hasta su segunda boda), era testigo. Ese recién casado de 75 años se había equivocado varias veces de ayuntamiento antes de encontrar el que correspondía.

La unión de Denis Talon y de Henriette de Beauvau habría de dar fruto rápidamente, pues, a fin de año, Zoé pudo escribir: "Estoy encantada de ser casi tía". Un nuevo Omer Talon hizo su aparición. Sería seguido por Denis y luego por Artus.

Apenas casado el hermano de Zoé, el Rey se empeñó en casar a Valentine. La tarea era más ardua. La niña no había heredado la belleza ni el encanto de su madre. De facciones pesadas y ojos un poco saltones debajo de una cabellera crespa —en realidad más pajiza que rubia—, Valentine tenía un carácter fuerte, por no decir agrio. "Ella no es agradable", comprueba el mariscal de Castellane, lo que, en esa época, era una pesada condena. La delicada situación de la condesa du Cayla —esposa separada y favorita real— no facilitaba las cosas. El Rey, consciente de las dificultades y de las preocupaciones que la joven causaba a Zoé, hizo proponer la mano de la que él llamaba gentilmente "la paloma" al joven príncipe de Rolsau, tomando la precaución de poner en la canastilla de bodas el cargo de escudero mayor. "Al no poder arreglarse la cosa",[27] Su Majestad hizo hacer la misma propuesta, aumentada con una renta de 70.000 francos, al príncipe de Lambesc. Nuevo rechazo. Zoé cobijó dignamente a su paloma bajo sus alas, declarando que "su hija era demasiado joven y doliente para casarse".[28] Esas humillaciones habrían de aumentar la amargura de Valentine y contribuyeron a alimentar un sordo rencor contra su madre.

Mientras se bendecían bodas y se enterraba a los muertos, mientras se hacían y deshacían ministerios, las paredes de Saint-Ouen se levantaban tan rápidamente que hubo que pensar en el arreglo del castillo. Luis XVIII quiso que a la sobriedad del exterior respondiese el lujo y el refinamiento del interior. "No había nada de exagerado en el relato que oímos sobre la magnificencia de esta casa —testimonia Adèle de Boigne—. Era perfectamente cómoda y construida con todo lujo. Cada detalle estaba cuidadosamente pensado. Desde el fregadero de pulido mármol hasta la escalera del granero con pasamanos de caoba, nada se había descuidado."

Según Sosthène, Zoé hizo corregir todos los planos del castillo en el sentido de la moderación. Tal como era, permitía espléndidas recepciones.

En la planta baja, un gran vestíbulo daba acceso a tres habitaciones comunicadas entre sí. Las paredes del amplio comedor estaban divididas en paños regulares definidos por columnas dóricas. El Rey encargó a Fontaine y al barón Gérard la decoración de la sala de billar y del salón de música. En la primera, Gérard realizó cuatro paneles representando *Las cuatro estaciones*, así como un *Luis XIV y el duque de Anjou*. Un grande y muy bello retrato de Luis XVIII ante su mesa de trabajo, la pequeña mesa de madera blanca de Varsovia, fue destinado al salón de música. La feliz propietaria del castillo (que había sido revendido oficialmente el 29 de octubre de 1822 a la condesa du Cayla por 400.000 francos) supervisaba, a menudo en compañía del Rey, la marcha de las obras y testimoniaba su alegría a Gérard:

> *Su Majestad acaba de pasar por aquí* —escribe—, *y después de ver todo muy bien, habló de su Luis XIV con un entusiasmo que todos comparten. ¡Cuán amable habéis sido con los otros dos regalos!*[29] *No abandonamos el billar. La composición y la ejecución nos encantan.*

Como vemos, Gérard, que había pasado alegremente de la celebración del reinado de Napoleón al de los Borbones, no estaba frente a una ingrata. En el castillo que olía a pintura fresca, Zoé alababa, reía, aplaudía, aun cuando el tema fuera tan lejano como la designación del rey de España por Luis XIV. No era sin razón que el descendiente del Rey Sol había pedido a Gérard inmortalizar la escena. La dinastía había estado a punto de quedar privada de descendencia y el último retoño no era todavía más que un niño de 18 meses. No desagradaba al Rey recordar a todos, y especialmente a su primo de Orléans, que había Borbones descendientes directos de Luis XIV en España. Por otra parte, comenzaba a hablarse de ir, mediante una expedición allende los Pirineos, a restablecer la autoridad del rey de España.

Su Majestad quiso igualmente que el barón Gérard hiciese el retrato de la condesa du Cayla,[30] acompañada, desde luego, por sus queridos hijos. Zoé se sometió pues a las sesiones de pose:

> *Hoy sólo tengo a mi hijo conmigo* —escribe al pintor—. *Si el señor barón nos requiere inmediatamente después de la ceremonia, los tres estaremos a sus órdenes. No creo que mi vestido negro pueda significar algún obstáculo.*

En efecto, el vestido del cuadro es enteramente de satén blanco. Con su peinado de rizos oscuros y ese vestido, símbolo de inocencia, la condesa recordaba a Juliette Récamier, una Juliette que no habría temido a los hombres y se habría convertido en madre de familia. Ugolin, de unos 12 años, tiene el porte y el aspecto de un joven romántico. El niño mira a lo lejos y la mano de su madre parece retenerlo. Valentine está sentada más abajo en el cuadro, casi en retirada, y posa de perfil, con los ojos levantados hacia su madre. El artista parece haber comprendido instintivamente los vínculos que unían a la condesa du Cayla con sus hijos.

Para amueblar Saint-Ouen, el Rey encargó un mobiliario verdaderamente palaciego. Lo hizo totalmente de acuerdo con la condesa, pues eligió al ebanista P. A. Bellangé, que, antes de la Revolución, había trabajado para Talon: ¡Zoé permanecía fiel a los proveedores de papá! Todo era muy hermoso, muy grande, muy dorado, majestuoso. El conjunto del salón de música, de haya dorada, decorado con rosetones y florones, comprendía nada menos que un gran sofá (pueden caber en él siete u ocho personas), dos más pequeños, cuatro amplios sillones y otros cuatro de dimensiones más modestas, ocho sillas, cuatro escabeles y una pantalla, tapizados en seda verde entretejida con hilos azules. El sofá de la sala de billar era de caoba tapizado en seda azul. Apoyabrazos tallados con cabezas de leones y un largo apoyapies lo hacían particularmente confortable y majestuoso.

En Saint-Ouen no se escatimaron las arañas (la del salón, en cristal y bronce dorado, tenía 36 luces), las alfombras, las cortinas y otras colgaduras. Solamente el salón de música, el más pequeño, estaba adornado con siete colgaduras de seda verde y cinco pares de cortinados en satén azul entretejido con gris, a los que hay que sumar el manto de la consagración, de terciopelo azul bordado en oro, artísticamente drapeado alrededor del retrato del Rey. Zoé tendría así el salón más brillante, más lujoso, más rico de toda la región parisina.

En la planta alta, la condesa eligió (delicada atención hacia su bienhechor) la habitación que miraba hacia Saint-Denis. Se convirtió en "la habitación amarilla" en razón del color de todos sus adornos. Los muebles, de caoba y bronce, fueron fabricados en estilo clásico, interpretado de manera femenina y graciosa. La cama, muy ancha, en forma de barco, estaba decorada con columnas acanaladas y cintas flotantes. Sobre el espejo, de cintra delicadamente redondeada, dos cisnes presentaban dos candelabros.

Al lado de la habitación amarilla, Zoé tuvo, como la moda lo exigía, su gabinete gótico, lo más Walter Scott, lo más duquesa de Berry, lo más erizado de pináculos ojivales que fue posible. El escritorio, los sillones, los taburetes y las sillas eran de ébano con incrustaciones de latón. Se había tapizado el diván con un suntuoso terciopelo violeta orlado de pasamanería con borlas doradas. Ese decorado, digno de un cardenal esquizofrénico, estaba dominado por un reloj que representaba un pabellón gótico decorado con cristales de colores.

El Rey, que velaba en todo, quiso que en Saint-Ouen su querida Zoé no tuviese frío. Luis XVIII detestaba tanto el frío que lo había perseguido en Mitau como la humedad que lo había invadido en Hartwell. Gracias a un sistema de hipocausto instalado en el sótano, semejante al de los baños romanos, el castillo fue dotado de calefacción central.

Desde luego, mientras duraron las obras, Sosthène no cesó de agitarse, de aconsejar, de escribir hasta la misma víspera de la inauguración:

"Pensad en la puerta de madera muy sólida que debe colocarse detrás de la reja del lado del jardín, en la gran campana para coronar la casa; en fin, que siempre haya alguien en la antecámara; que bajo ningún pretexto se la deje sin nadie".

Finalmente, a principios de 1823, el castillo quedó terminado y el Rey comprobó que todo estaba bien. Encargó a Isabey una fiesta, fiesta que simbolizaría el reinado y celebraría la gloria de Zoé.

Mientras se terminaba Saint-Ouen, Zoé compró lo que soñaba desde hacía mucho tiempo: una campiña. El fallo del 14 de agosto de 1821 que forzaba al conde du Cayla a la devolución de la dote obligaba a la condesa a reinvertirla. Zoé adquirió, por acta firmada ante maese Le Roy, el 20 de junio de 1822, a Mme. de Jumilhac, el castillo y las tierras de Benon, situados a 22 kilómetros de La Rochelle, con una superficie total de 2.320 hectáreas. Ciertamente, el indispensable Sosthène, dueño de los bosques vecinos de Surgères, fue quien habló a la condesa de Benon. La idea de Zoé no era tener una residencia veraniega (amaba Montpellier e iba todos los veranos al castillo de la Piscina), sino crear una verdadera explotación agrícola. Como el antiguo castillo de Benon había sido arrasado por las guerras de religión, Zoé hizo construir una amplia casa de dos plantas con sus cuadras. Al mismo tiempo hizo edificar una gran granja, "Les haras", donde pensaba criar caballos árabes y corderos. El bajá de Egipto acababa precisamente de enviarle dos carneros etíopes y varias ovejas. Zoé tenía como ley no aceptar jamás regalos. Pero ¿cómo devolverle los carneros al bajá de Egipto? Los envió a Benon, a fin de cruzarlos con ovejas merinas. Pronto Zoé, cada vez más atraída por la crianza de animales, instalaría en Benon a "un artista veterinario", que, como el notario, se llamaba Le Roy, y conoció las esperanzas y las angustias de un ganadero.

Aún estaba la cuestión del alojamiento de la condesa en París. "Esto impacientaba constantemente al Rey: saber que continuaba viviendo en mi pequeño entrepiso", escribe ella. Su Majestad quería decir: en el departamento del palacio de Praslin. A despecho de las protestas de la favorita, el Rey terminó, desde luego, por hacer lo que quería. Durante una permanencia de Zoé en Benon, en julio de 1824, él hizo comprar el palacio de Humières, en los muelles del Sena. El duque de Doudeauville se encargó de la transacción y el arquitecto Huvé sirvió una vez más de testaferro. Para hacer la cosa aceptable para la delicada condesa, el Rey decidió que el palacio fuera de su escudero mayor, cargo que reservaba para el futuro marido de Valentine. Al confesar el asunto a Zoé, finalmente de regreso de Benon, Su Majestad añadió: "Como no es conveniente que una madre sea huésped de sus hijos, ordeno que la casa de mi escudero mayor os pertenezca de por vida."[31]

"Había tanta bondad en ello —concluye Zoé— que sólo pude hablar de mi gratitud." ¡La comprendemos!

Hubo mucho menos bondad en la leyenda transmitida por la ponzoñosa Mme. de Boigne y repetida por Marmont, que presenta a una Zoé haciendo firmar al Rey en su lecho de muerte el acta de compra del palacio de Montmorency. Existen actas notariales que prueban que fue el palacio de Humières el que el Rey hizo comprar en julio de 1824, cuando la condesa du Cayla no se encontraba en la capital, para alojar a su escudero mayor, futuro esposo de Valentine, quedando entendido que la joven pareja dejaría su usufructo a la condesa durante toda su vida. Era de esperar también que el palacio de Humières, sumado al cargo de escudero mayor y a 70.000 francos de renta, atraería al fin a los candidatos.

Entre las obras de Saint-Ouen que terminaban y las de Benon que comenzaban, 1822 transcurrió en medio de felices preocupaciones. Por cierto, toda medalla tiene su reverso: la salud del Rey ya no era tan buena. A la gota que padecía Su Majestad se sumó la artritis, mucho más grave en sus consecuencias: el Rey debió utilizar cada vez con mayor frecuencia una silla de ruedas para desplazarse. En las numerosas esquelas con que la bombardeaba, comenzó a hablar a Zoé de sus males: "Mi cena ha sido moderada, pero no canto victoria". "Habrá que ver si mis pies considerarán conveniente dejarme dormir... Mi pulgar hace algunas travesuras." Menos que nunca el rey puede prescindir de ella. "La favorita gobierna a Francia", escribe Castellane. Todo daba esa impresión. Embajadores y solicitantes de toda clase llenaban su salón. Monsieur, el heredero del trono, se mostraba amable y solícito con la favorita, la duquesa de Angulema se instalaba en una prudente reserva, pero Villèle era exquisito. Monseñor Frayssinous, obispo de Hermópolis y capellán mayor del Rey, tomaba la pluma para cubrir a la condesa de alabanzas cuando Ugolin merecía un premio. El general Talon había entrado en la familia de Beauvau, príncipes del Sacro Imperio y grandes de España. El Rey deseaba convertir a Saint-Ouen en ducado. Zoé estaba radiante. El 24 de diciembre de 1822, Castellane escribe:

"Madame du Cayla pasó con un soberbio vestido de terciopelo orlado de pieles; el Rey le habló con mucho interés de sus hijos y de Saint-Ouen".

Y, como el mariscal no toma jamás la pluma sin poner en ella un poco de bilis, es otra quien la recoge: "Madame de Foucault —anota— estaba emperifollada con un vestido de tafeta celeste con falsos adornos de plata".

El encargo al barón Gérard de un *Luis XIV y el duque de Anjou*, tema que, *a priori*, no entraba en las preocupaciones de la favorita, hacía volver los ojos de todos hacia España, donde la situación no dejaba de degradarse. A comienzos de 1821, el rey Fernando VII, por quien Luis XVIII no sentía una particular estima (no podríamos reprochárselo), fue obligado a conceder una Constitución. En julio de 1822 intentó un golpe de Estado que desató la guerra civil. El zar y Metternich eran partidarios de una intervención armada. Luis XVIII, acuciado por los ultras, trató de ganar tiempo. El ministro de Relaciones Exteriores de Francia, Mathieu de Montmorency, deseaba ardientemente la guerra y hacía pasar armas a los insurrectos, excediendo ampliamente sus atribuciones. Luis XVIII hizo que

Chateaubriand lo acompañara al congreso reunido en Verona. Éste último se oponía por entonces a la intervención; la duquesa de Duras, más desesperadamente enamorada de él que nunca, se agitaba como una poseída. Zoé se encontró presa entre su amistad por Sosthène y su amistad por la duquesa de Duras. Adoptó lo que hoy llamaríamos un perfil bajo, y sus cartas hacen pensar que, como a la mayoría de los franceses, poco le importaba la expedición a España.

El primer barón de la Cristiandad, que ya había dado muchos rodeos para aceptar las órdenes de Villèle, pequeño hidalgüelo tolosano, tomó muy mal la llegada a Verona del autor de *El genio del Cristianismo* y regresó a París sumamente contrariado. Durante un Consejo bastante agitado, el Rey apoyó firmemente a Villèle. Montmorency renunció. Luis XVIII lo hizo duque para consolarlo y lo reemplazó por Chateaubriand, que, como sabemos, era un poco inestable e impresionable en materia política. Ese súbito encumbramiento lo transformó en un caballero de las Cruzadas soñando con liberar el sepulcro de Cristo. Ya no habló más que de "destruir un nido de jacobinismo y de restablecer a un Borbón en el trono por otro Borbón".[32]

La actitud de los insurrectos españoles haría inevitable la guerra. Luis XVIII la anunció en el discurso del trono del 28 de enero de 1823. Las cosas empezaron muy mal. El diputado de la izquierda más liberal, Manuel, subió a la tribuna. No le desagradaba irritar, lo que Mme. de Maillé traduce por: "Ese diputado ya era conocido por haber pronunciado discursos inconvenientes y casi sediciosos". De hecho, la arenga, que recordaba de manera bastante fuerte la muerte de Luis XVI, podía pasar por un elogio del regicidio. Manuel desató la tormenta que había querido, fue excluido y, aferrado a su escaño, resistió a los pedidos de que se marchara. La realeza salió del incidente más empequeñecida que si se hubiera tratado de una derrota. Se debía olvidar la guerra de España, pero Manuel, aferrado al escaño legislativo, terminaría pareciéndose a Ney derribado por la metralla, al prisionero recalentando su úlcera en el peñasco de Santa Elena y a los cuatro sargentos de La Rochelle, en la imaginería del libro negro de la Restauración.

Con ello, los salones orleanistas anunciaron que España recibiría a los franceses como había recibido a Napoleón y que la guerra sería interminable, mientras que Béranger, entre dos coplas sobre la favorita, predicaba la deserción:

Bravo soldado, ésta es la orden del día:
¡Firmes! ¡Media vuelta!

A todos esos descontentos hay que agregar a los ultras. Habían sentido profundamente la caída en desgracia de Montmorency y se inquietaban por las opiniones consideradas demasiado moderadas del duque de Angulema, quien había recibido el comando del ejército de España, al frente del cual debería demostrar un gran sentido común y ninguna fanfarronería. Zoé, siempre pícara, hizo la broma de contar a la condesa de Meffray, que formaba parte de la casa de la duquesa de Berry, que el duque de Angulema se había pasado al bando de los revolucionarios españoles. La condesa empalideció:

—Yo sabía que el príncipe tenía ideas malas —exclamó—, pero no creía que llegaría a tanto.

Todo eso era bastante desagradable, pero Villèle, aunque deseando evitar la guerra, la había preparado. A pesar de los temores que se tuvieron, el ejército francés fue bien recibido en España y entró en Madrid sin combatir. El duque de Angulema pidió que se cambiara al ministro de Guerra, el mariscal Victor, duque de Bellune, el mismo que, según la opinión general, sólo convenía en tiempos de paz. Chateaubriand propuso al barón de Damas, el ex general ruso al que había costado mucho hacerle entender en Marsella, cuando fue a recibir a la duquesa de Berry, que no era necesario contar con 36 cañones para disparar 36 cañonazos. "Tiene un carácter más distinguido que su mente", reconoce Sosthène de La Rochefoucauld. Castellane es más duro: "A menudo, en sociedad, la incapacidad no es un obstáculo para avanzar; la del barón de Damas no deja nada que desear", anota él en su diario.[33] La guerra no sólo se libraba en las llanuras de Castilla.

El marqués de Talaru fue nombrado embajador en España. Su esposa, de complexión frágil, se quedó en París. "Ella cree que para su salud es necesario —anota Castellane— tener a un hombre acostado a su lado; en consecuencia, hace entrar en una bolsa a M. de Courtivron, su pariente, o a M. de Chavagnac, uno de sus amigos, y se los hace llevar a su cama, cuidando de que al día siguiente su personal o su doncella comprueben que la bolsa no ha sido descosida".

Las necesidades de salud eran muy respetadas en esa época; en cambio los vestidos de la marquesa —poseía más de 400— hacían que fuera considerara extravagante.

El duque de Angulema dirigió el 30 de agosto de 1823 la toma del fuerte del Trocadero. El 1 de octubre, la familia real liberada llegaba a su cuartel general. "Esta campaña —decía el príncipe— no habrá tenido más ventaja para nosotros que asegurar al Rey un buen ejército y devolver a Francia la consideración que debe tener en Europa. Todo el resto son inconvenientes."

El inconveniente más grave era el triste espectáculo ofrecido por Fernando VII. No escuchó los consejos de los franceses, no reembolsó sus gastos y les suplicó proseguir la ocupación.

El duque de Angulema y el ejército volvieron. El príncipe habría deseado que, a su regreso a París, se abstuvieran de ofrecerle una recepción reservada a los jefes de ejércitos victoriosos. Tuvo que aceptar la fiesta, y los halagos de los cortesanos le devolvieron la torpe timidez que había perdido en medio de los soldados.

El 2 de diciembre, aniversario de Austerlitz y de la consagración (tal vez la fecha no estuvo bien elegida), las tropas desfilaron desde la puerta Maillot y la Étoile hasta las Tullerías. El Rey presidió el desfile militar desde el pabellón del Reloj. Chateaubriand fue a verlo a su gabinete poco antes de que se instalara.

—Acabáis de espantar a siete bellas damas —le hizo notar Luis XVIII—. Madame du Cayla, madame Davidoff y sus hijas están en mi cámara. Desde allí verán desfilar a las tropas.

—Temo que Vuestra Majestad tenga frío en el balcón —respondió prosaicamente el Encantador.

—Tengo mi sombrero— dijo el rey—, y además madame du Cayla me ha aconsejado ponerme algodón en las orejas.

Lo que debió de haber sido algo molesto para escuchar las fanfarrias.

El duque de Angulema, en el momento de montar a caballo, murmuró:

—¡Vaya quijotada que nos hacen hacer!

Su esposa, en cambio, estaba radiante:

"Es la primera vez en mi vida que percibo una expresión de felicidad en los rasgos de la duquesa de Angulema", anota la duquesa de Maillé. El hecho no escapó a la condesa de Boigne:

"La duquesa de Angulema gozaba de los éxitos de su marido con una alegría tan extraña a su fisonomía que parecía alterada", escribe.

A decir verdad, Zoé acababa de dar otro motivo de satisfacción a la princesa reconciliando a Luis XVIII con su hermano. Desde la muerte del duque de Berry, abiertamente reprochada al Rey, también desde la salida del duque de Richelieu, en la que la grosería impertinente del conde de Artois había tenido algo que ver, la ruptura se había consumado: los dos hermanos ya no se dirigían la palabra. Zoé se propuso reconciliarlos. No faltó quien dijera que, como la salud del Rey claudicaba, la condesa du Cayla quería quedar bien con la familia real en general y con el heredero del trono en particular, haciéndoles un gran servicio. Es verdad también que ella amaba la paz y siempre había sido una artesana de la concordia. Igualmente es probable que una vez más Zoé uniera lo útil a lo agradable... Luis XVIII no aspiraba a nada mejor que a poner fin al ostracismo que lo convertía en un solitario en medio de su corte. El conde de Artois lo deseaba también por razones políticas. "Era indispensable —escribe Sosthène de La Rochefoucauld— unir de tal modo a esos dos hermanos que sus dos reinados hicieran uno sólo, y que se pudiera pasar del uno al otro sin la menor sacudida."

Las transacciones realizadas por Zoé con ayuda del vizconde condujeron al protocolo más minucioso:[34]

> *1º Monsieur entrará al gabinete del Rey.*
> *2º Ni una palabra sobre el pasado.*
> *3º El Rey pedirá a Monsieur un poco de rapé, que Monsieur le ofrecerá con su tabaquera abierta.*
> *4º Se hablará de la lluvia y del buen tiempo.*
> *5º Monsieur saldrá después de acercarse al Rey, quien le tenderá la mano, mano que será respetuosamente estrechada por Monsieur.*

El tratado fue ejecutado punto por punto, después de lo cual el Rey envió a Sosthène "una muy dulce y muy gloriosa recompensa".[35] Se trataba de una rama de olivo "hecha con barba de ballena; un exquisito trabajo". Ese regalo, extremadamente simbólico, colmó de felicidad a su destinatario. Escribió a Zoé una carta tan tierna que podemos preguntarnos si ese ambiente de alegre reconciliación no llevó a los viejos amantes a nuevas efusiones.

El conde de Artois no se quedó atrás y encargó al vizconde de La Rochefoucauld agradecer a la condesa du Cayla en una carta que debió de ser muy dulce para la paloma de la paz. El príncipe daba a Zoé el excelente consejo de no escuchar a los calumniadores y otros celosos (algo en lo que la condesa no perdía nunca el tiempo) y la felicitaba por "el noble empleo" que hacía de las bondades reales. Hasta le pedía "gozar en paz de esas bondades". Era lo que Zoé se disponía a hacer.

La carta del príncipe, que firma "Charles-Philippe", era del 24 de febrero de 1823. En esa fecha, el Rey ya casi no abandonaba su silla de ruedas, aunque para la sesión de los augurios recorrió a pie la fila de invitados reunidos en la sala del Trono. Luis XVIII estaba por cumplir 68 años. Aunque mantenía todas sus actividades, los ataques de gota y los accidentes circulatorios se multiplicaban. A medida que declinaba su salud, se hacía más visible el poder de Zoé. Todo París se conmovió cuando, a finales de enero, ella tuvo un accidente de trineo. Los trineos rusos, como se los llamaba, puestos de moda por el conde d'Orsay, surcaban París a gran velocidad. Zoé, arrebujada en pieles, iba bajo la capota, mientras que Sosthène "con un gorro de piel", sobre el asiento de madera, azotaba a los caballos. "Uno de sus caballos árabes, mal atado, se negó a seguir en la esquina de la *rue* Duphot. Se habla de esta aventura en los salones casi tanto como de la guerra de España", cuenta Castellane. Todas las gacetas relataron el acontecimiento, y los embajadores fueron a inquirir noticias. Todos fueron tranquilizados. La condesa du Cayla había salido bien parada del susto y pudo preparar activamente la fiesta con la cual el Rey quería inaugurar Saint-Ouen.

La recepción, brillantísima, tuvo lugar el 2 de mayo de 1823, aniversario de la firma por el Rey de la declaración de Saint-Ouen. Lamentablemente ese día caía en viernes, lo que, para una dueña de casa piadosa, no dejaba de plantear, a ella o a su proveedor, algunos problemas. Pero ese pequeño inconveniente fue compensado por un tiempo espléndido.

"Invitó a cuantos tenían un apellido conocido o poco menos", nos dice la duquesa de Maillé, quien, al mismo tiempo, escribe a Hyde de Neuville: "Id a esa fiesta; conviene que seáis visto allí". El Rey quiso que se invitara a todos los embajadores y todas las autoridades. El cuerpo diplomático entero estuvo pues presente, incluido el nuncio papal. El arzobispo de París, el de Chartres y el capellán mayor del Rey se hallaban presentes también. Como hemos visto, este último ya había bendecido solemnemente la capilla del sótano, lo que había alertado a los mal pensados, quienes no dejaron de hacer notar que monseñor Frayssinous no se había dignado molestarse para las exequias del duque de Richelieu y que era indignante que el obispo de Hermópolis bendijera con más agrado el reclinatorio de una favorita que el ataúd de un presidente del Consejo.

Las invitaciones fueron cursadas para el mediodía. Inmensas banderas blancas con las armas de Francia flameaban en las verjas del parque y sobre los tejados del castillo. Se sirvió una comida para 800 personas en el invernadero y en tiendas decoradas con plantas de la huerta según croquis de Isabey. Se había preparado una sala de espectáculos donde los actores más famosos —entre ellos Potier— representaron una comedia en diversos cuadros y un vodevil de circunstancia, interrumpido —divina sorpresa— por la llegada de un despacho anunciando la entrada del general Molitor en Zaragoza.

Luego se invitó a los convidados a pasar a los salones. Mientras el coro de la Ópera entonaba una cantata a la gloria del Rey, se descorrió una cortina que ocultaba la parte central del salón de música y apareció el gran retrato de Luis XVIII que acababa de terminar Gérard. Debajo del cuadro había una placa de mármol blanco con la siguiente inscripción, grabada en letras de bronce:

El 2 de mayo de 1814
comenzó aquí
una nueva era

En una carta dirigida a Sosthène, Zoé aclaraba: “Como no es posible alabarse a sí mismo, recibí la orden [...] de decir que la placa era una idea que se me había ocurrido”.

Lo que hace pensar que la idea no se le ocurrió naturalmente a la favorita, sino que, como ella dice también: “Aquí todo habla de él y se ha convertido, de ahora en adelante, en la posteridad”.

Sin embargo, no era a la posteridad a quien Luis XVIII legaba Saint-Ouen, y era más bien en el decorado cotidiano de la mujer amada donde el Rey envejecido se inscribía.

Esa tocante ceremonia fue acompañada por gran cantidad de versos y cantatas, luego de lo cual los invitados pudieron pasear por el parque que descendía hasta el Sena en terrazas maravillosamente dispuestas. Los músicos, reunidos en el mirador a la italiana, tocaban sin descanso, mientras que el abate Liautard y el nuncio papal, sentados bajo el retrato del Rey, elogiaban discretamente las virtudes de la dueña de casa. El día terminó con una fiesta veneciana en el Sena donde se deslizaban las góndolas mientras estallaban grandes fuegos artificiales.

La fiesta inaugural de Saint-Ouen fue, desde todo punto de vista, magnífica. Tal vez demasiado. Zoé tuvo conciencia de ello y a todos sorprendió su reserva:

"Podíamos creer, si así lo deseábamos —comenta Adèle de Boigne—, que madame du Cayla no era más que la conserje sensible y fiel del pabellón histórico que sus esmeros habían arrancado al olvido a fin de conservarlo para el reconocimiento de Francia".

Como vemos, las sonrisas ocultaban la burla, y Mme. de Maillé acierta una vez más al escribir, siempre a propósito de la anfitriona de Saint-Ouen:

"Reconocí su firme conducta en su actitud modesta y casi humilde. Parecía desear testimoniar así que no era por ella por quien toda la sociedad se reunía en Saint-Ouen. Creo, sin embargo, que, con un cálculo todavía más hábil, ella habría podido evitar el esplendor de esta fiesta".

Sin duda eso habría sido pedir demasiado, no a la heroína, sino al Rey, que ese día coronaba a Zoé. La fiesta costó 20.000 francos a Luis XVIII. No lo hizo oficialmente, pero, en la mañana del 2 de mayo, fue a inspeccionar los últimos preparativos. "Las huellas de su pesado carruaje se veían en las avenidas, muy bien arenadas por cierto", comenta con cierta acritud la condesa de Boigne. El Rey haría a menudo de Saint-Ouen el objetivo de su paseo cotidiano. Cuando Zoé, como buena ama de casa, se quejó de que los guardias de Su Majestad arruinaban los jardines, el Rey tomó la costumbre de dejar a su escolta en la verja.

La agitación y la fiebre de los preparativos enfermaron al Rey. Los médicos le aplicaron un cauterio en el brazo izquierdo y, satisfechos, declararon que "la erisipela había brotado". En realidad se trataba de un principio de gangrena que dejó úlceras en el brazo, en la rodilla y en el pie.

Zoé, consagrada demasiado ruidosamente por la deslumbrante fiesta de Saint-Ouen, sufrió la suerte de todas las favoritas y fue acosada cada vez más por los solicitantes. "Me agobian cartas de todo el mundo", escribe a Sosthène en 1823. Todos esperaban llegar al Rey por intermedio de ella. Un cuaderno conservado en la Biblioteca Nacional de París[36] contiene las cartas que dictaba diariamente a un secretario en respuesta a los múltiples pedidos (hasta 100 cada mes) de recomendación, de audiencia o de ayuda. Los personajes más encumbrados no desdeñaban su apoyo para obtener un gobierno militar, un cordón del Espíritu Santo o un puesto de recaudador de impuestos para algún sobrino. El duque de Mouchy, jefe de la casa de Noailles, el duque de Castries, la princesa de Poix, así como el duque de Avaray, la duquesa de Aumont y muchos otros, recurrieron a ella. Las respuestas de la condesa, siempre corteses pero firmes, prueban su maestría en el arte de eludir. Así, a un pedido de recomendación ante el ministro de Guerra para obtener nada menos que la lugartenencia del Rey para la ciudadela de Montpellier, Zoé responde:

"Suponéis demasiado un crédito que estoy muy lejos de tener, ni siquiera de desear. Sin embargo, en este momento me siento tentada de lamentarlo al privarme del placer muy sincero de poder serviros".

Los que hacen directamente alusión al favor real no son tan bien tratados. Zoé, muy susceptible en ese tema, fácilmente responde "yo no soy quien vos creéis". El caballero de Tapiès, que se permitió enviarle versos que comparaban demasiado la belleza de la condesa con los favores acordados por el Rey, fue puesto severamente en su lugar:

"Leí, señor, con interés los versos sobre el señor duque de Angulema, pero permitidme asombrarme por los que me dirigís. Es a la bondad del Rey y a mis desdichas que debo el interés de Su Majestad por mis hijos y por mí".

¡Quién lo diría! Como esa carta provocó una violenta desesperación, Zoé no vaciló en corregir esa respuesta demasiado viva:

"La señora condesa no tenía la intención de causar la menor pena al señor caballero de Tapiès. Se apresura a reiterarle esa seguridad y, deseando que nunca se equivoque sobre sus verdaderos sentimientos, tiene el honor de..."

Hay otra clase de solicitantes a los que Zoé no puede soportar: la de los que dan lecciones. Ella piensa que la vida le ha brindado suficientes enseñanzas y responde a M. Tavernier, quien filosofa con pesada insistencia sobre la felicidad de dar:

"Agradezco al señor Tavernier los excelentes consejos que me brinda. Tal vez si me estuviese permitido mirar mi vida hacia atrás, me sería fácil probarle que he sentido tanto la felicidad de dar que me veo forzada, en este momento, a detenerme: por suerte mi fortuna está muy lejos de ser como se la supone y, teniéndola únicamente de mis padres, debo transmitirla a mis hijos".

En cambio, los pobres presentados por sacerdotes o religiosas siempre recibían una ayuda de unos 40 francos, suma nada despreciable. Sistemáticamente devolvía los obsequios enviados por los solicitantes. Cuando eso no era posible, la condesa hacía averiguar su precio para pagarlos. Esos envíos eran variados en extremo. Zoé recibía tanto cuadros, alhajas, libros, como jamones y cajones de ciruelas.

El torrente cotidiano de solicitantes no era nada comparado con el constante hostigamiento impuesto por Sosthène de La Rochefoucauld a su amiga. La lectura de las cartas que él le dirige entre 1822 y 1824 produce más de un asombro. Sosthène da su opinión en todo:

"Corbière ha sido pérfido ayer en el Consejo y lo curioso es que fui yo quien se lo hizo ver a Villèle".

O mejor aún:

"Villèle no sabe gobernar. La modestia nos hizo retroceder. Que el Cielo os ilumine. Salvemos una vez más a este país".

Sus pedidos son pasmosos:

"Podríais decir al rey: 'Hay que reconocer que este vizconde es inaudito [se trata de él mismo], por lo que descubre todos los días y los medios que inventa para el servicio del rey".

Sus juicios lo son más todavía:

"El señor de Chateaubriand es un pobre hombre".

Zoé, cansada, más de una vez termina mandando al vizconde a paseo. En los últimos años del reinado, las cartas al "príncipe querido" se acortan visiblemente, se convierten en esquelas apresuradas, de contenido más bien evasivo. Sosthène se irrita:

"Lamento comprobar que leéis mis cartas siempre corriendo y que varias cosas pasan sin ser notadas".

Eso provoca mucha amargura en el desdichado:

"Estoy condenado al cansancio y la preocupación. Esforzarme tanto para no ser apreciado por nadie. Esto es demasiado".

Desesperado, Sosthène padece dolores de cabeza, de ojos, escupe sangre, tiene debilidades estomacales, las rodillas le sangran.

Zoé le aconseja reposo, el campo, las aguas termales, pero, en un arranque, el indispensable escribe:

"Quiero que en mi tumba pongan: 'Hizo todo por los demás y nada por él'".

Zoé, con un suspiro, comprueba: "Vos y el rey ocupáis todo mi tiempo". Ella consigue guardar algo de ese tiempo para sus hijos, que son siempre el principal objeto de sus preocupaciones.

Desde 1821, ya no era necesario ocultar a Ugolin. Confió su educación, no al colegio Stanislas del abate Liautard, sino al colegio Saint-Louis, y escribía regularmente al director averiguando las horas de estudio y de las comidas, así como las notas de su hijo. Éste era un excelente alumno. La condesa no deseaba para él una carrera militar sino sólidos estudios de derecho. El hijo de Zoé —y de Savary— sería el heredero de los Talon.

En favor de Valentine, la querida paloma, a quien su madre llevaba ahora a las reuniones sociales, el Rey reanudó valerosamente el ataque, ofreciendo su mano al príncipe Camille de Rohan. Lo convocó, le pidió él mismo, con lágrimas en los ojos —detalla Mme. de Maillé, que de todos modos no estaba presente—, que desposara a la paloma. Él daría una buena dote al pájaro y a su esposo el cargo de escudero mayor, pretendido por la casa de Rohan. El príncipe Camille, "Rey no puedo ser, príncipe no me digno, Rohan soy", respondió que le parecía poco respetable obtener por su mujer un cargo al que su familia tenía naturalmente derecho, lo que significaba, en otras palabras, que la casa de Rohan no necesitaba esa unión. El Rey dijo al príncipe recalcitrante, antes de despedirlo:

—Rechazar una gran existencia es tal vez noble; rechazar a una paloma es una tontería. Rechazar a un anciano es insensible.

Y volvió a su cacería para casar a la paloma.

Acosada por los solicitantes y por Sosthène —él solo equivalía a 100 de aquéllos—, preocupada por el propósito de casar a Valentine y por la salud del Rey, Zoé conservaba su buen humor y su sonrisa. Supo conservarlos cuando, a finales de 1823, Savary, su antiguo amante, le dio un buen susto. El duque de Rovigo volvió a la superficie agitando torpemente el fantasma del duque de Enghien. A decir verdad, desde hacía algún tiempo, el duque había reaparecido tímidamente en el salón de Zoé y en la corte, a la que sirvió tan bien durante el Imperio. Ello le valió esta interesante conversación con Luis XVIII:[37]

—Señor duque —preguntó el rey a Rovigo—, ¿cuánto os costaba la policía que manteníais en Artwell?

—Sire, nos costaba de ciento veinte a ciento cincuenta mil francos.

—No es demasiado —continuó el rey—. Es más o menos lo que yo había calculado. ¿El duque de Aumont era de los vuestros, verdad?

—Ya que Vuestra Majestad parece tan bien informada, no le negaré que el duque de Aumont nos escribía unas dos veces al mes.

—Y para eso le dabais...

—Según recuerdo, veinticuatro mil francos al año.

—¡Veinticuatro mil! —exclamó el rey—. Él siempre me dijo doce mil. Probablemente era para no pagarme mis derechos de autor pues las cartas que vos recibíais las redactaba yo mismo.

Su Majestad adoraba esa clase de pequeñas venganzas.

Aunque recibido en las Tullerías, Savary cargaba con el peso de la muerte del duque de Enghien, lo que lo volvía torpe. Al encontrarse con el barón Dudon, lo abordó en un tono agresivo:

—Señor barón, ¿fuisteis vos quien en 1815 aconsejó al rey hacerme arrestar y fusilarme antes de que pasaran cuarenta y ocho horas?

—Os han engañado, señor duque —respondió Dudon—. Yo no hablé de cuarenta y ocho horas. Dije: de inmediato, como con el duque de Enghien.

¡No podía liberarse! Cuando la guerra de España, el duque quiso retomar el servicio y escribió al mariscal Victor. El duque de Bellune quizá no fuese una lumbrera, pero consideró, sin embargo, que habría sido al menos extraño ver al hombre que antaño había embarcado por la fuerza a Fernando VII para Bayonne, puesto, como él lo solicitaba, a la vanguardia de las tropas encargadas de restablecerlo en el trono. Se declinó el ofrecimiento. Savary quiso desembarazarse de una vez por todas de su túnica de Neso y, más ávido de rehabilitación que nunca, publicó un folleto: *Extractos de las Memorias de M. el duque de Rovigo concernientes a la desgracia de M. el duque de Enghien.* Chateaubriand, que leyó el manuscrito, aconsejó con firmeza no publicar un texto cuyo autor reconocía ser el ejecutor material de la desgracia en cuestión. Se dijo que Zoé aconsejó lo contrario, con la esperanza —bastante pérfida— de verlo caer en desgracia y de liberarse de ese molesto aparecido. Pero quien lo dijo fue Adèle de Boigne, y conocemos su benevolencia, sobre todo para con la condesa du Cayla. Sin embargo, no era del interés de ésta que se agitaran de nuevo los aspectos de un drama del que todos tenían, a decir verdad, una idea bastante confusa. La condesa de Boigne dijo que Savary amenazó a su ex amante, si no lo apoyaba ante el Rey, con publicar las cartas recibidas de ella en otros tiempos. Para eso debería haber perdido totalmente la cabeza y ello es poco probable.

Con, o, más verosímilmente, sin el consejo de Zoé, el folleto se publicó y produjo su efecto. Declarándose culpable del papel de simple ejecutor, Savary se enredó en sórdidos detalles. Protestó en particular contra el rumor que pretendía que, para guiar los disparos, él había encendido un farol sobre el pecho del condenado y robado su reloj... Como la mejor defensa es el ataque, Rovigo afirmó que el responsable del crimen era quien había concebido la idea, que había señalado la existencia de un Borbón del otro lado del Rin e incitado a Bonaparte a apoderarse de él:

"No soportaré —escribe— que pesen sobre mi cabeza odiosas prevenciones mientras que los verdaderos culpables se pavonean con las altas dignidades de que están revestidos."[38]

Todo el mundo reconoció a Talleyrand. Aunque desde hacía tiempo había tomado todas las precauciones para enterrar el asunto y quemado los papeles, éste se inquietó. Dejó Valençay por París y escribió al Rey una carta muy confusa, solicitando, como para creer que había enloquecido, acusar a Savary ante la Suprema Corte. Luis XVIII optó por salvar el orden público y, en consecuencia, a Talleyrand. Tal vez no le disgustaba aprovechar la ocasión para saldar cuentas personales y devolver a la nada al que era —los rumores debían de haberle informado— el ex amante de Zoé. Prohibió al duque de Rovigo presentarse en la corte e hizo saber a Talleyrand "que podía volver a las Tullerías sin temor a desagradables encuentros". Mme. de Boigne concluye: "El éxito fue tan completo que monsieur de Talleyrand salió purificado de ese crisol".

Zoé, infinitamente aliviada, prometió a Savary, derrumbado, no perder de vista ninguna ocasión de restablecer su situación. Le hizo admitir igualmente la necesidad de dejar pasar la tormenta. El duque de Rovigo se retiró a sus tierras de provincia y de Italia, donde se dedicó a su familia y a terminar la redacción de sus *Memorias*. Cuando Louise-Philippe se apoderó del trono, le ofreció sus servicios. Éstos fueron aceptados presurosamente.

La suerte de las favoritas es frágil: Mme. de Balbi y Mme. de Narbona sabían algo de eso. Zoé había temblado, pero salió bien parada. "El favor de madame du Cayla no sólo se mantiene, sino que se agranda —escribe entonces Castellane—. "Los ministros son sus humildes súbditos."

Es verdad que a partir de 1822 Zoé vio mucho a Villèle; ella comía frecuentemente en su casa y lo invitaba a Saint-Ouen, pero siempre era con el mismo propósito: reconciliarlo con Sosthène, rogarle recibir a Sosthène, obtener que escuchara a Sosthène. Villèle, en sus *Memorias*,[39] habría de descargar por otra parte a la condesa del pecado de injerencia. A propósito de Luis XVIII, escribe:

> *Es sabido el dominio que el favoritismo ejercía en él. Sin embargo, debo confesar que, en mi carrera oficial, nunca tuve motivo de queja, pues la persona que era entonces objeto de ese favoritismo no buscaba mezclarse en la alta dirección política. M. de Sémonville me lo anunció desde el principio, diciéndome: "Señor ministro, habéis nacido con suerte; hace falta un favorito y aquella que lo es jamás se mezclará en vuestros asuntos". Es verdad* —añade Villèle— *que, de rebote, había otro que se mezclaba un poco...*

Por supuesto, ese otro era el vizconde de La Rochefoucauld quien, a partir de 1822, consideró su deber ir a importunar al presidente del Consejo casi todas las mañanas, luego de lo cual escribía una carta afiebrada a Zoé con la esperanza de que ella corrigiese ante el Rey lo que le parecía no funcionar bien. Cumplido ese deber, el vizconde tenía la impresión, si no de gobernar a Francia, al menos de salvarla continuamente de enormes peligros, lo que le permitía escribir de manera bastante desenvuelta al conde de Artois, quien, como todos sus conocidos, le suplicaba descansar:

"Se me reprocha hacer demasiado, cuando es haciendo en efecto demasiado, y tal vez más de lo que era posible esperar, como he logrado hacer lo necesario para remediarlo todo".

¿Por qué Villèle soportaba los incesantes apremios de ese tábano molesto? En primer lugar, porque el vizconde pertenecía a una de las primeras familias del reino, era un gran señor, y porque la amabilidad seguía siendo en la corte la primera de las virtudes. Luego, porque no era fácil librarse del amigo de la favorita. Es evidente también que más de una vez Villèle se alegró de pasar por Sosthène y Zoé para llegar al Rey. Nunca habían sido fáciles las relaciones entre Luis XVIII y su primer ministro, con aires de intendente, pero de intendente probo, sagaz e infinitamente hábil. Aunque estimaba a Villèle y reconocía su valor, el Rey se mantenía en un formalismo intimidante, y el pequeño hidalgüelo tolosano, que no era gran señor ni cortesano, no sabía cómo romper el hielo. Como lo escribe Philip Mansel, el papel de la condesa du Cayla "consistía en obtener del rey las observaciones corteses y halagadoras que tanta importancia tenían para Villèle". Zoé fue el *correveidile** entre los dos hombres; hoy se diría la mediadora. En cuanto al resto, la influencia de la condesa du Cayla fue mucho más limitada de lo que se ha dicho. Ella se opuso al nombramiento de Chateaubriand en Relaciones Exteriores y no quería a Corbière, ministro del Interior. Chateaubriand fue nombrado y Corbière permaneció en su puesto. Lo único que ella obtuvo de manera indiscutible fue el nombramiento del duque de Doudeauville en el ministerio de la Casa del Rey —es de hacer notar que se trataba del único ministerio que sólo concernía al Rey y no al país—, y eso fue en agosto de 1824, un mes antes de la desaparición de Luis XVIII. Por otra parte, éste no temía repetir a la favorita cuando parecía querer aconsejarlo demasiado directamente: "Hay que caminar con el mismo pie que el primer ministro".

Tal vez Zoé contribuyó al despido de Chaeaubriand en ocasión de lo que se llamó "el caso de la conversión de rentas". ¿No se decía que ella "había jurado derribarlo"? En todo caso, esa preocupación no aparece jamás en la correspondencia de la condesa, y si el Rey concedió esa satisfacción a su amiga, matando dos pájaros de un tiro se la concedió también a Villèle, pues no era un secreto para nadie que el presidente del Consejo y el ministro de Relaciones Exteriores no se entendían: con los dos en el Consejo, sobraba uno. Villèle encontraba, no sin razón, que Chateaubriand,

---

* *Go-between* en el original francés.

embriagado con "su" guerra de España, tenía tendencia a mezclarse en todo: "Monsieur de Chateaubriand —escribe él— es incapaz de limitarse a sus atribuciones. Francia y Europa apenas bastan para el movimiento de su imaginación".

Al tratarse un proyecto de conversión de rentas, presentado y defendido por Villèle, Chateaubriand hizo, casi abiertamente, oposición. Fue despedido con una falta total de miramientos, pues se enteró de la noticia por una esquela de tres líneas llevada por su secretario. "Habían contado con mi chatura, mis lloriqueos, mi ambición de perro cansado", fulminó. Nadie había contado con eso, Luis XVIII menos que ninguno, pero la falta de elegancia del procedimiento puso al hombre de letras en una feroz oposición. Fue duro para Villèle, mucho menos para el Rey, pues ello significaba que de nuevo había en Francia una oposición realista. Luis XVIII, que sabía cercano su fin, dejaba una situación política perfectamente sana.

Podemos señalar de paso que Talleyrand, que esta vez apoyaba a Chateaubriand, quiso intervenir en el asunto. Envió a su sobrina y amante, la bella duquesa de Dino, de ojos color violeta,[40] a convencer al arzobispo de París para que él y su clero se opusieran al proyecto de Villèle. La fogosa Dorothée tomó su misión muy a pecho. Afortunadamente, "una pérfida amiga de la duquesa abrió los ojos del arzobispo sobre la picardía en que se lo quería enredar, antes de que él sucumbiera por completo. Él llevó sus remordimientos al pie de los altares", cuenta la no menos pérfida condesa de Boigne.

La primavera de 1824 vio una nueva serie de desapariciones. A principios de marzo, Zoé se enteró, por una carta de Hortense, con la que nunca había dejado de escribirse, de la muerte del príncipe Eugène. Un ataque de apoplejía se lo había llevado en Munich; sólo tenía 44 años. Zoé se quedó varios días en Saint-Ouen. En el gabinete gótico ofrecido por el rey de Francia, recordó el pensionado de Mme. Campan, los juegos y las conversaciones con Hortense y las visitas de Eugène, ese apuesto muchacho al que Bonaparte había alejado rápidamente. Revivió sus breves apariciones en los salones de Hortense, después de la boda de ésta. Pensó en los reproches que él le había hecho tan vivamente durante los Cien Días. El joven de Saint-Germain convertido en virrey de Italia moría con el título de un príncipe alemán. De pronto le parecía haber tenido varias vidas. Se sintió cansada y mucho menos joven.

Unos días después se conoció la muerte del duque de Parma. Jean-Régis de Cambacérès, el regicida convertido en cónsul, luego archicanciller del Imperio antes de ser ministro durante los Cien Días, había sido perdonado por el Rey. Terminó sus días en el retiro y la devoción.

El mismo día que el ex regicida, murió la princesa Louise-Adèlaïde de Condé, llamada en la vida religiosa hermana Marie-Joseph de la Misèricorde. La hija del príncipe de Condé murió en el monasterio de la Adoración fundado por ella en el Temple. Cuando se tuvo noticia de su enfermedad, el Rey envió a Portal junto a la moribunda. El médico pensó en aplicarle sinapismos en las piernas, pero no quisieron que él viera las piernas de madame Louise, con el pretexto de que sólo el médico de la orden tenía ese derecho.

Al Rey le afectó mucho la muerte de una mujer a la que siempre había estimado. Confió a Zoé que, cuando joven, esa princesa era muy hermosa. Luis XV la destinaba a convertirse en la esposa del conde de Artois. La vocación religiosa de la joven había hecho renunciar a ese proyecto. De la familia de Condé, no quedaba más que el hermano de madame Louise, el duque de Borbón. Retirado en Saint-Leu, en compañía de la muy dudosa baronesa de Feuchères, acababa de sufrir un ataque que le había paralizado un brazo y ya no aparecía por la corte.

La princesa de Condé fue seguida a la tumba por el cardenal de Beausset, cuya muerte fue lamentada por el Rey y las damas. "Pasaba por tener el corazón más tierno y más susceptible de amor que le permitía su estado", confiesa la duquesa de Maillé, que agrega: "ponía tanta mesura en su conducta que bien podía dudarse de sus extravíos". En todo caso, el cardenal había sido el hombre de sociedad más encantador: "Se interesaba por todo, parecía tener siempre la edad y los gustos de las personas con quienes se encontraba". Ese amable prelado era uno de los últimos vestigios del siglo XVIII. El Rey debió de pensar en eso. Su salud se alteraba. Las llagas de las piernas y del pie se extendían y las vendas debían cambiarse varias veces al día.

El 23 de marzo de 1824, Luis XVIII abrió las sesiones de las Cámaras. Estaba delgado, pero habló con firmeza:

"Diez años de experiencia enseñaron a los franceses a no esperar verdadera libertad más que de las instituciones que yo he fundado en mi Constitución".

Eso era lo esencial de su testamento político. Todos lo encontraron apaciguado. Las grandes batallas del reinado, contra Bonaparte, contra los ultras, contra su propia familia, habían terminado. Zoé no era ajena a ello:

"Vos habíais curado todas las heridas de su corazón, y su mente se había apaciguado como ese corazón", escribe el vizconde de La Rochefoucauld. ¡Y tenía razón! Si Zoé hubiese sido libre, ¿se habría casado el Rey con ella contrayendo un enlace morganático? ¿Lo que había sido bueno para Luis XIV podía serlo para su descendiente?

Tener a su querida Zoé junto a sí habría sido por cierto el más caro deseo del Rey, pero los tiempos habían cambiado, y Luis XVIII se preocupaba infinitamente por una opinión pública, de la que Luis XIV ignoraba hasta la existencia. Sabía que una unión con una mujer 30 años más joven que él se habría prestado al ridículo, habría sido motivo de complicaciones familiares y chocado a la sacrosanta etiqueta, todo lo cual habría perjudicado gravemente el prestigio real, y Luis XVIII había luchado toda su vida por restaurar ese prestigio. De todos modos, la condesa du Cayla, esposa separada pero no divorciada de su esposo, desde el punto de vista religioso seguía ligada con su marido.

La primavera de 1824 encontró a Zoé convertida más y más en efermera. Aunque conservaba toda su lucidez, los dolores impedían al rey dormir e incluso comer, la compañía y la charla de la condesa todavía lo hacían sonreír:

—Madame Davidoff fue a pedir limosna a monsieur de Montrond para las jóvenes arrepentidas. Él le respondió: "Madame, si están arrepentidas no les daré nada; si no lo están, haré mi caridad personalmente".

Los grandes ojos del Rey seguían contemplando a Zoé. Cuando ella se alejaba, él le escribía cartas o esquelas en latín, con una letra que a ella le costaba cada vez más descifrar. Villèle testimonia: "Era raro que yo fuese introducido en el gabinete de Luis XVIII y no lo viera esconder rápidamente debajo de sus papeles alguna carta que escribía a diario, o tal vez varias veces por día, al objeto de sus constantes preocupaciones".

Un año antes, el Rey había consultado a Portal para saber si estaría enfermo mucho tiempo y si sufriría grandes dolores. Como buen cortesano, el médico comenzó protestando:

—¡Sire, no puedo responder por lo que ocurrirá después de mí!

Intimado a decir la verdad, Portal contestó:

—Aparentemente Vuestra Majestad sufrirá poco y no estará mucho tiempo en cama.

Era sin duda lo que el Rey deseaba oír, pero la segunda parte de la predicción resultó exacta. Por otra parte, Luis XVIII temía mucho menos al dolor que a la imposibilidad de cumplir su tarea:

—Ved, Villèle —confió un día—. A un Rey le está permitido morir pero no estar enfermo.

Esa idea lo mantendrá de pie casi hasta el fin. Durante toda la primavera y el principio del verano de 1824, a despecho de un debilitamiento gradual y visible, el Rey no cambió ninguno de sus hábitos. Todos los días, a las diez de la mañana, Luis XVIII iba a su gabinete de trabajo. A la una hacía su paseo en coche, exigiendo que los caballos fuesen conducidos siempre a paso vivo. Ese verano el Rey fue a Versalles, a Vincennes y a Meudon a ver los lugares de su infancia. Al regreso, concedía sus audiencias. A las seis de la tarde, cenaba en familia y acababa la velada ante una mesa de *whist* regañando a los jugadores. Dos veces por semana, presidía todavía el Consejo de ministros. Éstos notaron que, poco a poco, la cabeza del Rey se hundía en su pecho.

Más que nunca, el Rey pensaba en el porvenir de Zoé. Quiso que fuese duquesa. La condesa afirma que ella se negó, encontrando que habría sido ridículo llevar un título que su esposo no hubiese compartido. Mme. de Boigne, por su parte, asegura que el conde Achille rehusó obstinadamente ser duque. Luis XVIII erigió pues a Saint-Ouen en ducado, decidiendo "que el título de duque fuese en toda propiedad al lugar mismo". Zoé no sería duquesa, pero un día Ugolin —el hijo del ministro de Policía de Napoleón— sería duque de Saint-Ouen.

Fue en julio, por otra parte, cuando el Rey compró el palacio de Humières, que destinaba a residencia ciudadana de Zoé. Las otras disposiciones materiales tomadas por el rey han quedado imprecisas. Luis XVIII tenía por principio que un rey no debía dejar testamento.

Sin duda sabía el poco caso que se hacía de ellos. El vizconde de La Rochefoucauld afirma que dejó sus instrucciones concernientes a la condesa du Cayla, en forma de notas guardadas en su gabinete de trabajo. Éstas habrían desaparecido inmediatamente después de la muerte del soberano. Zoé también habla de esas notas, agregando que, en caso de que su voluntad no fuese respetada, Luis XVIII "le había entregado dos cartas para las Cámaras, con orden de presentarlas en la tercera sesión después de su muerte, si lo que él pedía no había sido hecho para Saint-Ouen". Esta curiosa disposición, si existió, prueba una vez más la desconfianza real en cuanto al respeto de sus últimas voluntades. Ateniéndose al buen principio antiguo que pretende que un "toma" vale más que dos "lo tendrás" el rey seguramente dio entonces grandes sumas de dinero a Zoé. Villèle escribe a este respecto:

"Creo que ella costó mucho dinero al presupuesto del Rey; pero eso es algo de lo que jamás me ocupé".

Esta discreción habla más claro que las habituales insinuaciones.

A principios de julio, la corte se trasladó como todos los años al castillo de Saint-Cloud, que al rey no le gustaba, pero era necesario proceder todos los veranos a la limpieza de las Tullerías. Allí vivían 800 personas, había cocinas en todos los pisos pero ningún equipamiento sanitario, ningún servicio de agua corriente ni de cloacas. "La falta absoluta de pozos y de cloacas tornaba tan pestilente la presencia de todo tipo de inmundicias que era casi asfixiante subir por la escalera del pabellón de Flora. Cuando los olores llegaban a los aposentos reales, el Rey se marchaba", escribe Mme. de Boigne. Era tan simple como eso.

Mientras se limpiaba a las Tullerías, Zoé partió quince días a Benon, donde avanzaban las obras. Todos los días, los correos galopaban a rienda suelta desde el castillo de Saint-Cloud en dirección a Charentes, y todas las noches, como lo hacía desde hacía muchos años, el Rey daba como consigna a la guardia: "Saint-Zoé", "Saint-Ouen-La Rochelle" o, más simplemente "Zoé-Victoire". Parece que a los soldados les encantaba cuando el general Talon era el encargado de hacer circular la consigna.

Durante su estancia en Saint-Cloud, el Rey cayó en una suerte de abatimiento. Regresó para el día de San Luis[41] a fin de recibir las felicitaciones de los grandes organismos del Estado. Todos observaron que las polainas de terciopelo negro que envolvían sus piernas habían duplicado su circunferencia y que la cabeza del Rey se apoyaba sobre el pecho; sólo la levantaba con dificultad. Luis XVIII confundió al general de Saint-Chamans con el general Talon, pidiendo con insistencia al primero[42] noticias de su hermana, la condesa du Cayla. Pero, cuando se presentó el general Talon, lo reconoció y le habló de la querida condesa. El Rey respondió sin embargo con firmeza a la arenga del prefecto de París y luego presidió el Consejo de ministros.

Después de San Luis, el Rey suprimió sus salidas cotidianas. Trabajaba en su gabinete y seguía concediendo audiencias. Varias veces, su cabeza cayó tan pesamente sobre el escritorio que se lastimó. En ese cuerpo torturado, la prodigiosa memoria permanecía intacta.

El 31 de agosto, Villèle sometió al Rey el pedido del duque de Orléans que solicitaba el cordón azul para su hijo, en la víspera de cumplir sus 14 años, basándose en el ejemplo del duque de Enghien, que había sido condecorado a la misma edad. Luis XVIII, frunciendo el entrecejo, respondió enseguida:

—Diréis al señor duque de Orléans que se equivoca, que lo que solicita no corresponde hasta los quince años, y que nunca haré nada por él más de lo que le es debido. El ejemplo que cita condena su pretensión. El duque de Enghien nació el... [el Rey indicó el año, el día del mes y de la semana]; no recibió el cordón azul hasta el... [mismas indicaciones], exactamente quince años después de su nacimiento. El señor duque de Chartres no lo recibirá de mí hasta dentro de un año a partir de mañana.

Así unía el coraje al enorme placer de mortificar a los Orléans. Villèle, que cuenta la escena, añade:

"Semejante memoria, esa resolución manifestada con tanta firmeza, tal presencia de ánimo en medio de una degradación física tan completa, me parecieron inconcebibles". Y Zoé escribe: "¡Qué grande es el Rey en sus últimos días!".

La condesa du Cayla navegaba entre las Tullerías y Saint-Ouen, hablaba con los médicos y pasaba por los altibajos que conocen los que rodean a un enfermo grave:

"Portal acaba de irse —escribe llena de esperanza—. El rey puede vivir todavía un año. Gran consulta mañana. No lo creeríais. Su letra es muy buena esta mañana".

Y al día siguiente:

"El informe médico es muy malo; sin embargo el Rey me ha escrito mucho, y en un latín perfectamente legible, porque sabe que de otra manera yo no podría leerlo. ¡Pero qué malo es este informe, y sin embargo qué bien se cree él!".

Porque el Rey así lo quería, la vida continuaba. La duquesa de Maillé representó en Lormois sus habituales comedias, que iba a aplaudir la duquesa de Berry.

El Salón expuso ese año 4.000 cuadros. Zoé prestó su *Luis XIV presentando al rey de España*, pero Gérard triunfó sobre todo con un soberbio retrato de la duquesa de Dino. Esa sobrina y amante, que recientemente Talleyrand había enviado al arzobispo de París para convertirlo de un modo muy curioso, conservaba maneras bastante germánicas. Asombró a algunos visitantes levantando su falda ante una chimenea a fin de calentarse mejor la parte baja de la espalda. Aunque desde hacía tiempo era habitual pasar por alto muchas cosas de Talleyrand y su familia, esa actitud había sorprendido. "Su ingenio es cortante y formal, pero tiene mucho", asegura la condesa de Boigne, lo que, en el tema de Mme. de Dino, era, por supuesto, lo esencial.

A principios de septiembre, Zoé perdió toda esperanza. Al mismo tiempo, Sosthène veía extinguirse poco a poco a su tercera hija, la pequeña Hortense. La condesa, dividiéndose entre los dos moribundos, ofreció su ayuda:

"¿Élisa me necesita? Iré, pero no sé cómo tendré el coraje; quiero estar aquí a la cabecera de este pobre príncipe".

El 7 de septiembre Su Majestad recibió al cuerpo diplomático. Ese hombre que se mantenía en pie al precio de una voluntad sobrehumana "pareció sentirse agobiado". El 8, el Rey todavía firmó algunos nombramientos y presidió el Consejo de ministros. El 9 de septiembre recibió a Zoé en su gabinete de trabajo. Cuando ella entró, le tendió ambas manos: "Ya que tengo todavía la dicha de veros..." La condesa du Cayla dirá de esa entrevista: "Su Majestad, recordando el pasado, me abrió su corazón como nunca. Me dijo toda la vida y la felicidad que me debía". Zoé dirá también: "Sollocé sin poder tragar mis lágrimas".

El 10 de septiembre la debilidad del Rey se hizo extrema y su respiración dificultosa. En los pasillos del palacio se murmuraba. Villèle conversó con el conde de Artois, quien habló a su hijo y a su nuera; Sosthène revoloteaba de uno a otro. Cada uno temía que un fin precipitado impidiera al Rey recibir los últimos sacramentos. La duquesa de Angulema, que arriesgó una alusión ante el moribundo, recibió esta respuesta:

—Quedaos tranquila, sobrina. No es tiempo todavía.

Contrariamente a lo que se ha escrito, el Rey no era un descreído ni un volteriano. Cumplía sus deberes religiosos sin pasión pero sin hipocresía. Si postergó el momento de los últimos sacramentos, que tenía la intención de recibir, fue porque pensaba acostarse sólo para morir. Ésa sería la hora de la extremaunción. "Calculaba fríamente la cercanía de la muerte —escribe el vizconde de La Rochefoucauld—, y, creyéndose seguro de no equivocarse, fijaba él mismo en su mente todas las fases de esa situación." El Rey había previsto morir exactamente el jueves 16 de septiembre. La familia real, muy preocupada ante la idea de que Su Majestad fuese demasiado optimista en sus cálculos y pudiese pasar al otro mundo sin el auxilio de la religión, solicitó la intervención de los capellanes de Su Majestad. Ante la delicada tarea que se esperaba de ellos, todos —monseñor Frayssinous a la cabeza— se excusaron a coro. "Había —escribe entonces Sosthène— una sola persona que podía abrir los ojos del Rey: esa persona era madame du Cayla."

Ésa fue la opinión general. Enviado por el conde de Artois, el vizconde corrió a Saint-Ouen. Zoé se resistió. Sosthène le hizo ver que "esa misión sería el sello irrecusable del bien hecho por ella y de la posición tan noble en la que el mismo Cielo parecía haberla puesto junto al Rey". Ese chantaje la hizo estallar en sollozos. "La dejé a fin de darle tiempo para el recogimiento", explica La Rochefoucauld. El conde de Artois, el duque y la duquesa de Angulema aguardaban la respuesta de la condesa du Cayla. ¿Tenía otra opción?

Zoé vio al Rey por última vez el sábado 11 de septiembre. Permaneció con él cerca de una hora. Cuando ella debió retirarse, Luis XVIII la llamó varias veces. Zoé salió llorando sin ir a ver a la duquesa de Angulema que la esperaba. Esa noche escribió: "Temo haberle hecho daño".

¿Zoé fue bastante directa? Por la noche, se supo que el Rey quería reunir una vez más a su Consejo de ministros el domingo. Por la mañana, se encargó al médico Thévenot "prevenirlo sobre el peligro de su posición". Vencido por tanta insistencia, el Rey, esta vez cedió. El domingo 12 de septiembre no tuvo lugar la recepción general, y los aposentos reales permanecieron cerrados. Se ordenaron oraciones públicas. Se cerraron los teatros, los bailes y la Bolsa. Se llenaron las iglesias, como el patio del Carrousel y el jardín de las Tullerías. Ese día, el Rey aceptó al fin quedarse en cama y dio las órdenes para que se cumplieran todas las ceremonias.

El lunes 13 de septiembre el Rey recibió los últimos sacramentos. El capellán mayor se equivocó al recitar las oraciones, y Luis XVIII lo corrigió y restableció la exactitud del texto con una firmeza que no lo abandonó. Bendijo a su familia "que sea por emoción, sea por impresión, derramaba muchas lágrimas que no eran fingidas", dice Mme. de Maillé, quien añade: "Madame la duquesa de Berry era la única que no lloraba y ni siquiera se tomaba el trabajo de parecer afligida".

La familia, el clero, los médicos, todos aquellos a quienes su cargo autorizaba a entrar en la cámara real pasaron allí la jornada. El duque de Duras, primer gentilhombre de cámara, controlaba como podía. El Rey, a quien todos querían acompañar en su muerte, resistía todavía. El capellán mayor debió preguntar tres veces:

—¿Desea el Rey que se digan las oraciones de los moribundos?

Y escuchó un cortés:

—Como queráis.

Luis XVIII murió el 16 de septiembre a las cuatro de la mañana, el día que él había fijado. Su hermano abandonó la habitación sollozando. Madame, que iba a seguirlo, se detuvo para ceder el paso a su esposo:

—Pasad, señor Delfín.

La familia real abandonó enseguida las Tullerías por Saint-Cloud, según la costumbre de los reyes de Francia, que jamás permanecen un instante en el palacio donde acaba de morir su predecesor, y el general Talon envió un correo a Saint-Ouen.

Algunas personas notaron que el Rey había fallecido en el aniversario de la muerte de otro rey, Carlos V, llamado *el Sabio*.

Muerto el Rey, el primer mayordomo, M. de Cossé, quiso pasar por la habitación del difunto para llegar a su departamento. Luis XVIII reposaba, no sobre la cama de lujo tendida de terciopelo violeta bordado en oro que no utilizaba jamás, sino sobre una pequeña cama con ruedas que un sirviente desplegaba todas las noches. Se habían corrido las cortinas de esa cama y la habitación estaba llena de barrenderos y lustradores que silbaban, cantaban y empujaban la cama por la habitación al hacer su trabajo. ¡Vanidad de vanidades!

Después de la muerte del Rey, "su" Rey, Zoé permaneció enclaustrada en Saint-Ouen. Escribió a Villèle, que le había enviado una carta de condolencias: "Tengo la muerte en el alma". Y a Sosthène: "Ya nada me llega. No se siente dos veces; habría que tener dos vidas".

El cuerpo de Luis XVIII fue expuesto en las Tullerías en una cama de aparato. Durante cinco días, desfilaron 200.000 personas. El 21 de septiembre, la condesa du Cayla, vestida de riguroso luto, fue a dar el agua bendita. El vizconde de Reiset la describe "pálida y agobiada por el más vivo dolor". El 23 de septiembre, cuando atronaban los cañones de los Inválidos y se ponía en movimiento la campana mayor de Notre-Dame, el ataúd real llegó a Saint-Denis. Encerrada en la pequeña capilla de Saint-Ouen, Zoé escuchó desde las dos de la tarde los cañonazos que, disparados cada cinco minutos en el trayecto del cortejo, anunciaban que los despojos mortales del rey se acercaban a su última morada. El ataúd permaneció en una capilla ardiente hasta el 25 de octubre, día en que expiraba el cuadragésimo de la novena real. El Capítulo de Saint-Denis, reunido en el coro, oraba día y noche por la salvación del difunto, y Zoé iba a arrodillarse ante los despojos de quien le había dicho, al suplicarle aceptar el castillo que construía para ella: "Saint-Denis no está lejos, rogaréis allí por mí".

Los funerales se celebraron en la basílica suntuosamente decorada según las directivas del vizconde de La Rochefoucauld. Toda una arquitectura interior y exterior de tela pintada revestía al monumento de arcadas góticas y de columnas jónicas. Solamente el catafalco era un edificio de arquitectura corintia, coronado por un sarcófago cubierto a su vez por una cúpula sobre la que se apoyaban ocho ángeles en adoración.

El cortejo de los solemnes funerales, conducido por Talleyrand, gran chambelán, llevando la bandera de Francia, entró en la basílica la mañana del 25 de octubre. Se respetaron escrupulosamente todas las formas de la etiqueta. Al finalizar la ceremonia, el jefe de los heraldos de armas, tras despojarse de su cota y de su caduceo, tomó sucesivamente el casco, la espada y el escudo del rey y los arrojó a una cripta, donde se los oyó rodar de escalón en escalón, mientras el heraldo gritaba al soltar cada objeto:

—¡El Rey ha muerto! ¡El Rey ha muerto! ¡El Rey ha muerto!

Cumplido lo cual, el heraldo gritó:

—¡Viva el rey Carlos, número décimo por la gracia de Dios, rey de Francia y de Navarra, muy cristiano, muy augusto, muy poderoso, nuestro muy honrado señor y buen amo, a quien Dios dé muy larga y feliz vida. Gritad todos: ¡Viva el rey!

Las aclamaciones fueron reemplazadas en el atrio por los cañonazos y las salvas de mosquetería.

Tales como se desarrollaron, los funerales fueron apreciados de diferente manera: "Como siempre hay que criticar —escribe la duquesa de Maillé—, se encontró que la ceremonia no era suficientemente lúgubre".

El rey Carlos X dijo algunas palabras amables al marqués de Brezé, gran maestre de ceremonias.

—¡Oh, Sire! —respondió el otro modestamente—. El Rey es demasiado bueno; muchas cosas no estuvieron bien. Otra vez se hará mejor.

—Os lo agradezco, Brezé —respondió el Rey—, pero no tengo prisa.

El marqués se sintió desfallecer. Por otra parte, no habría otra vez. Luis XVIII fue el último rey de Francia enterrado en Saint-Denis.

Zoé asistió a las exequias, lo que no siempre fue bien juzgado:

> *Fui a Saint-Denis para asistir a las exequias del rey Luis XVIII* —relata la duquesa de Maillé—. *Me causó mucho asombro ver allí a madame du Cayla. Creo que al menos el agradecimiento le prescribía un dolor que debía obligarla a encerrarse en su casa. No puedo adivinar cuál era su intención al mostrarse en esta ocasión. ¿Creyó que debía rendir un último homenaje al rey difunto? ¿O bien quiso cortejar al nuevo Rey, asistiendo a una ceremonia que consagra solemnemente el comienzo de su reinado? Sea como sea, hay algo que hiere en este gesto evidentemente calculado y que no puede haber sido inspirado por un verdadero sentimiento.*

Mme. de Damas fue más caritativa:

"Si te interesas en madame du Cayla, sabrás que se condujo muy bien."

Muy bien, en efecto. Y podemos lavar a la condesa de la sospecha de querer cortejar al nuevo Rey. El 29 de mayo de 1825, Zoé, encerrada en Saint-Ouen, no asistió a la consagración de Carlos X, a despecho de la insistencia y las cóleras de Valentine. Quiso en cambio que Ugolin, que tenía 14 años, estuviese presente: "Está destinado —escribe ella— a ver más de una consagración, pero esta ceremonia le dará una profunda idea del sentimiento de deber que deberá tener hacia el rey al que servirá".

Mme. de Maillé pudo estar satisfecha, pues Zoé, luego de las exequias de "su" rey, se encerró severamente en Saint-Ouen. El castillo se convirtió en su felicidad y su preocupación, pues "el mantenimiento de un lugar que había costado tres millones" resultaba caro. Por otra parte, la casa y los establos de Benon no estaban terminados. En una larga carta recapitulativa dirigida el 20 de octubre de 1827 a Sosthène de La Rochefoucauld, de nuevo su confidente de todos los momentos, Zoé afirma que Luis XVIII había asignado 12.000 francos al mantenimiento de Saint-Ouen y que disponía "que su gabinete, tal como estaba, fuese llevado a Saint-Ouen. En ese mismo gabinete había una suma considerable que Su Majestad destinaba a terminar de pagar Saint-Ouen y los establos construidos cerca de La Rochelle según sus órdenes formales".

El nuevo Rey no debía de ser muy partidario de las mudanzas intempestivas, pues el gabinete quedó en las Tullerías. Zoé agrega que "su" rey, muy desconfiado en cuanto al tema de sus últimas voluntades, "le había entregado dos cartas para las Cámaras, con orden de presentarlas en la tercera sesión después de su muerte, si lo que él pedía no había sido hecho para Saint-Ouen. [...] Antes de entregar esas cartas, el rey me ordenaba ir a ver a su sucesor, hablarle y, si consentía en seguir sus disposiciones y sus deseos, quemar esas mismas cartas".

Ese chantaje posmortem que preveía utilizar a las Cámaras, es decir a hacer público el debate, parece a simple vista extraño. Sin embargo, no es imposible que Luis XVIII haya querido, más allá de la muerte, forzar la mano de su hermano y, ¿por qué no?, jugarle una pequeña mala pasada.

No obstante, el nuevo Rey había sido bondadoso con la favorita, enviándole "las entradas a la sala del Trono" (favor absolutamente excepcional), el título de una pensión de 25.000 francos con "una carta muy halagüeña" y la donación "para siempre" del palacio de Humières, cuyo usufructo Luis XVIII había dejado a Zoé sólo de por vida. Nombró además a la condesa du Cayla presidenta del consejo de administración de la Manufactura Real de los Gobelinos. "Todo eso era ciertamente enorme", reconoce Zoé, lo que significa que no era suficiente.

> *Entre Saint-Ouen, los establos, la casa*[43] *que no está alquilada desde hace un año, que no se ha podido vender, y por la cual hay que pagar lo mismo al portero y los impuestos, me encuentro con cuatrocientos treinta y seis mil francos de deuda, setenta y siete mil de los cuales son para pagar los intereses. Podéis ver qué bola de nieve se ha hecho en poco tiempo. Los caballos más viejos sólo tienen tres años; y es necesario además que las rentas de mis tierras pasen a alimentar a todos esos animales: de modo que, con una buena fortuna, me encuentro en cero, pues mi pensión paga el interés de los préstamos solicitados.*

En mayo de 1827, Zoé confió a Carlos X "el problema en que se encontraba por los establos". Su Majestad, benevolente, le envió 50.000 francos. Cuando se anunció la fecha fatídica de la tercera sesión, la condesa du Cayla pidió audiencia al Rey. Se presentó agitando las dos cartas escritas por Luis XVIII a las Cámaras, que tenía orden de quemar sólo si el Rey cumplía los deseos de su hermano. Carlos X aseguró que no pensaba más que en satisfacer las últimas voluntades del difunto rey y rogó amablemente a la condesa arrojar inmediatamente las cartas a la chimenea, después de lo cual llevó su pensión a 40.000 francos con cuatro meses de retroactividad. Esta vez agregaba "que no podía hacer más". Y Zoé concluye: "Quedé anonadada". El lector también. Acuciada por el temperamento Talon, Zoé atravesaba un momento de total perturbación. El rey que sabía resolver tan bien todas sus dificultades había muerto, dejándole un castillo nuevo que mantener, una bella explotación agrícola que terminar, sin hablar de una hija que casar. Más de una vez, ella pensó en deshacerse de Saint-Ouen cuyo mantenimiento era un abismo sin fondo. Tuvo la idea de venderlo a la ciudad de París a condición de poder alquilarlo mientras viviera. "La primera cosa a hacer —escribe a Sosthène— es hacerme relevar del juramento de no venderlo jamás. No creo proceder mal; el difunto rey seguramente no habría querido mi ruina por no deshacerme del castillo. Hablaré con el nuncio, pues desearía evitarme el viaje a Roma." Esto es demasiado y huele a comedia, pero el difunto rey había dado y prometido tanto que Zoé, con total buena fe (o casi), tenía la sensación de ser víctima de una injusticia. Esa indignación era cuidadosamente alimentada por Sosthène, que no le hablaba más que del "olvido con que se pagaban servicios tan reales y también tan grandes". El vizconde de La Rochefoucauld terminó por entrometerse muy caballerescamente ante el soberano a quien consideraba ingrato. Él concluye:

"La casa[44] fue vendida. Se pagaron las deudas y se atribuyó a madame du Cayla una pensión vitalicia de cuarenta mil francos, elevada luego a cincuenta mil."

"Se" era el rey, al que la última pasión de su hermano le costaba caro. A partir de entonces la situación financiera de Zoé se restableció. Lamentablemente no fue "de por vida". En efecto, al tomar Louis-Philippe el poder tanto tiempo esperado, suprimió bruscamente la pensión de la condesa du Cayla. En esos momentos, los establos de Benon, terminados al fin, permitían cobrar las rentas producidas por los animales a cuya crianza estaban destinados. Zoé poseía también una granja en Talmont y minas con dos pequeños altos hornos en Sept-Sous. A pesar de unos años realmente difíciles, logró conservar Saint-Ouen toda su vida.

En su carta al vizconde de La Rochefoucauld, Zoé señala que debe consignar en el capítulo de los gastos una renta anual de 13.000 francos para la dote de Valentine. Luego de realizar batidas en todos los matorrales principescos, la inquieta madre terminó por descubrir al *rara avis* en la persona del príncipe Edmond de Beauvau-Craon, hijo menor del príncipe Marc de Beauvau y de la princesa, nacida Nathalie de Rochechouart-Mortemart.

Esa nueva alianza con la familia de Beauvau era ventajosa. Los Beauvau descendían de una rama segundona de los condes de Anjou. Isabeau de Beauvau, esposa de Jean de Borbón, conde de Vendôme, era tatarabuela de Enrique IV. Marc de Beauvau-Craon, bisabuelo del novio, había sido condestable de Lorena, virrey de Toscana, príncipe del Espíritu Santo y grande de España de primera clase. Fue reconocido como príncipe francés por Luis XV. El padre de Edmond de Beauvau había adherido al Imperio; su esposa había sostenido al rey de Roma sobre la pila bautismal.

La boda de Valentine se celebró el 4 de abril de 1825 en la capilla del castillo de Saint-Ouen. El duque de Doudeauville y el duque de Civrac fueron los testigos de la novia. El conde Achille du Cayla, presente, firmó el registro. La joven pareja tuvo su domicilio parisino en la *rue* Saint-Dominique y vivió mucho tiempo en Saint-Ouen.

Zoé habla muy poco de su yerno en su correspondencia, y no lo nombra sin cierta irritación. Por el contrario, el anuncio de un nacimiento la llena de felicidad. Valentine dio a luz en París, el 8 de mayo de 1826, a un varón llamado Marie-Joseph-Louis y, el 19 de julio de 1827, nació en el castillo de Saint-Ouen la pequeña Joséphine-Zoé-Isabeau. Louis e Isabeau habrían de pasar parte de su infancia en Saint-Ouen junto a una abuela que los adoraba.

Un año después de la boda de Valentine, murió el conde François-Hercule du Cayla. Su hijo pasó a ser par de Francia. El conde Achille du Cayla vivía siempre alejado de una sociedad que detestaba, en la casa que había hecho edificar en Garches.

Después de la muerte del rey, Zoé tuvo la prudencia de quedarse en Saint-Ouen, que sólo abandonaba para ir a Montpellier o Benon. Se encariñó profundamente con su dominio de Aunis, donde reencontraba el contacto de la campiña que había conocido en su primera infancia en Boulay-Thierry. Se alojaba con Ugolin y una doncella en la casa apenas terminada, lo que le deparó algunas emociones.

> *Dos personas, venidas durante el día, parecieron sospechosas a Joséphine: un hombre vestido de mujer y otro hombre que anduvo rondando y dijo cosas diferentes a cada uno. Cuando me ayudó a desvestirme, Joséphine me contó lo pasado, entonces me contagió su miedo y por primera vez pensé que duermo sola en la nueva casa con ella y Ugolin. Me embargó el terror; ella bajó a buscar a Baptiste. Él trajo su colchón y vino a acostarse contra mi puerta. Pero fue imposible dormir. Nos habían contado un asesinato cometido a dos leguas de aquí. En fin, sólo Ugolin dormía como un tronco, ¡a Dios gracias!, pues no hubiese querido que me viese tan tonta. Hoy ya no pensamos en eso.*[45]

Es verdad que en el campo el peligro cambia rápidamente de cara:

"Esta mañana cayó un lobo hambriento sobre el ganado y mató a una hermosa oveja preñada. Estoy muy triste".

Podemos creerle, pues Zoé había adquirido una verdadera pasión por la crianza de animales. Todo el invierno estudiaba "libros de ganadería", y cuando llegaba corría a los establos donde instalaba rápidamente a M. Le Roy, el "artista veterinario". La condesa, cuya fe en la ganadería era contagiosa, tomaba en pensión los corderos del vizconde de La Rochefoucauld y no dejaba de dar sus noticias al propietario:

> *He terminado de pasar revista a todos vuestros animales, quedándome diez minutos con cada uno, anotando sus señas como para personas que piden sus pasaportes. Pasé diecisiete horas contando los corderos; ahora me faltan todos los míos. Estoy muy contenta con la lana y, en general, sólo tengo buenas noticias para daros... Ayer, después de separar sesenta corderos de sus madres, todos se pusieron a llorar. ¡Eran las lamentaciones de Jeremías!*
>
> Desde luego, *la alimentación de todo este mundillo es ruinosa a la espera de que las praderas artificiales se valoricen. Pero los trabajos que hice realizar han estado más allá de mis esperanzas. Tengo canales, tendré pasto para los animales.* Y Zoé concluye: *Este establecimiento da vida al departamento y será único en Francia.*

Lamentablemente debemos atemperar este entusiasmo con el texto de una pequeña nota asentada por el vizconde de La Rochefoucauld al pie de las cartas de la condesa du Cayla publicadas por él:

> *Yo tenía cerca de Versalles* —escribe— *magníficos rebaños dejados al cuidado de diferentes granjeros. Un bello, pero triste día, partieron a las tierras de Benon, donde los perdí a todos, hasta el último. ¡Pérdida incalculable!*

Sin embargo, en sus impulsos campesinos, la condesa fue infinitamente más sensata que el mariscal Marmont, duque de Ragusa. Éste hizo construir un edificio de varios pisos donde vivían los animales (el ganado tomaba el ascensor), y cubría a cada cordero, para proteger su lana, con un manto de pieles, lo que desarrollaba gran cantidad de parásitos. Flacos e inquietos, los corderos del duque de Ragusa fueron devorados vivos bajo sus mantos.

La condesa du Cayla no iba a Benon más que en las vacaciones escolares, a fin de llevar a su hijo:

> *Ugolin es encantador en todos los aspectos, y es como mi sombra pues no se separa de mí... Ha charlado conmigo toda la noche. Este muchachito quiere dejar la marina para no apenarme; pero sólo piensa en las guerras que espera hacer con el señor duque de Burdeos: es cómico.*

En compañía de Ugolin, recibió al prefecto y fue recibida a su vez en La Rochelle. Allí visitó el orfelinato, donde el veterinario que los acompañaba eligió a un niño expósito para ocuparse de los caballos: "La plaza era para el que quisiera venir —cuenta la condesa—. Las monjas resultaban divertidas; hubieran querido darnos a todos los que amaban. Esos niños abandonados me daban una pena espantosa. Habría tomado con gusto una docena. Ninguno es alto: la miseria, la mala alimentación seguramente les impiden crecer".

San Vicente de Paul, evocado luego de los huérfanos, y el tiempo pascual conducen a la condesa a recordar dulcemente al vizconde lo que constituye su propia religión:

> *Ya veis, amigo, salgo de la iglesia, donde no me he perdido un versículo y he rezado de corazón, adorando la bondad de Dios, devota y creyente hasta la muerte, si fuese necesario sufrirla por nuestra santa religión. Pero no soy mejor, a pesar de los profundos y tiernos sentimientos con los cuales siento abandonarme a la Providencia cuando mis ideas me llevan a las alturas. La felicidad que me rodea me absorbe, sueño con ella y me siento dichosa. Doy gracias a Dios, pues de Él proviene todo. Heme aquí, mi querido vizconde, tal como soy.*

Jamás Zoé explicó tan bien hasta qué punto amaba la felicidad. Ugolin, los corderos y el campo le bastaban:

Adiós, amigo, la primavera está en mi corazón como en la naturaleza; estoy contenta con todo; ninguna desdicha, por favor, si podéis hacer algo por ello, pues la felicidad está para mí en todo lo que me rodea, y siento que me es tan necesaria que brota para mí de los objetos que parecen más nulos y más extraños.

La condesa du Cayla sólo salió de su retiro de Saint-Ouen para asistir —fue casi un acontecimiento familiar— a la recepción de Mathieu de Montmorency en la Academia Francesa. El discurso, redactado en un estilo bastante oscuro, pretendía realizar "la alianza de las letras y de la filantropía". La opinión general fue: "Es mortalmente aburrido". "La duquesa Mathieu", presa de una pasión frenética por su esposo desde que Roma la había relevado de sus votos de castidad, estaba en la gloria. "Ella no existía fuera de su presencia; era una verdadera novela —cuenta madame de Boigne—, y el rostro de esa heroína de cuarenta y cinco años, fea, poco agraciada y sobre todo vulgar en exceso, completaba el ridículo de esa grotesca luna de miel que Mathieu soportaba con su acostumbrada resignación. Se ha dicho que las efusiones de madame Mathieu acortaron la vida de su marido."

Fuera cual fuese la causa, el duque de Montmorency murió pocos días después de su recepción en la Academia Francesa, mientras asistía, el Viernes Santo, a la adoración de la Cruz en Santo Tomás de Aquino. "Una enfermedad del corazón terminó su vida al pie de esa Cruz a la que tan vivamente invocaba desde hacía treinta años."[46]

La muerte de Mathieu sucedía a la de Mme. de Duras, que siempre había sido una excelente amiga de Zoé. El duque desposó en segundas nupcias a la que Adèle de Boigne llama "una suizo-anglo-portuguesa, salida no sé de dónde", quien dio a su esposo ocasión de exclamar pocas semanas después de su boda:

—¡Ah! ¡Qué felicidad la de tener uno más ingenio que su mujer!

Es verdad que la primera Mme. de Duras no lo había acostumbrado a ese placer.

Poco después de la muerte de Mathieu, la manufactura real de la Savonnerie y la de los Gobelinos fueron reunidas a raíz de una propuesta de Sosthène de La Rochefoucauld. Una nueva manufactura de "lanas largas" se estableció en el local de la primera bajo los auspicios de la condesa du Cayla. En efecto, ésta había hecho llevar a Benon carneros de Abisinia que cruzaba con ovejas merinas para obtener esas lanas de calidad. Había adquirido reales conocimientos y la nueva sociedad de los Gobelinos rogó a Mme. du Cayla que la presidiera. Su gestión parece haber sido satisfactoria. "Madame du Cayla era el hombre que nos hacía falta", confió un administrador al vizconde de La Rochefoucauld, que concluye: "Hace alusión a vuestro carácter".

Ese carácter se recuperaba poco a poco después de un período de duelo, y Zoé no vaciló en ir a Inglaterra a cobrar un crédito de Omer Talon (fallecido de todos modos hacía 16 años). Se hizo acompañar por su yerno, que debía servirle de intérprete, y por el fiel Sosthène. Fueron muy bien recibidos, y el vizconde pudo comprobar "que los servicios que habéis prestado y el lugar que ocupabais en la estima y el corazón de Luis XVIII eran al menos tan conocidos en el extranjero como en el interior de Francia. Todos los días era un nuevo paseo, una nueva cena o una nueva fiesta".

Zoé regresó encantada de Londres. Pero la vida sólo renacía para extinguirse otra vez. El 26 de abril de 1828, la condesa du Cayla perdió a su hijo. Se ignora todo acerca de la muerte de Ugolin. La correspondencia de la condesa cesa en 1827, y el vizconde de La Rochefoucauld se limita a señalar el año del deceso en sus *Memorias*. Ugolin murió en París. Tenía 16 años. Un año antes de su muerte, cuando ambos residían en Benon, su madre escribía al ver llegar el fin de las vacaciones de Pascua:

> *Pienso con pena que me separaré de Ugolin; no podéis imaginar cuán amable y gentil es. Es muy sensible, y eso me alegra por mí pero me preocupa por él. Hace unos días leí en un artículo que la sensibilidad es para quien la posee como un reloj de sol para el propietario de la casa donde está colocado: sirve a todo el mundo menos a él.*

¿Acaso el conde du Cayla reclamó el cuerpo de Ugolin y Zoé vaciló en llevar el ataúd hasta Montpellier, donde se encontraban las sepulturas de los Baschi du Cayla? Parecería que esa muerte hubiese ocurrido súbitamente y que los padres, desolados, hubiesen recurrido a lo más expeditivo. Ugolin fue enterrado en un pequeño cementerio del monte Valérien, no lejos de la casa que poseía Achille du Cayla. Zoé manifestó enseguida la voluntad de reposar un día junto a su hijo. Ugolin era su preferido. Ella ya no volvería a ser la misma.

Zoé du Cayla volvió a vivir después de la muerte de su hijo, pero los bellos días habían terminado. Por otra parte, toda la Restauración, la obra de "su" rey, se encaminaba a su fin. Ni ella ni el vizconde de La Rochefoucauld aprobaron la política de Carlos X. Sosthène escribe en sus *Memorias*, con fecha de 1825: "El Rey se ocupó de cumplir su fatal destino". Y agrega: "Pocos meses bastaron para ver desvanecerse todo el bien del último reinado como todas las esperanzas que el nuevo había hecho concebir". El vizconde intentó entonces una curiosa —y cándida— gestión, yendo a ver a Villèle para pedirle que renunciara. Se encontró con un extraño que no lo escuchó. Habiéndose atraído la antipatía del ministro y la caída en desgracia ante el Rey, se retiró a una prudente reserva. Zoé veía apenada cómo la dinastía se atascaba cada vez más.

En mayo de 1829, el rey y la reina de Nápoles llegaron a París. Eso dio ocasión a gran cantidad de fiestas. Zoé, con quien la duquesa de Angulema se mostraba extremadamente amable desde la muerte tan piadosa de Luis XVIII, participó en las recepciones ofrecidas en las Tullerías. El embajador de Austria, el conde Apponyi, dijo que el rey de Nápoles parecía el padre de Carlos X (quien ya tenía 72 años) y que la reina "era muy gruesa, con un rostro feo y vulgar, pies deformes: dos raquetas largas cubiertas de satén blanco".

El broche del viaje debía ser la fiesta ofrecida en el Palais-Royal por el duque de Orléans. Cuatrocientos obreros trabajaron durante varias semanas. Dos reyes estaban invitados y, como el duque era muy amable, también todos aquellos que lo solicitaron. Mucho antes del momento de la recepción, una inmensa multitud invadió los alrededores del palacio, luego sus jardines. Pronto, en medio de la fiesta, se escucharon silbidos y gritos: "¡Abajo los trajes galonados! ¡Abajo los aristócratas!". Durante horas, los gritos de rebelión se mezclaron a los valses y a las contradanzas. Se prendió fuego a un montón de sillas y las llamas se elevaron hacia el palacio. Narciso de Salvandy se inclinó hacia un vecino:

—Es una fiesta napolitana. ¡Bailamos sobre un volcán!

Los gendarmes dispersaron tardíamente a la multitud. La misma Adèle de Boigne encontró que al duque de Orléans esa noche se le había ido un poco la mano:

> *Esa manera de llenar los salones, muy por encima de su capacidad, con las personas más desagradables para el rey, siendo que se suponía que era una fiesta en su honor, y, más aún, esa iluminación en los jardines, ese cuidado en mantenerlos de par en par abiertos a la multitud, en una época en que la impopularidad del soberano no era un secreto para nadie, esa afectación en presentarse constantemente en la terraza para hacer gritar: "¡Viva el señor duque de Orléans!", todo eso tenía algo más que popular, populachero, si oso decirlo, que me hería tanto más porque la circunstancia lo admitía tanto menos.*

Debemos aclarar que la condesa estuvo a punto de ser despedazada por la muchedumbre al llegar, lo que endureció su juicio sobre el duque de Orléans.

La condesa du Cayla, que compartía la vieja desconfianza de Luis XVIII hacia la familia de Orléans, no apareció por supuesto en el Palais-Royal. Unos días después, concurrió, el 1 de agosto de 1829, a una representación de *Guillermo Tell* en la Ópera y visitó a la condesa de Agoult en su palco. Ésta escribe:

> *Según su costumbre, estaba muy arreglada... pero parecía preocupada. En un entreacto, cuando yo le hablaba de la música, me interrumpió y, con voz alterada, me dijo algo de lo que acababa de enterarse en ese instante, una noticia que parecía causarle verdadero espanto: la llegada a París del príncipe de Polignac... Yo no podía dar crédito a mis oídos al escuchar a madame du Cayla exclamar que la venida de tal hombre era una gran*

desgracia, una calamidad... Me tomó la mano vivamente, me la estrechó con fuerza, e inclinándose hacía mí me dijo: "¡Madame d'Agoult, tengo miedo!".

Zoé siempre había sido lúcida. La catástrofe temida no habría de tardar. El 16 de mayo de 1830, el Rey despidió a la Cámara que había señalado su desconfianza al ministerio de Polignac y convocó a nuevas elecciones, que, en general, devolvieron sus escaños a los antiguos diputados. La idea de someterse a esa decisión popular no rozó siquiera la mente del Rey ni la de Polignac. El 25 de julio, Carlos X promulgó cuatro ordenanzas que disolvían la nueva Cámara, cambiaban el sistema electoral y establecían la más estricta censura. Fueron publicadas el día siguiente, día en que el monarca participaba de una cacería. En Saint-Ouen, Zoé recibía al barón de Vitrolles a cenar. Hacia las 17 horas un correo le llevó un mensaje de Denis Talon, general del estado mayor de la guardia, que escribía a su hermana: "El derramamiento de sangre es inevitable". Al día siguiente, 27 de julio, comenzaba la insurrección. El 28, París se llenó de barricadas. Zoé temblaba por su hermano, que defendía las Tullerías como lo había hecho Omer Talon, 38 años antes, pero el 29, Marmont, encargado de mantener el orden en París, ordenó a sus tropas retirarse a Saint-Cloud, donde se encontraba Carlos X.

Al día siguiente el Rey partió para Trianón, donde se encontró con la duquesa de Angulema llegada de tomar las aguas en Vichy, luego para Rambouillet donde, el 2 de agosto, abdicó en favor de su nieto, que, a los 10 años, pasaba a ser Enrique V. El 3 de agosto, Carlos X abandonaba Rambouillet. El 9, en Argentan, le llegó la noticia: el duque de Orléans era ahora Luis Felipe I. Seguía la lista de los pares —casi todos— que habían jurado fidelidad al usurpador. Alelado, el rey leyó los nombres de Mortemart, Montmorency, Praslin y hasta el del duque de Fitz-James, amigo íntimo del conde de Artois. Chateaubriand fue uno de los pocos que, por fidelidad a un rey al que no amaba ni estimaba, se deshizo del título de par. En esa ocasión, pronunció uno de sus más bellos discursos:

"Como una inútil Casandra, fatigué al trono y a los pares con mis desdeñadas advertencias..."

El valiente vizconde agrega: "Varios pares parecían aniquilados: se hundían en sus sillones a tal punto que ya no era posible verlos".[47]

Dumont d'Urville aguardaba en Cherburgo, con dos naves y una escolta, a la familia real fugitiva. Sus instrucciones eran claras: si Carlos X exigía ser conducido hacia un puerto prohibido, francés, belga u holandés, se ordenaba a uno de los navíos de escolta hacer un disparo de advertencia y luego hundir el barco. El 16 de agosto, Carlos X y su familia se embarcaron a bordo del *Great Britain*. Al *Charles-Karoll* subieron los últimos fieles. Denis Talon se encontraba entre ellos. Dos días después, todos desembarcaban en Inglaterra.

En Saint-Ouen, Zoé, abrumada, esperaba noticias de su hermano y de la familia real, cuando se enteró, el 29 de agosto, de la muy extraña muerte del último de los Condé. El duque de Borbón había sido encontrado ahorcado, colgado de la falleba de una ventana en su habitación del castillo de Saint-Leu.

La versión oficial que acompañaba a la noticia de la muerte del príncipe era la del suicidio. El duque de Borbón, de 74 años, había sido encontrado colgado con un lazo de tejedor muy apretado, en una habitación cuyo cerrojo estaba corrido desde el interior. Desde el primer momento, a Zoé le pareció extraño que el príncipe, uno de cuyos brazos se había fracturado en la guerra y el otro estaba paralizado después de un ataque de apoplejía, hubiese podido atentar contra su vida. Por otra parte, el duque siempre había proclamado su horror al suicidio. Zoé corrió a Chantilly a reunirse con Mme. de Rully, hija ilegítima del difunto, a la que encontró en un mar de lágrimas, persuadida de que su padre había sido asesinado. Zoé se quedó varios días en Chantilly. Lo que Mme. de Rully le contó ella ya lo conocía en parte. Todo provenía de la amante del duque de Borbón, esa Sophie Dawes, casada con el barón de Feuchères, que se hacía pasar por una hija natural de su amante. Advertido, el barón había pedido la anulación de su matrimonio. Las puertas de las Tullerías se habían cerrado ante la nueva baronesa, pero las del Palais-Royal se le abrieron inmediatamente. Había en juego una herencia de 75 millones. Talleyrand intervino entre Mme. de Feuchères y el duque de Orléans. Éste deseaba vivamente que el último de los Condé adoptase a uno de sus hijos, por ejemplo al duque de Aumale, su ahijado. Las cartas de Mme. de Feuchères a la duquesa de Orléans son claras:

De acuerdo con la conversación que he tenido con el señor príncipe de Talleyrand, me tomo la libertad de reiterar a Vuestra Alteza Real el deseo extremo que tengo de ver la adopción del señor duque de Aumale por monseñor el duque de Borbón; pero Vuestra Alteza Real comprenderá que sólo puedo tocar con mucho cuidado el corazón de mi benefactor acerca de un tema que siempre despierta penosos recuerdos. Puedo asegurar sin embargo a Vuestra Alteza Real que pondré todo mi empeño en obtener un resultado que colmará sus deseos.

A lo que la buena duquesa respondió:

He recibido, señora, por intermedio del príncipe de Talleyrand, vuestra carta del 6 de este mes, y deseo testimoniaros personalmente cuánto me conmueve el deseo que me expresáis tan positivamente de ver a mi hijo, el duque de Aumale, adoptado por M. el duque de Borbón.

Soy muy sensible, señora, a lo que me decís de vuestra solicitud para lograr el resultado que os proponéis. Os aseguro que no lo olvidaré jamás, y creed que, si tengo la dicha de que mi hijo sea su hijo adoptivo, encontraréis en nosotros, en todos los tiempos y todas las circunstancias, para vos y para los vuestros, ese apoyo que tenéis a bien solicitarme.

Había motivos para entusiasmar a la aventurera, pero el duque de Borbón se endureció. El cadalso separaba a las dos familias. Cuando se le hablaba del gran afecto que le tenía el duque de Orléans, acostumbraba a responder:

—Sí, sí, eso no impide que, si él hubiese podido, en cierto momento me habría hecho que yo siguiera el mismo camino que su padre hizo tomar a Luis XVI.

Ésa no era una excelente disposición para dejar una herencia. Sin embargo, se hizo redactar por el abogado Dupuis un proyecto de testamento. La reacción del duque fue: "Una vez que hayan obtenido lo que desean, mi vida puede correr peligro". Escribió a su querido primo para pedir que lo dejaran en paz:

20 de marzo de 1829

El asunto que nos ocupa, comenzado a mis espaldas un poco ligeramente por madame de Feuchères, me resulta infinitamente penoso como habréis podido notar [...] Apelo a vuestra generosidad, a vuestra amistad por mí y a la delicadeza de vuestros sentimientos, para que yo no sea atormentado y hostigado como lo soy en este momento.

Por una sucesión bien dosificada de ruegos y de cóleras, la baronesa se encargó de hacer de su vida un infierno. Después de una gran escena en el palacio Borbón, el duque firmó el testamento que convertía al duque de Aumale en su heredero, con la excepción de doce millones, que iban a la "pobre Sophie". Era el 29 de agosto de 1829, un año exactamente antes de su muerte. Sin embargo, se negó a dejarle su apellido:

—Tienen la fortuna, ¡eso es suficiente! —exclamó.

La duquesa de Orléans, encantada, testimonió su satisfacción a Mme. de Feuchères y obtuvo de Carlos X que la querida baronesa fuese recibida en las Tullerías. Las cosas habrían quedado así sin la abdicación del Rey. El nuevo exilio de los Borbones hirió directamente al último de los Condé, que no cesaba de repetir: "¿Qué será de ellos? ¿Qué será de ese niño?". Siempre había tenido la idea de hacer del duque de Burdeos su heredero. Era un deber para él. Para tener paz, tomó la resolución de retirarse a Roma. Mme. de Feuchères hizo prevenir a Luis Felipe. El 26 de agosto, ella interrogó al duque de Borbón sobre sus intenciones y recibió como respuesta una andanada de insultos. La víspera de su muerte, el príncipe envió un correo a Chantilly para pedir al conde de Charlot que fuera a reunirse con él en Saint-Leu, luego de lo cual, muy contento, pasó la velada jugando al *whist*.

En cuanto se conoció la muerte del duque de Borbón en París, Luis Felipe envió al barón Pasquier, nuevo presidente de la Cámara de los Pares, a Saint-Leu. Éste escribió: "Las circunstancias de la muerte son demasiado extraordinarias como para motivar una investigación muy profunda".

La condesa de Rully y la condesa du Cayla recibieron el cuerpo del último príncipe de Condé en la iglesia parroquial de Chantilly. El abate Pelier de la Croix, que había sido capellán del príncipe, exclamó durante el servicio:

—¡El príncipe es inocente de su muerte ante Dios!

El caso hizo mucho ruido. Se demostró fácilmente que un simple cordel doblado en forma de bucle podía correr desde el exterior el cerrojo de una puerta. El príncipe de Rohan, heredero legítimo del duque de Borbón en el caso de ausencia de testamento (veía evaporarse 75 millones), presentó un pedido de investigación. Se designó para conducirla a un consejero de la corte real de París, M. de La Huproye. La instrucción duró cuatro meses. Cuando M. de La Huproye estaba por decidir la presentación de Mme. de Feuchères ante el Tribunal de Justicia, el procurador general —se llamaba Persil— fue a anunciar al consejero que su informe no saldría a la luz por razones de Estado. M. de La Huproye, obligado a renunciar, fue reemplazado por una persona más comprensiva, que dictaminó que el duque de Borbón, luego de perder la razón, había puesto fin a su vida.

El príncipe Louis de Rohan, después de atacar a Mme. de Feuchères en un folleto, fue condenado a tres meses de prisión y a una fuerte multa.

La fortuna de los Condé y el castillo de Chantilly pasaron a manos de los Orléans, y Mme. de Rully debió abandonar definitivamente el dominio de su padre.

Mme. de Feuchères gozó en paz de su fortuna. Dio la orden de arrasar el castillo de Saint-Leu, que había heredado.

Le Figaro resumió valientemente la opinión general sobre este caso:

"Madame de Feuchères es una pequeña baronesa inglesa que se parece mucho a una pequeña española".*

Zoé du Cayla se sintió transtornada ante el destino que otra vez se ensañaba con los Condé, en el mismo momento en que el trono de los Borbones era confiscado. Tal vez surgía en ella un antiguo remordimiento. El hijo del duque de Borbón, el duque de Enghien, también había sido asesinado, en presencia y con la cooperación activa del general Savary... Tal vez... pero Zoé era también la hija de Omer Talon y éste se había hundido en la clandestinidad cuando se expulsó por

* Juego de palabras. En francés, *espagnolette* significa "falleba" *(N. de la T.)*.

primera vez a los Borbones de su trono. Su hija hizo lo mismo. A finales de 1830, la condesa du Cayla tomó voluntariamente el camino del exilio y se fue a la isla de Jersey.

Confió la vigilancia de sus ovejas a Sosthène y la del castillo de Saint-Ouen a Valentine y, a los 45 años, se hizo conspiradora. Se ignora cuánto tiempo duró la permanencia de la condesa du Cayla en la dulce isla de Jersey. Sin duda cerca de un año. Por otra parte, Zoé, en su testamento, recordó a sus servidores del exilio. Se encontraba en Jersey desde mediados de diciembre de 1830, pues una carta de la duquesa de Berry, dirigida desde Edimburgo a la condesa du Cayla, lleva la fecha del 19 de diciembre de 1830.

"Vuestra abnegación me era muy conocida, pero ignoraba que estuvieseis en Jersey en una posición extremadamente útil para nosotros."

La familia real, fugitiva, se instaló al principio en Lullworth, luego en el siniestro castillo escocés de Holyrood: una tumba helada con cuatro torres. La pequeña corte de los últimos fieles —siempre incluía al vizconde Talon— era poco numerosa y poco alegre. La duquesa de Berry, que, desde su viudez, había adquirido hábitos de independencia yendo a menudo a su castillo de Rosny, se alejó pronto de Holyrood. Viajó y se estableció por algún tiempo en Bath con tres criados y Mme. de Bouillé. Carlos X había comunicado a las cortes su abdicación y la de su hijo en favor del duque de Burdeos. Se reservaba la regencia hasta la mayoría de éste. La duquesa de Berry sólo sería regente en caso de desaparición del viejo rey.

Al establecerse en Jersey, Zoé servía de correo y de nexo entre la familia real y los legitimistas, y se encontraba al alcance de Bretaña y Normandía, que habían dado pruebas de su fidelidad. Desde 1789, los realistas habían vivido cerca de 30 años de clandestinidad y, pasado el primer momento de estupor, recuperaban los frutos de una larga costumbre. En septiembre de 1830, Adrien de La Houssaye llegaba a Lullworth con un mensaje de Joseph Cadoudal, solicitando directivas sobre la conducta a seguir. El mismo mes, de Sèze se hacía presente para anunciar las buenas disposiciones de Normandía. En octubre, Ferdinand de Bertier, ex presidente de los caballeros de la Fe, entregó al rey un largo e inteligente informe sobre las posibilidades y los medios de una restauración. Constituyó en París un comité nacional, del que formó parte Chateaubriand, y dirigió una sociedad secreta, la Sociedad de los Amigos del Orden, con ramificaciones en toda Francia. La Sociedad de los Amigos de la Fidelidad recolectaba fondos: sus miembros entregaban el cinco por ciento de los impuestos pagados al gobierno de Luis Felipe.

Todo ello representaba importantes movimientos de fondos. Los legitimistas tuvieron su banquero en la persona de Ouvrard. El financista tenía entonces 71 años. Muy joven había comenzado una carrera de proveedor de municiones de los ejércitos del Directorio, luego de los del Consulado y del Imperio, lo que le permitió amasar rápidamente una fortuna colosal (en el 18 Brumario era del orden de los 30 millones), y conocer la cárcel en varias oportunidades. Ouvrard retomó el servicio en ocasión de la guerra de España y, luego de unos procesos unos más confusos que otros, pasó cinco años más de prisión en Santa Pelagia. Ese pez gordo de las finanzas estaba lucubrando un vasto proyecto concerniente a América del Sur cuando estalló la revolución de 1830. Por sus vinculaciones con Polignac, supo de las Ordenanzas ocho días antes de su publicación. Corrió a Londres y vendió rápidamente un paquete de rentas que le produjo más de dos millones de ganancia. Por ignoradas razones, permaneció fiel a los Borbones (el hecho deja estupefactos a sus biógrafos) y, a partir de 1831, se estableció en Londres para ocuparse de las finanzas del partido legitimista. No fue un azar que, casi en la misma época, Zoé se instalara también en la capital inglesa, donde en otros tiempos su padre había amasado una fortuna. Trabajaron de acuerdo y se vieron varias veces con la duquesa de Berry. Ambas mujeres aprendieron a conocerse y a apreciarse. Aunque Zoé era más realista que Marie-Caroline, tenían la misma vitalidad, la misma inclinación por el secreto y la intriga, la misma tenacidad. Gabriel Ouvrard y Zoé du Cayla, encargándose uno de las finanzas y la otra de lo que podríamos llamar la diplomacia por la vía de la correspondencia, formaron una pieza muy importante de la resistencia legitimista. Primero en Londres, luego en La Haya, sostuvieron la acción de Marie-Caroline.

Desde el principio de los acontecimientos, la duquesa de Berry dio pruebas de una energía y de un espíritu de decisión que contrastaba sorprendentemente con la resignación de los Borbones. En Rambouillet, había querido marchar a París con su hijo. Carlos X se opuso. En el exilio, ella sólo pensaba en provocar la insurrección que pondría nuevamente a los Borbones en el trono y aseguraría los derechos de su hijo. Los consejeros de la duquesa la incitaban a dar la orden de la sublevación lo más rápidamente posible, a fin de aprovechar la debilidad del gobierno de Luis Felipe en sus comienzos.

El 17 de junio de 1831, la duquesa de Berry se embarcó a Rotterdam bajo el nombre de condesa de Sagana. Sin la discreción necesaria para una conspiradora, atravesó Holanda, Alemania y Suiza para llegar a Italia. Ni el rey de Piamonte-Cerdeña ni el de las Dos Sicilias, aunque hermano de Marie-Caroline, quisieron o pudieron alojarla. El duque de Modena, que había rehusado reconocer a Luis Felipe, la instaló en Massa, donde ella esperó hasta embarcarse a Francia. Relatada así, la empresa parece irracional o desesperada. Se olvida decir que, mientras la princesa atravesaba Europa, un tratado firmado el 15 de noviembre de 1831 por Francia e Inglaterra —la convención de Londres— parecía abrirle el futuro. Ambos países reconocían la independencia de Bélgica. El rey Guillermo I de los Países Bajos, que no podía sacar partido de esa independencia, rehusó firmar la convención de Londres. Ese monarca era una figura original, más imbuido del privilegio divino de los reyes que ningún otro soberano de Europa. Consideraba el derecho de los pueblos a disponer de sí mismos como una amable broma. Holanda, tanto por orgullo patriótico como por odio a los belgas, lo apoyaba ardientemente.

La duquesa de Berry vio de inmediato el partido que podía sacar de ese asunto. Imaginó un intercambio con el rey Guillermo: la anexión de Bélgica a Francia, contra el establecimiento de una tarifa elevada sobre la navegación del Escalada para impedir que éste se convirtiera —lo que temía sobre todo Holanda— en la salida de Alemania. Luxemburgo, las ciudades de Maastricht y sobre todo Amberes quedarían en los Países Bajos. Según los términos del acuerdo que permaneció tácito pero que no por eso existió menos, Guillermo I se comprometía a reconocer a Enrique V, a recibirlo así como a su madre, y a consentir un préstamo de cien millones. La duquesa veía en la anexión de Bélgica un don de feliz advenimiento capaz de suscitar en Francia el nacimiento de un partido legitimista nacional. Se negaba en cambio a considerar que ni el propio rey Guillermo ni sobre todo Inglaterra aceptarían que Francia incorporara Bélgica a su territorio. Guillermo I, completamente aislado, entró sin embargo en el juego.

En enero de 1832, Ouvrard abandonó Londres para ir a La Haya, donde la condesa du Cayla se reunió con él unos meses más tarde. Ella se encargó de la correspondencia, tanto con los conspiradores como, en su nombre, con las cortes extranjeras. Se hicieron negociaciones con Rusia, Austria y Portugal. El zar Nicolás I fue el único que prometió su apoyo.

El 25 de marzo, en Massa, la duquesa de Berry reunió a su consejo, que comprendía al mariscal de Bourmont y a Ferdinand de Bertier. Se eligió la fecha del 30 de abril para el comienzo de la insurrección. Bourmont adhirió a la idea de iniciar el movimiento en Provenza pues regresaban de África regimientos supuestamente leales.

Luego de desembarcar el 29 de abril de 1832 cerca de La Ciotat, la duquesa, oculta en una cabaña, aguardó en vano que el duque de Cars tomara Marsella. Al llamado del duque, se presentaron 60 voluntarios... Negándose a renunciar, Marie-Caroline se dirigió, disfrazada, hacia el oeste. A principios de junio hubo varias escaramuzas en Vendée. En Chêne-en-Vieillevigne, la duquesa asistió, el 3 de junio, al encuentro en que el barón de Charette, a la cabeza de 800 hombres, mantuvo a raya a las tropas del gobierno. Ese día, la duquesa estuvo seis horas escondida en un foso.

El 9 de junio, habiendo sido dispersadas sus modestas tropas, Marie-Caroline entraba en Nantes vestida de campesina. Se escondió en la casa de los Kersabiec, luego en la de las señoritas de Guigny, en el número 3 de la *rue* Haute-du-Château. El comisario Joly, en otros tiempos celoso interrogador de Louvel, fue enviado a Nantes, mientras 23 naves bloqueaban el puerto. Marie-Caroline pasó el verano recluida en compañía del conde Mesnard, su caballero de honor que no la abandonaba, y de Achille Guibourg, un abogado de Nantes que, detenido, se había vestido de sacerdote para evadirse y reunirse con ella.

Mientras la duquesa de Berry se afanaba en vano de la Provenza a la Vendée, la condesa du Cayla pasaba a los Países Bajos, adonde llegó a finales del mes de mayo de 1832. Ouvrard estaba instalado allí desde enero. Como precio de sus servicios, ese "Napoleón de las finanzas" pedía sencillamente que el gobierno de los Borbones, una vez restablecido, revisara la liquidación de las cuentas de la guerra de España... Al mismo tiempo, se entregaba a desenfrenados juegos bursátiles en Amsterdam, adonde iba todos los días y, en previsión de la guerra que probablemente estallaría pronto en Bélgica, se ocupaba de vastas especulaciones con productos alimenticios, especialmente cereales. A esos talentos financieros, Gabriel Ouvrard unía un indiscutible encanto. "Aunque ya no era joven —nos dice el marqués de

Eyrargues—, su cuerpo y su rostro eran muy agradables. Era ingenioso, distinguido en sus maneras y hablaba de maravilla." [48] Las malas lenguas dijeron que era el amante de Zoé. No existe ninguna prueba de ello. En cambio sabemos de manera cierta que la condesa du Cayla agradó infinitamente al rey Guillermo. Mme. de Gontaut, que llegaba por entonces a Austria en compañía de la duquesa de Angulema, narra que en La Haya la delfina deseó ver una galería de arte. Se le negó la autorización. "Ese mismo día, madame du Cayla obtuvo inmediatamente ese favor."[49] En el terreno diplomático, el realismo de la condesa du Cayla no podía desagradar al rey, preocupado tanto por las fantasías financieras de Ouvrard como por el lado visiblemente novelesco de la madre de Enrique V. Por lo demás, Zoé sabía maravillosamente dirigirse a un Rey... Es sabido que, llegado el momento, Guillermo I hizo todo lo posible para demorar la partida de la que lo había hechizado.

La Haya era entonces una pequeña ciudad de 60.000 habitantes. Para las necesidades de la causa que defendía, Zoé conoció a miembros del cuerpo diplomático. Fue recibida por el conde Mossi, representante del Piamonte-Cerdeña. El conde se había casado con una cantante, la célebre y encantadora Sontag, que cantaba con la mayor gracia del mundo. El embajador más abierto a la causa francesa, la de la legitimidad, era el encargado de negocios de las Dos Sicilias, el conde Héctor de Lucchesi Palli. El conde, muy entusiasta en sus opiniones políticas, se oponía violentamente al gobierno de Luis Felipe. Tenía además un carácter muy alegre, bastante ingenio, vivacidad "e infinitamente más instrucción que la generalidad de sus compatriotas. Esa última ventaja obedecía a que, en su juventud, el conde había estudiado para ingresar en la Iglesia".[50] Zoé encontró en él su principal apoyo. En sus momentos libres, el conde inició a la condesa en las bellezas de la región. Zoé había llegado al principio del verano: él la condujo hasta el gran pueblo de pescadores de Scheveningen, cerca de la capital, que poseía un establecimiento de baños muy frecuentado mientras duraba el buen tiempo. En el invierno siguiente, le hizo admirar a los patinadores que se deslizaban sobre el gran lago del Bosque y sobre los canales helados. Aunque Amsterdam estaba a siete leguas de La Haya, era habitual ver a un buen patinador ir hasta allí a comer y regresar para la cena. En la primavera, le hizo conocer Haarlem, sus campos de tulipanes y jacintos. Esos placeres no impedían a Zoé ocuparse de su misión y mantener correspondencia con la duquesa de Berry por intermedio del mariscal de Bourmont y de Auguste de La Rochejaquelein.

El 14 de octubre de 1832, Francia e Inglaterra intimaron a Guillermo I a reconocer la independencia de Bélgica. Al mismo tiempo, Francia concentraba en su frontera norte un ejército de 25.000 hombres a las órdenes del general Gérard. El ejército holandés, dirigido por el príncipe de Orange, esperaba al sur de los Países Bajos. Se estaba en vísperas de la guerra, y Zoé seguía sin noticias de la cautiva. Con fecha 20 de octubre, escribe:[51]

> *Sin noticias de Madame a pesar de todas las cartas escritas: es desesperante. La posición del rey de Holanda ya no permite seguir en la incertidumbre; es necesario que él sepa con qué cooperación puede contar. Con la seguridad que se le dio de que Madame enviaría a otra persona o escribiría, Su Majestad depende de Madame. Le pido la gracia de no permanecer callada. Que sea pues Madame la fuerza y el alma de todo. Día tras día, los señores de la Rochejaquelein, de Lucchesi y yo hemos asegurado que llegarían noticias de Madame pero hasta ahora nada. Anteayer llegaron aquí noticias del rey de Cerdeña. Enterado de todo, tiene mucho interés en lo que pasa aquí, y encarga a su representante confirmárselo. Ignoro lo que M. Dudon[52] habrá dicho a Madame; pero al partir de aquí dijo que se esforzaría en convencer a Su Alteza Real de no perder tiempo; pero nada llega. M. Capelle[53] ha venido y tenido varias conferencias; él desea que Madame se persuada de su fidelidad. Actúa como Su Alteza Real puede desearlo con el espíritu más conciliador; pero si Madame persistiera en querer permanecer callada, pienso que por no perder tal posibilidad él daría su sanción a cualquier propuesta o a cualquier acto que yo ignoro, pero que una suerte de instinto me hace presentir por anticipado. Debo informar a Madame, diciéndole siempre la verdad, que él agregó que la corte del rey Carlos X está molesta al no tener más noticias directas de Madame, sobre todo después de su última carta. Por mi parte, he sido intérprete fiel al expresar a M. Capelle que todos los realistas de Francia*

miraban a Madame como regente, y que habría que hacer la guerra contra ellos si ésa no fuera la idea del rey. Sobre esa base se desea actuar aquí; que Madame no la destruya. Todo está preparado y se espera la guerra. Las cartas de París hacen temer que se renueven las hostilidades personales contra Madame. Su presencia aquí sería muy útil y decidiría muchas cosas. Si Madame lo considera de otro modo, entonces que lo remedie prontamente. En fin, que sea ella el alma de todo y en todas partes. Si Madame tiene prevenciones, lo que sería fatal, y quiere permanecer ajena a lo que ella puede obtener aquí, le ruego que me lo diga para no seguir consagrándome a esto por entero. Le pido también órdenes para mi hermano; está en Italia y no demorará ni un día en volver, a la primera. M. de La Rochejaquelein debe escribir hoy a Madame. Puede decirse que se multiplica para servirla. Suplico a Madame pensar que mi mente no se engaña. Penetrada de admiración y de abnegación por ella, me parece que éstas me dan ojos para servirla y un corazón para amarla.

Estas líneas un poco impacientes, por no decir exasperadas, dan buena cuenta de la verdadera situación de la princesa. Al leerlas, parecería que ella se hubiese quedado en Nantes por placer y pasado su tiempo en diversiones (lo que por otra parte la duquesa no olvidaba, como habría de probarlo lo que siguió después). De hecho, la red se estrechaba cada día más sobre la que no podía abandonar su escondite. En esta carta, podemos observar que Zoé ya tenía conocimiento, por sus corresponsales en París, de las nuevas operaciones policiales. La carta llegó sin embargo a su destinataria, y Marie-Caroline envió inmediatamente a La Haya al mariscal de Bourmont, más persuadido que nadie de que la causa perdida en Vendée sólo podía ser restablecida por la alianza con el rey de Holanda.

Luis Felipe, queriendo terminar lo más pronto posible con "su querida sobrina",[54] había reemplazado al ministro del Interior, Montalivet, por Thiers, y al prefecto de Nantes, Saint-Aignan, por Maurice Duval, por otra parte muy mal recibido en esa ciudad. El nuevo ministro acogió con alegría la propuesta de Simon Deutz de entregar a la duquesa de Berry por la suma de 500.000 francos. La condesa de Boigne, que quería mucho a Thiers, asegura que sólo "la elocuencia del ministro logró convencer a Deutz de que había que entregar a la duquesa de Berry por amor a la humanidad". Se puede sospechar que Thiers tenía pocos conocimientos en materia de amor a la humanidad. La verdad es que el ministro juzgó a los demás según lo que él era. Pagó a Deutz y exigió un recibo, conservado actualmente en la Biblioteca Nacional de Francia. La duquesa de Berry fue detenida el 9 de noviembre de 1832. Tras una corta permanencia en el castillo de Nantes, fue enviada a la fortaleza de Blaye en el *Capricornio*.

Después de ese golpe fatal, se abatieron las catástrofes sobre el comité de La Haya. Para abrir las hostilidades, Francia envió al ejército del general Gérard a sitiar a Amberes. Luis Felipe acababa de casar a su hija con el duque de Sajonia Coburgo promovido a rey de los belgas, lo que hizo más ardiente su celo en servir al patriotismo belga (y a los intereses ingleses). El 25 de diciembre de 1832, la guarnición de Amberes capituló y, en mayo, Guillermo I, con la muerte en el alma; debió reconocer la independencia de Bélgica. Para terminar, Ouvrard emprendió la fuga[55] para eludir la persecución de la casa Willing de Amsterdam a la que debía la bonita suma de 500.000 francos. El rey Guillermo pidió a Zoé que se quedara. Ella consideró más prudente y más útil para la causa permanecer en La Haya que regresar a París, donde el amor a la humanidad impulsaba a Thiers a multiplicar las detenciones.

En enero de 1833, Sosthène de La Rochefoucauld fue detenido por un folleto titulado: *Hoy y mañana*, y enviado ante el Tribunal de Justicia. A pesar de la defensa de Berryer, fue condenado a tres meses de prisión y encarcelado en Santa Pelagia. Su opinión fue: "Me parece que Luis Felipe cae en ridículo encarcelando al vizconde de La Rochefoucauld". Sosthène soportó la prisión con esa mezcla tan suya de conmiseración por sí mismo y de nobleza:

"Me dieron una especie de jaula de doce pies cuadrados con una estufa de hierro que dejaba escapar más humo que fuego y que, cuando estaba caliente, procuraba un calor tórrido y malsano, de modo que sólo podía librarme del frío por la asfixia".

Pronto Luis Felipe cayó aún más en el ridículo encarcelando a Chateaubriand por "conspiración contra la seguridad del Estado". El duque de Fitz-James y Hyde de Neuville corrieron la misma suerte. El escritor había lanzado el día de Navidad de 1832 su *Memoria sobre el cautiverio de la duquesa de Berry,* que contenía la frase que habría de hacerse famosa: "Ilustre cautiva de Blaye, vuestro hijo es mi rey". Se tiraron 35.000 ejemplares de la obra.

Chateaubriand acogió la noticia de su encarcelamiento con cierta felicidad. Comprobó: "De todos los gobiernos que surgieron en Francia en los últimos cuarenta años, el de Felipe es el único que me ha arrojado a la celda de los bandidos". En efecto, ninguno había sido tan tonto. El vizconde se sintió casi noble y generosamente feliz ante la ocasión que se le presentaba de arreglar magistralmente cuentas con "Felipe", que "había elegido confiscar la Corona y la libertad". Las páginas de las *Memorias de ultratumba* referidas a ese encarcelamiento se cuentan entre las más jocosas. El prisionero recuerda la visita hecha, después de la jornada de las barricadas, por el duque de Guisa a Achille de Harlay, primer presidente del Parlamento:

> *Encontró al primer presidente paseando en su jardín, el cual se asombró tan poco por su llegada que no se dignó siquiera volver la cabeza o interrumpir su paseo. Una vez terminado éste, habiendo llegado al extremo de la avenida, se volvió, y al regresar vio al duque de Guisa que venía a su encuentro. Entonces ese grave magistrado elevó la voz y le dijo: "Es una gran lástima que el criado persiga al amo; por lo demás, mi alma es de Dios, mi corazón de mi rey, y mi cuerpo está en las manos de los malvados; que hagan con él lo que quieran".*

Chateaubriand se paseaba mientras su cuerpo estaba en manos de los "malvados" (donde no habría de permanecer mucho tiempo pues el vizconde fue absuelto); aun así se ofrecía el gran placer de fustigar al gobierno y a una parte del país con él.

> *Las generaciones tan enamoradas de la independencia se han vendido: comunes en su conducta, intolerables en su orgullo, mediocres o locas en sus escritos, no espero de estas generaciones más que el desdén y se lo retribuyo; no tienen por qué comprenderme; ignoran la fe y la cosa jurada, el amor a las instituciones generosas,*

el respeto a sus propias opiniones, el desprecio al éxito y el oro, la felicidad del sacrificio, el culto de la debilidad y la desdicha.

Dedicado de lleno a la "felicidad del sacrificio", Chateaubriand no se cuidaba de "economizar su desprecio en vista del gran número de necesitados" según el excelente principio que él mismo había elaborado.

"El culto de la debilidad y de la desdicha" estaba más difundido de lo que Chateaubriand creía, y las protestas, tanto individuales como colectivas, se multiplicaron contra el cautiverio de la duquesa de Berry. El papel de carcelero de su propia sobrina no favorecía a Luis Felipe. Sin embargo, desde el comienzo del encarcelamiento, circularon rumores sobre una eventual gravidez de la joven. Los legitimistas vieron en ello una infame calumnia, un refinamiento de crueldad, y gritaron que se quería "empañar la gloria" de la ilustre prisionera. Siguió una epidemia de lances de honor. Marie-Caroline distraía a los médicos enviados por el gobierno permaneciendo sentada y no aceptando más que una auscultación de la espalda.

No pudo mantener oculta la verdad por mucho tiempo. El 26 de enero de 1833, se publicó en el muy oficial *Moniteur* una declaración revelando que la duquesa se había casado en secreto durante su permanencia en Italia. Marie-Caroline no revelaba —y con razón pues lo ignoraba— el nombre del marido. Ante esa noticia, muchos perdieron la cabeza. Carlos X exclamó que nunca más vería a su nuera. La reina Marie-Amélie, tía de la culpable, lloró durante tres días "por la princesa, la sobrina y la mujer" (sin duda un día por cada una), antes de deshacerse en lamentaciones sobre el tema: "Es la hija de mi hermano, ¿por qué no me la confían a mí?". Nos preguntamos, en efecto, por qué Marie-Caroline no cometió la simpleza de arrojarse en brazos de la que la había echado de las Tullerías confiscando el trono de su hijo. Chateaubriand, un poco ridículo con su "Madame, vuestro hijo es mi rey", ahora que el Rey en cuestión esperaba una hermanita o un hermanito, respondió cuando le preguntaron su opinión sobre la identidad del padre del niño esperado:

—¡Y cómo queréis que lo sepa! ¡Ella misma no lo sabe!

La condesa de Boigne, siempre tan vigilante en lo concerniente a la virtud de los otros, tuvo la reacción más curiosa:

> *A menudo me ha asombrado* —escribe— *que, impulsada por la vergüenza de una situación que lleva frecuentemente a una sirvienta de posada a ahogarse en un pozo antes que verla divulgada, la señora duquesa de Berry, a la que no se le puede negar un coraje poco común y cuyas ideas religiosas no eran para ella obstáculo, no haya preferido arrojarse desde lo alto de esas murallas de Blaye por las que paseaba todos los días, legando así a su partido una noble víctima que vengar, a sus enemigos una desgracia irreparable que soportar y colocándose en el primer lugar tanto en el corazón de sus hijos como bajo el buril de la Historia.*

Esa idea no se le ocurrió siquiera a la duquesa de Berry, quien, si esto es exacto, "no daba gran importancia a la situación en que se encontraba. No asignaba ningún valor a la castidad", escribe la buena Adèle, quien añade: "No era su primer embarazo clandestino". Una vez más, hay rumores y juicios que, verdaderos o falsos, juzgan ante todo a sus autores. La duquesa de Berry se equivocaba sin embargo al subestimar las consecuencias de ese embarazo intempestivo. No solamente perdería, sino que, despojada de su apellido, de su título, de sus derechos sobre sus hijos, quedaría reducida definitivamente al rango de una simple condesa italiana.

Zoé du Cayla, siempre en La Haya, fue la única que, en medio de la tormenta provocada por el anuncio de un matrimonio secreto, conservó la cabeza fría e hizo lo que convenía hacer: encontrar un marido. Madame de Boigne asegura que comenzó por hablar disimuladamente al príncipe de Ruffo, hijo del embajador de Nápoles en París, justa y oportunamente de paso por La Haya. En cuanto éste comprendió lo que se esperaba de él, hizo sus maletas y huyó precipitadamente. Lo cierto es que, muy pronto, Zoé se volvió hacia Lucchesi-Palli y éste aceptó enseguida. ¿Acaso fue pagado por Ouvrard, como lo insinúa la condesa de Boigne? No es seguro. Zoé fue llevada a plantear la cuestión a finales de enero y el financista había huido de La Haya el 18 del mismo mes. Por otra parte, Lucchesi-Palli siempre fue leal a la causa de la legitimidad. Marie-Caroline era la hermana de su Rey, y las convicciones del conde podían bastar ampliamente para motivar su acuerdo. El caso es que pronto Zoé pudo hacer llegar a la duquesa de Berry, por intermedio del mariscal de Bourmont y de un sacerdote de Blaye, el nombre de su esposo. La duquesa, encantada, comenzó a hablar de "su buen Lucchesi" y respondió a Bourmont. El mariscal envió la misiva[56] a La Haya, donde Zoé la recibió el 12 de abril:

> *Toda mi vida os estaré agradecida, mi estimado Olivier* [Bourmont] *por la manera como habéis interpretado ante mí los sentimientos del conde Héctor. Le escribo personalmente para agradecerle y expresarle cuánto me ha conmovido su propuesta, que acepto con el más vivo reconocimiento: mi ocupación será hacer su felicidad [...] Queda entendido que para el rey de Nápoles, su familia y la mía la boda tuvo lugar durante mi estancia en Italia, pero, si se puede, no deben saberlo hasta que se me devuelva la libertad.*

Al mismo tiempo que el nombre de su esposo, llegó a María Carolina su descripción. La duquesa tenía suerte: el conde era apuesto. El príncipe de Faucigny-Lucinge dejó de él un retrato sumamente halagüeño:

> *El conde Lucchesi-Palli era un hombre elegantemente constituido. Sus facciones eran regulares, su cutis un poco tostado y su encarnación ligeramente dorada, como suelen tenerla los hombres nacidos en los países cálidos. Tenía pelo negro, abundante, naturalmente ondulado, y un gran bigote también negro. Sus ojos, muy oscuros y expresivos, cuya mirada reflejaba a la vez bondad y fineza, daban a su fisonomía la expresión más agradable. Su conversación estaba llena de interés y encanto. [...] Era, en efecto, el más ameno y seductor conversador que se pueda imaginar. A todas esas cualidades, el conde Lucchesi unía otra, y no la menos valiosa: era bueno, paciente, indulgente, benevolente, de índole alegre y dotado del más excelente carácter.*

Podemos agregar que la familia del conde, la de los príncipes de Campo Franco, descendía de los barones normandos que invadieron Sicilia en el siglo XI. Zoé alabó tan bien la antigüedad de esa estirpe que, de prestarle crédito, se habría pensado que era la duquesa de Berry quien contraía una brillante alianza. El conde Lucchesi-Palli llevó su bondad a redactar las cartas que su esposa podía esperar de él:

> *¿Cuánto tiempo me dejaréis en este estado, mi angelical esposa? Vuestro apresurado recorrido que os ha expuesto a tantos peligros ha sido para mí un tormento más. [...] Debo al mundo y a vos el permanecer indiferente a todo lo que os concierne; y hasta si estuviéseis obligada a declarar mi felicidad, deseáis que mi nombre quede ignorado. ¡Qué suerte la mía! Vos, consagrada por entero a vuestro deber; yo, consagrado a mi desesperación.*

El conde era en verdad perfecto —o casi—, pues los rumores (es sabido que tienen la propiedad de atravesar los muros de las prisiones) hicieron saber a la angelical esposa que "su buen Lucchesi" había tenido algunos amoríos. Durante su permanencia en la legación de España, se había relacionado con la princesa de Patano, de la que tenía algunos hijos. El rumor indicaba que en la delegación de Holanda vivía "con una mujer vieja". Joseph Turquan[57] pensó que se trataba de Zoé. Sería asombroso en este caso que Adèle de Boigne, que señala a la "mujer vieja", no nos informara sobre su identidad. A menos que los términos no le parecieran suficientemente claros —e hirientes— para designar a Zoé, que tenía 48 años. En las numerosas cartas escritas por la duquesa de Berry, después de su liberación, a la condesa du Cayla,[58] el conde Lucchesi-Palli tenía la costumbre de agregar al final una fórmula de cortesía. He aquí la que escribe el 8 de junio de 1836:

"Aprovecho el permiso que me da Madame de escribir algunas palabras aquí, para encomendarme a vuestro recuerdo y para hablaros de mis sentimientos invariables hacia vos".

A esas líneas de pura cortesía, agrega al pie de la páginas, seguramente sin saberlo su esposa:

"En cuanto a mí, señora, conocéis la naturaleza de los sentimientos que os he (ilegible) desde hace tanto tiempo".

¿Es una confesión? Al conde le gustaban las mujeres mayores y a Zoé los hombres apuestos y alegres. En todo caso, esta relación es mucho más plausible que las que se le han adjudicado en la misma época a la condesa du Cayla, tanto con Ouvrard como con Guillermo I. De todos modos habría terminado cuando Lucchesi Palli, una vez aceptada su misión, marchó a Italia en febrero de 1833.

Interpretando con cierto talento su papel de esposa, Marie-Caroline manifestó estar un poco celosa del pasado de su esposo el conde. El excelente Dr. Ménière —era de corazón puro—, enviado junto a ella, intentó en vano culpar de esos rumores a la malignidad:[59]

—No tenéis fundamento alguno para hacer reproches al señor conde Héctor —argumentaba el buen hombre—, y sabéis muy bien que sería una calumnia adjudicarle aventuras amorosas.

—¡Ya! ¡Ya! ¡Ya! ¡Ya! —respondía la joven duquesa—. Temo que esas calumnias no sean más que maledicencias y espero que el conde Héctor, como todos los hombres, no se disguste por su fidelidad.

El Dr. Deneux, partero titular de la princesa, llegó, por orden del gobierno, a unirse al Dr. Ménière. Médico de todo el *faubourg* Saint-Germain desde hacía 15 años, era un repertorio viviente de historias escandalosas que divertían mucho a la duquesa de Berry y horrorizaban a su dama de honor. El 10 de mayo de 1833, Deneux ayudó a su paciente a dar a luz una niña llamada Anne-Marie-Rosalie. Durante los pocos meses de su corta vida, su madre la llamó Anna.

Sin embargo, una vez encontrado el marido, la tarea de Zoé no había terminado. En efecto, junto con el esposo, era menester proporcionar falsos papeles de matrimonio y éstos sólo podían obtenerse en Italia, donde se suponía haberse realizado la boda. El cólera asolaba a Italia. Proveniente de Rusia, se había extendido por Europa llegando a París en la primavera, donde había matado hasta 500 personas por día. En seis meses, 18.000 personas perecieron en el territorio francés. Aterrorizados, sus amigos escribían a Zoé que siniestras carrozas con cortinas negras pasaban todas las mañanas por las calles de la capital y que los muertos eran tantos que había sido necesario que una asociación piadosa de jóvenes se encargara de sepultarlos. En varias oportunidades, el pueblo había matado a desdichados sospechosos de haber contaminado los pozos.

La condesa du Cayla no escuchó las advertencias. En mayo de 1833 llegaba a Turín, donde se encontró con su hermano y con Mme. de La Rochejaquelein. De allí viajó a Roma, donde el abate de Leissègues de Rozaven le entregó un acta de matrimonio antedatada el 14 de diciembre de 1833. Bien calculada... Mientras recorría los caminos, Zoé tenía informada a la duquesa de Berry de sus gestiones. Ésta le respondía, encantada:

> *7 de mayo*
>
> *Una bella dama y un prelado a quienes los disensos políticos reunieron en tierra extranjera donde siguen ocupándose del bien. Para mí es encantador. Este pensamiento lleva mi mente a los tiempos religiosos y caballerescos que adoro, tan alejados de nuestro siglo de corrupción y de bajeza.*[60]

Siempre mezclando demasiado los tiempos caballerescos y el siglo de corrupción, la petulante duquesa daba a luz tres días después. En cuanto a Zoé, cumplida su misión, contrajo el cólera y se repuso muy bien. El 21 de agosto de 1833, escribe a su querido Sosthène:

> *Hace mucho tiempo, querido vizconde, que deseo responderos, pero estaba atacada por el cólera y, lo que es peor, ¡por cinco doctores! Escapé de todos esos peligros, pero no sin sentir sus zarpazos: bichos, lancetas, emplastos; un bello batiburrillo de adornos; en fin, ya me he librado de ellos.*

Mientras Zoé luchaba por la causa, habiendo estado a punto de morir por ella, Marie-Caroline, finalmente liberada y enviada con su hija junto a la casa del rey, su hermano, conocía a su esposo en la rada de Palermo.[61] La condesa du Cayla intentó en vano, con múltiples cartas, ablandar al rey de Nápoles. La condesa Lucchesi-Palli no fue recibida en el palacio de sus padres, y aquél rehusó enérgicamente ver a su nuevo cuñado. Éste, sin embargo, se comportaba satisfactoriamente. Chateaubriand afirma que "sus maneras con la princesa, su mujer, son una obra de arte de amabilidad: ni humildes, ni arrogantes, mezcla respetuosa de la autoridad del marido y de la sumisión del súbdito".[62]

En cuanto al Dr. Deneux, que debió acompañar a su paciente, no le gustó Nápoles y se sumió en una profunda tristeza. Buscó en vano visitar una maternidad semejante a la de París. "Me costó hacer comprender al célebre partero —escribe Ménière— que la importancia de esa clase de establecimientos disminuye a medida que uno se acerca al Ecuador."

Durante su permanencia en Italia, Marie-Caroline trató sin éxito de ablandar a Carlos X. A pesar de las reiteradas embajadas de Chateaubriand, Carlos autorizó a su nuera a ver a sus hijos sólo de vez en cuando, le negó toda influencia en su educación y no le devolvió su título ni su apellido. Mme. Lucchesi-Palli había caído en desgracia hasta en ese *faubourg* Saint-Germain cuya heroína e ídolo había sido. Al hablar de la niña nacida en Blaye, Mme. de Chastellux exclamó en medio de un salón:

—¡Figuráos que ella ha tenido la increíble audacia de osar calificar a esa miserable criatura de hija de la Vendée!

Y agregó en voz más baja:

—En cierto sentido tiene razón.

Carlos X y su familia, indeseables en una Inglaterra que tanto debía a Luis Felipe después del asunto belga, fueron a Praga y al viejo castillo del Hradschin en el invierno de 1833. El 13 de septiembre del mismo año, Enrique V festejó, con sus 13 años, su mayoría. La condesa du Cayla, aún convaleciente, no pudo hacer el viaje. Denis Talon y Sosthène de La Rochefoucauld viajaron en vano a Praga, pues el viejo rey, temiendo que el ruido hecho alrededor de ese acontecimiento amenazara de nuevo su exilio, marchó con la familia real a Leoben.

El matrimonio Lucchesi-Palli se instaló en Brünnsee, no lejos de Praga, donde nacerían tres hijas y un hijo. Allí Marie-Caroline habría de vivir olvidada, llevando la vida de una burguesa. De sus seis hijos que vivieron (había traído ocho al mundo), el duque de Burdeos fue el único sin descendencia.

La condesa du Cayla regresó a Saint-Ouen a finales de 1833. Su ausencia había durado tres años.

Antes de abandonar Francia para servir los intereses de la duquesa de Berry, Zoé se había desprendido del palacio de Humières (nunca vivió en lo que fue el último obsequio del rey) y del "pequeño entrepiso" del muelle Borbón. Tuvo una nueva vivienda en el número 40 de la *rue* Saint-Dominique, pero vivió esencialmente en Saint-Ouen. No fue la única en abandonar París. Después de la revolución de 1830, la nobleza del *faubourg* Saint-Germain huyó a los castillos de provincia. Los habitantes del noble *Faubourg*, despidiendo a su personal, renunciando a recepciones, muebles, atuendos y joyas, se retiraron cada uno a su pequeño Aventino. "Me reprocho hasta el pan que como en París", escribe la condesa de Gouvello. Un verdadero asco ganaba a la nobleza legitimista, y ni siquiera Napoleón les había repugnado tanto como Luis Felipe. El uno era un enemigo, el otro un traidor. Bonaparte se había construido un imperio a punta de espada, mientras que Luis Felipe, "al acecho detrás del trono tambaleante", había jugado y ganado al juego del (la explicación se encuentra en muchos periódicos de la época) "sal de ahí para que entre yo". "El verdadero error de Luis Felipe —escribe Chateaubriand— no es haber aceptado la corona (acto de ambición del que hay miles de ejemplos y que sólo ataca a una institución política). Su verdadero delito es haber sido un tutor infiel, haber despojado al niño huérfano, delito contra el cual la Escritura tiene suficientes maldiciones."[63]

A partir de lo cual fue fácil para el escritor, imaginando el proceso de la duquesa de Berry, dirigirse a sus jueces:

> *Estableced doctamente que Caroline-Fernande de Sicilia, viuda de Berry, sobrina de la difunta Marie-Antoinette de Austria, viuda Capeto, es culpable de reclamación hacia un hombre reputado tío y tutor de un huérfano llamado Henri; el cual tío y tutor, según el decir calumnioso de la acusada, sería poseedor de la corona de un pupilo, el cual pupilo pretende indecentemente haber sido rey desde el día de la abdicación del ex Carlos X, y del ex delfín, hasta el día de la elección del rey de los franceses.*[64]

Es sabido cómo reaccionó Luis Felipe ante esta forma de humor.

Como todos los que permanecieron en la oposición o se negaron a servir, Zoé perdió su considerable pensión, así como su sueldo de presidenta del consejo de administración de la manufactura real de los Gobelinos. Muchos se encontraron reducidos a la pensión mínima. El conde Apponyi, embajador de Austria en Francia, anota:

"No hay una sola familia de nuestro conocimiento que no haya tenido muy sensibles pérdidas de fortuna por la supresión de los cargos que desempeñaba. Todas esas bellas damas que vivían en el mayor de los lujos, rodeadas de homenajes y riquezas, ahora apenas tienen con qué vivir". Y cita a la duquesa de Esclignac, "que sólo tiene deudas, hijos y un marido desordenado", a la duquesa de Guiche, "una de nuestras grandes elegantes, rodeada ahora de un montón de pingajos, de inutilidades por las que nadie daría un centavo, trata de vender sus brillantes".

El extraño "suicidio" del duque de Borbón no dio lustre al blasón de Luis Felipe en la opinión del *Faubourg*,[65] como tampoco cierto número de medidas consideradas demagógicas: la supresión de la gran montería, la calificación de Monseñor retirada a los ministros, la iglesia Santa Genoveva de nuevo desafectada y transformada en Panteón, cosa que indignó al protestante Guizot. Finalmente, a pedido del banquero Laffitte, las flores de lis desaparecieron de los escudos de Francia; Casimir Perier gritó en vano que no se sacrificaran sus escudos de armas.

La partida y la ruina de muchos habitantes del *Faubourg* cambiaron el tono de la capital. El diario *La Mode* señala la tristeza de la ciudad de París, privada de una verdadera corte y de la sociedad del *faubourg* Saint-Germain:

> *Los bellos del* Faubourg *se han dispersado. No es que no haya todavía algunos salones abiertos, algunos gabinetes demasiado iluminados donde se admite a los íntimos, pero todo eso no es la sociedad. ¿Qué queréis que contemos de esas recepciones ministeriales donde se amontona, con trajes mal cortados, burdos zapatos y medias de seda negra, una turba de solicitantes? Hablan en voz alta, tienen toda clase de acentos, piden, solicitan, acechando una mirada, una palabra, y el ministro, a medianoche, imagina que ha recibido, ¡que ha tenido una reunión social!*

Los excluidos, es de imaginar, se vengaron en críticas y sarcasmos sobre el gobierno, la familia real y los que los servían. En prosa, en verso, con la pluma y el lápiz y sobre todo en la conversación, fueron despedazados de mil maneras. Cuando Luis Felipe abandonó el Palais-Royal para instalarse en las Tullerías, una caricatura representó al Usurpador, vestido de deshollinador y negro de hollín, mirándose en un espejo del salón de Carlos X, diciendo:

—¡Dios, cómo me he ensuciado para llegar hasta aquí!

El día de la mudanza, madame Adélaïde, hermana del Rey, creyó conveniente ponerse un atuendo tricolor: vestido celeste, canesú blanco y sombrero amaranto. En verdad, no fue apreciada por nadie. Ese día, Apponyi, en pleno suplicio, anota:

> *Jamás el palacio me ha parecido más triste, más sombrío, las salas de los guardias más vacías. Esos salones, antes poblados de chambelanes y de maestros de ceremonia, parecían desiertos; apenas había un criado para abrir las puertas... Nada de flores de lis, nada de escudos de Francia... El Rey llevaba uniforme de guardia nacional.*

Por su parte, Castellane escribe que vio en el ambigú a varios hombres con el sombrero puesto, "para comer más cómodos, entre otros al mariscal Bugeaud, diputado".

Para todas las leales del *Faubourg*, la vida se había detenido a tal punto que, caso muy raro en la Historia, la moda también se paralizó. Las damas dejaron de lado a las modistas y a las proveedoras parisinas, y se contentaron con encargar a costureras campesinas que copiaran indefinidamente los modelos de la Restauración. Tal fue en particular el caso de Zoé:

"Había conservado —nos dice la condesa de Bassanville—[66] "las modas de su juventud: sus vestidos, sombreros, gorros, chales, eran copiados invariablemente según el modelo de los que ella usaba en los buenos años vividos bajo la Restauración".

Quizá la esperanza de detener el paso del tiempo y la necesidad de restringir todos los gastos se unían al deseo de no olvidar, pero los recuerdos estaban en todas partes. En su salón de Saint-Ouen, ante el retrato del rey Luis XVIII, la condesa du Cayla hablaba de los Borbones en el exilio como de familiares cuyo regreso se espera de un momento al otro. No había un salón legitimista donde no se viviera en pensamiento con la familia real. Ésta era visitada periódicamente. En 1835, Denis Talon, refugiado entonces en Italia como numerosos leales, y Sosthène de La Rochefoucauld repitieron la peregrinación. El estado de ánimo del rey y de su entorno, absolutamente resignados, suscitaba la admiración pero no podía engendrar entusiasmo.

> *Había por cierto* —escribe el duque de Doudeauville, padre del vizconde de La Rochefoucauld,[67] *en la actitud altiva y resignada que adoptaban el anciano rey y su familia, dignidad y una cierta grandeza; pero era una dignidad pasiva e inflexible que, manteniéndose fuera de las realidades, pretendía ser superior a ellas sin poder dominarlas, extraña mezcla de esperanzas vagas y de muda obstinación, de fiebre interior y de inmovilidad.*

Al regreso de los viajeros, la condesa du Cayla contó la entrevista a la duquesa de Berry, que le responde en estos términos:

> *31 de diciembre de 1835*
>
> *Os agradezco los detalles que me dais según vuestro señor hermano. Me ha hecho feliz saber que Enrique V le demostró confianza desde el primer momento. Es señal de un sentido muy justo en mi hijo. He respondido a M. Talon para expresarle cuán sensible he sido a sus ofrecimientos de servicio y cuánto placer sería para mí volverlo a ver.*

Desde la aventura de 1832, las dos mujeres se escribían regularmente. Hablaban de salud, de hijos, comuniones solemnes y otras fiestas de familia. La duquesa de Berry llamaba a la condesa "mi querida Zoé" y le aseguraba "toda su amistad". La princesa, que en el pasado replicaba al rey: "Vuestra tercera hija es fea", y la favorita eran ahora amigas.

La muerte del emperador Francisco II y el advenimiento de Fernando I llevó a la familia real a abandonar Praga para ir a Gorizia al noreste de Venecia. El cólera asolaba las provincias que atravesaba Carlos. Éste murió al llegar a Gorizia, el 6 de noviembre de 1836, y fue enterrado en la cripta de los condes de Thurn della Torre. Al saber que su fin estaba próximo, se limitó a decir:

—No creía que esta enfermedad terminara tan rápido.

Chateaubriand comprueba: "Esta raza sabe morir admirablemente".[68] La condesa du Cayla y los legitimistas vistieron luto. Como el gran escritor, Zoé podía decir:

> *¿Dónde están los tres hermanos que vi reinar sucesivamente? Luis XVIII descansa en Saint-Denis con los restos mutilados de Luis XVI; Carlos X acaba de ser sepultado en Gorizia en un ataúd cerrado con tres llaves.*

En 1844 murió, muy santamente, el duque de Angulema. Su esposa pasó sus últimos años en medio de las oraciones y penitencias más austeras. Todos los lunes, día conmemorativo de la muerte de su padre, abría las puertas de un retablo donde estaba colgada la camisa ensangrentada del mártir, y permanecía horas en oración, prosternada ante la reliquia. Murió en 1851. De la familia que Zoé había conocido en las Tullerías sólo quedaba un joven pálido y cortés. Se había casado con una princesa bastante oscura y muy fea que no le dio hijos.

La revolución de 1848 no fue acogida por el *faubourg* Saint-Germain con la repugnancia con que había rechazado el reinado de Luis Felipe. El principio del sufragio universal era una antigua idea legitimista. Así pues la República surgida de ese sufragio fue mejor aceptada que la monarquía de julio, sin duda con la reserva mental de que la antigua dinastía podía ser restaurada por ese medio.

El castillo de Saint-Ouen fue invadido durante las jornadas revolucionarias de febrero de 1848. La valiente actitud del alcalde de Saint-Ouen impidió el pillaje y el incendio. Zoé le agradeció obsequiándole una copa de mármol. El 1 de marzo de 1848, Luis Felipe —así son las cosas en este mundo— subía a bordo del *Express,* que lo condujo a Inglaterra, la que se había hecho especialista en acoger a los príncipes de Francia. Después de Luis XVIII, Carlos X y Luis Felipe, habría de recibir a Napoleón III (sin hablar de Napoleón I, fallecido en territorio británico).

A su regreso del exilio, y después de haber perdido su pensión y su sueldo, Zoé pasó por graves dificultades financieras. No podía esperar más ingresos que los beneficios de sus tierras de Benon, pero la querida campiña se había convertido, desde los últimos años de la Restauración, en una fuente inagotable de problemas. El veterinario Le Roy, calurosamente recomendado por Talon, que había apreciado sus servicios cuando trabajaba con los caballos de los lanceros de la guardia, se había convertido en un verdadero —y detestable— administrador. Empezó arruinando el ganado. Privó de su forraje habitual a los gordos carneros de Abisinia, a los magníficos merinos y a las dulces ovejas confiadas por Sosthène de La Rochefoucauld, y los envió a pacer al bosque, "donde murieron de hambre y de miseria".[69] Al mismo tiempo, logró hacerse odiar por todas las comunas de los alrededores privándolas bruscamente de su derecho de uso y pastoreo. Siguió un proceso, el primero de una serie que no terminó hasta 1882. Durante más de 50 años se debatió para saber si las comunas tenían el derecho de montanera, de pastoreo de los cerdos, "de cortar la hierba crecida". Se discutió si el derecho comunal de caza aludía a animales salvajes o a pequeñas aves, y finalmente se decidió que se trataba del derecho a tender redes para atrapar chochas (y se indicaba, con precisión, no agachadizas). Se debatió igualmente para saber si los habitantes tenían derecho a recoger avellanas: "Cuanto más extraordinario es el derecho de recoger avellanas, más se necesita establecerlo claramente", tronó el fiscal. Para fijar esos derechos, y muchos otros, hubo que remontarse al año 1301 (ni uno menos), se habló mucho, por razones bastante oscuras, de Carlos V, y se llenaron los tribunales de La Rochelle y de Limoges. No se descarta que la hija de Omer Talon haya experimentado a veces, entre acusación y defensa, una pequeña satisfacción.

En cuanto al señor Le Roy, origen de todos esos contratiempos, estaba "colérico, violento e iracundo" y tenía la muy desagradable costumbre de responder a quienes lo contradecían:

—Si discutís, os haré saltar la tapa de los sesos.

Aparte de esos modales, que chocaban mucho más en la campiña francesa que en las caballerizas del rey, sostenía "que los campesinos de Benon eran animales y que él haría desbrozar todo el bosque sin que ellos se dieran cuenta", lo que hizo en cinco hectáreas. Los campesinos hicieron levantar un acta y siguieron enviando sus animales a pacer en el bosque. Se encontró al desgraciado —e inocente— ganado herido, arañado y mutilado, lo que dio lugar a un nuevo proceso, llamado "de los encargados del ganado", del cual Le Roy, a falta de pruebas, salió indemne. A su regreso del exilio, Zoé comprendió qué clase de lobo había dejado entrar en el redil y lo despidió. Su yerno, Edmond de Beauvau, trató de poner algo de orden en Benon, pero no fue mucho más hábil, pues abofeteó a un guardabosque que se negaba a retractarse de su declaración contra Le Roy y —¡además!— no se descubría en su presencia.

—Príncipe mío, yo os respeto —respondió el guardabosque dignamente—, pero no conocéis al hombre a quien golpeáis.

Ello dio lugar a un vuelo lírico del fiscal durante el proceso:

—Permitid que os diga, señor príncipe, qué peligro habéis corrido vengándoos así, hoy que nuestros campos están erizados de soldados convertidos en labradores, y que a menudo un simple sayal oculta nobles cicatrices de un héroe de Austerlitz o del Trocadero.

Ante tantas catástrofes, Zoé decidió arreglárselas sola e intentó a su vez un proceso contra la comuna de Courçon, que había aprovechado el desorden para enajenar lisa y llanamente el usufructo de toda la zona llamada "de las Marismas", y deseaba que se la dejaran en plena propiedad. Encontraron a quién hablar. En el momento de su muerte, la condesa du Cayla aguardaba todavía el fallo del caso "de las Marismas".

A pesar de los problemas de dinero, ahora bien reales, Zoé rehusó siempre deshacerse de Saint-Ouen, el regalo que el rey le había dejado. Vivió pues llena de deudas. Sus sinsabores aumentaron por la dureza de Valentine, que reclamaba despiadadamente la renta prevista en su dote, sin permitir ninguna demora. Las disputas con su hija envenenaron el final de la vida de la condesa du Cayla.

> *Mi hija no puede quejarse* —escribe en su último testamento,[70] *tendrá de mi parte más del doble de la fortuna que yo recibí de mis padres. Si no me hubiese perseguido tanto y estrujado el corazón en todo sentido, le habría dejado más aún, pero, para librarme de sus oficiales de justicia, tuve que pedir prestado, pagar gastos inútiles, mientras que un poco de paciencia lo habría arreglado todo. No me faltaba*

buena voluntad, pero vos lo sabéis: yo no tenía nada y necesitaba un tiempo que ella siempre me negó.

Esto habla a las claras de las relaciones entre ambas mujeres, tanto más por cuanto en ese testamento el deseo de la condesa du Cayla era hacer pasar su fortuna directamente a su nieto Louis de Beauvau, ejercicio ya practicado, es verdad, en la familia. ¿Qué cuentas verdaderas se saldaron entonces? Valentine había tenido una madre atenta y amante, pero era también hija de padres separados y, puesto que los sentimientos edípicos son anteriores a los descubrimientos de Freud, pudo haber tomado partido por su padre, más fácilmente aún ya que casi no vivió con él. Su madre, además, había tenido relaciones antes de convertirse en la favorita, muy burlada, del rey, y la niña, luego la adolescente, debió de soportar su carga de amargura o de vergüenza. Hay que añadir que Valentine era la hermana mayor de un hermano más sensible y más afectuoso al que su madre prefirió secretamente, y que además ella era la hija, sin ninguna belleza, de una madre encantadora. Una sola de esas razones habría bastado para abrir heridas incurables.

Zoé no fue nunca mujer de dejarse vencer por las dificultades, por grandes que éstas fueran. A esta altura de su vida encontramos en ella, a falta del gusto de la felicidad —éste no suele recuperarse tan fácilmente—, algo que se parece a buscar la felicidad. Durante su periplo europeo, había hecho amigos. Decidió viajar. Una carta de la duquesa de Berry la felicita por ello:

"Os veré con placer salir de vuestra soledad y recomenzar vuestra vida mundana con un viaje a Alemania".

En el transcurso de ese viaje, Zoé pasó por Arenenberg para encontrarse con Hortense, a la que había vuelto a ver en Londres en 1831. La reina había perdido a su segundo hijo en 1837. El príncipe Napoleón murió en Forli al participar con su hermano menor, Louis, en la insurrección de las Romañas. A su madre se le dijo que había muerto de rubéola y ella lo creyó. En realidad, el joven príncipe fue asesinado por sus amigos, los Carbonari, que lo habían puesto a su cabeza, porque se negó a marchar sobre Roma ya que el Papa había dado asilo a su familia.

Hortense había hecho de Arenenberg un retiro armonioso y apacible. Ambas recordaron a Eugène, a Mme. Campan, a sus hijos...

Una y otra —de ninguna manera viejas todavía— alcanzaban la edad en que se tiene más amores en el otro mundo que en éste.

Zoé prosiguió viaje a Italia para ver a su hermano. A invitación de la duquesa de Berry, fue a Venecia, donde ésta la visitó.

De regreso en Saint-Ouen, Zoé reencontró la vida de sociedad. Mme. de Bassanville la pinta todavía encantadora:[71]

> *Se trata de la señora condesa du Cayla: amable y graciosa mujer que hasta los últimos años de su vida conservó la alegría más encantadora y la más tocante caridad. Con esas felices cualidades, la señora condesa du Cayla supo conservar también muchos restos de su belleza. [...]*
>
> *La señora du Cayla no sólo recibía en París, además daba fiestas campestres en su deliciosa morada de Saint-Ouen. Se bailaba en el parque, que entonces adquiría el aspecto de una feria de pueblo; había juegos y tenderetes de toda clase. Uno de los placeres de la condesa era vestirse ese día de campesina a fin de hacer los honores a sus huéspedes. Toda la aristocracia del* faubourg *Saint-Germain le era siempre fiel. Entre sus más íntimos amigos figuraban en primer lugar los La Rochefoucauld y los Praslin. La joven e infortunada duquesa sobre todo la amaba como a una madre.*

El vizconde de La Rochefoucauld seguía siendo el incomparable amigo. En 1833, poco después de su detención, murió la dulce Élisa. Quizás esperó él a Zoé, pero el conde du Cayla estaba vivo. En 1840, Sosthène volvió a casarse con Henriette de La Brousse de Verteilhac, viuda del conde de Borbón-Conti. Ella aportó como dote una soberbia mansión que se convirtió en el palacio La Rochefoucauld-Doudeauville.

Sosthène siempre había necesitado grandes combates. Bajo la sonrisa indulgente de Zoé, se arrojó de cabeza en el caso Naundorff. En 1833 la duquesa de Angulema encargó al vizconde informarse sobre el personaje. Sosthène escribió a Martin, el campesino de Gallardon, quien le afirmó que el que pretendía ser Luis XVII era el hombre que se le había aparecido en sus visiones. En Gratz, Sosthène, entusiasmado y febril, trató en vano de convencer a la duquesa de Angulema de ir a ver a quien pretendía ser su hermano. En 1834 murió Martin, y las fantasías de Naundorff terminaron por sembrar la duda en la mente del vizconde, que dejó de defenderlo.

Con los La Rochefoucauld, Mme. de Bassanville evoca a "la joven e infortunada" duquesa de Praslin, que amaba a Zoé como a una madre.

Infortunada es el término que conviene, y hasta parece débil, aunque Fanny Sebastiani haya sido una de las más ricas herederas de Francia. El general Sebastiani (el mismo por quien Félicité Savary había abandonado a Napoleón), del que era la única hija, había rechazado para ella al hijo del duque de Fitz-James y la casó con el marqués de Praslin, futuro duque de Choiseul-Praslin. Después de perder a su madre a edad temprana, idolatrada por un padre que la había consentido, la joven era frágil, nerviosa y absolutamente excesiva. Nueve embarazos sucesivos la agotaron y concibió unos celos enfermizos por un marido que, a pesar de una fealdad poco común, le daba sobradas razones para ellos. Confiada en la condesa du Cayla —Fanny tenía la edad de Valentine—, la joven tomó la costumbre de abrirle su corazón. Lo que Zoé escuchaba no dejaba de preocuparla. El duque de Praslin separaba poco a poco a la duquesa de sus hijas, teniéndola recluida en su castillo de Vaudreuil, luego en el de Vaux-le-Vicomte. Cuando, para dirigir su casa y la educación de sus hijas, él le impuso a su amante como gobernanta, Zoé le aconsejó dignidad y resistencia, pero Fanny, poseída de impulsos místicos y de crisis de desesperación, sólo conocía los gritos y las lágrimas. Ambas mujeres se amaban sin poder comprenderse. La condesa era una naturaleza fuerte que siempre supo sacar provecho de los acontecimientos —buenos o malos— de su vida; en cambio la joven duquesa tenía pasta de víctima. Cuando el duque se marchó en un viaje a Córcega en compañía de sus hijas y de su amante, y cuando a su regreso redactó un "reglamento" que prohibía a las niñas ver a su madre como no fuera en su presencia, Zoé comenzó a hablar prudentemente de separación. Sabía que el duque de Choiseul-Praslin no renunciaría fácilmente a la dote de su mujer. Pero Fanny deseaba todavía arrebatar el esposo infiel a su amante. Hasta se rebajó a suplicar a ésta que se marchara.

El 17 de agosto de 1847 a la madrugada, unos campanillazos alarmantes, gritos y gemidos despertaron al palacio de Praslin. Llegaban desde la habitación de la duquesa, todas cuyas salidas estaban cerradas. La joven estaba muerta, atravesada por más de 30 puñaladas en la habitación manchada de sangre. El duque de Praslin comenzó mostrándose altanero con la policía. Fue detenido y se envenenó en su prisión del Luxemburgo. La gobernanta, ciertamente cómplice, fue dejada en libertad. Se marchó a América, donde se convirtió en la respetada esposa de un digno pastor.

Zoé lloró el trágico fin de Fanny y el drama que ella no había podido evitar. Dolorida, se recuperó muy mal de ese duelo. La condesa du Cayla entraba en lo que ella llama "los años friolentos". Desde hacía bastante tiempo, tal vez desde 1844, fecha en la cual redactó su primer testamento, padecía una enfermedad de la laringe cuya naturaleza, cáncer o tuberculosis, se ignora. A comienzos de 1850 redactó por tercera y última vez su testamento.[72]

> *Henos aquí el 12 de enero de 1850, los años friolentos, y es la tercera vez que escribo, señor, mis instrucciones para vos, creyendo siempre que el año venidero traerá una mejoría en mi posición y que podré dejaros menos problemas.*

Este texto, escrito al correr de la pluma, con más espontaneidad que sentido jurídico, está dirigido al notario que la condesa du Cayla nombró su ejecutor testamentario.

El primer legado de Zoé concernía... al antiguo conserje de las Tullerías. Vienen luego dos doncellas que "conociendo mi situación no han cobrado lo que les debo". La condesa les cede también todo su guardarropa, tomando esta precaución:

"Haced observar a mi hija que sólo tengo cosas viejas. Que mis chales y mis encajes tienen 30 o 40 años. Si ella exige que se subasten, tened a bien hacerlos tasar, y le pagaréis la mitad".

La relación entre la condesa y Valentine no había mejorado; en la apertura del testamento, esta última iba a dar pruebas lamentablemente de la mentalidad de dependiente de tendero que su madre suponía en ella.

Luego venía lo esencial:

"Pienso que a mi deceso pondréis mis bienes en venta. Si la mitad de mi fortuna no es absorbida por las deudas y los legados, la dividiréis en dos partes: una para mi nieto".

La condesa deseaba pues que el grueso de su herencia fuera, no a Valentine, sino directamente a su hijo, Louis de Beauvau. Así había procedido en otros tiempos la condesa Suzanne du Cayla y su padre el marqués de Jaucourt...

En cuanto a la segunda parte:

"Con la otra parte, rescataréis el retrato de Corinne para obsequiárselo al señor marqués Christian de Nicolaï, que espero tenga a bien aceptarlo como recuerdo mío".

El resto era una mitad para las Hermanas de la Caridad, la otra para la comuna de Benon, debiendo disponer el cura de ese legado para los pobres.

La última disposición del testamento de la condesa du Cayla es la más conocida:

> *Si a mi muerte se ha ganado el proceso de las Marismas, os ruego señor recuperar Saint-Ouen y ofrecerlo al rey de Francia, Enrique V, con mi homenaje y mi fidelidad. Si Su Majestad lo rehusara, donadlo a la ciudad de París, con la condición de conservarlo en recuerdo del rey Luis XVIII, de noble, sabia y gran memoria. He sufrido mucho para conservarlo como se lo prometí a Su Majestad, pero una fuerza mayor hace que después de mí yo no pueda disponer del destino de Saint-Ouen, salvo que gane el proceso de las Marismas que me ocupa en este momento.*

Al ofrecer su castillo, en caso de rechazo del conde de Chambord, no a su nieto sino a la ciudad de París (a condición de que ésta honrara en él la memoria de Luis XVIII), la condesa du Cayla señalaba hasta qué punto Saint Ouen, antes de ser su propia casa, era para ella el santuario del pensamiento y de la obra de ese rey. Un último legado en favor de Enrique V se mencionaba al final del testamento:

"He olvidado deciros que entreguéis al rey, *mi rey*, la llave del castillo de Pau, única joya de valor para el rey Luis XVIII, que me la dio en una circunstancia muy honrosa para mí".

Y Zoé prosigue esta asombrosa conversación:

"Estoy aquí escribiéndoos como si os hablara y a medida que pienso, por eso no os asombréis si todo no se ordena con método..."

¡En efecto! Ese testamento deshilvanado y un tanto complicado no es el de una Talon, sino el de una mujer muy cansada, con dolor en su corazón y en su cuerpo. ¿Qué encontramos allí al fin de cuentas? El dolor causado por el distanciamiento de Valentine, la imagen siempre presente, después de más de 40 años, de Christian de Nicolaï y una fidelidad irreductible al recuerdo de Luis XVIII y de los Borbones. Desde luego Zoé —no habría sido ella sin eso— no olvidaba a sus amigos:

> *En las aflicciones que me aquejaron, encontré a mi alrededor amigos como hay pocos. Pienso en ellos, en todos los que tuvieron a bien amarme; les digo adiós y les pido que recen por mí.*

Y también:

> *Creed que perdono de todo corazón a los que me afligieron, como pido a Dios que perdone todos mis pecados según la grandeza de Su Misericordia. [...]*
>
> *Moriré tranquila, señor, teniendo vuestra palabra y contando con ella enteramente. No olvidéis a los pobres en mi pobre entierro.*

Pobre entierro sin duda el de una madre cuyo hijo estaba muerto, su hija distanciada, y la mayoría de cuyos amigos habían desaparecido.

Los asuntos de la condesa du Cayla estaban ahora en orden, pero aún no llegaba la hora. El año siguiente murió el conde Achille du Cayla. Se extinguió el 14 de agosto de 1851 en su casa de Garches. ¿Asistió Zoé a las exequias de quien había sido —ante Dios, pues estaban separados ante los hombres— su esposo durante cerca de 50 años? Valentine y su marido fueron los únicos que participaron su deceso:

> *Proveniente de la antigua casa de Baschi-Farnesio que habitaba en Italia en el siglo* XI, *era su único descendiente. Se os ruega por lo tanto no olvidarlo en vuestras oraciones.*

Así dice la participación.

El último testimonio que poseemos sobre la condesa du Cayla nos lo da la condesa de Bassanville. Ella la pinta contando todavía para sus amigos una de esas historias extrañas que tanto agradaban en el siglo XIX, después de que Chateaubriand lanzara la moda de los espectros y los aparecidos:

> *Era un día de otoño. Algunas personas estaban reunidas con la condesa en el pequeño pabellón que da al camino principal en el fondo del parque;*[73] *el tiempo era gris y triste; el rumor lúgubre de las hojas secas agitadas por el viento sobre el suelo, el crujido de las ramas desnudas, impresionaban dolorosamente el alma. También la conversación de esas damas se adaptaba a la disposición en que se encontraban. Poco a poco, tal vez para agradar a la dueña de casa, se pusieron sobre el tapete las historias fantásticas, y madame du Cayla, que se decía vinculada por su familia con la de los Mortemart,*[74] *les contó el origen extraño de ese apellido.*

Sigue una historia de la época de las Cruzadas. En ella aparecía el conde de La Meilleraye, enloquecido de dolor por la muerte de su joven mujer al dar a luz, huyendo por la llanura donde un hombrecillo negro le ofreció muy oportunamente sus servicios. Un elixir resucitó a la condesa pero, "de buena y piadosa que era antes se volvió amargada y atea". La cuestión no despertó las sospechas de nadie (aunque eran raras en esa época las condesas ateas), hasta que una noche, después de que una anciana gritara "¡Jesús Santo!", todos se sorprendieron al ver desplomarse a la condesa. El diablo acababa de abandonar el cuerpo que habitaba.

"A partir de ese día se llamó a los hijos del señor de La Meilleraye, los jóvenes Morte-Mère (madre muerta), lo que, por deformación y con el tiempo, se transformó en Mortemart", explicaba Zoé.

La muerte encontró a la condesa du Cayla en su domicilio de la *rue* Saint-Dominique, el viernes 19 de marzo de 1852. Tenía 68 años. Había nacido en los días en que la antigua realeza se encenagaba en el sórdido asunto del Collar. Moría el año en que Napoleón III, el hijo de Hortense, subía al trono. Sin duda, como muchas personas de su generación, tuvo la impresión de haber vivido mucho tiempo.

"Quiero ser enterrada lo más sencillamente posible, y en el lugar donde me encuentre la muerte —había escrito Zoé en su último testamento—. Hubiera deseado estar cerca de la tumba de mi hijo, pero es imposible; él está en el monte Valérien, que ha sido amurallado... Su ternura y sus virtudes fueron la Felicidad de mi vida."

La condesa du Cayla fue sepultada en el cementerio de Saint-Ouen. Su tumba, una losa de piedra gris rodeada de una pequeña verja, se encuentra allí todavía. La última favorita reposa cerca de Saint-Denis, no lejos del rey que la amó.

El testamento de Zoé-Victoire Talon, condesa du Cayla, fue abierto un mes después de su muerte en presencia de "madame la princesa de Craon, hábil en decirse y presentarse como única heredera de madame Zoé-Victoire Talon".

Louis, como hijo prudente, esperó pues su turno, turno que nunca llegó ya que murió en circunstancias trágicas, sin duda víctima de un espiritista, en 1862.

Según confesión de Valentine, la fortuna de su madre fue estimada "entre dos millones y dos millones quinientos mil francos de activo, de los cuales hay que extraer un millón treinta y nueve francos de deudas".[75]

Valentine, como una verdadera Talon, habría de discutir cada artículo del testamento materno:

> *Mi madre legó a sus criados*, escribe ella, *diversas sumas que forman un total de ciento veinticinco mil francos. No se ha demostrado completamente que ésas sean sumas módicas protegidas por la tolerancia de la ley, pero, en fin, no quiero discutir la generosidad de mi madre. Yo, personalmente, tengo quejas de todos esos criados, pero ellos pretenden haberle rodeado de sus cuidados, sus servicios, haberla seguido en la emigración y en el exilio. ¡Muy bien! ¡Concedido! ¡Vaya por los ciento veinticinco mil francos!*

La buena voluntad de la heredera, como sabemos, tocaba a su fin:

> *Pero en cuanto al dominio de Saint-Ouen, en cuanto a las pretensiones de la ciudad de París, yo sostengo* mordicus *(perdón por este latín de cocina), sostengo que*

mi madre se había atado las manos y que por mi contrato de boda le estaba prohibida para siempre cualquier liberalidad de ese tipo.

Lo que no era exacto. El contrato de boda de Valentine especificaba, por el contrario, que Saint-Ouen, retirado de su parte de la herencia, correspondería por entero a Ugolin, pero sucedió que éste había muerto y Enrique V rehusaba mediante una carta cortés una "liberalidad" que sólo le habría traído problemas. La ciudad de París fue menos desinteresada y reclamó el castillo. Valentine inició un proceso. El 10 de enero de 1855, el tribunal dictaminó en su favor.

La princesa de Beauvau no habría de habitar esa morada ganada con tanta lucha. La mayoría de los muebles y de los cuadros que la decoraban fueron transportados al castillo de Haroué.

En uno de los salones del castillo de los príncipes de Beauvau, se encuentra en la actualidad el mobiliario del salón de Saint-Ouen, así como los grandes retratos pintados por Gérard. Luis XVIII está sentado en su gabinete de trabajo ante la mesa de madera blanca de Mitau. Con la mano apoyada sobre el brazo de su sillón, parece esperar, listo para recibirla, a aquella cuya llegada acechaba cada día.

En la pared vecina, la condesa du Cayla, vestida de satén blanco, está sentada entre sus hijos. Su sonrisa graciosa acoge al visitante como acogía en otros tiempos a los del muelle de Borbón o del castillo de Saint-Ouen. Sin duda, podemos leer en ella un secreto triunfo. En medio de las dificultades que jalonaron su vida, la hija de Omer Talon había sido feliz. Le había ocurrido también algo extraño y prodigioso. Había sido amada por el rey.

Bibliografía

FUENTES NO PUBLICADAS

Archivos de los príncipes de Beauvau (Castillo de Haroué)

Cartas dirigidas por la duquesa de Berry a la condesa du Cayla.
Inventario de sucesión del castillo de Saint-Ouen.
Testamento de la condesa du Cayla del 12 de enero de 1852.

Biblioteca Nacional de Francia

Registro de correspondencia de Mme. du Cayla.
Departamento de manuscritos. Nota NAF 4760.
Minutario central — Documentos del estudio del notario Leroy, Estudio XVII n. 1171.

Ayuntamiento de Benon (Charente-Maritime)

Historia de Benon de M. Bonneau.

FUENTES PUBLICADAS

Biografías de la condesa du Cayla

E. PERRET, *La Comtesse du Cayla d'après des documents inédits,* París, ed. Émile-Paul Frères, 1937.

JOSEPH TURQUAN, *Les Favorites de Louis XVIII*, París, Montgrédien, 1899.

Obras generales sobre Luis XVIII y la Restauración

PIERRE DE LA GORCE, *La Restauration - Louis XVIII,* París, Plon, 1926.

J. LUCAS-DUBRETON, *La Restauration et la Monarchie de Juillet*, París, Plon, 1926.

—, *Louis XVIII, le prince errant, le Roi,* París, Albin-Michel, 1952.

PHILIP MANSEL, *Louis XVIII,* Pygmalion, 1982.

MICHEL PONIATOWSKI, *Louis XVIII et Louis-Philippe*, Perrin, 1980.

MARQUIS DE ROUX, *La Restauration*, Arthème Fayard, 1930.

JEAN THIRY, *La Première Restauration*, Berger-Levrault, 1941.

A. DE VAULABELLE, *Histoire des deux Restaurations,* Beaujeu, 1858.

Obras generales sobre la nobleza de fines del siglo XVIII *y de la primera mitad del siglo* XIX

JULES BERTAUT, *Le Faubourg Saint-Germain sous l'Empire et la Restauration*, París, Tallandier, 1949.

CAPEFIGUE, *La comtesse du Cayla, Louis XVIII et le Faubourg Saint-Germain*, París, Amyot, 1866.

H. CARRÉ, *La Noblesse française et l'opinion publique au XVIIIe siècle,* París, Librairie H. Champion, 1920.

J. TULARD, *Napoléon et la noblesse d'Empire*, Tallandier, 1979.

Memorias

La obra de los memorialistas concerniente a la época que nos interesa es considerable, sobre todo para la primera parte del siglo XIX. Hay que destacar dos obras: las *Mémoires* de Sosthène de La Rochefoucauld, en virtud de los vínculos entre el autor y la condesa du Cayla y porque esas Memorias contienen parte de la correspondencia intercambiada entre los dos protagonistas, y las *Mémoires d'une femme de qualité,* puesto que estas pseudomemorias se inspiran (muy libremente) en la vida de Zoé du Cayla.

Mémoires de M. de La Rochefoucauld, duc de Doudeauville, París, Lévy, 1861-1864, 15 vols.

T. VI: La Restauración.

T. VII: Resumen retrospectivo dirigido a Mme. la condesa du Cayla. Cartas de Mme. du Cayla al vizconde de La Rochefoucauld.

T. VIII: Cartas del vizconde de La Rochefoucauld a la condesa du Cayla.

Mémoires et Souvenirs d'une femme de qualité sur le Consulat et l'Empire, ed. presentada y anotada por Ghislain de Diesbach, Mercure de France, 1966.

Mémoires d'une femme de qualité sur Louis XVIII, sa cour et son règne, París, Mame et Delaunay, 1829, 6 vols.

Según Ghislain de Diesbach, cuya opinión sienta autoridad en la materia: "Si las *Mémoires d'une femme de qualité sur Louis XVIII, sa cour et son règne* han sido escritas por Étienne-Léon de Lamothe-Langon, Damas, Hinard, Malitourne y Max de Villemarest, parecería que las *Mémoires sur le Consulat et l'Empire* se deben a la sola pluma del barón de Lamothe-Langon". Que nos sea permitido agregar que ese jurista languedociano tenía mucho ingenio.

Mémoires de Mme. la duchesse d'Abrantès, París, Mame et Delaunay, 1833, 12 vols.

Histoire des salons de París (por la duquesa de Abrantes), París, Ladvocat, 1838, 6 vols.

Mémoires de Mlle Avrillion, première femme de chambre de l'impératrice, sur la vie privée de Joséphine, sa famille et sa cour, ed. presentada y anotada por Maurice Dernelle, Mercure de France, 1986 (esta obra proporciona importante información sobre la familia de Condé y la corte de Chantilly).

Les Salons de Mme. la comtesse de Bassanville, souvenirs intimes, París, Brunet, 1862.

Mémoires de la comtesse de Boigne, née d'Osmond, ed. presentada y anotada por J. C. Berchet, Mercure de France, 1979, 2 vols.

CHARLES BRIFAUT, *Souvenirs d'un académicien sur la Révolution, le Premier Empire et la Restauration*, París, Albin Michel, 1921.

DUQUE DE BROGLIE, *Souvenirs (1785-1870)*, París, Calmann-Lévy, 1886.

Mémoires de Mme. Campan, ed. presentada por Jean Chalon, Mercure de France, 1989.

Journal anecdotique de Mme. Campan ou Souvenirs recueillis dans ses entretiens, por M. Maigne, París, Baudoin frères, 1824.

Correspondance inédite de Mme. Campan avec la reine Hortense, publicada con notas por J. Buchon, París, A. Levasseur, 1835.

MARISCAL DE CASTELLANE, *Journal (1804-1862)*, París, Plon, 1895-1897.

MME. DE CHASTENAY, *Mémoires (1771-1825)*, publicadas por Alphonse Roserot, París, Plon, 1897, reedición Perrin (1988), con introducción y notas de Guy Chaussinand-Nogaret.

Chateaubriand, *Mémoires d'outre-tombe*, texto de la edición original, 1849, Livre de poche, 3 vols.

Mlle. Cochelet, *Mémoires sur la reine Hortense et la famille impériale*, París, Ladvocat, 1842, 4 vols.

Mémoires du baron de Damas, publicadas por su nieto, el conde de Damas, Plon, 1922.

Mémoires de l'abbé Edgeworth, Londres, 1815.

Marqués de Eyrargues, *Mémoires pour mon fils*, Falaise, 1875. (Esta obra es rica en informaciones sobre el papel que la condesa du Cayla desempeñó en Holanda durante la expedición de la duquesa de Berry.)

Souvenirs du baron de Frénilly, publicados por A. Chuquet, Plon, 1909, reedición Perrin, 1987, introducción y notas de Frédéric d'Agay.

Duquesa de Gontaut, *Mémoires (1773-1836)*, París, Plon, 1904.

Barón de Haussez, *Mémoires*, París, Calmann-Lévy, 1897.

Mémoires de la reine Hortense, publicadas por el príncipe Napoleón, notas de J. Hanoteau, París, Plon, 1927.

Barón Hyde de Neuville, *Mémoires*, París, Plon, 1888-1892, 3 vols.

Mémoires de M. l'abbé Liautard, precedidas de un ensayo biográfico sobre el autor, por el abate A. Denys, París, Léautey, 1844.

Duquesa de Maillé, *Souvenirs des deux Restaurations*, Diario inédito presentado por Xavier de La Fournière, Perrin, 1984.

Mariscal Marmont, duque de Ragusa, *Mémoires de 1792 à 1841*, París, Perrotin, 1857.

Journal du Dr. P. Ménière, la captivité de Mme. la duchesse de Berry à Blaye, París, Calmann-Lévy, 1882.

Conde de Montgaillard, *Souvenirs*, París, Crété, 1895.

Canciller Pasquier, *Histoire de mon temps*, Memorias publicadas por el duque de Audiffret-Pasquier, París, Plon, 1893-1895, 6 vols.

Souvenirs du lieutenant-général, vicomte de Reiset (1824-1836), París, Calmann-Lévy, 1902.

Mémoires de Mme. de Rémusat (1802-1808), París, Calmann-Lévy, 1880, 3 vols.

General Conde de Saint-Chamans, *Mémoires (1802-1832)*, París, Plon, 1896.

Baronesa de Staël, *Considérations sur les principaux événements de la Révolution*, París, Delaunay, 1818, 3 vols.

Journal de Viennet, pair de France (1827-1848), París, Amyot-Dumont, 1955.

CONDE DE VILLÈLE, *Mémoires et correspondance*, París, Perrin, 1888. 5 vols.
Mémoires du baron de Vitrolles, París, 1884.

Biografías

Clasificadas por tema

Duquesa de Abrantes
JULES BERTAUT, *La Duchesse d'Abrantès*, Flammarion, 1949.
R. CHANTEMESSE, *Le roman inconnu de la duchesse d'Abrantès*, Plon, 1927

Barón de Batz
BARÓN DE R. DE BATZ, *Les conspirations et la fin de Jean, baron de Batz — 1793-1822*, París, Calmann-Lévy, 1911. (Este libro, bastante extraordinario desde más de un punto de vista, es obra de un homónimo del famoso —y misterioso— barón de Batz.)
MARINA GREY, *Le baron de Batz*, París, Perrin, 1991.
G. LENÔTRE, *Le baron de Batz — 1792-1795*, París, Perrin, 1916.

Duquesa de Berry
HUGUES DE CHANGY, *Le Soulèvement de la duchesse de Berry. Les royalistes dans la tourmente*, París, Albatros, 1986.
ÉTIENNE DEJEAN, *La duchesse de Berry et les monarchies européennes (août 1830- déc. 1833)*, París, Plon, 1913.
IMBERT DE SAINT-CHAMANS, *Les dernières années de la duchesse de Berry*, París, ed. Dentu et Cie.

Carlos X
PIERRE DE LA GORCE, *Charles X*, Plon, 1928.

Príncipes de Condé
CRÉTINEAU-JOLY, *Histoire des trois derniers princes de la maison de Condé*, París, Amyot, 1857.

Padre Eliseo
Histoire des sciences médicales, 1980, T. XIV, *Le Père Élisée, premier chirurgien de Louis XVIII.*

Marqués de Favras
Edmond Cleray, *L'Affaire Favras*, París, ed. du Portique, 1932.
Bertrand de Fraguier, "Un drame policier: La Fayette et le mystère Favras", *Revue de Paris*, nº I, 1969.
Marcel Lecoq, *La conspiration du marquis de Favras, 1789-1790*, París, Folliguet et Riguot, 1955.

Reina Hortensia
Françoise de Bernardy, *La Reine Hortense*, París, Perrin, 1968.
Françoise Wagener, *La Reine Hortense*, París, J.-C. Lattès, 1992.

Sosthène de La Rochefoucauld
Solange Fasquelle, *Les La Rochefoucauld. Une famille dans l'histoire de France*, Perrin, 1992.

Luis XVII
Philippe Conrad, *L'énigme du roi perdu*, ed. du May, 1988.
Bernard Devismes, *Le secret de Luis XVIII*, Hartmann, 1934.

Martín, el visionario
G. Lenôtre, *Martin le Visionnaire 1816-1834*, París, Perrin, 1924.
Louis Silvy, *Rélation concernant les événements qui sont arrivés à un laboureur de Beauce dans les premiers mois de 1816*, Londres, 1817.

Ouvrard
Arthur Lévy, *Un grand profiteur de guerre, G. J. Ouvrard*, Calmann-Lévy, 1929.
Maurice Payard, *Le financier G. J. Ouvrard 1770-1846*, Reims, 1958.

Duque de Richelieu
J. Fouques Duparc, *Le troisième Richelieu.*
E. de Waresquiel, *Le duc de Richelieu*, Perrin, 1990.

Savary
Bernardine Melchior-Bonnet, *Savary, duc de Rovigo*, París, Perrin, 1962.

Mme. de Staël
Guislain de Diesbach, *Madame de Staël*, París, Perrin, 1983.

Talleyrand
JEAN ORIEUX, *Talleyrand*, París, Flammarion, 1970.
ANDRÉ CASTELOT, *Talleyrand,* Perrin, 1980.

Documentos y obras
concernientes a las familias de Baschi du Cayla y Talon

HENRI JOUGLA DE MORENAS, *Grand Armorial de France*, París, Frankelve et Berger-Levrault, 1975.
A. RÉVÉREND, *Titres, annoblissements et pairs de la Restauration*, París, Champion, 1901.
Observations de M. Achille du Cayla, París, imp. Bailleul, 1821 (Biblioteca Nacional, Depto. de Imprenta).
Sollicitation d'Omer Talon sous le Consulat (A.N.)

Obras concernientes a los lugares donde vivió
la condesa du Cayla

Chantilly
A. SOREL, *Le château de Chantilly pendant la Révolution*, París, Hachette, 1872.

Le Boullay-Thierry
J.-P. DELAUNAY, *Nogent-le-Roi et son canton*, ed. Jean Grassin, 1984.

Las Tullerías
YVON CHRIST, *Le Louvre et les Tuileries, Histoire architecturale d'un double palais*, París, 1949.

Montpellier
A. LEEHARDT, *Vieux hôtels montpelliérains*, Bellegarde, 1935.

Saint-Ouen
DR. HENRI PERRODEAU, *Saint-Ouen depuis la Révolution*, París, Champion.

Notas

PREFACIO

1. *Mémoires de Monsieur de La Rochefoucauld, duc de Doudeauville.*

CAPÍTULO UNO

1. Acta de bautismo de Zoé-Victoire Talon, en E. Perret, *La Comtesse du Cayla d'après des documents inédits.*
2. En E. Perret, *La Comtesse du Cayla... op. cit.*
3. Carta a Sosthène de La Rochefoucauld.
4. *Souvenirs du baron de Frénilly.*
5. *Réflexions sur le jugement de M. de Favras.*
6. *Histoire de la Révolution*, t. III
7. *Les Prisonniers du Temple* de Régnault-Warin.
8. *Souvenirs du baron de Frénilly, op. cit.*
9. Carta a Hortense de Beauharnais en Malmaison (25 Fructidor, año VIII). *Mémoires de la reine Hortense*, publicadas por el príncipe Napoleón.
10. *Ibíd.*
11. *Ibíd.*
12. *Mémoires de la reine Hortense, op. cit.*
13. *Ibíd.*
14. *Mémoires de la reine Hortense, op. cit.*
15. *Ibíd.*
16. *Journal anecdotique de Mme. Campan* on *Souvenirs recueillis dans ses entretiens.*
17. Carta a Mlle. de Beauharnais (sin fecha).
18. Carta a Mlle. de Beauharnais, 25 Germinal, año VIII (15 de abril de 1800).

19. 7 Pradial, año VIII.
20. *Souvenirs du baron de Frénilly, op. cit.*
21. Jules Bertaut, *La Duchesse d'Abrantès.*
22. Jean Autin, *Eugène de Beauharnais*, Perrin, 1988.
23. Petición de Pluvioso, año IX.
24. Fournier-Verneuil, *Curiosités et indiscrétions.*
25. *Observations de M. Achille du Cayla.*

CAPÍTULO DOS

1. *Mémoires de la comtesse de Boigne.*
2. *Souvenirs du baron de Frénilly, op. cit.*
3. *Mémoires et Souvenirs d'une dame de qualité sous le Consulat et l'Impire.*
4. *Mémoires de la comtesse de Boigne.*
5. Chateaubriand, *Mémoires d'outre-tombe, t. I.*
6. Citado por Jean Orieux, *Talleyrand.*
7. Chateaubriand, *Mémoires d'outre-tombe, op. cit. t. I.*
8. *Mémoires et Souvenirs d'une dame de qualité sous le Consulat et l'Impire, op. cit.*
9. *Mémoires de Monsieur de La Rochefoucauld, duc de Doudeauville.*
10. *Mémoires de Mme de Rémusat, t. I.*
11. *Chateaubriand, Mémoires d'outre-tombe, op. cit. t. I.*
12. Propiedad de Concini, Dampierre fue entregado a su muerte al favorito Luynes, en épocas de Luis XIII.
13. *Mémoires et Souvenirs d'une dame de qualité sous le Consulat et l'Impire, op. cit.*
14. *Souvenirs du baron de Frénilly, op. cit.*
15. *Souvenirs des deux Restaurations.*
16. *Mémoires de Monsieur de La Rochefoucauld, duc de Doudeauville, op. cit.*
17. *Souvenirs du lieutenant-général, vicomte de Reiset (1824-1836).*
18. *Une femme à sa fenêtre.*
19. Es el príncipe Augusto de Prusia, quien, en la obra de Gérard, está representado en el segundo plano del cuadro.
20. *Mémoires.*
21. *Observations de M. Achille du Cayla, op. cit*
22. Nacido el 15 de agosto de 1769, Napoleón tenía 38 años en 1807.
23. *Mémoires de mademoiselle Avrillion, première femme de chambre de l'impératrice sur la vie privée de Joséphine, sa famille et sa cour.*
24. *Mémoires de Mme de Rémusat, op. cit.*
25. *Mémoires de Mme de Rémusat, op. cit.*

26. El palacio de Juigné se encontraba en el muelle Voltaire (hoy muelle Malaquais), en la esquina de la *rue* des Saints-Pères.
27. Conde de Montgaillard, *Souvenirs*.
28. Citado por Bernardine Melchior-Bonnet, *Savary, duc de Rovigo.*
29. Hoy *rue* Laffitte.
30. En 1811 Hortense había tenido un hijo, Carlos, del conde de Flahaut; era el futuro duque de Morny.
31. Mlle. Cochelet, *Mémoires sur la reine Hortense et la famille impériale.*
32. *La Duchesse d'Abrantès*, *op. cit.*
33. *Mémoires de la comtesse de Boigne*, *op. cit.*
34. Mlle. Cochelet, *Mémoires sur la reine Hortense et la famille impériale, op. cit.*
35. *Mémoires du baron de Damas.*
36. Segundo hermano de Luis XVI y futuro Carlos X.
37. *Mémoires d'une femme de qualité sur Louis XVIII, sa cour et son règne.*
38. Nacida Catherine Worlée en 1762, se había casado en las Indias con un inglés, George Grand, de quien se divorció en 1798. Su boda con Talleyrand se celebró el 10 de septiembre de 1802.
39. Hija de Luis XVI y de María Antonieta, Marie-Thérèse de Francia, llamada Madame Royale, se casó en 1799 con su primo hermano, el duque de Angulema, hijo mayor del conde de Artois.
40. El 30 de mayo de 1814.
41. Talleyrand era ministro del Interior en el primer gobierno formado por Luis XVIII.
42. La casa de los príncipes de Condé.
43. *Mémoires de la comtesse de Boigne*, *op. cit., t. I.*
44. *Mémoires de la comtesse de Boigne*, *op. cit., t. I.*
45. El 9 de mayo de 1814.
46. Citado por Ghislain de Diesbach, *Madame de Staël.*
47. Mlle. Cochelet, *Mémoires sur la reine Hortense et la famille impériale. op. cit.*
48. En ese emplazamiento se edificó, en 1816, la capilla expiatoria.
49. Mlle. Raucourt era conocida por sus amores exclusivamente femeninos. Un día en que el actor Legouvé entró en su camarín sin golpear, la encontró desnuda. Ella protestó, y luego se excusó diciendo: "Perdón, creí que era una mujer".
50. *Mémoires du baron de Vitrolles.*
51. *Mémoires d'outre-tombe, op. cit., t. II*
52. No conocemos las palabras de Thomas Martin más que por los relatos del cura Laperruque y del médico Royer-Collard. Sin embargo, el tercer mensaje se encuentra reproducido en una carta dirigida por Martin a Sosthène de La Rochefoucauld, convertido en duque de Doudeauville.

53. Carta de Thomas Martin al duque de Doudeauville del 20 de octubre de 1833. *(Mémoires de Monsieur de La Rochefoucauld, duc de Doudeauville. op. cit.)*
54. Sin duda para no sacarle el pan de la boca a generaciones de escritores y de conferencistas que ni siquiera se lo agradecen.
55. El manto de la consagración formó parte de la herencia de la hija de Zoé, Valentine, convertida en princesa de Beauvau por su boda, y fue llevado al castillo de Haroué.
56. La exhumación no tuvo lugar hasta 30 años más tarde, en 1846.
57. Luis XVIII, por entonces conde de Provenza, y su hermano, el conde de Artois, habían desposado a dos princesas de Saboya, pero sólo tuvo hijos la pareja del conde de Artois: los duques de Angulema y de Berry.

CAPÍTULO TRES

1. Barón Hyde de Neuville, *Mémoires.*
2. *Biographie universelle* (Michaud), París, Desplaces, 1858.
3. Crétineau-Joly, *Histoire des trois derniers princes de la maison de Condé.*
4. "L'automne", *Les Méditations.* Quizás el porvenir me reservaba aún / Una nueva dicha de esperanza perdida.
5. A la muerte del rey, la condesa du Cayla destruyó una parte de las cartas que había recibido de él. Conservó alrededor de 1.500, que heredó su hija Valentine. El último príncipe de Beauvau confió a un historiador las que le quedaban, después de lo cual no volvieron a ser vistas.
6. *Mémoires de la comtesse de Boigne, op. cit.*
7. *Souvenirs du baron de Frénilly, op. cit.*
8. Abate A. Denys, *Mémoires de Monsieur l'abbé Liautard précédés d'un essai biographique sur l'auteur.*
9. Registro de correspondencia de Mme du Cayla.
10. *Mémoires de la comtesse de Boigne, op. cit.*
11. Élisabeth de Montmorency-Laval, hija de Mathieu de Montmorency y de Hortense d'Albert de Luynes, desposó en 1807 al vizconde Sosthène de La Rochefoucauld.
12. *Souvenirs du lieutenant-général, vicomte de Reiset, op. cit.*
13. Fournier-Verneuil, *Curiosités et indiscrétions, op. cit.*
14. En francés *cru Zoé* (creído Zoé. se pronuncia igual que Crusoe.
15. Luis XVIII profesaba una gran admiración a Enrique IV, el rey que unificó y pacificó el reino después de las guerras de religión. Enrique IV había nacido en 1553 en el castillo de Pau.
16. Carta de la condesa du Cayla al vizconde de La Rochefoucauld de octubre de 1827.

17. *Mémoires de la comtesse de Boigne, op. cit., t. II.*
18. La Ópera se encontraba entonces frente a la actual Biblioteca Nacional. Luis XVIII la hizo demoler para levantar allí una capilla expiatoria (la segunda del reinado que Thiers hizo arrasar en 1832.
19. El orden de sucesión comprendía primero a su padre, el conde de Artois, luego a su hermano, el duque de Angulema.
20. El duque de Berry se había casado con Amy Brown ante un pastor y un sacerdote católico. Tuvo dos hijos y dos hijas.
21. Después del nacimiento del duque de Burdeos, una delegación de 20 damas de Nantes fue a pedir ayuda económica a la duquesa de Berry, asegurándole que todas ellas tenían un hijo de su esposo. La duquesa preguntó cuánto tiempo había pasado el duque de Berry en Nantes.
    —Ocho días —le respondieron.
    —Entonces —dijo ella— es posible.
22. Marie-Amélie de Borbón, hija de Fernando IV, rey de las Dos Sicilias.
23. *Mémoires de la comtesse de Boigne, op. cit.*
24. Toulouse.
25. *Mémoires d'une femme de qualité sur Louis XVIII, sa cour et son règne, op. cit.*
26. Joseph de Villèle fue oficialmente presidente del Consejo sólo a partir de septiembre de 1822 (y hasta diciembre de 1827). Pero lo fue de hecho, con el título de ministro de Finanzas, desde la formación del gabinete en diciembre de 1821.
27. Carta de la condesa du Cayla al vizconde de La Rochefoucald, 1827, *Mémoires de Monsieur de La Rochefoucauld, duc de Doudeauville, op. cit., t. VII.*
28. *Idem.*
29. Los dos últimos paneles de *Las cuatro estaciones* (actualmente en el castillo de Haroué).
30. El retrato de la condesa du Cayla y de sus hijos, el de Luis XVIII en su gabinete de trabajo y *Las cuatro estaciones* formaron parte de la herencia de Valentine y fueron transportados al castillo de Haroué, donde se encuentran en la actualidad.
31. Carta de la condesa du Cayla al vizconde de La Rochefoucauld, 1827.
32. *Le Congrès de Vérone, t. I.*
33. El barón Maxence de Damas, que dejó un recuerdo bastante lamentable en sus contemporáneos, habría de pedir en su lecho de muerte: "Rogad para que yo termine tanto sin cobardía como sin una confianza exagerada". Esas palabras no son las de un cobarde ni de un tonto.
34. Charles Brifaut, *Souvenirs d'un académicien sur la Révolution, le Premier Empire et la Restauration.*

35. *Mémoires de Monsieur de La Rochefoucauld, duc de Doudeauville, op. cit.*
36. Registro de correspondencia de Mme. du Cayla. B. N. Departamento de Manuscritos.
37. Narrado por B. Melchior-Bonnet, *Savary, duc de Rovigo, op. cit.*
38. Citado por J. Orieux, *Taillerand, op. cit.*
39. Conde de Villèle, *Mémoires et correspondance.*
40. Dorothée, hija del duque Pedro II de Curlandia, se había casado en 1809, a la edad de 15 años, con Edmond de Périgord, convertido en duque de Dino en 1817.
41. El 25 de agosto.
42. General conde de Saint-Chamans, *Mémoires (1802-1832)*, París, Plon, 1896.
43. El palacio de Humières.
44. Se trata siempre del palacio de Humières.
45. Cartas de la condesa du Cayla al vizconde de La Rochefoucauld de abril de 1827.
46. *Mémoires de la comtesse de Boigne*, *op. cit, t. II.*
47. *Mémoires d'outre-tombe, op. cit., t. III.*
48. Marqués de Eyrargues, *Mémoires pour mon fils.*
49. Duquesa de Gontaut, *Mémoires (1773-1836).*
50. Marqués de Eyrargues, *op. cit.*
51. Archivos nacionales franceses, BB 964 (citado por E. Dejean, *La duchesse de Berry et les monarchies européennes*).
52. El barón Dudon servía de emisario entre la condesa du Cayla y la duquesa de Berry.
53. El barón Capelle era el enviado de Carlos X. La condesa du Cayla temía que, a falta de la duquesa, el entorno del viejo rey deseara aprovechar por su propia cuenta las buenas disposiciones de Guillermo I.
54. Marie-Caroline era sobrina de la reina Marie-Amélie.
55. El 18 de enero de 1833.
56. Archivos de los príncipes de Beauvau. Castillo de Haroué.
57. Joseph Turquan, *Les favorites de Luis XVIII.*
58. Archivos de los príncipes de Beauvau. Castillo de Haroué.
59. Diario del Dr. P. Ménière, *La captivité de Madame la duchesse de Berry à Blaye.*
60. Archivos de los príncipes de Beauvau. Castillo de Haroué.
61. En realidad, el conde Lucchesi-Palli había sido presentado en la corte de Francia en los últimos años de la Restauración.
62. *Mémoires d'outre-tombe, op. cit., t. III.*
63. *Mémoires d'outre-tombe, op. cit., t. III.*

64. *Mémoires d'outre-tombe, op. cit., t. III*: extracto de "Mémoire sur la captivité de Madame la duchesse de Berry".
65. *Mémoires du comte Apponyi, t. I.* Citado por Jules Bertaut, *Le Faubourg Saint-Germain sous l'Empire et la Restauration.*
66. *Les salons de Mme la comtesse de Bassanville, souvenirs intimes*, París, Brunet, 1862.
67. Duque de Doudeauville, *Une politique française au XIXe siècle* (citado por S. Fasquelle, *Les La Rochefoucauld, une famille dans l'histoire de France*).
68. *Mémoires d'outre-tombe, op. cit., t. III.*
69. Extracto de la acusación del procurador del rey de La Rochelle en el caso de los encargados del ganado.
70. 12 de enero de 1850 (archivos de los príncipes de Beauvau).
71. *Les Salons de Mme la comtesse de Bassanville, souvenirs intimes, op. cit.*
72. Archivos de los príncipes de Beauvau. Castillo de Haroué.
73. De Saint-Ouen.
74. La princesa Marc-Étienne de Beauvau-Craon, suegra de Valentine, era, de soltera, Nathalie de Mortemart.
75. *Mémoires de la princesse de Beauvau*, citado por E. Perret, *La comtesse du Cayla, op. cit.*

CUADRO GENEALÓGICO DE LA FAMILIA REAL DE FRANCIA

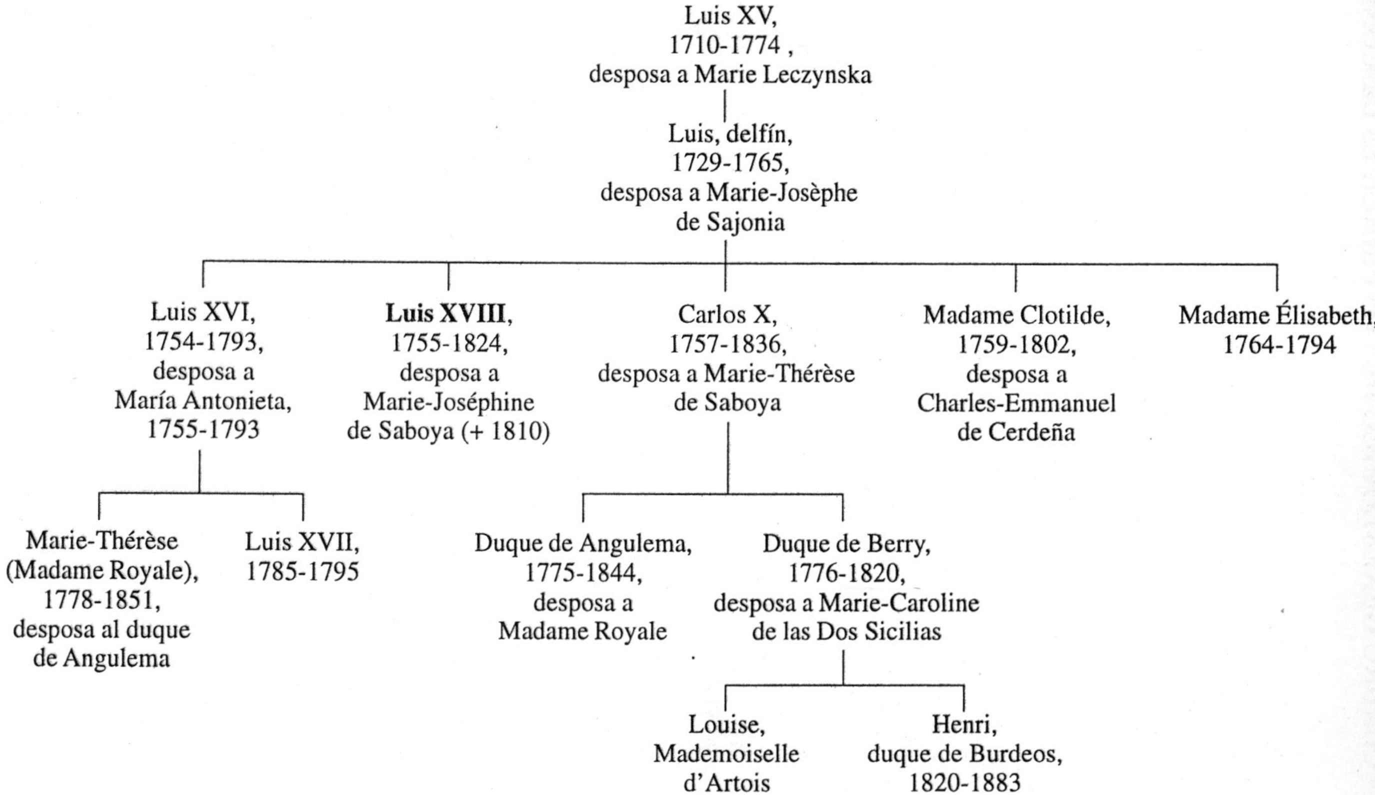

CUADRO GENEALÓGICO DE LOS PRÍNCIPES DE CONDÉ

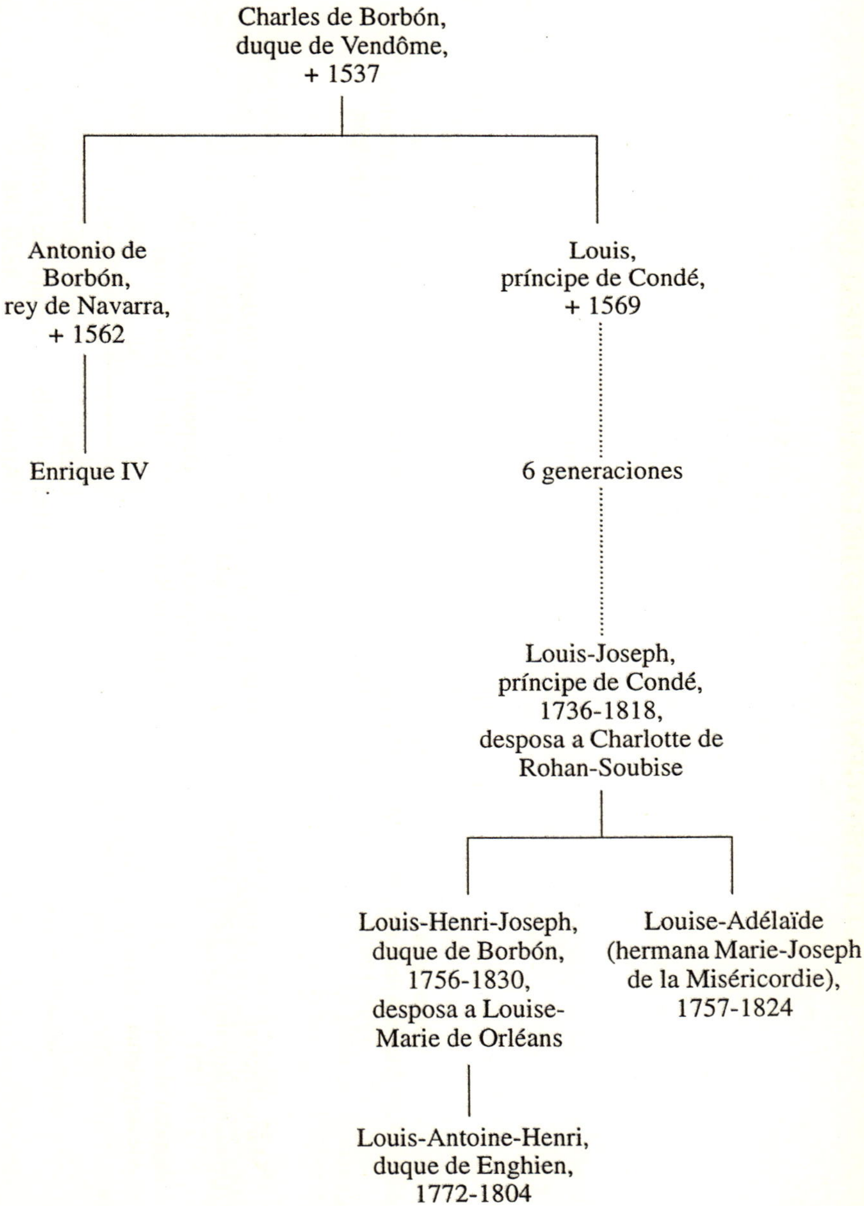

CUADRO GENEALÓGICO DE LA FAMILIA TALON

ARTUS TALON,
coronel en un regimiento irlandés bajo Carlos IX

Jean,
consejero de Estado en 1563

Omer

Artus

Pierre

Omer (+ 1618),
canciller de la reina Margarita

Omer II (+ 1652),
fiscal en el Parlamento

Denis (+ 1693),
presidente de magistrados de la corte,
desposa a Élisabeth Favier du Boulay

Omer III (+ 1699),
desposa a Louise-Marie Molé

Louis-Denis (+ 1744),
presidente de magistrados de la corte,
desposa a Françoise-Madeleine Chauvelin

Françoise-Madeleine (+ 1767),
desposa a Étienne-François d'Aligre,
primer presidente del Parlamento de París.

Adopta a **Antoine-Omer Talon**

Jean -Baptiste (+ 1772),
consejero en el Parlamento,
desposa a Marie-Charlotte Radix

Marie-Geneviève,
nacida en 1754,
desposa en 1770 al
marqués de
Villaines

Marie-Victoire,
nacida en 1756,
desposa en 1775
al marqués de
Sainte-Croix

Antoine-Omer,
1760-1811,
desposa el 2 de agosto
de 1780 a Juana
Gabriela de Pestre

Zoé Victoria

- Omer, 1782, muerto a edad temprana
- Denis-Matthieu, 1783-1853, desposa a Henriette-Gabrielle de Beauvau-Craon
  - Omer
  - Denis-Matthieu, desposa a Caroline Sampieri
    - Omer
    - René
  - Artus
- **Zoé-Victoire,** 25 de agosto de 1785, 19 de marzo de 1852, desposa en agosto de 1802 a Achille de Baschi du Cayla
  - Valentine, 1806-1885, desposa a Edmond-Victurnien de Beauvau-Craon
    - Louis
    - Isabeau
  - Ugolin, + 1828
- Aline

Índice de nombres

C

D

E

F

G

H

I

J

K

L

M

N

O

P

R

S

T

W